境象诗心

浙江诗路文化意象研究

徐慧慧 著

浙江大学出版社

ZHEJIANG UNIVERSITY PRESS

·杭州·

图书在版编目(CIP)数据

境象诗心：浙江诗路文化意象研究 / 徐慧慧著. —
杭州：浙江大学出版社，2023.5
ISBN 978-7-308-23738-3

Ⅰ.①境… Ⅱ.①徐… Ⅲ.①古典诗歌－诗歌研究－
中国 Ⅳ.①I207.22

中国国家版本馆 CIP 数据核字(2023)第 076614 号

境象诗心：浙江诗路文化意象研究

徐慧慧　著

责任编辑	周烨楠
责任校对	吴　庆
责任印制	范洪法
封面设计	项梦怡
出版发行	浙江大学出版社
	（杭州市天目山路 148 号　邮政编码 310007）
	（网址：http://www.zjupress.com）
排　　版	浙江时代出版服务有限公司
印　　刷	浙江临安曙光印务有限公司
开　　本	710mm×1000mm　1/16
印　　张	15
字　　数	296 千
版 印 次	2023 年 5 月第 1 版　2023 年 5 月第 1 次印刷
书　　号	ISBN 978-7-308-23738-3
定　　价	68.00 元

序

吴 晓

　　该书作者徐慧慧是我的诗学方向研究生,看到她的专著《浙江诗路文化意象研究》即将出版,我真心为她感到高兴。从一开始听她说起这个写作设想,我就充分肯定了这个选题,并坚信她一定可以完成这项有意义的研究。最终她完成全稿来请我作序,更是让我眼前一亮。

　　诗是人类最早的文化符号之创造。灿烂的《诗经》、辉煌的唐诗等等,历代诗篇建构了中国诗歌的巍峨群峰。大自然是诗人的故乡,山山水水是诗人的精神家园。诗人流连于山水,隐居于其间,吸纳天地之精华,领悟宇宙之精神,托情志于万物,寄无形于有形,化平常为神奇,乃留下字字珠玑、篇篇华章。这些神秘篇章,充满诗情画意,绚丽璀璨,奇幻莫测,值得后人循迹探索其瑰美空间,值得后人去寻觅、去追索、去思考,从社会学、哲学、美学、文化学、诗学等诸多角度和层面去梳理、去研究,挖掘和阐释其价值与含义。

　　浙江山清水秀,人杰地灵,是诗人周游、留驻的理想之地,书写浙江(含江南)的作品更是数量众多,质量上乘,名篇佳作历代流传。该书作者选择浙江诗路文化建设作为研究目标,沉醉于远古诗语与现实风雨之间,穿越时间与空间,还原曾经的历史,随着诗人的步履,把地域环境、风土人情、自然万物,与诗人诗歌作品结合起来,探寻其中的内在联系和深层底蕴,有着深刻的现实意义和诗学意义。

　　该书以文学意象理论为研究的理论视角,结合文献研究、文本细读、跨学科研究等方法,对浙江诗路诗歌作品中的主要文学意象进行了辨析阐发。作者十分重视意象研究对诗路文化建设的重大功能,认为从意象入手解析浙江诗路上的诗歌作品,进而理解诗路文化内涵、指导诗路文化建设,既符合诗歌鉴赏的理论逻辑,又具有实践和创新的多重价值。分析诗路意象是解码诗路文化基因的关键所在,也是主要抓手,能为诗路建设提供最具象的文化形象和精神形象,尤其对于浙江诗路IP的打造具有直接指导作用。

因此作者在第一部分着力解决的问题，是诗路文化建设与文学意象理论的关系。作者认为，意象的根本功能，是文化能量；诗路建设的核心，是文化链接。诗路文化建设的实现，就是人与自然、诗性体验与意象的有机融合，是诗美价值的再发现和人的审美实践。而意象在同哲学、宗教、民俗等文化的相互关系中，荟萃了中国古人的文化观念，由此成为一种独特的文化。

正如作者所说，人们到大自然中去旅行，去观照世间万物，何尝不是想在对象中寻找自我的本质、生命的意义和生存的价值。他们看到的世界，并非原始荒芜的世界，而是以他们饱读诗书的眼光看到的浸润于文化积淀中的具象又抽象的世界。

作者认为，"这条诗路文化带，无论是把它勾勒成包含诗人行迹图、水系交通图、浙学学脉图、名城古镇图、遗产风物图的'五幅地图'，还是把它定位成魅力人文带、黄金旅游带、美丽生态带、富民经济带、合作开放带，其核心就是一种文化的链接，而这一链接的主体，就是饱含情志的人"。

整个诗路文化本身，就是一部写在山河大地上的诗。从典型意象到整体意境，都是为了建构与强化"诗画浙江"这个大意象在人们心中的认同感与归属感。只有充满意象的诗路，才能给旅游者更全面完整的审美愉悦，以意象品诗路，更能准确地表述人们在诗路文化带建设过程中倾注的审美心理活动及其呈现在诗路各文旅产品上的具体形态和情态，也更能准确地表述旅游者的游览体验和在鉴赏时所获得的快感。

诗是文学之母，是人类以艺术符号呈现的生命形式，蕴含着最原始、最深邃的人类心理记忆与文化表达，因此诗中的文化，是最美的、最精粹的文化。那么，诗作为文化的精髓，是通过什么传达的呢？唯一的回答就是：意象。我想强调我的诗学立场：诗的本体就是一个意象符号系统。诗不是直白，不是解说，更不是论证。在诗中唯一起作用的是具象化的意象。意象作为情感与美的承载者，成了文化与诗的根本纽带。所以对于诗路文化建设的研究，作者从意象切入，阐发诗路文化与意象的关联及内涵，学理性强，是十分合理和睿智的选择。

诗歌意象的演变史，其实也是一定地域中的人们的思想精神的迭代生长过程，其中既可以找到历时性的思想发展脉络，也有不同地域文化群体间共时性的影响轨迹，记录着这片土地上"精神富有"的累积过程。每一个意象都是一个文化基因，同时也是今日浙江思想文化、经济社会各方面发展的密码。

正如本书第二章所述，意象的根本功能是文化能量，意象的强大包容力使它能杂糅神话、民俗、文学史上的名篇佳句及与其相关的经典掌故，成为众多信息与文化心态的贮存器。

该书对具体意象的分析,更是灼见纷呈。

我们且以江南意象为例。作者从地理、地域概念出发,对"江南"一词进行溯源分析,看它是如何转化为诗学的意象的,并对其中机理作了令人信服的梳理,由此江南意象也就在江南独特的自然地理与思想文化中生成、凝聚和凸现。

江南意象作为主体意识觉醒的文人感性生命需求的承载,是该意象虽经历数千年流变但其基本内涵一以贯之的根本所在。意象美是很丰富的,涉及自然,也涉及人情人意。诗中的江南,既是诗人眼中的江南,也是诗人心中的江南,这个江南不只是一个地域、一种文化,更是一个艺术符号、一个多重的象征系统。其中,浙东的山水诗无疑是浙江诗路江南意象的主要滥觞,主体意识觉醒的文人感性生命的诗性需求则是其内核,在"山水自然"的"象"中,"浙"里的江南蕴含着围绕个体生命展开的多重之"意"。美感是江南之"象"的主要特性。因此,江南意象的第一重象征,就是以"芳晨丽景"之"象"直接刺激诗人感官后使其获得的审美欢愉感。第二重象征,就是乡土之思。以江南之景动故国之情的描述历来为文人所称颂,这就奠定了江南意象中挥之不去的思乡之情。第三重象征,则是生命的追求与个性的舒张。浙江山水是魏晋南北朝至唐代文人在仕宦庙堂之外寄情山水的主要场所,甚至可以说是他们精神的朝圣之地。归隐江南的内核,就是崇尚自然,追求精神、人格的无拘无束与自由超迈,这恰是文明发达的都市生活所欠缺的。只有在山林间,人才能拥有自身的追求,展现内心中真正清狂豪迈、飘逸灵动、奔放洒脱的一面,吐纳出自身的独特的精神气质。

作者层层深入,阐释意象的美学特征、哲学境界、人生意蕴、生态功能,可见作者视野之广、思路之清晰、思维之严密。就以上述江南意象来说,从乐府古辞《江南》,带出了梁代《江南弄》、谢灵运的《道路忆山中》、白居易的《忆江南》、李中的《江南春》、孟浩然的《宿建德江》、鲍照的《登云阳九里埭诗》等作品,视域之开阔,例证之丰富,可见一斑。

作者在对诗歌作品进行广泛深入的文本细读的基础上,结合意象理论和文学地理学理念,提出了"意象的地理渊源"概念,颇具新意,并以此为浙江诗路文化意象分类和凝练的理论依据,形成了地域地景、人物风物、植物动物等三大意象类型和江南意象、东海意象、钱塘江意象群、天堂意象、舟船意象、钓者意象、越女意象、雪夜访戴意象、茶意象、莼鲈意象、春草意象、梅花意象、莲荷意象、禽鸟意象、桂子意象等具体意象,既符合学理,又全面深入地把握住了浙江诗路文化的主脉。

研究"浙江诗路"的意象，对"浙江诗路文化带"整体形象的凝铸和打造毫无疑义具有指导作用。该书所阐析的意象，都是浙江诗路中典型的文化符号，对文旅融合发展和产品研发具有参考价值。

总之，作者对意象的文化内涵作了全方位的、深邃的阐释，其对意象的解读，给人一种耳目一新的感觉。无论从社会学、文化学、诗学的层面看，该书都堪称一部有着明显开拓意义和价值的优秀理论成果。

是为序。

2022 年 12 月 18 日　写于杭州

目　录

导　论

一

　　浙江与诗的渊源由来已久。被公认为我国最早最完整的诗歌——《弹歌》，就产生于浙江大地，由汉代会稽人赵晔记载在其所著的《吴越春秋》里：

> 断竹，续竹，飞土，逐肉。

这首极具节奏感与气势的诗歌，生动地反映了古代越地人民生产劳动的场景、昂扬的精神面貌和为保护亲人而与猛兽对抗的情意世界。可见从远古时代开始，浙地就孕育出了饱含丰富精神与情感内涵的诗歌艺术。

　　西汉刘向《说苑》中记载的《越人歌》，更是满含南方人深情的抒情表达：

> 今夕何夕兮，搴舟中流。
>
> 今日何日兮，得与王子同舟。
>
> 蒙羞被好兮，不訾诟耻。
>
> 心几烦而不绝兮，得知王子。
>
> 山有木兮木有枝，心悦君兮君不知。

　　晋室南渡，不仅为浙东带来了中原成熟的文化和风度，形成旧史所称的"今之会稽，昔之关中"的文化高地，更在浙东独特自然地理的召唤和南北文化交融中促进了新思想、新文化、新风尚和新的美学观念的产生，促使浙江地区的诗歌创作迎来了第一个繁荣期。

　　从北方过来的文人士族们在江南清丽的山水中获得了审美感官的激发和抒情自我的觉醒，诗画般的山水风光抚触着他们的诗心，陌生化的审美对象激发出无限的诗情，自然形成了怡情山水的风气。《世说新语》中多有东晋名流对浙东山水赞美之词的记载，如《言语》篇有"顾长康从会稽还，人问山川之美，顾去：'千岩竞秀，万壑争流。草木蒙笼其上，若云兴霞蔚。'"又"王子敬云：'从山阴道上行，山川自相映发，使人应接不暇。若秋冬之际，尤难为怀。'"

1

从东晋时居于会稽的孙绰等文士在对自然的哲思中发现山水之美,到刘宋时以谢灵运为代表的诗人们在会稽、吴兴、钱塘江和富春江、永嘉等地较为成熟的山水诗创作,浙江由此一跃成为"六朝时期文学创作的重镇"①。当然,由于这一时期诗歌创作的主体并非浙江本土诗人,而是侨居或客居于此的士族诗人群体,因此诗歌创作的区域也主要集中在侨居、仕任集中的会稽、吴兴、新安等地区,以及客行的主要水路钱塘江、富春江以及瓯江一带。

特别值得指出的是,正是思想文化的交融奠定了浙东山水诗的高远境界。自东汉末年以来,道教思潮兴盛并快速发展,东晋后更是在浙东蔚然成风。弹丸之地的浙东,占有天下十大洞天的3处、三十六洞天的9处、七十二福地的9处,更有陶弘景、司马承祯等备受统治者欢迎和重视的代表人物。南朝时期,佛教思想兴起,尤其是受到统治者的支持后,更形成"南朝四百八十寺,多少楼台烟雨中"(杜牧《江南春》)的态势,和"山阳诗友喧四座,佳句纵横不废禅"(皎然《支公》)的文化现象,更有沃洲支道林、天台智颉等高僧大德。在此情境下,浙东山水诗的抒写,即呈现出"以玄对山水"的基调,对山水注入了哲理与思辨的内蕴,提升了浙东唐诗之路的精神气象。

"以玄对山水"的观念使此时士人眼中的山水不再只是一个生存环境的物质性存在,同时也是一种体道的精神性存在。这是此一时期自然山水备受士人喜好的根本原因。而在此之前,虽然自然山水很早就进入了人们的视野,在许多文学作品中都有描写,如《庄子》《论语》《诗经》《楚辞》等,但那时人与自然的关系还处于神话关系、起兴关系、比德关系、悟道关系、铺陈关系等,还未形成一个完整的自然山水审美意象。从人的角度,还未有六朝人仰观俯察、远近流目的自觉心态,从山水的角度,也没有"巧构形似"②的描绘。

正如白居易引谢灵运等人的诗所发的议论"盖人与山相得于一时也",正是六朝时期自然山水地位的提升,开启了一个山水成为独立审美对象的全新时代,为唐代浙东山水诗的繁荣起到了根本性和决定性的作用。山水自然审美的独立,最终转化为自然山水美学,在后世的诗、书、画、赋等领域全方位结出了丰硕的文艺果实。

也正是在这一时代风气的影响下,浙江地区本土诗人也逐渐迎头而上,最终在

---

① 陆路:《论六朝时期今浙江地区的诗歌创作》,载《浙江社会科学》2016 年第 11 期。
② 余开亮:《论六朝时期自然山水作为独立审美对象的形成》,载《中国人民大学学报》2006 年第 4 期。

诗歌鼎盛的唐朝,形成了具有一定影响的浙江诗人群体,其中的代表有虞世南、骆宾王、贺知章、孟郊、张志和、钱起、方干、罗隐、贯休、皎然等,并形成了一个尚不算成熟的"睦州诗派"(唐时的睦州下辖今杭州市的桐庐、建德、淳安等地)。他们也多与唐代大批来到浙江的各地诗人相知相交,吟赏唱和,共同构成了"浙东唐诗之路"这道璀璨而永恒的风景。至于这一时期行走在浙江山水间的外来诗人,足可以列出皇皇一长卷来,光是李白、杜甫、白居易、孟浩然、元稹这几个名字,就足以确立浙江诗路无可置疑的分量。

"江山助诗才"(张先《喜朝天·清暑堂赠蔡君谟》),浙江"山水之趣,尤深人情"(郦道元《水经注》卷四○)的独特客观环境和水路交通为主的出行方式,为浙地诗歌的书写重点作出了天然而应然的选择,沿着浙江的主要水路——大运河、钱塘江(富春江、新安江、建德江)、浙东运河及剡溪、瓯江等的山水人文歌咏成为主流,从六朝发现自然到唐朝盛咏自然,奠定了浙地诗歌精品多关山川草木之情的独特现象,形成浙江水路皆成诗路的基本事实。

唐朝诗僧皎然《送王居士游越》中所谓"野性配云泉,诗情属风景"的感受,也同样是宋人的感受。只是到了宋代,受到整体时代氛围的影响,浙江地区的山水文学创作同样走向了新的意境与内涵,更广阔的社会生活内容以及更丰富的精神世界——幽思和理趣都进入对自然山水的吟赏中。而与其他地区的山水自然书写不同的是,浙江地区不是通过残酷的战争而是通过"纳土归宋"开启宋代的特殊情况被投射到诗歌中,遂使诗情也呈现出了更为平和温柔的一面。以吕祖谦、叶适为代表的"浙东学派"和以徐照、徐玑、翁卷和赵师秀等人为代表的"永嘉四灵"是当时浙地本土文人的主要群体,而大文豪苏东坡的到来,加之林逋、范成大、陆游、杨万里、辛弃疾等自成一派、各具特色的诗人的涌现,再一次抬高了浙江诗路的水准和境界。以西湖诗词为代表的宋代浙江山水诗,无疑延续着唐时的繁荣并再度形成了一座两宋特有的高峰。此时来到浙江的欧阳修也不禁多次盛赞浙江山水与诗情之绝,在《与梅圣俞书》中有"山水秀丽,益为康乐诗助,谁与敌哉",又在《和圣俞聚蚊》中写道:"江南美山水,水木正秋明。自古佳丽国,能助诗人情。"

美国著名女诗人艾米莉·狄金森曾有一首著名的小诗写道:

> 我本可以容忍黑暗
> 如果我不曾见过太阳
> 然而阳光已使我的荒凉
> 成为更新的荒凉

正是经过了南宋盛极一时的繁华，浙江在元代跌入了更深的凄凉，这时期的浙江人也沦落为第四等人（元朝把人分为蒙古、色目、汉人和南人四等），浙地文人只能无奈地在山水中寻找慰藉，输出一些不算多么出彩却也生机勃勃的诗篇。随着元代戏曲艺术的发展，新的表现方式也逐渐丰富着诗歌艺术表达，最终在明代迎来一片诗歌创作的复兴景象。直到清代进入古典文学的收尾时期，这时的浙地诗歌创作也只能说不乏努力之人，但他们的主要成就已经不在诗歌上了。

元明清时期值得一提的诗人主要有戴表元、赵孟頫、杨维桢、张可久、张岱、王士性、张煌言、朱彝尊、查慎行、袁枚等。戴表元的《〈胡天放诗〉序》进一步诠释了山水灵秀与诗人游赏的互促关系："严于浙中为佳州。奇山帷攒，清流练飞。世之骚人称之，有'锦峰绣岭'之目。迨至于淳安，则佳益甚，山丛而益奇，川疏而益清。异时余尝识其间知名者数公，衣冠笑谈，楚楚然称其山川者乎！"又在《正仲今年鄞城之约不就因次韵慰悦之》中写道："莫怪诗翁不出山，诗多那得是山间。"元明清三代，虽已不是诗歌的盛世，但山水与诗情确乎在这些诗人的笔下交融汇集，呼应着延续千年的浙地书写，为浙江诗路画上了古典文学时代一个圆满的句号。

林庚在其《中国文学简史》中曾指出：

> 山水诗是继神话之后，在文学创作上大自然的又一次人化。这一诗歌发展的必然阶段，便通过谢灵运旅人的心情而表现出来。[①]

体现山水自然的人化，呈示旅人心情在自然中的呼应与同构，正是历代浙地几条水路沿线诗歌创作的重要特征与内容，而呈现林泉之好、归欤之志，则是浙地诗歌创作精神与情感的主旋律。经过诗人心灵淘洗渲染后的山水也不再是简单的山水，而成了意象化的山水，它们在时空的累进中，凝聚着无数相似灵魂的歌哭，由此构成了内涵丰富的浙江诗路文化。

二

浙江诗路文化概念的开端是浙东唐诗之路。

1988 年，浙江省新昌县人竺岳兵在长期实地考察与科学论证的基础上，首次提出了"唐诗之路"的概念。在这之前，他曾称之为"古代著名旅游线"。

1990 年，在绍兴市旅游局和绍兴市人民政府经济技术协作办公室为举办宁波、绍兴、台州、舟山浙东四市地市长会议的准备会上，竺岳兵介绍了唐诗之路，并

---

① 林庚：《中国文学简史》，北京大学出版社 1988 年版，第 172-173 页。

陪同准备会议人员作了实地考察,受到了多家报纸报道。

1991 年,在由南京师范大学与中华书局联合举办的"中国首届唐宋诗词国际学术讨论会"上,竺岳兵宣读了他研究考证唐诗之路的代表性论文《剡溪——唐诗之路》,引起了与会学者的强烈反响。

1993 年,中国唐代文学学会第七届年会在新昌举行,会长傅璇琮在会前实地考察了唐诗之路,并将"剡溪"二字改为"浙东"。经会议论证,中国唐代文学学会于 8 月 18 日正式发文批准"浙东唐诗之路"的专用名称。由此,"浙东唐诗之路"成为中国文学史上的一个专有名词。

"唐诗之路"概念一经提出,就受到了国内外著名学者、专家的高度评价。原中华书局总编辑、国务院古籍整理出版规划小组秘书长、清华大学古典文献研究中心主任傅璇琮先生说:"'唐诗之路'是一条可与'丝绸之路'媲美的道路。"原西泠印社社长、著名书画家、国学大师启功先生更赋诗盛赞唐诗之路:"浙东自昔称诗国,间气尤钟古沃洲。一路山川谐雅韵,千岩万壑胜丝绸。"浙东唐诗之路被认为是继丝绸之路、茶马古道之后的又一条文化古道。

那么,什么是"浙东唐诗之路"?其内涵是什么?

在《剡溪——唐诗之路》一文中,竺岳兵先生指出,"唐诗之路"有两层含义:第一层是表层含义,它是一条从钱塘江开始,经过萧山的西陵、义桥和绍兴的柯桥、上虞、嵊州到新昌,再到天台山、临海延伸到温岭、温州和从上虞、余姚到宁波、舟山,从宁波到奉化接新昌的一条道路;第二层是深层含义,"唐诗之路"的"路",是人通过大脑对客观事物进行归纳、概括和反映之过程的"路",是诗人凭借浙东山水和人文底蕴,通过联想、想象和幻想,形成审美意象,进行概括和集中,结合诗人自己的思想情感而喷发为诗的过程。

"浙东"二字则是给这条唐诗之路进一步明确了核心空间范围。这里的"浙东",是一个历史地理概念,也是一个独立的行政区划名,是唐代浙江东道的简称。唐贞观元年(627),分国内为十道,今天的浙江隶属江南道。开元二十一年(733),又分天下为十五道,浙江隶属于江南东道。肃宗乾元元年(758),在江南东道下分置浙江西道、浙江东道两节度使。浙江东道观察使治所在越州,范围包括当时的越州、明州、台州、温州、处州、衢州、婺州七州,约占今天浙江面积的 73%。浙东境内以丘陵地貌为主,素以山水风光著称。

"夫有非常之境,然后有非常之人居焉。"五胡之乱,西晋覆灭,中原的士大夫纷纷前往江南避难,又往浙东寻求安居。东晋以来,竺道潜、支遁等十八高僧,戴逵、孙绰、谢安石、王羲之等十八名士都曾在这里隐居游处。这里也是佛教中国化的发祥地,发于台州天台县的天台宗是中国汉地佛教最早创立的宗派;这里还是道教的洞天福地,天台山是道教南宗的发祥地和全真派的祖庭。浙东的佳山秀水、南朝文士的文采风流、佛道二教的传说与踪迹,无不令唐代诗人向往,来这里游处者络绎不绝。

据竺岳兵统计,《全唐诗》收载的2200余名诗人中,就有451人来过这里,约占1/5,并写下了1500余首诗歌,而当时浙东的面积却只有全国面积的1/750。同时,来到浙东唐诗之路的诗人不仅数量之多引人注目,而且质量之高更是令人惊叹,如《唐才子传》收入的才子278人中,这里就有173人,占62%。其中包括了中国诗歌中的"双子星座"李白和杜甫。而李峤、沈佺期、宋之问、鲍防、白居易、元稹、温庭筠、李绅、李德裕、罗邺、罗隐、罗虬、包融、皎然、灵澈、陆羽、王勃、杨炯、卢照邻、骆宾王、齐己、曹松、方干、郑谷、崔融、杨衡、孙逖、颜真卿、马戴、杜牧、窦巩、窦庠、贺知章、张若虚、任涛、喻坦之、周昙系、郎士元、钱起等人,都曾被唐人按其成就、名望的近似而概括并称为文学史上著名的"苏李""沈宋""鲍谢""温李""元白""三俊""三绝""三罗""三包""四杰""四友""四名士""十哲"等,无不反映出这些人极为突出的知名度。①

东晋到唐代六百多年,浙东确乎已经是全国最令人向往的世外桃源。尤其是有唐一代的诗人们,他们带着倾慕之情挂帆东南,以最新鲜的感受、最充沛的精神状态、最纯熟圆融的语言造诣,行吟浙东,歌唱浙东,形成了中国诗歌史上一道独特的风景。由此,也自然形成了浙东唐诗之路在文学上的突出特色,即作者无一例外都受到浙东自然山水及其精神的陶冶而真情流露,形成了唐诗中最注重山水名胜的部分。

综上所述,浙东唐诗之路简单来说就是位于浙东地区的一条唐代诗人往来频繁、对唐诗特别是山水诗发展有着重大影响的山水人文结合、景观文化相映的诗歌游历之路,是一个融交通、风景、文化与诗歌为一体的地理空间和文化区域。这条路的主线从钱塘江边的西兴渡口出发,经萧山到鉴湖,沿浙东运河至曹娥江,然后沿江而行入嵊州剡溪,经天姥山,以天台石梁飞瀑为主要目的地,全长近200公里。然后或东出宁波,或到台州州治临海,直至继续南下到温州等地。同时,如果进一步考察还会发现,在这条路的起点钱塘江逆流而上,同样存在着一条唐诗之路,沿

---

① 竺岳兵:《唐诗之路综论》,中国文史出版社2003年版,第6页。

江经过建德直到金华、衢州,后被称为"钱塘江唐诗之路"或"钱塘江诗路"。

同时,浙东唐诗之路更是唐诗与浙东地理文化结合的产物,既是地理意义上的路,也是一条思想文化之路,是富有特色的山水文化与士文化相融合而形成的一条充满诗性光辉的人文之路。正如竺岳兵多次强调的那样,唐诗之路的内涵,并不单单限于唐诗本身,它还扩及文学、书画、音乐、哲学、伦理、民俗、宗教、园林建筑、社会心理、社会经济等各个领域。正是在这个意义上,才有了浙江省诗路文化带。

三

在"唐诗之路"概念提出很长时间之后,也有人开始提出,只要有比较多的唐代诗人走过并创作了大量诗歌作品的通道,都可以称之为"唐诗之路",如两京、巴蜀、关陇等地。甚至有学者认为唐代联通长安、洛阳两京的驿道才是"典型的真正的唐诗之路",因为沿途的交通量大,景观密集,经行的文人众多,产生的唐诗也多,其与唐诗发展的关系又很密切。① 但正如 2018 年复旦大学陈尚君在新昌举行的全国唐诗之路与天姥山学术研讨会上说的那样,"浙东唐诗之路的本质与京洛之间奔走仕途,追逐功名利禄正好相反,它代表着一种追逐个人自由,热爱自然山川,同时是个人和自然完美融合文化的集中体现"。可以说这一语点出了浙东唐诗之路的精神特质。京洛驿道更像是唐代诗人大量经过的一条交通要道,相较而言,浙东唐诗之路则更为纯粹,更接近于诗人仰慕山水人文而前来流连对话的朝圣之路,具有美感和艺术性,他们无论是"壮游""隐游""避乱游"还是任职或贬黜过程中的郊游,几乎都是在浙东山水间寻找精神寄托。

根据华林甫《唐代两浙道驿路考》对于东南驿馆的梳理,经过杭州樟亭驿后,分别是萧山西陵驿、绍兴西亭驿、慈溪鬼矶江馆、奉化山源驿、宁海南陈馆、天台宁溪馆和乐清上浦馆,而浙东唐诗之路的主线并非这条驿道,而是另一条以剡溪为通道的水路,驿道反而只是它的支线。正是在浙东水路上,大批诗人游山览水、寻仙觅踪,抒写了浙东唐诗之路上数量最多、质量也最高的诗文。这进一步凸显了唐诗之路的核心是"诗路"而非道路。

正如南开大学卢盛江所说,"东晋名士所代表的士文化与山水文化的融合,奠定了浙东唐诗之路的思想文化基础,形成了浙东唐诗之路的基本特色"。因此,他认为,唐代其他地域当然也有很多很好的诗歌,如商於之路、西域之路、关中到蜀

---

① 李德辉:《唐代两京驿道——真正的"唐诗之路"》,载《山西大学学报(哲学社会科学版)》2007 年第 1 期。

中，梁宋、齐鲁、湘楚，这些地方，仅从诗人路经而作诗来说，也可以称之为"唐诗之路"。但是，像古代浙东地区这种与士文化融为一体的山水文化，以诗为载体而创作丰富的诗歌之路，在久远的历史发展中，积淀着身后的传统文化，在这些方面，确能看到浙东唐诗之路独有的特点。[①]

大概是唐代诗人中最早记录诗路之旅的孟浩然在《自洛之越》中的"山水寻吴越，风尘厌洛京"一句，最形象简要地点出了两条道路的不同。因此，京洛驿道与浙东唐诗之路的差别更像是"仕途"与"诗路"的差别，某种意义上可以说是天壤之别。这也是浙东唐诗之路存在的独特价值与精神内涵所在！

浙东唐诗之路30年的研究和宣传，不仅在学术界引起越来越广泛的影响，更在社会各界引发广泛关注，特别受到了文化和旅游部门及各级政府的重视。在文化自信和文旅融合的战略背景下，以打造浙江新时代文化高地为目标，浙江省政府推出了一系列战略部署和规划，以浙东唐诗之路为起点和突破口，通过挖掘梳理浙江历史文化地理脉络，提出了更为广阔的浙江诗路文化概念和建设浙江省诗路文化带的宏伟构想。

2018年5月14日，浙江省人民政府印发《浙江省传承发展浙江优秀传统文化行动计划》（浙政发〔2018〕17号），推出六大工程，其中的"实施浙江特色传统文化重点提升工程"包括了与诗路文化带建设密切相关的"实施50项大运河遗产点段提升项目"以及"打造2条唐诗之路山水人文旅游精品线路"两个目标，具体内容则包含了"推进大运河（浙江段）文化带建设"和"打造唐诗之路山水人文旅游精品"。在2018年6月14日召开的全省大花园建设动员部署会上，时任省长袁家军指出"要把'诗画浙江'作为全省大花园的品牌"，浙东唐诗之路、钱塘江唐诗之路、瓯江山水诗之路和大运河浙江段文化带这"四大诗路"文化带是大花园建设的标志性工程。2019年10月1日，浙江省人民政府印发实施《浙江省诗路文化带发展规划》（浙政发〔2019〕22号），提出"加快'诗路'品牌的研究、建设与传播，培育'诗路十地'子品牌"等品牌建设规划。由此，"浙江省诗路文化带"的概念逐渐清晰。

根据《浙江省诗路文化带发展规划》，分别形成了大运河诗路、钱塘江诗路、浙东唐诗之路、瓯江山水诗路"四条诗路"。

浙东唐诗之路文化带。主线沿曹娥江—剡溪—椒（灵）江，包括宁波（奉

---

① 林家骊等：《唐诗之路是如何形成的》，载《光明日报》2019年6月3日013版。

化、余姚）—舟山支线,覆盖宁波、绍兴、舟山、台州等部分行政区域。自浙东运河转道古剡溪是名人雅士探访佛宗道源的求慕朝觐之路,王羲之《兰亭集序》、李白《梦游天姥吟留别》、孟浩然《越中逢天台太乙子》等名篇,吟诵了古越风情和灵山秀水。

这是一条文学之路、山水之路、朝圣之路,共有1500多首作品,主要以文化名山、名人、名景、名岛为主要载体,展现"兰亭流觞,天姥留别"的文化印象。

大运河诗路文化带。主线沿江南运河(嘉兴—杭州段)—浙东运河,以世界文化遗产保护区域为核心,包括江南运河、浙东运河,覆盖杭州、宁波、湖州、嘉兴、绍兴等行政区域。大运河是历代诗人寻迹江南的重要文化水脉,张志和《渔歌子·西塞山前白鹭飞》、白居易《忆江南·江南好》、柳永《望海潮·东南形胜》等名篇,勾勒了江南古韵和丝路盛景。

这不仅是历史上浙江北上的一条通道,也是全国各地文人进入浙江的主要通道。这里有野趣的山村、田园的乡村、灵秀的水乡,充满诗情画意,还有距今5000年的良渚文化、距今2000年的运河文化和距今1200多年的余杭径山茶文化。文化和历史交相辉映,主要以世界文化遗产和江南水乡名城古镇为载体,展现"千年古韵,江南丝路"的文化印象。

钱塘江诗路文化带。主线沿钱塘江—富春江—新安江—兰江—婺江—衢江,包括浦阳江支线、义乌江至东阳江支线、新安江至安徽黄山市支线,包括杭州、金华、衢州、海宁市和诸暨市等行政区域。经钱塘江溯游而上是浙闽赣皖四省通衢水运要道,孟浩然《宿建德江》、苏轼《饮湖上初晴后雨》、李清照《题八咏楼》、黄公望《富春山居图》等诗文名篇、传世画作,其诗情、哲思、画意绵延古今,承载了"浙"文化的精华。

秀丽的浙西山水成为诗人"壮游吴越"的必经之路,主要以名城名学名江名湖和钱塘江潮为主要载体,展现"风雅钱塘,百里画廊"的文化印象。

瓯江山水诗路文化带。主线沿瓯江—大溪—龙泉溪,包括楠溪江—温瑞塘河支线、松阴溪支线,覆盖温州、丽水部分行政区域。瓯江、楠溪江是逸行山水之地,是中国山水诗的发源地,谢灵运《登池上楼》、沈括《雁荡山》、袁枚《大龙湫》等名篇佳作,开启和陶铸了瓯江山水诗路,展现了灿若披锦的瓯越文化风情。

苏东坡有诗写道:"自言长官如灵运,能使江山似永嘉。"以中国山水诗鼻祖谢灵运为发端,历代文人墨客来到这里留下许多名篇,主要以自然生态山水、文化古村和非遗技艺为载体,展现"山水诗源,东南秘境"的文化印象。

浙江诗路是一条诗路,也是一条水路,还是一条丝路,有意思的是,在浙江方言中,"诗""水""丝"恰好同音,即"sī"。这就好像是赋予浙江文化的一份特殊渊源、一个神奇标签。浙江诗路的四条水路最终都通向了东海,又从东海波及外域,生长出了至今仍然具有旺盛生命力的海上丝路。

四

意象理论是我国古代文艺理论中的一个重要理论,特别是在古典诗歌理论中占有突出地位,是诗歌美学的核心。意象同时也是一种独特的东方思维模式,它存在于中国人思想生活的方方面面,更在抒情诗中得到了最华彩的绽放。一些研究者甚至认为,诗歌的本质就是意象,吴晓则直接定义诗歌为"意象符号系统"。

意象是诗歌区别于其他文学样式的独特呈现方式,是中国古典诗歌最典型的美学品格。中国古典诗歌艺术本质上就是一种意象艺术,不从意象入手,就无法真正进入古典诗歌的艺术天地。无论从诗歌的角度还是从最初提出唐诗之路的角度,都决定了诗路与意象的深度关联。正如竺岳兵所言,这个诗路是人通过大脑对客观事物进行归纳、概括和反映过程的"路",是诗人凭借浙东山水和人文底蕴,通过联想、想象和幻想,形成一串串诗歌审美意象的过程。

因此,从文学的角度看诗路,其最核心的视角便是意象。

意象即"意中之象",是主观心灵与客观物象相融合触发后的产物,它一方面包含着诗人的普遍情"意",另一方面又呈现为触动诗心并经诗心淘洗选择的外在之"象"。"立象以尽意"一直以来是中国人典型的思维方式与审美习惯。胡适从先秦"铸鼎象物"的行为中发现了熔铸于其中的"尚象"思维,认为古人善于发现典型物象以附着观念来表现自身的精神意向,并认为这就是一种朴素的"意象"审美意识。从汉字的起源我们也能清楚发现这种"尚象"思维的普遍性。汉字在构建自身形体时就选用了"象"作为意义或声音的载体,而"六书"的象形研究则正是对汉字"尚象"特色的关注与体现。

意象理论的源头在中国哲学的根部,以审美为主的意象概念大致萌生于汉代,发展于晋,完备于六朝,认同(或定型)于唐代。唐代是意象实践的高峰,也是众多意象定型的时期,以意象思考、以意象写诗、以意象解诗,成为当时的风尚。这一理论在明清达到研究的高峰,并在漫长的发展中不断从诗歌领域扩展到其他各文体,形成对中国文学历时性与共时性影响并存的重要思想理论。

意象理论虽然源远流长并在当代再次受到广泛的关注,但人们对于其概念却至今没有一个统一的认识。人们尝试从各个角度分析和运用意象理论,从中得知它的基本内涵。正如陈植锷所说,"从语言学的角度讲,它们是一些表象性的语词;从心理学的角度讲,它们是使用共同语言的人类的共同情感在深层意识中的长期积淀;从美学的角度讲,它们是一些具有相对稳定性的独立的艺术符号系统;从文艺学的角度,我们就把它叫做文学的意象"①。

意象的概念犹如意象自身,因其巨大的涵盖力与包容性呈现出更多思辨的可能,但研究者也一致认为,诗歌的意象来自人与自然根本上的"异质同构",来自民族心理的层层累积。从本质上说,意象是一个由物象呈现的心灵世界,王立称它为"心灵的图景"。意象是主观的,但又有客观性;是个体的,但又有普遍性;是当下的,但又有历史基因。它形成于古老中国的诗词歌赋,又具有穿越时空的力量,直击今天的人心。意象也是人化自然和自然人化的产物,以至于今天人们看到柳树,就会想到别离,看到流水东去,就会感慨自己的青春流逝,看到大雁而思故乡,看到雨送黄昏而愁肠百结。

可以说,意象就是中国诗歌的灵魂与核心,以意象理论进入中国诗歌就是最根本和有效的路径。立足于大量古典诗歌作品的意象研究,大致开始于19世纪80年代初,如袁行霈《论李杜诗歌的风格与意象》一文②,其后相继有研究专著问世,如陈植锷《诗歌意象论》③、傅道彬《晚唐钟声——中国文学的原型批评》④、王立《中国文学主题学——意象的主题史研究》⑤、王立《心灵的图景:文学意象的主题史研究》⑥、程杰《宋代咏梅文学研究》⑦等。

卡西尔说:"人不仅生活在宽广的实在之中,而且可以说,他还生活在新的实在之维中。""没有符号系统,人的生活就一定会像柏拉图的著名比喻中那个洞穴中的囚徒,人的生活就会被限制在他的生物需要和实际利益的范围内,就会找不到通向

---

① 陈植锷:《诗歌意象论》,中国社会科学出版社1990年版,第9页。
② 袁行霈:《论李杜诗歌的风格与意象》,载《社会科学阵线》1981年第4期。
③ 陈植锷:《诗歌意象论》,中国社会科学出版社1990年版。
④ 傅道彬:《晚唐钟声——中国文学的原型批评》,北京大学出版社2007年版。
⑤ 王立:《中国文学主题学——意象的主题史研究》,中州古籍出版社1995年版。
⑥ 王立:《心灵的图景:文学意象的主题史研究》,学林出版社1999年版。
⑦ 程杰:《宋代咏梅文学研究》,安徽文艺出版社2002年版。

'理想世界'的道路——这个理想世界是由宗教、艺术、哲学、科学从各个不同的方面为他开放的。"①

如果说"宽广的实在"是我们生活的这个客观世界的话,那么这"新的实在之维"无疑就是符号的世界,而意象虽常常表现为客观世界的形体,却存在于符号世界之中。

浙江大地上这诸多奇异而"宽广的实在",给了从外部进入的诗人更鲜明强烈的环境刺激。从永嘉南渡到安史之乱后的贬谪流亡,大量才华横溢的骚客文人从尘土飞扬的北方来到了"不雨山长润,无雨水自阴"的明丽江南,在复杂浓烈的情感变动和耳目一新的山水自然冲击下,比本地人更敏锐地意识到了浙地山水之"象"中所蕴含的无尽之"意"和寄情山水的无穷意味。南方无处不在的绿水青山,浓密的植被,湿润的空气,无一不引发诗人进入"新的实在之维",这"新的实在之维",便是符号的世界,也是文化的世界、心灵的世界,是"以我观物物皆着我之色彩"(王国维)的世界,是诗歌意象的世界。

他们留下的数以万计的诗词作品(包括部分诗性散文和曲赋),便构成了今天浙江诗路的灵魂与核心,它们熠熠生辉、光芒万丈,闪耀成了一条纵横在浙江大地上的诗之银河,璀璨至今,更照亮了沿途的山水自然、民情风物、古建地景,成为浙江文化中最灵动高蹈的一笔。系统梳理和解析浙江诗路上的诗歌意象,不仅有助于我们盘点历史上浙江诗路所涵盖的名物、事迹、故事、理趣,更有助于我们从中梳理出诗路上曾产生并引发过共鸣的情怀意趣、思想精神,它们就像一个个文化基因,是今日浙江思想文化、经济社会各方面发展的根源与密码。

本书正是在浙江省诗路文化带建设的触发下,以诗歌意象理论为切入点和研究方法,采用文本细读的方法考察诗路文学作品,运用意象艺术分析相关文本,参照文学地理学地理意象视角,提炼出浙江诗路文化三大类别共十五个意象进行深度论述,扎根诗歌意象的文学出处,恪守意象的文学立场,主要在典型意象产生的文化土壤和意象流变上进行重点挖掘,同时结合浙江山水自然风貌、社会历史背景、文艺哲学思潮和典型诗人诗作,解析浙江诗路全线古典诗词的意象艺术内涵及其文化基因,揭示诗词意象背后隐藏的诗人独特的情感体验和所投射的时代地域风貌、自然社会风情,为浙江诗路文化研究提供一家之言,同时为浙江省诗路文化带建设和文旅融合发展提供理论参考。

---

① 恩斯特·卡西尔:《人论》,甘阳译,西苑出版社2003年版,第72页。

　　由于意象发展至唐代就已充分类型化,在诗歌创作主体心中建立起了较为稳定的图式,且唐诗中的主要意象常常源自前代的原型意象,而在后代作品中多为固化使用,少有翻新,因此本书的研究重点也就自然表现为对宋及以前浙江诗路上诗歌意象的研究,作品范围以两晋、唐宋为主,兼及明清部分作品。

第一章　意象与浙江诗路

第一节　意象概念辨析

一、什么是意象

意象是诗歌区别于其他文学样式的独特呈现方式,是中国诗歌中最具典型意义的美学品格之一,也是中国古代诗歌的一个中心概念,它是组成中国诗歌不可或缺的基本要素和诗歌表情达意的主渠道。正如学者所说:"在诗学研究的范域中,意象研究是具有独特地位且是相当重要的一个部门,它是直接指向诗的内在本质所做的探索。"①诗人郑敏曾从创作的角度说:"诗如果是用预制板建成的建筑物,意象就是一块块的预制板。"②而陈良运也从接受的角度认为:"以'意象'品诗,更能准确地表达读者阅读鉴赏时所获得的审美快感。"③冯国荣也认为:"艺术思维只能是意象思维。"④

那么,何为意象?

意即心音,是诗人心灵的声音;象是形象,是诗人耳目之内的物象。意象就是意中之象,它是"诗人主观情志与外界客观物象相碰撞而契合的产物,是一种包含了意与象的双重性结构,它既指向意义,也指向形式"⑤。意象这一概念,从象的角度而言,要显现天地自然之象;从意的角度而言,要表现发自内心的真情。自然之中的物象要经由诗人的思想情感加工才能进入诗歌。在这一过程中,它要经过的加工主要有两个方面:一是要经过诗人的审美选择;二是要经过诗人主观情感的点染和影响。诗人会选择符合自己审美趣味的物象进入诗歌,用以表现其在当时当

---

① 李瑞腾:《诗的诠释》,台湾时报出版公司1982年版,第143页。
② 郑敏:《英美诗歌戏剧研究》,山东文艺出版社1986年版,第215页。
③ 陈良运:《诗学·诗观·诗美》,江西高校出版社1991年版,第60页。
④ 冯国荣:《中国当代诗歌发展走向窥探》,山东文艺出版社1986年版,第215页。
⑤ 吴晓:《诗歌意象的符号质、系统质、功能质》,载《浙江大学学报(人文社会科学版)》2001年第3期。

刻的人格理想和情感态度。意象就是诗人感情外化的一种表现形式,用朱光潜的话说就是"意志的外射或对象化"。因此,意象是主观情感与客观物象相契合的产物,包含着寄托情思的象和借象而体现出来的情思。而意象所指的"象"实则是物的观念而非物本身,且从内容角度来看,它包含了从主体出发的各种感官所能涉及的对象类型,如视觉、听觉、嗅觉、触觉、味觉等。

"意象就是这样一个具有宽泛的精神因素与可感的物质因素的双重结构体。"①意象正处于兴象和形象之间,以兴象看意象,意象中含蕴着抒情体的浓重意味;以形象看意象,意象中又蕴含着叙事体的方方面面。从"象"到"意象",正是加入了诗人的情感、思想与精神。所以简单来说,意象的生成需要一个我们平常熟悉的过程——情景交融、寓情于景。

意象既然与主观情感相关,就往往具有个性特点,从而体现出每个诗人独特的诗风和精神气质,如屈原与香草、美人,李白与大鹏、明月、酒,杜甫与落木、孤舟,陶渊明与飞鸟和菊,等等。同时,又由于人类的情感既有个性也有普遍性,特别是在历史文化积淀中形成的集体无意识,常常凝结着人类从远古遗传下来的共同意象,因此成功的诗歌意象都具有共通性,能引发普遍共鸣,比如苏轼《水调歌头》中的名句:"人有悲欢离合,月有阴晴圆缺,此事古难全。"其中圆月与缺月这两个意象所蕴含的情感,无疑是具有普遍性的。

至此,作为"意中之象"或"表意之象",我们可以大致这样理解诗歌中的意象,即诗人为了表达某种思想或情感,将自己的心灵和对象契合生成的"象",通过语言文字等艺术符号落实于文本,形成诗歌艺术作品,构成意象系统,借此完成作者与读者之间生命体验的交互共鸣。

意象是诗歌的方法论,也是诗歌的本体论。从方法论的角度来看,意象是一系列组成诗歌的主要元素,也是一种诗歌艺术处理方法;而从本体论的角度来看,意象是构成诗歌整体效果的运动形式和展开形式。从这个意义上我们可以认为,诗歌在本质上就是由语言文字表现的"意象符号系统"②。

二、意象的发展

从《易经》《庄子》《诗经》《离骚》到《文心雕龙》和唐代的《诗品》及唐宋诗词、明代诗论,意象论在理论和实践上都经历了漫长的发展过程。

---

① 吴晓:《宇宙形式与生命形式》,浙江大学出版社 2019 年版,第 33 页。
② 吴晓:《宇宙形式与生命形式》,浙江大学出版社 2019 年版,第 2 页。

早在先秦时期,意象的雏形就已经产生。《周易·系辞下》中有:"《易》者,象也。"认为这部预测人事吉凶祸福的古筮书,便是以八卦图象的推衍变化来揭示其规律的。《系辞上》中还对"意"与"象"的关系进行了论证:

> 子曰:"书不尽言,言不尽意。"然则圣人之意,其不可见乎? 子曰:"圣人立象以尽意,设卦以尽情伪,系辞焉以尽其言。"

书中认为圣人的意思是不可以用思维推导出来的,也不可以用言辞说出来,但却可以用"象"来显示。三国时期魏国的王弼在《周易略例·明象》中还由此对言、意、象三者的关系进行了辩证的发挥:

> 夫象者,出意者也。言者,明象者也。尽意莫若象,尽象莫若言。言生于象,故可寻言以观象;象生于意,故可以寻象以观意。意以象尽,象以言著。故言者,所以明象,得象而忘言;象者,所以存意,得意而忘象。

王弼认为象与言不过是一种载体,主要是为了得意与尽意,这显然是与他的玄学体系有关的,在其理论体系里,一旦悟出了道,那么形、象、言等就都可以抛弃了。毕竟哲学是以观念为目的的,为了抽象可以舍弃具体,为了本质可以剥除现象,为了内容可以略去形式。但是这些言论无疑在一定程度上奠定了有关意与象的基本认识和关系,即象的呈现是为了达意。而这里的"象",很重要的一方面就是指外在世界的客观形象,这无疑是与自然山水紧密相关的。王弼这种"尽意莫若象"的观点,无形中提高了山水自然在玄学中的地位,后经郭象等人的进一步发展,到孙绰提出"以玄对山水",直接奠定了浙东山水诗与意象关系的哲学基础。

第一个真正将"意象"引入文学范畴的人,是南朝著名文论家刘勰。他在代表作《文心雕龙·神思》中以"独照之匠,窥意象以运斤"来比喻写诗作文独到眼光和见解的人,都是按照符合自己情思的意象来创作的,就像出色的匠人会按照胸中成熟的形象来挥动斧子,并将其看作"驭文之首术,谋篇之大端",放到艺术构思的首要位置上看待。刘勰的这一论断在中国诗歌史上具有重要的意义和影响。人们普遍认为,诗歌乃至其他文学作品,均应通过创造突出的意象来表达思想情感。

此后,王昌龄、白居易、司空图等诗人和诗论家都相继论及意象问题。在当时,创造意象已经成为诗人们共同的审美表现手法,而对那些兼为诗论家的诗人来说,意象理念更已是他们创作和鉴赏的主要经验。"不少中国古诗,特别是唐诗,的确是浸泡在意象之中。"①至明清之际，以意象来谈论诗歌作品的事例更是不胜枚举，如明代著名诗论家胡应麟在他的诗论专著《诗薮》中有"古诗之妙，专求意象"的说法；何景明在《与李空同论诗书》里有"意象应曰合，意象乖曰离"的观点；清代沈德潜在《说诗晬语》中评论孟郊的诗时也说到意象问题，认为"孟冬野诗，亦从风骚中出，特意象孤峻，元气不无斫削耳"；等等。古人正是从"这些充实着自身恐惧与愉悦、理想与瞩盼、烦恼与悲伤的对象物身上，愈加体察到人符号化了的生命意义、生存价值，现实生活中的诸般情思也有了宣泄与回味的更多机缘"②。可以说，意象发展至唐代就已充分类型化，在诗歌创作主体心中建立起了较为稳定的图式，"意"与"象"、心与物的美学关系逐渐定型，以至于到了宋代，诗人们虽力图超越已经定型化了的意象系统，却已然"难于在意象经营本身上玩出较多新花样，就更加细心地拣选动词、形容词，来使意象的联结和延伸更为精妙，从而达到一般性意象化为更有魅力的动态性意象，收到'化美为媚'的效果"③。自此，虽然意象本身的创造逐渐式微，但意象的传统却在往后各代的诗词曲赋、散文小说等古典文学的各种文体中巩固绵延，也不管这些文体之间有多大的差异，其中的意象始终相对稳定。虽然意象的先在规定性在复杂纷繁的现时心态与时代审美中往往出现些微的变异或增值，新意象会改造旧意象，但意象所固有的惯常意蕴作为主导性内涵的地位却始终坚不可摧。

元明清及其后的意象书写，大多就停留和徘徊在意象与意象组合联结方式如何精益求精之间，而意象本身逐渐成为一种陈陈相因的文学原型，有时候甚至为中国文人的思维惰性提供了便利条件。这在唐代日本僧人遍照金刚的《文镜秘府论·南卷·论文意》中已早有述及："凡作诗之人，皆自抄古人诗语精妙之处，名为随身卷子，以防苦思。作文兴若不来，即须看随身卷子，以发兴也。"直到明清之际，笺注、类书的流行，某种程度上正是这一心理与实用需要内在融合的产物。

大致而论，意象源于哲学，历史久远，而以审美为主的意象概念，大致萌生于汉代，发展于晋，完备于六朝，认同（或定型）于唐代。意象的发展到唐诗达到了实践的高潮，而到明清则走向了研究的顶峰。回顾意象发展的历程，我们可以发现，意象从人与外界自然的关系及人对自然的关照中来，在诗歌等各类文学中逐渐生成、

---

① 赵毅衡：《意象派与中国古典诗歌》，载《外国文学研究》1979 年第 12 期。
② 王立：《中国文学主题学——意象的主题史研究》，中州古籍出版社 1995 年版，第 5 页。
③ 王立：《中国文学主题学——意象的主题史研究》，中州古籍出版社 1995 年版，第 32 页。

稳固并符号化，规约着中国古典美学的心物关系，继而成为中国文化的典型符号，深植于受中华文化直接影响、间接影响或时空惯性影响的有形地域及无形心域，成为一种中华民族的集体无意识。由此，意象也就超出了文学（诗歌）的范畴，具有了广泛的文化影响力和心灵渗透力。

在西方文论中，意象（image）一词是独立完整不可分割的。它最初也是哲学概念，由著名哲学家康德最先引入美学领域。康德还为其下了定义，认为审美意象"是由想象力所形成的一种形象显现"①。"意象"一词被广泛使用是在20世纪初意象主义诗派出现以后。意象派是在法国象征主义和中国古典诗歌意象的丰富性、含蓄性、形象性影响下兴起的反对抽象说教、反对陈旧题材与表现形式的诗歌运动，是当时盛行于西方世界的象征主义文学运动的一个分支，首先出现于美国，后在英国广泛传播。

虽然西方所说的意象与本书所说的意象存在明显的出入，但恰是在西方文论的影响下，意象再次受到中国现当代诗人和诗论家的关注。著名的当代诗艺理论学者骆寒超曾断言："重视诗的意象艺术，大力采用这种意象抒情，对于诗歌技巧现代化将具有方向性的意义。"②可以说，意象又以"先输出后输入"的模式，开启了其在中国现代美学中现代性转型的序曲，其基本特征为中西方美学思想的剧烈碰撞与融合，并在特定社会语境下实现现代化转型。特别是在符号论、结构主义和格式塔心理学等西方美学思潮的共同作用下，意象艺术进入了新的研究阶段。诗歌理论研究者、诗人吴晓从本体论角度提出诗的本体即是"一个独立自主的意象符号系统"③的定义，将意象提到了诗歌本质的高度，并联通了生命意识与宇宙意识，为意象的新发展奠定了扎实的理论基础。

人们不仅进一步强调了意象作为诗歌基本构成要素的重要性，更开拓了意象研究的广阔新领域。有关意象的历史研究、本体研究、转型研究等，为意象的转化应用研究提供了坚实的基础和持续的力量。主题学研究的代表性人物、学者王立开创性地将意象研究与主题学研究结合，形成了意象的主题史研究，并提出和论述了柳、竹、马、雁、石、海、梦、流水、黄昏等九大经典意象，使意象的文化能量得以挖掘和彰显。而张伟然从文学地理学角度研究的著作《中古文学的地理意象》，更是

---

① 伍蠡甫：《西方文论选》（上），上海译文出版社1979年版，第563页。
② 骆寒超：《中国现代诗歌论》，江苏人民出版社1984年版，第362页。
③ 吴晓：《新诗美学》，中国社会科学出版社2018年版，第21页。

将跨学科研究和更多的方法论引入意象研究领域,也使文学意象的研究突破文学的狭义范畴,走向了更广义的文化空间和应用空间。

三、表象、意象与意境

为了更好地理解意象的意义及其在诗歌中的定位和作用,我们有必要再将意象置于与之相关的几个概念中进行一番简单的对比论述。在诗歌中,与意象关联度最高的概念是表象和意境。同时,表象、意象和意境这三个概念之间,还存在一种相互影响和递进的关系,即意象来源于表象,而意象引发的最高境界和指向则是创造诗的意境。

何为表象?

表象是指人的记忆中所保留的感性映像,它的本源是客观外物。人通过感觉、知觉、观念等作用,就能对事物的本相进行反映和描摹,产生的结果就是表象。换句话说,表象是事物不在面前时,人们在头脑中出现的关于事物的形象。从信息加工的角度来讲,表象是指当前不存在的物体或事件的一种知识表征,这种表征具有鲜明的形象性。在心理学中,表象是指过去感知过的事物形象在头脑中再现的过程。表象是感性认识的高级形式,是由直接感知过渡到抽象思维的中间环节。

表象的获得,有直接和间接两种途径。直接的表象就是面对对象时直接在心中所产生的,间接的表象则是通过媒介物如图片、文字、影像、传闻等方式习得或通过想象、思考而推断得知的。表象是人们对客观外物最基本、最初步的感知,会随着人们认识活动的深化而深化。表象深化也主要有两条路径:经由理性,表象可以深化为概念;经由感性,表象可以深化为意象。表象的基础是物像,或曰名物,尤其在自然山水诗中,自然界的各种名物,如花鸟草木、风霜雪月,都是意象产生的素材库。因此,大量丰富的表象的储存和积累是意象产生的重要前提,山水诗人不断地行游履历,正是其积极拥抱世界以积累表象的过程,由此,其意象创造得以丰满、充满活力。

意象是在表象基础上经由感性创造上升而来的。美学家鲍姆加登说:"意象是感情表象。"[1]庞德认为:"一个意象是在瞬息间呈现出的一个理性和感情的复合体。"[2]从前文对意象的论述中,我们也可以大致看出表象较接近于意象之"象",意象则是表象被赋予了情感意识的成分,即"表意"部分。诗人艾青更是直接将意象

---

① 鲍姆加登:《美学》,简明等译,文化艺术出版社 1987 年版,第 133 页。

② 黄晋凯:《象征主义·意象派》,中国人民大学出版社 1989 年版,第 135 页。

界定为"具体化了的感觉"。每个人心中都可以产生表象，但只有诗人能经过意象艺术而将表象转化为自己内在生命的一部分，从而使表象成为具有个人性和独创性的诗歌意象。同时，同一个表象，在不同诗人的不同情感作用下，也会产生不同的意象，如同样是酒的意象，陶渊明的"酒"意象平淡冲和，具有现实性，而李白的"酒"意象隽永飘逸，具有浪漫性，而这正是由两位诗人在追求诗意人生时所持的不同审美理想所致。所谓表象有限，意象无穷。

值得注意的是，很多人在理解意象时常常会发生混淆，最常见的是将表象直接看作意象，特别是干脆把诗中的名物等同于意象，这是错误的。诗歌意象虽有不少来自名物，但绝不等同于诗中名物。首先，我们不能简单地将诗词作品中的名物一一列举而称为意象。比如王维《使至塞上》中的名句："大漠孤烟直，长河落日圆。"如果简单将名物列为意象，就会认为这里有"大漠""孤烟""长河""落日"四个意象，但实际上，当我们只是看到"大漠"一词的时候，并不会产生一种表意之感，它表示的是何"意"？根本无从判断和感受。只有当"大漠孤烟直"作为一个整体时，我们才会从广袤漠野上一缕孤烟兀自升起的象中感到一种空阔、苍凉、干燥寂静以及由此警示出来的边关的紧张气氛。因此，"大漠孤烟直"才形成了一个意象。其次，并非只有名物能构成意象，也就是物象之外，还可以有情象、事象和理象。也就是说，事物、概念、情感、事件以及理趣，均可构成意象。

意境则是一种精神现象。"意境"一词是从佛语进入诗歌理论的，最初称"境"，指"心之所游履攀援者"，也就是意识活动所凭附的对象，从这个角度来看，它与意象确实有天然的内在关系。然而在意境进入诗学领域后，它一方面与意象关联，一方面又有超越，可以说它是诗人诗性生命的升华，是人的各种感受所达到的某种精神上的终极地步，也是诗人想要借助意象达到的最高境界。而由意象向意境的延伸，即从"立象尽意"进入"境生象外"，更标志着古典诗歌意象艺术的自我圆成。唐代王昌龄在其所作的《诗格》中曾明确论及"意境"概念，并将其置于"物境""情境""意境"的诗歌三重美学形态关系中：

> 诗有三境：一曰物境，欲为山水诗，则张泉石云峰之境，极丽极秀者，神之于心，处身于境，视境于心，莹然掌中，然后用思，了然境象，故得形似。二曰情境。娱乐愁怨，皆张于意而处于身，然后用思，深得其情。三曰意境。亦张之于意而思之于心，则得其真矣。

王昌龄的"三境"涉及感觉、情感与意念，是人认识世界过程中逐步深化的三个阶段、三个层次。在以后的文论中,前面两境逐渐鲜有人提,而由"意境"一词承担了"三境"的内涵与功能,因此意境之中便包容了物境和情境。

王国维在《人间词话》中有一段有关意境的著名论述:

> 有有我之境,有无我之境。"泪眼问花花不语,乱红飞过秋千去。""可堪孤馆闭春寒,杜鹃声里斜阳暮。"有我之境也。"采菊东篱下,悠然见南山。""寒波澹澹起,白鸟悠悠下。"无我之境也。有我之境,以我观物,故物我皆著我之色彩。无我之境,以物观物,故不知何者为我,何者为物。古人为词,写有我之境者为多,然未始不能写无我之境,此在豪杰之士能自树立耳。

> 境非独谓景物也。喜怒哀乐,亦人心中之一境界。故能写真景物,真感情者,谓之有境界。否则谓之无境界。

王国维所说的"意境",其实就是意象的境界,因此,"有我之境"和"无我之境",实则都离不开"我",只是前者的"我"——也就是意象之"意"——是显现的,而后者的"我"则融于"象"中,使意象成为更圆融的整体,更显得朦胧抽象、意味无穷。

正如不是所有表象都能上升为意象,同样也不是所有意象都能上升为意境。而反之,意境的形成却离不开意象。意境是意象达到的最高境界。吴晓认为意境所达到的这种最高境界,便是人类的终极关怀——宇宙形式与生命形式。[①] 这是诗歌的终极追求,也是意象的最高形式。

第二节　意象特性与艺术

一、意象的特性

要了解意象的特性,就要从意象本身是艺术创作中的一个符号的角度入手。

一方面,从产生机制上看,意象就是一个特殊的符号。符号的产生来自一个被给予意义的人类行为,符号就是"给予某种事物以某种意义,从某种事物中领会出某种意义"[②],这与意象是"意中之象"可谓异曲同工。另一方面,意象作为诗歌艺术创作的重要元件,自然也是艺术创作中的一个典型艺术符号。艺术符号学把艺术的一切表现形式都看作符号,认为艺术可以"被定义为一种符号的语言","美必

---

① 吴晓:《宇宙形式与生命形式》,浙江大学出版社 2019 年版,第 1 页。
② 池上嘉彦:《符号学入门》,张晓云译,国际文化出版公司 1985 年版,第 3 页。

然地而且本质上是一种符号^①。苏珊·朗格也说:"一个表现形式归根结底就是一个符号形式。"并认为艺术符号就是"一种终极的意象"^②。那么,既然是艺术符号,意象便具有符号所具有的一般特性。

(一)能指和所指

按照符号学的定义,符号既是物质的呈现,又是一种精神的外观,在符号中,主体与客体达到了完满的统一。符号学家罗兰·巴特认为,符号的两个基本构成要素,一是"表示成分",即能指,二是"被表示成分",即所指。当然,这里的能指和所指,与语言符号中的能指和所指是不同的。在语言符号中,能指是指一个词的音和形,所指则是这个词的语义。但在意象这个艺术符号中,能指这个表示成分指的是表象或语义,而所指这个被表示成分指的则是"意"——一种情感或意味。

比如"柳"这个词,从语言符号角度看,其能指是"柳"的字形和"liǔ"这个读音,所指是"一种乔木或灌木,种类很多。有垂柳、旱柳、杞柳等。叶狭长,种子有毛。枝条柔韧,可供编织"。但在中国古典诗歌中,"柳"这个意象的能指是柳树这种植物的表象,或曰物象,所指则是各种蕴含丰富的情思,如在李白《忆秦娥》"年年柳色,灞陵伤别"中表示离愁别绪,在梁简文帝萧纲《折杨柳》"杨柳乱成丝,攀折上春时……曲中无别情,并为久相思"中表示相思念远,在《诗经》"昔我往矣,杨柳依依"中表示思乡归土,在姜夔《点绛唇》"今何许,凭栏怀古,残柳参差舞"中表示缅故怀古……

在这里,意象不是一个词,而是一个由表象编织出的情感和意义的世界。表象是它的能指,情感和意义的世界是它的所指。这是意象的根本特性。

(二)自足与自我表现

意象的第二个重要特性,是它的自足性与自我表现性,正如符号具有自身固定的形态与含义。

意象虽是诗人的创造,但"意"与"象"的对应却不是简单来自诗人的主观意识,可以由诗人随意形成的。为什么路口的柳意象让人想到离愁,石边的竹意象使人读出刚毅气节,而不是路口的柳意象让人想到刚毅节气?

那正是因为,意象自身具有一定的自我表现性,具有自在的形态和丰沛的意蕴,且这种形态和意蕴之间,存在着一种对应性。

---

① 卡西尔,转引自朱狄:《当代西方美学》,人民出版社 1984 年版,第 122、124 页。

② 苏珊·朗格:《艺术问题》,滕守尧等译,中国社会科学出版社 1983 年版,第 446、134 页。

西方哲学家曾指出:"人由对象而意识到自己:对于对象的意识,就是人的自我意识。你由对象而认识人;人的本质在对象中显现出来:对象是他的公开的本质,是他的真正的、客观的'我'。"①中国古典文学意象的形成,也可以说是诗人在自然物像等表象中找到了自己情感与精神的本质,在社会文化因素和情感因素的作用下,这些表象于是逐渐被人格化、象征化。而这些人格化的对象,也就成了"意中之象"。

而这种感物而发、物我相生的艺术思维的产生,从格式塔心理学的角度来说,就是来自人与外界或者说"意"与"象"之间的"异质同构"。也就是说,一个表象之所以能形成意象,获得一种情感意味,就是因为它本质上具有这种特性,而非诗人主观的牵强附会。诗人不过是那个找出了这种对应并通过语言艺术将其表现出来的人。

阿恩海姆曾通过举例分析这种"异质同构"关系的产生:

> 一棵垂柳之所以看上去是悲哀的,并不是因为它看上去像一个悲哀的人,而是因为垂柳枝条的形状、方向和柔软性本身就传递了一种被动下垂的表现性;那种将垂柳的结构与一个悲哀的人或悲哀的心理结构所进行的比较,确实是在知觉到垂柳的表现性之后才进行的事情。一根神庙中的立柱,之所以看上去挺拔向上,似乎是承担着屋顶的压力,并不在于观看者设身处地地站在了立柱的位置上,而是因为那精心设计出来的立柱的位置、比例和形状中就已经包含了这种表现性,只有在这样的条件下,我们才有可能与立柱发生共鸣(如果我们期望这样做的话)。②

虽然前文提到的"柳"意象有多层意蕴,但无论是离愁别绪还是思乡念土,这些情感意蕴的方向都是相同的。

所以阿恩海姆甚至认为:"那推动我们自己的情感活动起来的力,与那些作用于整个宇宙的普遍性的力,实际上是同一种力。只有这样去看问题,我们才能意识到自身在整个宇宙中所处的地位,以及这个整体的内在统一。"③

当然,意象的自足和自我表现性要远比"异质同构"复杂得多。意象除了有表象的内容、心理学的感应,还有更广阔的社会历史文化意蕴,并在这种文化的发展变化中实现自身的不断丰富与增值。

---

① 《费尔巴哈哲学著作选集》(下卷),荣震华等译,商务印书馆1984年版,第30页。
② 鲁道夫·阿恩海姆:《艺术与视知觉》,滕守尧等译,中国社会科学出版社1984年版,第625页。
③ 鲁道夫·阿恩海姆:《艺术与视知觉》,滕守尧等译,中国社会科学出版社1984年版,第625页。

(三)模糊与多义

滕守尧认为,一个艺术符号"可以引起深层无意识的反应,它会调动或激起大量前逻辑的、原始的感受,还会引起许多完全属于个人的感受上的、感情上的或想象的经验"①。这正是从接受美学的角度提出了意象符号的又一特性——模糊和多义性。正如我们常说的一千个读者就有一千个哈姆雷特。

当然,意象符号的模糊与多义,并不仅仅来自审美接受。

生活中,我们经常接触一些清晰和单一意义的符号,比如道路交通符号,它们以标准化和意义表达的唯一准确性为准则,且这种符号形态和含义的关系是被强制性规定和要求的,所有人必须认同。而意象符号是艺术符号,也是审美符号,它既不以认知的强制性为前提,更不是通过明确无误、直白理性的常规语言来表达的。特别是,意象符号将抽象的情感意蕴具象化的过程本身,仍然是开放性和隐喻性的。更别说在历史文化的浸润和叠加中,在个人感受的独特性和差异性中,意象的蕴含还会呈现出多层次、多角度的发展。因此,意象符号本身具有模糊与多义性的内在特质。

一般来说,最初或较早期的意象往往具有强大的再生功能,它在发展过程中由于自身的自足性和自我表现性而具有某些定势,但意象符号的这种先在的规定性,在纷繁复杂的情感心态和接受情境中,又往往出现些微的变异,新的情思在新的历史文化和情境中会重新陶铸旧有意象,在取其旧意的基础上也赋予它新的"情味价值"②。

同时,相对来说,单一的意象,其模糊和多义性更明显,而当一个意象进入一个具体的组合与结构中,就会逐渐变得清晰起来,虽然这种清晰并不会使意象的模糊和多义性完全消失。毕竟,意象符号的美学价值,正是在于其有意而意无穷之间。

比如还是以前文提到的"柳"意象为例,如果单独说一棵柳树,其含义就会在离愁别绪、相思怀远、缅故怀古、柔弱多情、思乡归土等多种情愫间徘徊游移,难以确定,这就呈现出表达和理解的模糊和多义性。但是如果将其放在李白《忆秦娥》"箫声咽,秦娥梦断秦楼月。秦楼月,年年柳色,灞陵伤别"这个意象结构中,将它与"箫声咽""秦娥梦断秦楼月"等意象放在一起,成为"年年柳色"这个具体的意象时,其离愁别绪的意蕴就会凸显出来。只是在这个情感范围内,不同的人仍然能解读出与不同对象的不同类型、不同程度、不同表现的愁绪来,这就是意象符号模糊与多

① 滕守尧:《审美心理描述》,中国社会科学出版社 1985 年版,第 232 页。
② 王立:《中国文学主题学——意象的主题史研究》,中州古籍出版社 1995 年版,第 13 页。

义的本质所在了。正因如此,意象要真正实现其功能,就往往要在一个完整的系统或情境中。

可以说,意象符号就像一个召唤结构,它指出了方向,却又留出了无限的空间。意象的这种模糊和多义,正是意象的魅力和生命力所在,它留给后代诗人和读者无尽的创作与想象的余地。

二、意象艺术

作为艺术创作中的一个重要艺术符号,意象在诗歌创作中的实现,同样需要通过一定的艺术处理和表现方式,就如书法中的线条艺术、绘画中的色彩艺术那样,意象艺术也有自身独特、稳定的艺术规则。而诗歌作为语言艺术,意象艺术的表现主要就体现在审美心理、语言表达和意象的组合架构等方面,可以概括为意象思维、意象语言和意象结构。

关于意象艺术的这三个层面,学者陈伯海有一段相当精准的论述:

> 三个层面中,意象思维属审美关照的领域,它关涉到意象的来源及其在诗人审美心灵中的生成方式;意象语言属于艺术表达的范畴,它要回答的是诗人内心的审美意象("意中之象")如何转化为语言符号,以产生可供人观赏的诗歌意象;而意象结构则属于文本结撰的功能,讨论如何将各个意象组合起来,以构建起能表达整体情思的诗歌文本。[①]

(一)意象思维

与西方的叙事诗不同,从《诗》《骚》以来,中国古典诗歌的主流是一种抒情艺术,但情感本身又是无法自我呈现的,这就必然促使诗人要通过借助引起情绪共鸣的表象来呈示,意象思维正是这一过程的反应。

简单来说,意象思维就是一种以意象的生成过程为主要思维模式的审美心理过程,是整个意象艺术的核心。按照胡经之的说法,"在意象思维中,思维的基本材料是意象,人运用思维能力(最基本的是分析、综合的能力),使意象和意象不断结合,简单意象综合为复杂意象,单一意象综合为复合意象,初级意象综合为高级意象。意象思维不断运动的结果,是形成完整的艺术意境(艺术典型是其一种形态),或统一的意象体系"[②]。意象思维的缘起是意起情发的抒情需要,然后经由感物兴

---

① 陈伯海:《古典诗歌意象艺术的若干思考》,载《社会科学》2012 年第 7 期。
② 胡经之:《文艺美学》,北京大学出版社 1989 年版,第 151 页。

会的抒情方式即核心思维机制,形成诗歌意象,从而实现意象思维的全过程——"运意成象"①。我国伟大的诗人屈原"发愤以抒情",遂成《离骚》。这"发愤",便是意起情发的一种表现。但普通人的"发愤"也仅止于发愤,不是直接的怒火外泄,便是转化为愤怒的情绪、语言或行为。只有当"发愤以抒情"时,一种现实的人生体验才会向诗性的生命体验转化,而这一转化的关键则是寻找诗性生命体验的美学载体,这一寻找的过程,就是意象思维的心理机制——"感物兴会",即通过心物交感的双向作用,观物取象,立象尽意。屈原最终在自然中找到了他的情感对应物,终于以经典的"香草美人"意象,完成了"运意成象"的全过程,最终成就了《离骚》这部中国诗歌史上的高峰、浪漫主义文学的代表作。

明人王廷相在他的《与郭价夫学士论诗书》中说:"言征实则寡余味也,情直致而难动物也,故示以意象,使人思而咀之,感而契之,邈则深矣,此诗之大致也。"他认为诗歌的语言和情感不能直接呈现,就像"发愤"如果只是直接宣泄,那就无法耐人寻味,也无法动人,自然也就不是诗了,诗只有通过意象,才能引人入胜,意味无穷,而这也正是诗的根本所在。王廷相的这段话,很好地说明了意象思维对于诗歌的重要性,并且这种重要性甚至还是决定性的。

意象思维的心理基础是"天人合一"的自然情结。虽然中国古典诗歌的意象类别很多,从象的角度来说有现实意象和虚幻意象,前者还可以分为自然意象、社会意象、历史意象等,后者如神话意象、心理意象等,然而,在诸多意象中,最主要且最经典的还是自然意象。这是源远流长的自然情结在艺术创作中的反应。宗白华认为诗人应在自然的活动中养成人格,"直接观察自然现象的过程,感觉自然的呼吸,窥测自然的神秘,听自然的音调,观自然的图画。风声水声松声涛声都是诗意诗境的范本"②。在长期的农业文明和农耕社会中,人与自然的关系不断被强化,"天地与我并生,万物与我为一"的"天人合一"思想成为中国哲学思想中最为影响深远的观念。早在意象的雏形时期,《周易·系辞下》"《易》者,象也"的表述中,"象"就是指宇宙自然之象。意象思维正是建立在"天人合一"哲学基础之上的美学思想的反应。当"天人合一""天人感应"逐渐成为一种集体无意识,便为意象思维奠定了心理基础,它使农业社会中的大部分诗人逐渐形成了一种与大自然生命相依的心态。我们甚至认为这就是一种典型的东方心态。

---

① 陈伯海:《古典诗歌意象艺术的若干思考》,载《社会科学》2012 年第 7 期。
② 宗白华:《新诗略谈》,载《少年中国》1920 年第 1 卷第 8 期。

据当代诗人流沙河统计,在《诗经》中"兴"诗所包含的共 389 种意象中,取材于山川草木、鸟兽虫鱼的自然意象就有 349 种,占了总意象数的约九成。[①] 因此司马迁在《史记·太史公自序》中说:"《诗》记山川、溪谷、禽兽、草木、牝牡、雌雄……以达意。"此后,这一传统在相对稳固的社会发展中代续传承,不仅诗人们善于通过自然意象写诗,一代代的读者也习惯通过自然意象读诗。他们"遵四时以叹逝,瞻万物而思纷;悲落叶于劲秋,喜柔条于芳春"(陆机《文赋》),沉醉在将自我融于自然的意境里。

（二）意象语言

意象思维是意象艺术的核心,但是作为诗歌这样一种通过语言文字来呈现或链接的艺术形式,意象语言的重要性同样不言而喻。

意象语言就是诗人通过恰到好处的文学语言表达方式将意象呈现出来,形成了可供品读的文本,使意象思维最终成为诗。它也可以通过吟诵而以语音形式呈现。如果说意象思维还停留于审美心理范畴,那么意象语言就是对这一心理过程的"物化"形式。

意象语言简单来说就是诗歌语言,王安石称为"诗家语",与之相对的有日常语言、科技语言、政务语言等等。一般来说,日常语言、科技语言等功能性语言主要以语法规则和逻辑规范为准则,讲求准确晓畅,以方便沟通理解为目的,而诗歌语言属于艺术语言,它以构筑审美意象为原则,讲求含蓄隽永,以传达情感情绪、交流生命体验为目的。

因此,意象语言往往就需要跳出常规的语言逻辑和语法规则,但究竟构筑意象的规则又是什么,恐怕每个时代的人只能总结,却无法穷尽其理。目前有关意象语言常见手法比较主流的观点,一是充分利用语言词汇本身所具有的具象性特质,强化语言的表现功能,如"明月松间照,清泉石上流"一句,通过直接陈述的方式构筑意象,用语词自身的表现性去呈示诗人清净恬淡的内心世界;二是发挥语言的暗示与联想功能,引发对"象外之意"的情感共鸣,如"今宵酒醒何处,杨柳岸,晓风残月"一句,就是通过"柳"的暗示意味蕴含着离别愁绪;三是通过语言文字的陌生化处理,达到强化情绪的作用,如"秋色渐将晚,霜信报黄花"句,将"黄花报霜信"的正常语序进行倒装,通过将"霜信"前置,来强化诗人的凄楚情怀。

[①]　流沙河:《兴象》,载《星星》1984 年第 3 期。

意象语言的根本准则是构筑意象,因此,一味字斟句酌而追求反常的语言逻辑和语法并非其本意,所谓"炼字不如炼句,炼句不如炼意"说的就是这个意思。

(三)意象结构

一首完整的中国古典诗歌一般都会有成套的多个意象构成。意象结构就是通过意象的不同组合方式建构完整的诗歌意象系统。意象结构看似是意象形态的结构问题,实则是诗人情感结构的外化和反应,其艺术效能的发挥,则来自组合后意象间的艺术张力。

意象结构的实现途径——意象组合,是诗歌艺术创造的基本方法,指的是诗人把从现实生活中观察到、感觉到、体验到的种种素材,按照生活的客观逻辑和主观逻辑组合起来,使之成为具有巨大艺术感染力的整体意象的诗歌创作手法。[①] 一般来说,大部分研究者认为意象的组合方式纷繁多样,常见的如并列式、递进式、转折式、对比式、复沓式、扩张式等,不一而足。然而,意象结构看似方法多样,实则都是为了营造最能呈现情感意绪的意象张力场。

因此,如何充分强化张力,是意象结构的原则和目的。要做到这一点,最关键的就是要有一个核心的立意点,类似于写文章的立意,如此才能使诸多意象围绕着这个"意"共同作用,才能保证最终的意象结构"形散神不散"。如诗句"雨中黄叶树,灯下白头人"中,将两个初看完全不相关的意象进行并置,却产生了强烈的相互映照和强化情绪的作用,仔细体会,这两个意象正是有着同一个立意,"雨中黄叶树"意象的岁时已晚、风雨飘摇的凄清寒意,浸入"灯下白头人"本就孤独衰颓的意象中,两个画面相互穿插、推进,两种情绪相互蔓延、滋生,从而引发出无限弥漫的凄苦感伤情怀。

在吴晓"诗歌就是一个独立自主的意象符号系统"的认识中,这一"意象系统"的形成,就是通过意象结构完成了最后一个步骤。意象结构是意象艺术最终的结构成文。

第三节　意象功能与审美

一、意象的功能

从意象的含义与发展中,我们可以发现,意象是沟通诗人内在世界和外在世界

---

① 王长俊:《诗歌意象学》,安徽文艺出版社 2000 年版,第 213 页。

的一个美学符号,它是构成诗歌的本体元素,不仅具有鲜明的表象,更有深邃辽阔的情感意绪世界,是能指与所指的完美结合体,一个"有意味的形式"。抒情诗的绚丽与迷人,正是通过意象得以呈现的。可见,意象必然是具有强大的美学功能,才能承担起如此重大的艺术使命。

（一）美感功能

意象的美感功能,是指一个意象一旦形成,它便具有了艺术审美的功能,越是成功的意象,它的美感功能越强大,也就越能引起穿越时空的广泛共鸣。比如李白的"月"意象系列,至今仍在引发人们的审美同感。同时,由于意象本身具有"意"和"象"的二元结构,是内在世界和外在世界、情意世界和表象世界的完美结合,因此,意象的美感功能自然也就具有双重性,即表象美和内蕴美,类似于我们熟悉的外在美和内在美,除此也不乏由这两者的和谐统一给人带来的美好感受。

美感功能的实现,首先是通过触发人的视觉、听觉、触觉、嗅觉、味觉等一系列感官而实现的视觉美、听觉美、触觉美、嗅觉美、味觉美等感官之美。这就是意象的表象美。这种美直接而热烈,形式多样,丰富多彩,使人悦之于耳目感官而赏之于心,因此车尔尼雪夫斯基认为"形象在美的领域中占有统治地位",可见外在表象之美的重要性。

"所以我们对于诗,要使它的'形'能得有图画的形式的美,使诗的'质'（情绪思想）能成音乐式的情调。"[①]穆木天也说"诗要兼造型与音乐之美",这里强调的图像美、音乐美、造型美等,就是表象美的典型代表。

表象美的另一层含义,是意象具有表现性,这是和意象本身的特性直接相关的。正因为意象自身具有自足和自我表现的特性,它就天然具有一种审美功能,可以使人从中看见人类普遍的情感与共同意志,就如前文所说,看到垂柳而想到柔软和离愁。"事实上,表现性乃是知觉式样本身的一种固有特性。"[②]意象的外在形式所具有的这种表现性,构成了意象外在美感的基础,是意象使人产生审美感应的心理依据。

美感功能的第二重是内蕴美。如果说表象美是鲜明的,那么内蕴美就具有一定的模糊性和深邃感。它是意象的内在生命,包含着丰富的历史文化积累、无穷的情感意味和意义世界。当意象穿越一代又一代的文学主题史,穿过神话、宗教、哲

---

① 宗白华:《新诗略谈》,北京大学出版社 1987 年版,第 121 页。
② 鲁道夫·阿恩海姆:《艺术与视知觉》,滕守尧等译,中国社会科学出版社 1984 年版,第 624 页。

学和不同的时代心理、文艺思潮、社会历史文化，又一次次进入诗人独特的生命体验，它就逐渐成为一个饱含众多信息的"贮存器"，使"看似孤立悬搁在个别文本情境中的意象，实则在其背后是一个蕴含丰富的文化实体"①。

意象内蕴美的这种层积增生是历代诗人主体情感心态历史选择的结果，包含着诗人感觉、情感和理智三种逐级深入的感知层面，它使大部分中国古典文学意象都形成了"自身乃至族系的历史"，"深在地整合建构古代文人的文化心理"②。因此，"与意象的触摸就是与人类历史文化的触摸和对人类审美心理的呼应"③。

（二）表述功能

俄国美学家鲍列夫认为："符号是艺术篇章最基本的元素，符号构成了艺术的表述。"因此，意象的第二个功能便是表述功能，或曰表达功能。它是指意象具有表现物象、事件、态势、情感、情绪、思想等一切客观真实或主观真实的能力。如果说艺术是"表现与再现"的契合，那么在诗歌艺术中，实现这一契合的便是意象的表述功能。

按照表述方式的不同，意象的表述功能可以分为三大方面。

首先，意象具有描述性功能，也就是意象本身具有客观性特征，同时也具有再现外部世界的能力。描述性既可以通过单个意象来实现对表象世界的反应和再现，也可以通过意象群来实现对复杂情景或过程的描述。如陶渊明的"采菊东篱下，悠然见南山"一句，诗人并没有对其中的"菊"和"南山"进行形象的说明和描写，但诗句所要呈现的画面却能自然展开，这就是意象的描述性。同时我们也会发现，意象描述的不仅仅是客观世界的画面，还有诗人主观世界的情感意绪；在"采菊东篱下，悠然见南山"中，也写出了一种恬淡闲适的生活态度和精神世界。因此，意象的描述性是"意"与"象"相融合的描述，两者相互成就，不分彼此。如朱光潜所说，"我和物的界限完全消灭，我没入大自然，大自然也没入我，我和大自然打成一气，在一块生展，在一块震颤"④。

意象表述功能的第二类是拟情性。滕守尧指出："大凡是符号形象，都是某种无形的、模糊的、不可捉摸的概念、定义、感情的具体例证，它将无形的变为有形的，把不可知的变为可知的，把埋藏于心理深层的变为可见的。它们大都简明扼要，说

---

① 王立：《中国文学主题学——意象的主题史研究》，中州古籍出版社1995年版，第12页。
② 王立：《中国文学主题学——意象的主题史研究》，中州古籍出版社1995年版，第18页。
③ 曹苇舫、吴晓：《诗歌意象功能论》，载《文学评论》2002年第6期。
④ 朱光潜：《朱光潜美学文集》（第一卷），上海文艺出版社1982年版，第18页。

明性强,因而能将深刻的道理简化,将不可表达的变为可表达的。"①意象的这种拟情性,源出于意象自身所蕴含的情感素质,同时又往往借助比喻、拟人等艺术手法进行具象化呈现,从而使抽象的情感变得可以把握。如李煜"离恨恰如春草,更行更远还生"中,春草遍布各个角落,体现离恨的浓郁广泛,而春草作为一种常见的、渺小的、遍地生长的植物,只有人在情绪低落、孤独寂寞而低头时,才会看到,从而感受到两者情感的共鸣,这就使"春草"意象成了离愁别恨的具象化。

表述功能最耐人寻味的一类是意象的象征和暗示性。苏珊·朗格认为"意象真正的功用是:它可作为抽象之物,可作为象征,即思想的荷载物"②,象征就是借助"象"来实现表意功能的。如王维"独坐幽篁里,弹琴复长啸"中,就是用"幽篁"(竹的别称)来象征凄清幽僻的环境。

(三)建构功能

意象不仅具有独立呈现的功能,更有一种强大的建构能力,这就是意象的建构功能。意象的这种功能,一方面来自意象本身具有的强烈的可组合性,也就是建构性,另一方面来自多样化的组合方式,也就是建构的可能性。前者表明每一个意象都有与任何意象组合的能力,后者表明这种组合的方式多种多样,具有创造性。

正是意象的建构功能,大大拓展了诗歌的意蕴空间和可能性,不同意象之间,不同的组合方式,都能带来意想不到的建构效果。就像一块砖本身就具有功能,但它更有与其他砖结合的能力,并能在不同的组合建造工艺中成就不同风格的建筑,正如美学家布洛克所说:"把一个柠檬放在一个橘子旁边,它们就不再是一个柠檬和一个橘子了,而成了水果。"③

每个意象都是可变体,一旦进入系统,都会发生一定的变异,由于组接的对象不同而呈现不同的意义。也正是意象的这种建构功能,使意象最终跃身成为诗歌,也使诗歌得以在意象建构中实现抒情写意的表达需要。布洛克说:"诗的独特意义完全来自它的各个部分和各个部分之间的独特结合方式。虽然理解其中每件事物的一般意义时所需要的那种普通经验不可缺少,但它的意义主要还是来自其中各个部分之间的相互作用和影响。"④

---

① 滕守尧:《审美心理描述》,中国社会科学出版社 1985 年版,第 219 页。

② 苏珊·朗格:《情感与形式》,刘大基等译,中国社会科学出版社 1986 年版,第 57 页。

③ 鲁道夫·阿恩海姆:《艺术与视知觉》,滕守尧等译,中国社会科学出版社 1984 年版,第 636 页。

④ 布洛克:《美学新解》,滕守尧等译,辽宁人民出版社 1987 年版,第 279 页。

意象建构功能的发挥，一方面需要新意象的创造，但更多是依赖于对旧意象的陌生化处理和角度创新。托马斯·罗芒曾说："诗的价值并不存在于表现抽象观念的诗行或散文诗中，而在于通过意象的美妙编织，能唤起情绪和沉思。"[①]这里的"美妙编织"，就是意象建构力的主要作用方式，它为诗歌及其诗意空间的营造提供了无限可能。

二、意象的审美

什么是意象的审美？

接受美学把文学看作一个完整的过程，从诗人进入创作状态到通过意象的凝练和建构，从而形成"一个独立自主的意象符号系统"（一首诗），是这个过程的第一步，即"作者—作品"的创作过程，只有当这首诗再经由读者的阅读完成对这个"意象符号系统"的审美欣赏，即"作品—读者"的接受过程，才最终完成了这个完整的文学过程。

从作品到读者这个审美接受过程的核心环节，就是意象（及意象系统）的审美。就像文学是一个完整的过程，意象也需要在这个完整的过程中完成它的全部生命历程。意象如果只有产生，却不被审美，那么这个意象就是不完整的。

在意象的审美过程中，读者具体而真实地参与意象创作，成为意象的真正完成者。姚斯在其著作《接受美学与接受理论》中说："作品的意义是读者从文本中发掘出来的，作品未经阅读前，有许多'空白'或'未定点'，只有在读者阅读这一'具体化'活动中，这些'空白'才能得到填补，作品的意义不是文本中固有的，而是从阅读具体化活动中生成的。"[②]把这段话中的作品换成意象也同样成立，它强调了读者在意象创作中的重要地位和在意象审美中的主体地位。如果考虑到接受美学也称作"接受—影响"美学，或许能更进一步理解读者与作品、审美者与意象的关系，那就是：审美者创造意象，意象也创造审美者，两者在审美的最佳状态中相互创造和达成。按照胡经之的话说，就是"在一片恬然澄明之中，作者与读者的灵魂在宇宙生生不息律动中对话，在一片灵境中达至心灵间的默契"[③]。

那么，意象应如何进行审美呢？

一旦人们了解了意象的特性和意象艺术方法，也清楚了意象的主要功能，意象

---

① 托马斯·罗芒：《走向科学的美学》，石天曙等译，中国文联出版公司 1985 年版，第 346 页。

② 姚斯：《接受美学与接受理论》，周宁等译，辽宁人民出版社 1987 年版，第 2 页。

③ 胡经之：《文艺美学》，北京大学出版社 1989 年版，第 279-280 页。

的审美也就变得有迹可循。

简单来说，从意象的特性看，我们既要直接感受意象的能指，也要深入领悟意象的所指；由于意象具有自足性和自我表现性，因此我们在审美中就应以意象固有的蕴意为依据，努力寻找其情感对应关系，并通过熟悉典故传统、神话原型等加强对意象自足性的理解；面对意象的模糊性，我们应不断提升个人的审美鉴赏能力，练就一双慧眼也变得十分重要。从意象艺术中，我们又了解到可以通过意象思维、意象语言和意象结构等方面展开审美鉴赏过程。从意象的功能看，我们既要感受外在美，感悟内在美，寻找文化历史之美，也要深度分析意象的表述能力，把握意象建构中形成的各种情感的张力和意义的蔓延。

从以上的论述中，我们不难发现，意象的审美不仅复杂，而且还对审美者（即读者）的能力提出了诸多要求。接受美学把这种对读者的要求称为"期待视野"，认为只有当读者的期待视野与"文学本文"——也就是这里所说的意象符号（或意象符号系统）——相融合时，才能实现真正有价值的审美创造。"一个内在空白、没有期待视野的人无法进行艺术接受，因为主体空洞无物，就不可能对艺术产生感应。"①

正如王国维在《人间词话》中说的"以我观物，故物我皆著我之色彩"，意象的接受，首先需要一个有"色彩"的我，然后能看破作品的"色彩"，两种色彩或许同频共振，或许相互激发，形成更好的色彩，也或许南辕北辙，使作品本身的"色彩"面目全非，这就是"一千个读者就有一千个哈姆雷特"的道理。这一千个哈姆雷特虽各有存在的道理，但文学的审美，却有高下优劣之分，审美效果也截然不同。

对于意象的审美，应以其真实性为尺度，反复追索诗人所遵循的心理、情感、生活的逻辑，才能使我们的意识与诗人的意识融合无间，才能真正把握诗人的匠心，真正享受意象带来的艺术之美。值得注意的是，中国古典诗歌的意象，大多有着深固的原型意味和稳定传统，这就使古典诗歌意象的审美有了相对清晰的文化脉络和更深沉宏阔的历史感。如果不能把握这一点，中国古典诗歌意象的审美就会成为无源之水。

第四节　意象的地理渊源

一、地理意象的概念辨析

由于意象包含"意"与"象"两个维度，同时又包含着两者之间的相互作用及复

① 吴晓：《新诗美学》，中国社会科学出版社 2018 年版，第 399 页。

杂的生物化学反应，因而意象理论的发展，也在"称霸"了一个古典诗学时代后，又在近现代引发了新的关注和广泛的跨学科审视。地理意象就是这种关注和审视的主要代表。

简单来说，地理意象主要有两条发展脉络：一条从地理视角出发，在与心理学和管理学的交汇发展中创新突破，同时开始越来越多地在与文学意象的互动中形成微妙关联；另一条从文学出发，在文学地理学这个相对新兴的交叉学科中形成文学意象研究的独立分支。也就是说，第一条脉络中的地理意象起初与文学领域的意象理论并不存在一种生成关系，但在近几年的跨学科综合研究中，特别是在对于"意"的进一步关注中，才屡屡和文学意象理论搭上了脉；而第二条脉络中的"地理意象"，则基本继承了文学意象理论的主要特征，并在地理学的加持中为这一理论的发展开拓了更广阔的空间。

在地理学中，地理意象是重要的地理认知理论之一，属于感知地理学的范畴，一般指的是客观世界在人类主观世界中的反映，也就是人对地理客体的主观感知[1]。或者说，它"是指在地理意象理论指导下的地理形象思维所产生的各种'象'，包括地理景观、地理区域、地理系统等"[2]。与文学中的地理意象相比，它更注重"象"的客观性和科学性，更注重研究的实用性和实证性。

我国地理学界对于意象的研究起步于 20 世纪 80 年代，着重地理意象中的聚落意象，特别是城市意象的研究探讨，其中很大程度受到美国研究者凯文·林奇城市意象理论的影响。在西方，意象（image）概念最初源于心理学领域，后由肯尼斯·鲍尔丁于 1956 年提出扩展至社会心理学领域，自 20 世纪 70 年代起，再由亨特、冈恩、梅奥等学者引入旅游研究领域，出现了城市意象、乡村意象、目的地意象等众多地理意象概念。凯文·林奇在其重要代表作《城市意象》一书中主要通过论述城市意象具有"可印象性"和"可识别性"强调了城市的视觉形态。凯文·林奇之后，纳萨尔于 1998 年出版《城市意象评估》一书，对城市意象研究中的"实体物理特征与个体情感联结"问题进行了实证研究，并提出了城市意象的"意象力"（imageability）和"喜好力"（likability）概念。

分析旅游研究领域的地理意象，其形成机制为"认知—物象—表象"，其中物象一是来自各种感官知觉的现实接触，二是来自文本信息的既有知识观念，两者结合

---

① 张伟然：《中古文学的地理意象》，中华书局 2014 年版，第 13 页。
② 刘洁：《地理意象的构成及其审美价值》，载《社会科学动态》2019 第 1 期。

后形成对物象的印象,即表象。因此,意象相对来说是一种经由经验而自然形成甚至是被动形成的结论。这一结论会因认知的变化而发生变化甚至转换,基于个人认知的印象也受到认知的直接控制。地理意象更确切地说就是一个事物或目的地在人们心中的印象或形象。研究者一般只关注景观评价以及由此产生的行为决策,如旅游目的地意象作为个人对目的地信念和印象的总和,对预测旅游者的行为意图有重要作用,却极少关注环境感应对于精神文化的作用。

比较而言,文学意象的形成机制,是"意—表象—意象",即具有主观能动性的"意"选择了适合或异质同构的"表象"从而形成一个"意中之象",它是主动兴象后的立象,最终达到"立象尽意"的效果。由于意象之"意"深植于久远的历史文化和一个民族的集体无意识中,因而具有母题般的稳定性和丰富性。文学中的地理意象参照的正是这一机制。

从以上分析可知,两条线上的地理意象虽有一定联系但更有差别,最初是两个不同的概念和体系。但正如张伟然所说,凡进入主观世界的客观物象其实都经过了主观选择,由于这种主观感知必然要受到主体价值取向和文化背景的制约,因此这种感知就带上了诸如文学意象生成过程中主体的审美趣味和思想情感对"象"的"意化"加工过程那种特征。因此,两条线上的地理意象也就重新在主体身上形成交织。

二、意象与文学地理学

文学与地理的关系与生俱来,地理是文学的深厚土壤,也是文学的生命所在,这在最早的文学形式中就已展露无遗。无论是奇书《山海经》还是最早的诗歌总集《诗经》,人地关系始终是人们思想与情感的重要根脉,是人与自然关系在文学中的集中体现。

> 中国文学有一个突出特点,就是存在着很多类型化的意象。这中间,有很多与地理有关。有些是地域色彩浓烈的文学人物,有些是空间特征明显的文化地域,还有些是基于独特时空结构而塑造出来的故事原型。作为文学生产的原料,它们起着强烈的思维定向的作用。读者一看到这种意象,就会情不自禁地产生某种固定的联想,迅即领会作者不用直白语言表露的情绪。可以说,这种意象在读者和作者之间起着一种思维传导的媒介作用。[①]

文学地理学就是文学与人文地理及其相关学科交叉研究的产物,也是为文学

---

① 　张伟然:《中古文学的地理意象》,中华书局 2014 年版,第 15 页。

寻找根脉并拓展其哲学空间的一种学术努力。文学地理学的研究不应只停留在对作家作品地理分布的分析统计或者对人文社会环境的背景研究。"事实上,地理因素完全可以参与文学创作。它可以成为作家的灵感、作家发挥想象力的凭据,从而形成一些具有特定文化内涵的类型化意象。"[①]

杨义认为,文学地理学的根本,就在于使文学接上"地气"。[②] "地气"这个词,最早见于《周礼·考工记》:"橘于淮而北而华为枳,鹢鹆不逾济,貉逾汶则死,此地气然也。"耐人寻味的是,这里不是用地域、气候等其他更具象的词,而是将带有中国哲学特殊意味的"气"字去与"地"结合,无论最初是有心还是无意,最终都体现出了"地气"的哲学性和抽象意味,具有无限的阐释和想象空间。张九龄:"江南有丹橘,经冬犹绿林。岂伊地气暖? 自有岁寒心。"更是将"地气"引向了品格与心理体验。 文学与地理,在"地气"上一脉相通、一脉相承。

意象,作为"地气"最便捷的载体,因而也是解码"地气"的最佳途径,是文学地理学研究的重点内容之一。法国学者波确德·韦斯特伏在他的著作《地理批评:真实与虚构的空间》中指出:"地理批评的研究对象是文学文本如何对地理空间进行想象与建构,探讨文学虚构空间如何对真实空间进行重构、再现与超越,揭示这一过程对认知和改造世界所带来的启示和意义。"[③]文学意象越有接通"地气"的深度,就越能激活文学的内在生命力,从而强化文学对于我们的文化和我们自身内在精神的解释能力。

三、环境感知中的地理意象

地理意象是环境感知的重要产物,而文学中的地理意象,则是环境感知对人们精神文化作用的一种表现。

在文学创作中,外界环境对创作者的刺激具有重要的作用,而这种刺激一般是无意识的,又符合人的心理需求和审美意向。外界环境以一种特殊具象进入创作者的视野,随即带上了创作者的主观情思,形成意象。这种意象是个体从外部环境归纳出的,因此环境感知是直接感觉与过去经验记忆的共同产物,受到自然地理环境和文化因素的双重影响。 所以,地理意象是创作主体与所处环境

---

① 张伟然:《中古文学的地理意象》,中华书局 2014 年版,第 16 页。

② 杨义:《文学地理学的信条:使文学联通"地气"》,载《江苏师范大学学报(人文社会科学版)》2013 年第 3 期。

③ 颜红菲:《开辟文学地理研究的新空间——西方文学地理学研究述评》,载《武汉大学学报(人文科学版)》2014 年第 6 期。

双向作用的结果。

经由环境感知形成地理意象的方式大致有三种。第一种须经过长期的沉浸与感受,从而能从丰富驳杂的环境中凝练出具有鲜明个性的突出印象,经过与主观情思的融合而形成意象,这种方式常常出现在创作者对故乡及长期生活地区的意象创作。第二种是由于某种环境正好符合创作者心中早已形成的情感模式,于是能一眼发现环境中的对应物,这种能快速确认的关系,要么是因为环境特征的刺激过于独特强烈,要么就是因为这种对应关系已存在于先在的根文学中,比如灞桥柳意象的存在,使后来的创作者看到柳树就能产生离别的联想。第三种则是由于"地理大交流"而形成的感官刺激与创作主体独特情思的审美化合现象。"新鲜事物的结构和个性通常十分鲜明,因为它们具有体现和影响自身形式的惊人物质特征。因此,对于一个从内陆平原走来的人,即使他非常幼小或闭塞到不知道所见景观的名字,大海和高山也一定会吸引他的注意力。"①

回顾整个中国文学史,环境感知对文学地理意象创作的影响,首先体现为第一种方式,即简单的环境物象感知阶段,由此形成了《诗经》和《楚辞》两种代表南北不同地域环境感知的文学类型,形成了现实主义和浪漫主义两种文学风格。在这些作品中,很多反映地域特色的地理物象与地理意象纷至沓来,只是地理环境本身仍然是托物言志的手段,尚未成为独立的审美对象。

然而,随着中国历史上三次大规模人口迁徙的出现,新的环境感知对地理意象的产生起到了巨大的作用。特别是发生在西晋永嘉年间即永嘉丧乱后的第一次人口大迁徙,更对后世文学产生了重大影响,史称"衣冠南渡""永嘉南渡"。陈桥驿先生在评价东晋至南北朝这次人口大迁徙的文化影响时曾将其称作"地理大交流",认为这中间牵涉到了自然地理和人文地理两方面经验的扩张,其意义颇类似于全球视野中 15 世纪以后以探索新航路、发现新大陆为标志的"地理大发现"②。

正是在这一次"地理大交流"后,南渡后裔谢灵运开创了山水诗,从此,山水自然成为独立的审美对象,并以占据主流的态势存在于中国文学史和绘画史的长河中。作为永嘉丧乱中北方移民的后裔,谢灵运的成就无疑是带着北方人的好奇心和重建家园后的闲适心在南方地理环境中探索和寄情山水的结果。浙东也因北方

---

① 凯文·林奇:《城市意象》,方益萍、何晓军译,华夏出版社 2017 年版,第 5 页。
② 陈桥驿:《郦道元》,收入谭其骧主编《中国历代地理学家评传》(第 1 卷),山东教育出版社 1990 年版,第 209 页。

人的眼光和北方原有地理经验的映衬,而成为山水诗的圣地。"田园诗、山水诗,不折不扣地是那一波地理大交流的结果"①,是环境感知的结果。

直到安史之乱后第二次人口大迁徙的出现,又一批北方诗人纷纷南迁,虽然他们大多要么是避乱,要么是迁谪,无不带着孤苦、忧愁的情绪,但南方未知世界的新奇山水和令唐人极为仰慕的两晋南北朝时文人的山水审美意识,都促使他们主动投入了南方山水自然的怀抱,以他们敏感多思的耳目和心灵,展开了全方位的环境感知、天人感应,这也激发了不少本地人重新认识和审视周围的世界,共同创作出了占据中国文学史重要一隅的诗歌作品,为后世留下了宝贵的文学遗产。

浙江诗路文化中的诗歌意象,大多正是环境感知在具体地域文学呈现的结果,是西晋至唐宋时期大量迁客骚人心与物化的结晶。

第五节　意象与诗路文化

一、意象的根本功能——文化能量

中国古典诗的一个突出特性是它属于"情感—表现"的诗学类型,很早即转向了以抒情为主,并以陆机《文赋》中的"诗缘情"为理论自觉的标志,后世刘勰、钟嵘均有同样的论述。这就使意象天然地受到中国古代诗人的青睐,并成为他们"抒情言志"的主要方式。尚古而重吟诵、尊师承的教育方式,使中国文人对前代经典文学(如《诗经》《离骚》等,王立称之为"根文学")的记忆丰富强固,这就使他们先在地就会以一种特定的审美经验和强固的文化模式——一种先在结构——看待社会人生,在文学作品中表现为围绕一些惯常的主题和使用一些惯常的意象、语言、题材、抒情模式等,导致具体个别的文学意象,一般都有着各自源远流长的相对独立的文化系统,浸染着文学史主体审美与文化建构陆续带来的成分与基因,"使得一大批具有较完备、有各自特色的、与文人心态意绪某些特定层面联系的意象,成为创作契机的酵母,文化心态的储存器"②。

从意象本身来看,意象一旦成立,这"意"中之"象"就"不再是独立于现实的客体,而带有先在的与不断汇入的主体情志在其中。因为自古以来主体的审美与文化观照,早已原型化地赋予了客体以具体丰富的民族化情意以及主

---

① 张伟然:《中古文学的地理意象》,中华书局 2014 年版,第 312 页。
② 王立:《中国文学主题学——意象的主题史研究》,中州古籍出版社 1995 年版,第 4 页。

客交流的方式"。"在这里,神话、民俗、文学史上名篇佳句及其连带的典实掌故常常杂糅交织,就像饱含众多信息的贮存器,等待着接受主体选择脉冲的触发。"①意象在同哲学、宗教、民俗等文化的相互关系中,荟萃了中国古人的文化观念,也便成了一种文化。古典诗歌意象的传统作为主体情感心态的反应史,进而成为整个民族的精神史和心灵史,既表现为一种可见的文化传统,也涵养出一种不可见的集体无意识。

这就使意象无论在创作中还是在接受时,都会不自然呈现出一种"意象史效应"——人们在一种集体无意识中看待意象、选择意象、理解意象、创造意象——使意象在过去所有的审美理想、文化心态和文化积累的背书中自我生长。"具有稳定性且凝聚力较强的意象,在超越文体、超越叙事文学和抒情文学界域的过程中,发挥着自身的文化能量……微妙地制约着个别作品欣赏,从而规定着文学史上'来者'的解悟、阐释与创新。"②意象除了提供视听等效果外,最重要的是它们所潜藏包括的意义功能。③

尤其是中国古典诗歌在文学领域长期的主流正统地位,其与中国传统文化的特殊关系,都使它具有一种巨大的文化力量,中国古典诗词,特别是唐宋诗词,不仅反映诗人的文化心理,也牵涉到社会文化政治的复杂背景,而获得这种文化力量的关键正在于它事实上一直是作为传统文化的价值符号在发挥作用的。

中国文化与文学的传承性,正体现于这种文化意义上的意象主题的绵延。

二、诗路文化建设的核心——文化链接

卡西尔在《人论》中写道:"我们应当把人定义为符号的动物来取代把人定义为理性的动物。只有这样,我们才能指明人的独特之处,也才能理解对人开放的新路——通向文化之路。"④莫里斯也说:"符号影响着我们的信仰、我们的选择、我们的情感和我们的行动所表示的意义。"⑤如果说,古人凭借着意象建立起了一个个庞大的符号系统,以种种特定的"关系存在"规约了中国古典美学中的心物关系和文化传统,那么今天我们提出浙江诗路文化的初心,则正是对这种美妙符号关系的寻绎与皈依。

---

① 王立:《中国文学主题学——意象的主题史研究》,中州古籍出版社 1995 年版,第 24、25 页。
② 王立:《中国文学主题学——意象的主题史研究》,中州古籍出版社 1995 年版,第 22 页。
③ 陈鹏翔:《主题学研究和中国文学》,载《主题学研究论文集》,台北东大图书有限公司 1983 年版。
④ 恩斯特·卡西尔:《人论》,甘阳译,西苑出版社 2003 年版,第 46 页。
⑤ C. W. 莫里斯:《开放的自我》,定扬译,上海人民出版社 1987 年版,第 47 页。

浙江省诗路文化带发展规划前言的开篇写道："诗是文学中的文学，它用凝练的语言、充沛的情感以及丰富的意象高度集中地表现社会生活和人类精神世界。"可见浙江诗路文化无需证明的理论基础就是：通过诗人之诗——因而也就是通过人所构建的文化意象——链接文化，以诗解开浙江文化的密码和基因。正如卡西尔在《人论》中所指出的，人的本质是文化属性，只有人具有"理想"和"可能性"。浙江诗路文化带的建设，正是人的创造，也是为人的服务，是通过文化（文旅融合）产品直接服务于人的当下需要的一项建设创举，其核心就是通过文化链接实现现代人的文化还乡。

今天人们到大自然中去旅行，去关照世间万物，何尝不是想在对象中寻找自我的本质、生命的意义和生存的价值。他们看到的世界，并非原始荒芜的世界，而是以他们饱读诗书的眼睛看到的浸润于文化积淀中的具象又抽象的世界。

《浙江省诗路文化带发展规划》中明确提出以"诗"串文（文化）为主线，以"诗（诗词曲赋）"为点睛之笔，弘扬优秀传统文化，激发创新创业活力，着力打造浙东唐诗之路、大运河诗路、钱塘江诗路和瓯江山水诗路四条诗路文化带，着力推进优秀传统文化的活化、物化和升华，着力彰显诗路文化的重大历史价值、文化价值、经济价值和时代价值。通过以诗词文化为主要线索，结合水系、古道等，将浙江各地的知名山水风光串联在一起，形成一条条富有诗情画意的山水旅游线路，让游客徜徉在诗词书画描绘的江南美景中，畅想重走古人的游迹，品味古人的思想情怀与格调，从而锤炼强大的自我文化。

这条诗路文化带，无论是把它勾勒成包含诗人行迹图、水系交通图、浙学学脉图、名城古镇图、遗产风物图的"五幅地图"，还是把它定位成魅力人文带、黄金旅游带、美丽生态带、富民经济带、合作开放带，其核心就是一种文化的链接，而这一链接的主体，就是饱含情志的人。诗路文化带建设正是通过一种有意识、有规划、系统性的文化链接，来发掘和显现这种植根于浙江大地上的深邃而独特的文化能量。而融合了有形和无形两种形式与力量的意象，正是这一文化能量的特殊"贮存器"，是文化投射于环境而形成的心灵图景。

古代诗人进行意象营构的目的，在于抒写主体的情志。浙江诗路上大量山水诗的创作，使自然经由人的关照而走向了审美意象，从而为读者提供了一种通过意象反观自然与自我的诗意方式，而浙江诗路文化带的开发建设同样始于对人的关照，它试图为人们提供一种能够诗意又惬意地关照自我的休闲美学方式。因此，从理想的角度看，这两者的目的和核心逻辑在本质上殊途同归，正如王昌龄在《诗格》

中写道:"搜求于象,心入于境,神会于物,因心而得。"

三、诗路文化建设的实现——以营造意象实现意象的营造

意象作为心灵的图景,承担起了诠释心灵史、破译民族魂的文化能量。诗路文化建设的实现,正可以通过诗歌意象实现文化链接。曾经,崇尚含蓄美、传神和意会,追求牵一总万、余味无穷的民族审美理想,是在诗歌的意象营造中实现的;今天,当我们提出诗路文化并由此推出诗路文化带建设,也需要在营造意象中实现诗路意象的营造,才能呼应这种审美理想。

正如前文所述,意象理论在唐代被认同和走向成熟,也是在唐诗中达到了实践的高潮,大部分诗歌意象在唐代已经定型。而浙江诗路文化主要涉及的诗歌作品,正以唐代作品为最多和最典型,因此,从意象入手解析浙江诗路文化中的诗歌作品,进而理解诗路文化内涵、指导诗路建设,既符合诗歌鉴赏的理论逻辑,又具有实践和创新的多重价值。分析诗路意象是解码诗路文化基因的关键所在,也是主要抓手,能为诗路建设提供最具象的文化形象和精神形象,特别是对于浙江诗路文化IP的打造,具有直接指导作用。

意象的双重性结构,正是文旅产品所需要的核心结构。诗路文化带的建设,必然也是"意"与"象"、意义与形式的完美融合,从而使旅游者实现赏"心"(意)悦"目"(象)的体验效果。因此总体上来说,浙江诗路文化建设的最终目标,也是营造一个具有浙江特色的"诗路意象系统",其中汇聚着诸多丰富多彩个性化的小意象,也有整体的大意象,其中蕴含着千百年来层层累积、不断增殖的文化基因与能量,也凝聚着属于这一方水土独特的美学形象——流动的线条、朦胧的气韵、清朗的色泽、隽永的结构,它们相辅相成、相濡以沫,共同诉说着属于诗画浙江的独特气质与经历。当诗路意象融入新时代浙江的磅礴浪潮,背靠的正是数千载文明,激荡出的则是贯通古今、不分你我的共同意识。

从旅游者与诗路文化建设关系的角度来看,整个诗路文化建设,就是一部写在山河大地上的诗。从典型意象到整体意境,都是为了营造"诗画浙江"这个大意象在人们心中的认同与归属。只有充满意象的诗路,才能给旅游者更全面完整的审美愉悦,以意象品诗路,更能准确地表述人们在诗路文化建设过程中倾注的审美心理活动及呈现在诗路上的各文旅产品的具体形态和情态,也更能准确地表述旅游者的游览体验和鉴赏时所获得的快感。

在目前的旅游类型中,乡村旅游就是一个成功通过营造意象来实现旅游意象

营造的典型案例。人们之所以将面向"三农"的旅游形式称为"乡村旅游"而不是"农村旅游"，正是因为在国人深在的文化意念里，"乡村"是一个意象，而"农村"只是一个未经美学审视的杂乱的现实，"乡村"的意象里既有诗画般美妙的形式和表象，更有牧歌式动人的情感和意趣，是"意"与"象"的融合，更是"意中之象"。它厚植于古代中国从农业社会积淀起的主流（雅）文化血统，蔓延于中国人在离乡、念乡、怀乡、望乡、还乡间循环往复的深沉的人生况味。通过营造乡村意象，几千年来象征着落后与苦难的农村，一跃而为以其淳厚的人伦情味和生命意蕴为底色、浸润着浓郁乡愁色彩的美学空间，从而实现意象的营造。而新时代的浙江大地上，乡村意象又延伸出具有时代特色的乡村旅游意象——新农村意象，这是完全经由营造意象的当代努力而形成的。如果说乡村意象是一首悠远唯美的牧歌，那么新农村意象就是一段嘹亮光明的新时代号角。当乡村旅游的建设者和鉴赏者同时跃入这些意象空间和各个独例的乡村乐章里，由此来诉说他们之间仿佛总合前人的乡村情怀，这是一种多么美妙的审美体验。

可以说，浙江诗路文化的提出和浙江诗路文化带的打造，就是在文学地理学与意象理论基础上，以具体生动的时空营造，保存各个时代流动变幻又一以贯之的人性情怀，让人在与当下时空的交互中，感知悠远的历史绵延中人性的经历与成长，感受生命中应有的欢畅与高蹈，以及生命中同样不可或缺的忧伤与脆弱，知道人性的丰富和人生的多元，知道独善其身与兼济天下的情怀，从而丰满自己短暂的生命体会，让心灵的成长像锻造利剑一样在历史的情绪流中淬炼磨砺，最终走向充满张力的柔韧与圆满。

第二章　地域地景意象群

人类对土地山川的感情从很多文化中都将土地称为"母亲"可见一斑,而其中又以中国人的情感尤为深邃绵长。中国疆域辽阔,地形复杂,地貌多样,地景丰富,地理研究历史悠久,尤其是几千年的农业社会与农耕文明,使中国人对土地的依附性更强。"为什么我的眼里常含泪水,因为我对这土地爱得深沉。"正是这样一种独特的情感基调,生长出了文学史上无数的地理意象,其中最大一类为地域地景意象,"文学笔法固然不是客观地呈现区域或地方,但是却比看似精确的统计图表更能撑起当时深刻的社会脉络与在地经验"[①]。地域地景意象是一个文化聚合体,具有鲜明显著的地理因素和地域特色,并能展现特定群体的精神气质与生存状态,它也是创作主体的审美态度、审美情趣和创作心理的体现,具有共时性差异和历时性流变双重特性,是"天—地—人"三维耦合的产物。

第一节　江南意象

"江南"一词是耐人寻味的。无论是行政区划、地理区位、地域文化还是文学作品,其中都有江南的一席之地,甚至在人们的情感或精神世界里,也有一个虽然抽象却不可磨灭的江南概念或江南情怀,这就是江南意象。江南作为典型的地域地景意象,也是一个最具诗性特质的意象。诗中的江南,既是诗人眼中的江南,也是他们心中的江南,这个江南不只是一个地域、一种文化,更是一个多重的象征系统。其中,浙东的山水诗无疑是浙江诗路江南意象的主要滥觞,主体意识觉醒的文人感性生命的诗性需求则是其内核,在"山水自然"的"象"中,"浙"里的江南蕴含着围绕个体生命展开的多重之"意",它与浙江北部、江苏南部以平原水乡和吴文化为背景的江南意象各有侧重。

---

① 　郑毓瑜:《文本风景——自我与空间的相互定义》,台湾麦田出版社 2005 年版,第 16 页。

一、"江南"的概念辨析

"江南"是一个内涵丰富、外延广泛且多样化的概念,大致可以分为三类:一是作为区域概念,二是作为地域概念及其地域文化,三是作为文学意象。

地域和区域的不同,曾大兴在《文学地理学概论》中曾做过说明,认为两者的不同主要在边界,地域的边界是模糊的,区域的边界是清晰的,"区域之为区域,就是地域经过了人为的划分"。区域又有自然区域和社会区域之别,前者如我们熟悉的自然保护区,后者如行政区。区域是人为划分的,而地域则是自然形成的,它相当于人文地理中所说的形式文化区①,一般"具有一个文化特征鲜明的核心区域(或中心地区),文化特征相对一致而又逐渐弱化的外围区以及边界较为模糊的过渡带三个特征"②。曾大兴对地域和区域的区分还是相当精准的,而且十分必要,但时至今日仍有不少研究者在混淆使用这两个概念。

"江南"一词在历史上的出现,最早可以追溯到先秦时期,及至整个秦汉时期,多有文献述及,其涵义多为"江"与"南"的合意。如《左传》昭公三年有"王以田江南之梦"的记载;《尔雅·释山第十一》说到名山有"河南,华。河西,岳。河东,岱。河北,恒。江南,衡"。《史记》中更有多处提到"江南",如《货殖列传》称"江南之地,地广人稀,饭稻羹鱼"等。古文献里的"江",虽然按照上古习惯专指长江,但后来也逐渐成为许多河流的简称,如浙江、汉水等,以至"江南"的概念也变化不一、十分宽泛,有时几乎囊括整个长江以南除四川盆地以外的整个大陆地区。因此,此时的"江南"还属于对"南方"的一个称呼,既不是区域概念,也算不上地域概念。但整体而言,随着历史上南方概念的逐渐南移,"江南"的范围也呈现出逐渐缩小的趋势,及至魏晋南北朝,"江南"的概念已经越来越多地指称以建康为中心的吴越地区。

作为区域概念的"江南"是从唐代开始的。据《旧唐书·地理志》记载,贞观元年(627),朝廷"始于山川形便",将天下分为十道,其中就有"江南道",它的具体范围是长江中下游以南、湖南西部以东、岭南以北、东至大海的广大区域,相当于今天的浙江、江西、湖南三省,江苏、安徽的长江以南部分,以及湖北、四川的长江以南部分地区和贵州的东北部。到开元二十一年(733),十道变为十五道,江南道被一分为三,留下江南东道、江南西道两个"江南"区域,而后,江南西道逐渐被唐人唤做江西,而江南东道,即包含江苏南部、浙江及福建的范围,则逐渐被称为"江南"。

---

① 曾大兴:《文学地理学概论》,商务印书馆 2017 年版,第 138 页。
② 周尚意、孔翔等编著:《文化地理学》,高等教育出版社 2004 年版,第 228 页。

为何江南西道简称"江西",而江南东道却不简称"江东"而直接称"江南"? 这是一个耐人寻味的问题。张伟然认为这恰恰"直观地凸显了这一地域所享有的特殊地位",在唐人的心目中,江南道是整个中国的精华,而江南东道则是整个江南道的精华,这里的地位十分崇高。他还举任华《怀素上人草书歌》中"人谓尔从江南来,我谓尔从天上来"一句,认为这句话一语道破了唐人心中对江南(即江南东道)的空间意象。①

由此,地域的江南逐渐取代区域的江南。人们在说到江南时,不再追求区域的准确性,而更注重地域的特色性。江南的地域文化特色也从唐代真正开始凸显,它往往在与代表北方黄河文化的关中、陇右等概念的对比中,或者更明显的在与塞北、河朔、辽西等的对比中,包括与岭南、荆楚的区分中,一步步呈现与强化。由此,"江南"又从一个文化地理概念,衍生出一个文化概念,"江南"既是一个具体的地域,又是风景优美、物产富饶之地的代名词。在唐代韦蟾《送卢潘尚书之灵武》"贺兰山下果园成,塞北江南旧有名"的诗句中,就用"塞北的江南"来形容这一地方的特色,足见"江南"的文化内涵。从地域到文化,是一个内在的必然过程,反过来说,正是由于某种统一文化的存在,才有了对地域的认知与认同。

在整个历史上,除了唐代的江南道,还有五代十国的南唐、宋代的江南路,都是属于区域概念的江南,并且整体上都能较好代表人们对"江南"的地域认知。大约是从元朝开始,官修地理志中才真正出现"江南"这一行政区划,但其划分却往往不具有人们对地域江南认识的代表性,因此略而不谈。而人们关于江南地域的认知,也逐渐总结出广义和狭义之分,一般所说的江南即狭义的江南,对其范围的看法各一,大致相当于今天江苏省的长江以南地区、上海和浙江全境。

在江南的地域概念基础上,张伟然进一步提出了"感觉文化区"的概念,指出感觉文化区主要是以"人们的体认为判断依据",并且在讨论中不得不凭借地理意象来加深理解。② 而实际上,"感觉文化区"的本质已经属于地理意象的范畴了。

江南,是历史留给浙江最美的称谓。在 2021 年公布的《浙江高质量发展建设共同富裕示范区实施方案(2021—2025 年)》中,建设"具有江南特色的文化强省"成为浙江省政府战略的一部分,这也进一步体现了浙江对"江南"的文化认同与期待。

---

① 张伟然:《中古文学的地理意象》,中华书局 2014 年版,第 101 页。
② 张伟然:《中古文学的地理意象》,中华书局 2014 年版,第 4-5 页。

二、江南意象的形成及流变

一个意象的产生，常常是人与物象在长期交往中形成的集体无意识的结果，其中一个重要心理机制相当于格式塔心理学所说的"异质同构"，按照中国传统文化的概念则是"天人感应"。正如本书第一章所述，意象的根本功能是文化能量，意象的强大包容力使它能杂糅神话、民俗、文学史上的名篇佳句及其相关的典实掌故，成为众多信息与文化心态的贮存器。江南意象也在江南独特的自然地理与思想文化中凝聚。

江南意象的产生，在"江南"甫一出现及其作为区域或地域概念的过程中即已沉淀累积，因此无论是哪种意义上的江南，其内涵之间是相互交织催发的。如果说作为区域的江南主要是指一个行政范围，那么地域的江南则是在地理范围基础上又衍生了文化属性，而在作为意象的江南中，一面是基于地理和文化属性的"象"，另一面则是人们与之同构或感应的情思与感知之"意"。从以上关系可知，江南意象并非浙江诗路所独有，但浙江诗路上的江南意象却是最主流也是最丰满的，因为浙江诗路上大量饱含诗人情感的诗歌作品才是江南意象作为诗歌意象形成的主要来源，而其他典籍文赋小说中的江南更多构筑了作者对江南的地域感知与评价，而鲜有"意中之象"的况味。由此，江南意象的形成应始于魏晋南北朝时期，以吴越文化和人们对吴越的情感为土壤，在唐代基本定型。

江南被写进文学作品，首先在汉乐府诗集中，这一时期最具代表性的作品是乐府古辞《江南》：

> 江南可采莲，莲叶何田田，鱼戏莲叶间。
>
> 鱼戏莲叶东，鱼戏莲叶西，鱼戏莲叶南，鱼戏莲叶北。

虽然关于这首乐府中"鱼"和"莲"的解读众说纷纭，但不得不说它本身还处于简单浅显的艺术阶段。这里的"江南"也主要体现为物象而尚不具备作为意象的成熟条件。特别是乐府诗作为采诗观风传统的产物，其对风物风俗的注重也可见一斑。而随着乐府诗的文人化和审美功能的增强，对风物的吟唱与发展也一定程度为江南意象的形成提供了条件。及至梁代，以《江南弄》为代表的江南乐府中精致的文人气息和艺术化的"采莲女"形象，则导向了江南意象在女性化和雅文化层面的建构。

魏晋南北朝，随着文人自我意识的觉醒，尤其是晋室南渡定都江南，政治的失落和自我的觉醒相碰撞，在江南山水中找到了清远的回响，江南开始被有意识地大量写进诗句里,而随着文学也在这一时期脱离了政治、哲学、历史等的附庸而进入自觉时代,江南意象的形成便万事俱备了。"地理意象,就其实质而言乃是诗人的心象,经过诗人精心选择、组织并灌注于主观情感的意象,不仅仅是主体地理观念、环境认知和伦理判断的理性显现,而且是个人感性生命需要的艺术承载体。"①"江南"从此成为主体意识觉醒的文人感性生命需要的承载,这也是江南意象虽经历流变但终能一以贯之的根本内核。

这一时期最突出的代表是谢灵运的山水诗创作。虽然谢灵运诗作中像"采菱调易急,江南歌不缓。楚人心昔绝,越客肠今断"(《道路忆山中》)、"江南倦历览,江北旷周旋。怀新道转迥,寻异景不延"(《登江中孤屿》)这样直接出现"江南"的诗句并不多,但正是谢灵运第一次大规模使江南山水进入文学作品,从而大大丰富了江南意象的美学内涵。放眼整个历史时期,也正是山水诗,使江南意象的美学意蕴达至顶峰。

从风物到山水,从此江南意象的总基调得以奠定。山水主导了江南意象在唐宋发展的主旋律,而由风物延伸出的富饶水乡、繁华都市印象,则成了明清江南的主基调。需要特别说明的是,作为文学意象的江南在唐代已经定型,其后不断丰富的江南实则是凯文·林奇所说的"意象"概念,是后人对江南的感知,不作为诗人"意中之象"的意象理解。

江南意象到唐代,不仅蕴含于山水诗中,也表现在山水画中,及至后世的山水画仍延续着定型于唐代的理念与情思,只是在表现手法上多有创新罢了。山水主导的江南意象,其主要基调除了突出"象"之唯美,更在"意"之闲适。虽然这种闲适中大多数不免夹杂着政治抱负不得施展的苦闷,常常带着聊以自慰的复杂色彩,但当时佛教和道教思想的浓重氛围,也一定程度渲染出了闲适的心情和意趣。当时,大量诗人来到江南,特别是来到浙东,以求在山水中自我疗救,"壮游吴越"成为一时风尚。"恋地的本质是恋自我,当地方场所被赋予人的情感、价值后,人便与地'合一'。'合一'不是合在自然属性,而是合在人性。"②正如浙东唐诗之路的研究者李建军教授所说,与两京唐诗之路、关陇唐诗之路、西蜀唐诗之路的为功名奔走不同,浙东唐诗之路是风雅之路、清修之路、隐逸之路,其根本就是一种诗性之路。江南,正是在大量唐代诗人的"人性"选择中,被赋予了隐逸、

①　周晓琳、刘玉平:《空间与审美:文化地理视域中的中国古代文学》,人民出版社2009年版,第120页。
②　唐晓峰:《还地理学一份人情》,载《读书》2002年第11期。

闲适的诗性意蕴。

这一时期最有影响的作品也许是白居易的《忆江南》:

其一

江南好,风景旧曾谙:日出江花红胜火,春来江水绿如蓝。能不忆江南?

其二

江南忆,最忆是杭州:山寺月中寻桂子,郡亭枕上看潮头。何日更重游?

其三

江南忆,其次忆吴宫:吴酒一杯春竹叶,吴娃双舞醉芙蓉。早晚复相逢?

这组词虽传唱极广,但对江南意象的内蕴本身并没有多少增益,只是增加了更标志性的艺术表达方式。然而,正是白居易和这组词的影响力,使江南山水中的其它意象进一步得到强化和确认,如水意象、桂子意象、吴娃意象等。值得注意的是,根据白居易在此词中的自注:"词曲本名《谢秋娘》,每首五句。"以及《乐府杂录》所载:"《忆江南》本名《谢秋娘》,李德裕镇浙西,为姜谢秋娘所制,后改为《望江南》。"结合第三首"吴娃"和"早晚复相逢"的信息,细读文本,可以发现白居易《忆江南》三首具有一定的指向性。第一首总述江南总印象:风景优美,尤以水为甚;第二首强调以杭州为代表的江南特色是寺庙与钱塘江;第三首以苏州为代表的吴地则是酒与吴娃。但白居易没有提到以越州为代表的浙东地区,因为在唐时,钱塘江划开了江北与江南不同的文化感知与思想情感。好在整个唐代有太多诗人在写越州为代表的江南,白居易也在与元稹的"竹筒传韵"中一再提到。

由此可以大致判断:江南意象在唐代定型并分野,在整体的水文化浸润下,以吴地为代表的江南意象在"江南佳丽地,金陵帝王州"的女性化、雅致化方向发展,以越地(主要是钱塘江以南、以东地区)为代表的江南意象则在"山水寻吴越"的清修隐逸之路上发展。前者是更世俗化也更温柔的江南,后者是更哲学性更自我关照的江南。这是来自不同诗人诗作的不同江南意象,或者也可以说是江南意象的不同方面。而杭州在当时尚没有形成自己独特的文化特色和精神价值。

其后,《忆江南》从《望江南》《梦江南》等教坊曲名又进一步发展出词牌《江南好》,对于江南系列的词曲发展和江南意象的传播起到了一定作用。直到宋代,苏东坡还用《望江南》词牌创作了著名的《望江南·超然台作》,这首词虽写于密州,怀念的也是家乡眉州,但其中蕴含的超然之感也多少与江南之蕴意契合。

三、浙江诗路江南意象的多重象征系统

(一)芳晨丽景,展现欢愉之感

《乐府题解》中有"江南古辞,盖美芳晨丽景,嬉游得时"①。不得不说,江南意象的第一重象征就是以"芳晨丽景"之"象"直接刺激诗人感官后的生命欢愉感。美是江南之"象"的主要特征。春天是江南最美的时节。所谓"江南无所有,聊寄一枝春"(陆凯《赠范晔诗》),即使只有"一枝春",也已将"无所有"的江南整个春天的美好图景都以一代全地衬托了出来,再加上其中满含的情谊,世间还有比这更美好的体验吗?

李中《江南春》写道:

> 千家事胜游,景物可忘忧。
>
> 水国楼台晚,春郊烟雨收。
>
> 鸥鹭啼竹树,杜若媚汀洲。
>
> 永巷歌声远,王孙会莫愁。

江南的美好是可以使人忘却烦忧的。尤其对于带着家国之痛与乡关之思来到江南的北方氏族、文人骚客而言,江南的俊朗明丽无疑首先印入了他们灰暗已久的眼帘,江南的杏花春雨浇灌了他们干涸的心田,激活了他们对生命活色生香一面的感受,暂时忘却了治国平天下的政治抱负带来的深在忧愁。对江南葱茏勃发的自然景观的关照,进一步引发出生命的自我关照与自由意志的觉醒,无论是南来的诗人还是本地诗人,都在心中升腾起了对生命欢愉的诗性期待,并由此导向美学自由。

谢灵运在这里开了好头,不仅有著名的"池塘生春草,园柳变鸣禽"(《登池上楼》),还有"江山共开旷,云日相照媚。景夕群物清,对玩咸可嘉"(《初往新安至桐庐口》),以及可谓自然审美典范的《登江中孤屿》:

> 江南倦历览,江北旷周旋。
>
> 怀新道转迥,寻异景不延。
>
> 乱流趋正绝,孤屿媚中川。
>
> 云日相辉映,空水共澄鲜。

---

① 郭茂倩:《乐府诗集》(卷二十六),中华书局1979年版,第384页。

> 表灵物莫赏，蕴真谁为传。
>
> 想象昆山姿，缅邈区中缘。
>
> 始信安期术，得尽养生年。

正是在对自然的鉴赏中，一种直接的欢愉进入诗情。宗白华在《中国美学史中重要问题的初步探索》中写道："从这个时候起，中国人的美感走到了一个新的方面，表现出一种新的美的理想。那就是认为'初发芙蓉'比之于'错彩镂金'是一种更高级的美的境界。"[①]

这是"不雨山长润，无云水自阴"的江南；"钱塘江尽到桐庐，水碧山青画不如"（韦庄《桐庐县作》），这是多么令人沉醉的景象；"日出气象分，始知江湖阔"（孟浩然《早发渔浦潭》），这又是多么使人意气风发的气象。正是在"林泉恣探历，风景暂徘徊"（骆宾王《同辛簿简仰酬思玄上人林泉四首》之三）的吟赏中，帝国的声威才没有淹没他们的个性。

上海师范大学刘士林教授认为，从审美文化的角度看，江南文化的本质是一种诗性文化。也正是在诗性与审美的环节上，江南文化才显示出它对儒家人文观念的一种重要超越。由于诗性与审美内涵直接代表着个体生命在更高层次上自我实现的需要，所以说人文精神发生最早、积淀最深厚的中国文化，是在江南文化中才实现了它在逻辑上的最高环节，并在现实中获得了较为全面的发展。[②]

可以说，浙江诗路上江南意象的第一层，便是人（最初是诗人）对冲破道德伦理的束缚、拓展人性中自身审美的诗性精神、追求更富有诗意的精神境界这种生命本质欢愉的向往与共情。

(二)断肠之音，抒发思念之情

丘迟《与陈伯之书》中写道："暮春三月，江南草长，杂花生树，群莺乱飞。见故国之旗鼓，感平生于畴日，抚弦登陴，岂不怆恨！所以廉公之思赵将，吴子之泣西河，人之情也，将军独无情哉？"这一段以江南之景动故国之情的描述历来为文人所称颂，也奠定了江南意象中挥之不去的思乡之情。

从前文对江南意象形成与流变的分析中也可知，江南意象中的思念之情是与生俱来的。是外来者首先发现了江南，始有江南意象。韦夏卿任常州刺史时作《东

---

① 宗白华：《美学散步》，上海人民出版社 1981 年版，第 29 页。
② 刘士林：《江南文化与江南生活方式》，载《绍兴文理学院学报》2008 年第 2 期。

山记》写道:"自江之南,号为水乡。……涉之或风波之惧,望之多烟云之思。"在这一点上,整个江南地域都是一样的。

谢灵运在《七里濑》中写道:

> 羁心积秋晨,晨积展游眺。
>
> 孤客伤逝湍,徒旅苦奔峭。
>
> 石浅水潺湲,日落山照曜。
>
> 荒林纷沃若,哀禽相叫啸。

即使是沉醉山水的谢灵运,一旦内心涌起"孤客"的羁苦之感,便也只能在水中感受到"逝川"的无奈,浓重的愁思笼罩着耳目,看见和听见的只有日落、荒林与哀禽。

孟浩然《宿建德江》诗云:

> 移舟泊烟渚,日暮客愁新。
>
> 野旷天低树,江清月近人。

自洛之越的孟浩然是把江南山水与思念之情结合得最成功的代表人物之一。《唐诗解》评这首诗"客愁因景而生,故下联不复言情,而旅思自见"。《批点唐诗正声》也说它"语少意远,清思痛入骨髓"。在诗中,天很低又很高,月很近又很远,愁似淡还绵长,仕途的失意和对故乡的思念,远大的抱负和困顿的现状,都在这无边清晖月影中交织蔓延,眼前越是水天一色,愁情越是无法遁逃。

就像江南丝竹之缠绵悠长,正适合吟唱那不绝如缕的断肠之音,无论是江南曲还是江南调,历史上都有层层的思念沉积在其中。如南北朝庾信的《哀江南赋》,哀的正是南朝的灭亡;南平王刘铄的《拟行行重行行诗》"日夕凉风起,对酒长相思,悲发江南调,忧委子衿诗",其中也是离开故地的悲叹;与谢灵运合称"元嘉三大家"的鲍照也有《登云阳九里埭诗》写"徒忆江南声,空录齐后瑟"。

无论是爱人之思、友朋之思还是家园之思,无论是离开江南还是来到江南,无论是《忆江南》还是《望江南》,都是江南意象中思念之情的情感来源和文化积淀。

直到苏东坡,江南意象中的这缕情思有增无减,他在《寄蔡子华》中说:

> 故人送我东来时,手栽荔子待我归。
>
> 荔子已丹吾发白,犹作江南未归客。
>
> 江南春尽水如天,肠断西湖春水船。
>
> 想见青衣江畔路,白鱼紫笋不论钱。

"江南春尽",不是尽在季节里,而是在思归之殷和怀友之切的情绪中。这是江南意象的第二层:思亲念故,也追忆往昔峥嵘。

(三)林泉高致,感受归隐之味

浙江山水是魏晋南北朝至唐代文人在仕宦届堂之外,寄情山水的主要场所,甚至可以说是他们精神的朝圣之地。"此行不为鲈鱼鲙,自爱名山入剡中。"(李白《秋下荆门》)这里的林泉之清秀、人文之恬淡,都使这片江南在人们的心中染上了一层朦胧的超迈色彩,令人一想起便生拔俗出尘之感。林泉兴远,丘壑意深。不知是山水诱发了诗人的归隐之心,还是诗人赋予了山水隐逸之味。魏晋玄学、名士风流、佛道精神,与山水相映发,共同构成江南意象中浓重的隐逸色彩。

隐逸情怀灵魂性的存在,是富春山水间的严子陵;最诗性的存在,是放浪山水的谢灵运;最温情的存在,是"莼鲈之思"的张季鹰;最标志性的存在,是桃花流水里的张志和;到了宋代形成深远回响的,是西湖孤山上人称"梅妻鹤子"的林和靖;而在整个江南最广泛又无形的存在,是山林中的寺僧道人、山野樵夫和溪渚里的渔父。

严陵钓台奠定了江南意象中隐逸之味的高起点,它和谢公屐、莼鲈之思等成为唐代及其后人们想到江南最心动的标志,也是进入诗歌最多的内容。仅以严陵钓台为例,据建德市政协文史委编的《严州诗词》(上下册),在其收入的 355 首唐诗中,仅以严光与钓台入诗题的就有 30 首,如张继《题严陵钓台》、陆龟蒙《严光钓台》、杜荀鹤《经严陵钓台》、王贞白《题严陵钓台》《钓台》等等,而题目未写到但内容写到的就更多了,如"湖经洞庭阔,江入新安清。复闻严陵濑,乃在兹湍路"(孟浩然《经七里滩》)、"昭昭严子陵,垂钓沧波间"(李白《古风》)、"严陵不从万乘游,归卧空山钓碧流。自是客星辞帝座,元非太白醉扬州"(李白《酬崔侍御》)。

特别值得一提的是孟浩然的《自洛之越》:

> 皇皇三十载,书剑两无成。
>
> 山水寻吴越,风尘厌洛京。
>
> 扁舟泛湖海,长揖谢公卿。
>
> 且乐杯中物,谁论世上名。

这里将吴越与洛京对举,那种"朝"与"野"、"出"与"处"、"显"与"隐"的鲜明对比和其中的心理感受不言自明,也进一步强化了江南作为隐逸之地的形象。而"风尘厌洛京"的出处,正是《文选·陆机〈为顾彦先赠妇〉》诗二首之一:"辞家远行游,悠悠三千里。京洛多风尘,素衣化为缁。修身悼忧苦,感念同怀子。隆思辞心曲,沉欢滞不起。欢沉难克兴,心乱谁为理。愿假归鸿翼,翻飞浙江汜。"

林泉高致,往往是在乡村而不在城市。由此,江南的乡村便自带一种诗性气质,它仿佛是对城市的逆反,也是中国文人内心的乌托邦。归隐江南的内核,就是崇尚自然,追求精神的无拘无束与自由,这恰是文明发达的都市生活最欠缺的。只有在山林间,人才能追求内心中真正清狂豪迈、飘逸灵动、奔放洒脱的一面。

这些人中,有"初唐四杰"之一的婺州(今浙江金华)神童骆宾王,有与李白、张旭等并称"饮中八仙"的越州(今浙江杭州)"狂客"贺知章,有世称"张颠"的草书圣人张旭,有渔隐西塞山的"烟波钓徒"张志和,还有婺州诗僧贯休,等等。这些人无一例外都是江南人,除了张旭是苏州人,其余都是浙江人,他们身上都有一种不为凡俗桎梏的旷达之气,虽然也不乏宦海沉浮的惯常一面,却仍能有潇洒跳脱的本真追求。

其中特别值得一提的,是自号"越中狂客"的贺知章。贺知章对李白极为赞赏,曾称他为"诗仙下凡",可以说是有知遇之恩;李白对贺知章也是十分钦佩,曾为其作诗多首,如"四明有狂客,风流贺季真"(《对酒忆贺监二首》)、"镜湖流水漾清波,狂客归舟逸兴多"(《送贺宾客归越》)。杜甫作《饮中八仙歌》中第一个写的就是贺知章,称他"知章骑马似乘船,眼花落井水底眠",可以说是真正的酒仙了,在贺知章去世后,杜甫也在《遣兴五首》其四中表达了敬仰感伤之情:"贺公雅吴语,在位常清狂……爽气不可致,斯人今已亡。"

可以说,正是这一个个独具清狂洒脱之气的活生生的人,吐纳出了江南意象中独特的精神气质,无论是他们的"颠"还是"狂",他们是僧还是道,都使江南意象有了解构社会宏大叙事话语的文化意义和可供身心诗意栖居的审美功能。

第二节　东海意象

浙江诗路是一条诗路,也是一条水路,还是一条丝路,有意思的是,在浙江方言中,"诗""水""丝"三字恰好同音(sī)。四条诗路的水系,最终都东流入海,与海上丝路相接。宁波、舟山、台州、温州等地是浙江诗路与东海的直接接口,并逆流而上蔓延到整个诗路网络,即使是杭州、绍兴这样今天看来似乎没有临海的城市,也因为钱塘江,与东海形成了密切关联。更别说随着东海逐渐形成意象,它已经不再是客观之海,而是文化之海、心灵之海。在任何有水的地方,中国文人都能想象出一个符号化的东海来,就像唐以后早已与海湾脱离的西湖,也被主政的文人们构建了三座岛屿来象征海上仙山,唤作蓬莱、方丈、小瀛洲。从后汉班彪《览海赋》开始生成的东海意象,在游仙母题中孕育和生长,在求仙表现中开拓,寄寓着人们对桃源仙境与广阔世界的向往之情。

一、东海传说及其发展

我国有总长 3.2 万多千米的海岸线,其中大陆海岸线 1.8 万多千米,整个东部地区,无论是平原还是丘陵,都与茫茫的大海相连。由于长期受中原农耕文明的主导影响,因此"海内"在先民心中就是国家的代名词,而与之相对的"海外",就成了蛮荒而陌生的异域所在。《楚辞·招魂》中曾极言东方是长人千仞,十日代出,蛇狐如山,蛮人割人肉祭祖。因此,中国古人对海洋的感知一开始就带有由畏惧而想象的特征,表现为诸多神仙传说、志怪奇谈。

关于海洋的传说中常有"四海"之说,但"四海"究竟是哪四海,论说者不少,却至今没有定论。一般而言,"四海"更多是一种虚指的概念和礼仪性的指称,如《尚书·大禹谟》有"文命敷于四海,祗承于帝"的记载,《中庸》有"尊为天子,富有四海之内"的说法,这里的"四海"都是礼仪性观念,主要是表征一种天下秩序和制度。"四海"中被真正赋予最多想象的是东海,从《山海经》到《西游记》,东海都是人们驰骋想象的舞台。在上古东海之滨人们的概念中,昨日下沉的太阳、月亮又会在今日的东海重新升起,仿佛东海有一种神奇的力量,"是惟日次",即是太阳所停留的地方,由此产生了"东方主生"的朴素哲学观。《山海经·南山经》有"处于东海,望丘山,其光载出载入,是惟日次"的记载,木华《海赋》也写到了东海"出日入月",曹操的《观沧海》也是在"东临碣石"望东海时有"日月之行,若出其中,星汉灿烂,若出其里"的感叹。可见东海在"四海"中的独特地位。清代编辑的《古今图书集成》中写道:"水大至海而极。从古皆言四海,而西海、北海远莫可寻找,传者亦显确据,惟东海、南海列在职方者,皆海舶可及。"这已经是在航海业和海上贸易繁盛许久以后,人们对海的知识和经验也同样在东南一带普及发展。

有关东海的神仙传说,从上古时代起就已多有流传。那时的东海,实则是大陆以东海域的泛称,即泛东海概念,包含了现在的渤海、黄海和东海,且随着时间的推移,其所指也有差别。《山海经》是较早记述东海传说的史籍,如《海外东经》中记载:"丘爰有遗玉、青马、视肉、杨柳、甘华、甘果所生。在东海,两山夹丘,上有树木。"[1]整体呈现出"东海"品物繁多的特性。《海内北经》中提到了"蓬莱山在海中"[2]的重要论断,虽没有详细描述,却是后世海上仙山理念的滥觞。《海内经》中还提到了"东海之内,北海之隅,有国名朝鲜、天毒,其人水居,偎人爱之"[3]及"东海之外大壑,少昊之国"[4]等一些奇异的国度。其中最有影响的是像"精卫填海"这样的传说故事,在不断流传过程中还被后世反复增衍,至今活在中国人的共同记忆中。

西汉以后,典籍中对东海传说的记载不仅形象更为丰满奇幻,在方位上也更加聚焦,当时的东海主要是指渤海,如《史记·封禅书》记载:"蓬莱、方丈、瀛洲,此三神山者,传说在渤海中。诸仙人及不死之药皆在焉。"《列子·汤问》描述更详细:"渤海之东,有五山焉,一曰岱舆,二曰员峤,三曰方壶,四曰瀛洲,五曰蓬莱。其山高下周旋三万里,其顶平处九千里,山之中间相去七万里,以为邻居焉。其上台观皆金玉,其上禽兽皆纯缟。珠玕之树皆丛生,华实皆有滋味;食之皆不老不死。所居之人皆仙圣之种;一日一夕飞相往来者,不可数焉。"

可以说,时至两汉,东海神话传说的主基调已逐渐奠定,它以海上三山为表征,以长生仙境为内容,表述也从自然关注转向人文关怀:"从文化发展的角度看,东海传说中的重人重生的神仙长生传说得到较大发展,在东海传说中占据了主导地位。"[5]魏晋南北朝以后,东海神话逐渐从典籍转向文学。随着佛道思想的发展和影响、海内外文化交流的增多,东海神话在进一步强化神仙长生传说的同时,也逐渐走向内容的多样性和形式的艺术性。及至唐代,随着遣唐使的到来、海上贸易和生活往来的增多,人们对东海范围的认识更为明确。同时,随着几次大规模的北人南迁,政治、经济、文化中心向南迁移,"东海"也从渤海定位到今天的东海、南海一带。宋元以后随着渔业、船舶业和海上商贸的繁荣发展,人们对海的绚丽想象逐渐退却,现实性的诉求占据主流。随着妈祖信仰的确立与兴盛,东海传说也便从超越性的神仙世界进入广泛切实的现世追求。

① 袁珂:《山海经(山海经校注本)》,上海古籍出版社 1980 年版,第 251 页。
② 袁珂:《山海经(山海经校注本)》,上海古籍出版社 1980 年版,第 524 页。
③ 袁珂:《山海经(山海经校注本)》,上海古籍出版社 1980 年版,第 441 页。
④ 袁珂:《山海经(山海经校注本)》,上海古籍出版社 1980 年版,第 538 页。
⑤ 郑杰文:《东海神仙传说的文学价值和文化意义》,载《管子学刊》2005 年第 3 期。

二、东海意象的生成与流变

以农耕为主的文明,更多关注对土地和物的依赖,易于形成内向温和的民族气质,这也造就了中国古代文人整体保守、中庸的文化性格,以至代表开放、扩张、冒险的海洋文化在中国传统文化中始终处于非主流状态。历代文人的生活和足迹也很少涉足海洋,最多也就是"览海""观涛"的旁观,他们对海洋是畏惧的,也是无知的,因此对海洋的心灵感悟远多于现实体认,这又极大地拓展了对海洋的情感空间与想象空间,使海洋往往成为现实功用的理想之地、主观情感的表现载体,海意象也由此而来。而随着历史的发展,特别是随着宋元以后人们对海洋认知的加深,海意象也逐渐失去了流变的内驱力。

整体而言,与西方的海意象广袤辽阔且从属于海洋文化心态不同,当有关东海的仙话传说与中国文人个人的怀才不遇、羁旅坎坷、生离死别等相结合,中国文学中的海意象呈现出自身独立的东方审美特色:一是由于中国文人看海的单一视角(主要是在岸边往东观海,并没有深入海洋四处张望)及人们对东方的热爱而使东海意象成为海意象的主要代表,二是由于文人心中的观念之海远远超越现实之海,抽象化、情感化的东海意象在亦真亦幻之间承担起了更多人生喟叹的况味。

文学作品中最早提到海的是《诗经·小雅·沔水》:"沔彼流水,朝宗于海。"海在这里还只是沔水流入的简单地理概念。而有关海的主要文学形式,神话传说虽然上古就有,但真正将海作为独立审美对象或借以感物兴情,一般认为是东汉才开始的。在此之前,西汉枚乘在其著名的《七发》中有关"观涛"的文字,形象生动地描写了涨潮奇观,可以说为汉赋铺写海景奠定了基础。整个魏晋时代,海赋频出,仅同题《观涛赋》的就有东晋顾恺之、曹毗、伏滔等人,另有木华《海赋》、王粲《游海赋》等。

中国文学中的第一篇海赋,是后汉班彪的《览海赋》,因此海意象也可以说是从《览海赋》开始的。按照首句"余有事于淮浦"来看,"淮浦"指当时的临淮郡,治所在今江苏徐州①,这也是海意象以东海意象为主的一个表现。而班彪的览海,所览并非客观世界之海,而是基于游仙记忆的主观想象,目的乃是寻找海中仙山("索方瀛与壶梁")。因此,东海意象是在深长的游仙母题中孕育和生长的。只是与帝王方士的游仙单纯是出于现实功用——寻求生命延续——不同,文人热衷游仙的关注

---

① 章沧授主编:《历代山水名胜赋鉴赏辞典》,中国旅游出版社 1998 年版,第 42-43 页。

点并不在自然生命的延长,而在精神生命的扩展。海的博大璀璨正好映照出生命的诸多缺憾,诗人们需要在大海中为心灵寻找一处理想的空间。借东海意象的游仙母题,抒发文人文化生命的价值追求,这种精神超越意义,是东海意象首要也是最基本的内蕴。

从游仙母题延伸出的东海意象的另一个意蕴,与海上仙山或海底龙宫等想象相关,它是人们对桃源仙境的向往之情。无论是"蓬莱三岛"还是"东海龙宫",实则仍是农耕文明思维对海洋的情感移植——海洋的核心不是海,而是海中的陆地,而它与常规陆地的不同,正是隔了海以后的那种神秘与想象,从而实现逃离与重构。正如古人素有方内方外之说,方内一般指世俗社会和四海之内,方外则为世俗以外和边远地区,东海意象正好作为文人对世俗以外生活的情感寄托。这也进一步强化了东海意象与西方海意象的情感差别,东海意象在中国文人心中不是对抗与征服的表征,而是向往的仙岛、令人安宁的世外桃源。

随着建安风骨的涌入,东海意象又在洪波巨浪中呈现出更接近大海属性的气象,就如黑格尔所说:

> 大海给了我们茫茫无定、浩浩无际和渺渺无垠的观念;人类在大海的无限里感到他自己底无限的时候,他们就被激起了勇气,要去超越那有限的一切。……平凡的土地,平凡的平原流域把人类束缚在土地上,把他们卷入无穷的依赖性里边。但是大海却挟着人类超越了那些思想和行动的有限的圈子。[1]

第一首借海咏志的诗歌是曹操的《观沧海》:

> 东临碣石,以观沧海。
>
> 水何澹澹,山岛竦峙。
>
> 树木丛生,百草丰茂。
>
> 秋风萧瑟,洪波涌起。
>
> 日月之行,若出其中;
>
> 星汉灿烂,若出其里。
>
> 幸甚至哉,歌以咏志。

东望观海、歌以咏志的形象,为东海意象注入了鲜明的英雄情怀和慷慨悲壮色彩。

---

① 黑格尔:《历史哲学》,王造时译,上海三联书店1956年版,第134页。

在大海波涛汹涌、吞吐日月的"象"中，蕴含的是诗人伟大抱负与壮阔胸襟之"意"。从大海中来的"鲲鹏之志"，一定程度汇入了东海意象的内在意蕴中，互生共进。曹丕的《沧海赋》同样在与海进一步的博弈中呈现出更昂扬激荡的情怀。

意象的流变，总不免受到时代风潮这一大气候的影像。随着六朝玄风的盛行，东海意象也逐渐沾染上对宇宙生命的思考与体察，海作为当时文人关注的自然物之一，其自身审美品格也进一步得以凸显。海的谦和弘纳和水的处下不争、博大虚静，在与道之精神的汇流中，左右着六朝士人的情感与思想。

唐宋时期，大量极写钱塘江潮的诗词成为东海意象的一个小小注脚，而文人们关注东海的主要视角，仍然流连在游仙母题和对两晋六朝遗风的追慕里。唐宋以后，随着航海技术的发展和海外航线的增多，虽然在俗文学领域有越来越多的对现实之海的描摹，然而在雅文学领域，无论是李白、白居易还是柳永、李清照，他们诗词中的东海，仍然是一个情绪之海、精神之海，或者说是主观之海，中国古代文人将神仙思想、宇宙观念和生命意识都融入了东海。

总而言之，东海意象一方面受到神话游仙母题的深在影响，另一方面也不时被其自然属性触动和激发：在追求生命延展的幻境中，寄寓着超越的精神追求；在海岛仙山的梦乡中，寄托着世外桃源的宁静祥和；在鱼鸟和奔涌的巨浪中，展现出澎湃汹涌的豪情壮志；在无限浩渺的海水中，抒发海纳百川的德行与风度。

三、浙江诗路东海意象的审美指向

东海意象在浙江确实有更特殊的意义。无论是以东海渔歌为代表的俗文学还是以诗词赋为代表的雅文学，都有对于东海的描述与想象、抒写与共情。对土地依赖已久的北方士族文人，更在往东南的迁徙中，与江河湖海有了更深度互动的过程中，以更主动的视角关注东海，正如王立教授指出："东晋后文人萃集会稽一带，大海风采始得到较多审美体察。"①《世说新语·雅量》记载了谢安"时与孙兴公诸人泛海戏"，《南齐书》记载张融"浮海至交州，于海中作《海赋》"，谢灵运曾登上"东山"企图登高望远以解烦忧，写下了《郡东山望溟海》："开春献初岁，白日出悠悠。荡志将偷乐，瞰海庶忘忧。"

在常规蕴意之外，东海意象在浙江诗路（水路/丝路）主要围绕游仙与寻仙分出两大审美指向中展开。同时，当东海以"壮观天下无"的浪潮形象涌入钱塘江，一种

---

① 王立：《海意象与中西方民族文化精神略论》，载《大连理工大学学报（社会科学版）》2000年第12期。

新的意蕴和地方人格也在数千年的钱塘潮(浙江潮)审美中生成(这部分内容相关作品丰富且意义重大,将在下一节作专门论述)。

（一）游仙与自由

东海意象与游仙文学传统的密切关联,加之东南一带远离中原传统政治中心的地理位置,使文学中的海不仅成为众多仙话传闻的符号载体,更衍生出了一个与现实世界对立的心灵世界。当具体的大海景观真切地呈现于诗人眼前,即便对于仙境的想象仍不可捉摸,但那种深入东海意象之根的游仙基因所发酵出的自由浪漫气息无疑已经扑面而来。东海意象的自由意味由此在东南一带得到最大程度体认,用通俗的话说,东海是世外桃源,也是心灵港湾。谢灵运《郡东山望溟海》中"荡志将愉乐,瞰海庶忘忧",就是希望从大海中得以解忧。

元稹《以州宅夸于乐天》写道:"州城迥绕拂云堆,镜水稽山满眼来。四面常时对屏障,一家终日在楼台。星河似向檐前落,鼓角惊从地底回。我是玉皇香案吏,谪居犹得住蓬莱。"在这首诗中元稹有自注"越地亦名蓬莱",这无疑与"上有天堂,下有苏杭"异曲同工,也将越地与东海仙境、与一种闲适的"仕隐"生活等同起来。

这里特别要提的是李白的《梦游天姥吟留别》:

> 海客谈瀛洲,烟涛微茫信难求;
> 越人语天姥,云霞明灭或可睹。
> 天姥连天向天横,势拔五岳掩赤城。
> 天台一万八千丈,对此欲倒东南倾。
> 我欲因之梦吴越,一夜飞度镜湖月。
> 湖月照我影,送我至剡溪。
> 谢公宿处今尚在,渌水荡漾清猿啼。
> 脚著谢公屐,身登青云梯。
> 半壁见海日,空中闻天鸡。
> 千岩万转路不定,迷花倚石忽已暝。
> 熊咆龙吟殷岩泉,栗深林兮惊层巅。
> 云青青兮欲雨,水澹澹兮生烟。
> 列缺霹雳,丘峦崩摧。洞天石扉,訇然中开。
> 青冥浩荡不见底,日月照耀金银台。
> 霓为衣兮风为马,云之君兮纷纷而来下。

虎鼓瑟兮鸾回车，仙之人兮列如麻。

忽魂悸以魄动，恍惊起而长嗟。

惟觉时之枕席，失向来之烟霞。

世间行乐亦如此，古来万事东流水。

别君去兮何时还？且放白鹿青崖间，须行即骑访名山。

安能摧眉折腰事权贵，使我不得开心颜？

诗的开头两句，强调海上仙山（"瀛洲"）的"微茫"仿佛只是为了反衬"天姥"的真切，实则全诗大篇幅描述的"天姥"景观恰恰正是海上仙山的幻境，这是一个同类映衬，最后落脚在对现实政治的不满和对放浪山林的向往。诗人之所以要在政治受挫时"梦吴越"，之所以认为名不见经传的天姥山比"五岳"更壮观，之所以在这里产生绚烂的仙境想象，是因为在他看似曲折跳跃、夸张奇绝的诗句中，实则蕴藏着一条缜密的逻辑线索，这条线引领着诗人飞渡镜湖、经过剡溪、穿过真实的东海一路到达精神的东海，经过虚幻又回到现实，因为东海正是李白不羁心灵的精神源头和支撑，是这样的"东海"让他产生"古来万事如流水"的感慨，也让他说出"安能摧眉折腰事权贵，使我不得开心颜"的心声。"作为艺术与宗教纽带的文人游仙精神当直接得力于大海景观，以道教式超越为中介，海给予中国文人实用、功利性诱惑集注在精神超越上，以至后世文人总是囿于仙话回忆与想象，来美美地描绘自身的'心中之海'。"①

正是出于这样的原因，李白对越地的感知总是与他心灵的东海有关，如《送纪秀才游越》："海水不满眼，观涛难称心。……仙人居射的，道士住山阴。"《送友人寻越中山水》："东海横秦望，西陵绕越台。"《赠薛校书》："未夸观涛作，空郁钓鳌心。举手谢东海，虚行归故林。"可以说，李白对越地的向往，除了源自"自爱名山入剡中"的山水诱惑，更主要的还有以东海、钓鳌、道教、风骨等为代表的精神诱因。

海的广阔浩瀚和浪的磅礴气势，似乎更切合唐人的精神追求，海在他们的视野中，也在诗意的心灵中被观看、感受、反复吟咏，并以此同构着他们的精神世界。直到宋代，仍有像陆游这样的爱国诗人，怀着满腔家国情怀，在东海中寻找壮怀激烈的心灵感应。他在《海山》一诗中写自己在今天的舟山访旧（"补洛迦山访旧游"），在这首诗的《追补》中更详细写了东海"非尘世"的壮观：

---

① 王立：《海意象与中西方民族文化精神略论》，载《大连理工大学学报(社会科学版)》2000年第12期。

碧海无风镜面平,潮来忽作雪山倾。

金桥化出三千丈,闲把松枝引鹤行。

海上乘云满袖风,醉扪星斗蹑虚空。

要知壮观非尘世,半夜鲸波浴日红。

而在《三月十七日夜醉中作》中,更提到了曾经在东海的壮志豪情:"前年脍鲸东海上,白浪如山寄豪壮;去年射虎南山秋,夜归急雪满貂裘;今年摧颓最堪笑,华发苍颜羞自照。"三相对比,意蕴自现。

(二)求仙与开拓

浙江诗路上的游仙传说主要依附于一个具体人物——徐福。有关徐福的传说广泛流传于沿海一带,在2011年第三批国家非物质文化遗产代表性项目名录中,共有5个有关徐福的项目入选,其中有山东省青岛市黄岛区、胶南市(今属青岛市黄岛区)和江苏省赣榆县(今连云港市赣榆区)申报的"徐福传说"和浙江省慈溪市、象山县申报的"徐福东渡传说"①,由此也说明,徐福东渡求仙的发生地或者出发地是在浙江沿海。大量的传说和典籍记载,使徐福东渡深入人心,也一步步强化、夯实了浙江作为东海求仙母题主要场所的观念。

徐福东渡的传说起源于秦汉时期,历代许多史籍都有记载,如《史记》《汉书》《后汉书》《三国志》等,在浙江慈溪龙山镇一带则流传着大量相关传说。秦始皇巡游天下时曾来到浙东一带,如《会稽石刻》就是一个证明。晋代陆机在《陆士龙集》中也有秦始皇曾到宁波一带的记载,当时他命徐福东渡求取仙药,徐福多次东渡无果后最终没再来,留下了神秘的背影和传说,当然也在浙东一带留下了一系列遗址遗迹,如宁波达蓬山,就是以由此可达蓬莱仙境之意命名的。

后世的诗歌中也多有写到徐福东渡,但与史籍、传说不同的是,诗人将自己的思想情感投射于传说,使原本重在宣扬求仙的徐福东渡传说被注入了价值判断与人生理想。如唐代胡曾《咏史诗·东海》:"东巡玉辇委泉台,徐福楼船尚未回。自是祖龙先下世,不关无路到蓬莱。"可以看出诗人对求仙问药已有了否定与批判态度;唐代熊皦《祖龙词》:"沧海不回应怅望,始知徐福解风流。"进一步赞扬了徐福开辟自己的新天地,抵达人生大境界的勇气,无疑也流露出了自己的羡慕之情;唐代

---

① 中国非物质文化遗产网·中国非物质文化遗产数字博物馆:"徐福传说"(2018-12-14),http://www.ihchina.cn.Article/Index/detail? id=12256。

汪遵《东海》："漾舟雪浪映花颜,徐福携将竟不还。同舟危时避秦客,此行何似武陵滩。"其中后两句借用陶渊明《桃花源记》中时人避难至桃花源来暗指徐福也是避秦难之人,整首诗表达的是徐福因避秦难而入海的主题,可以说已经完全跳出求仙母题,进入了对现实政治的批判。

徐福东渡与这些具有独立思想的诗歌作品,为东海意象注入了叛逆传统、开辟新路的审美特质。徐福作为深入东海远航的第一人,他的身体力行和智慧见识,他敢于冒险与开拓的勇气,都是浙江沿海一带人民真实生活的反映,也是文人墨客来到浙东后在真实大海环境及海洋文化双重激发中产生的一丝审美裂变。中国传统雅文化中抽象的海意象在东海具体的航海与渔业、求仙与商贸等开拓性行动中显现出生动辽阔的东海意境。从两晋到唐朝,曹操开创的慷慨雄壮气概和大唐自信开放的时代气象,浙东山海的奇幻景观和佛道庄严,浙东滨海的航海渔俗、海外商贸与敢于挑战的无畏品格,都在东海意象中汇流层积。

第三节　钱塘江意象群

钱塘江蜿蜒曲折,形似"之"字,因此又名之江、折江、浙江,发源于安徽。东晋郭璞注《山海经》称："江出今安徽黟县,名浙江,至会稽,以其曲折名浙江。"[1]钱塘江是浙江的母亲河,也是省内最大的河流,流域面积达55491平方公里[2],自西向东流经杭州湾注入东海,是吴越文化的主要发源地之一。钱塘江各段因地异名,在建德段称新安江,进入桐庐称富春江,过杭州闻家堰后才正式称钱塘江。但无论是哪个名称,在历史上都是名声赫赫,更被无数次写进诗文书画,孕育了影响无数中国文人的严子陵钓台史迹、传世画作《富春山居图》以及大量具有独特美学风格的诗词歌赋。钱塘江各段,风姿绰约、各有风骚,上游澄碧清净、中游奇山异水、下游波澜壮阔,尤其以潮涌名闻天下。两晋至今,从下游钱塘江到上游富春江、新安江一带,先后行经、吟咏的诗人之多,已无从全然考证,留下的诗篇更是难以计数。2019年杭州出版社出版的《钱塘江诗词选》(上下册)共挖掘整理和选编了自东晋至20世纪中叶780余位诗人吟咏钱塘江的诗词佳作近3000首[3],由此管中窥豹,略略可

①　晋郭璞注：《山海经·海内东经》(第13卷),上海古籍出版社1990年版,第98页。
②　浙江省钱塘江流域中心(浙江省钱塘江管理局)："水系现状"(2021-11-02),http://qtj. slt. zj. gov. cn/art/2021/11/2/art_1229243584_54738385.html。
③　郑翰献、王骏主编：《钱塘江诗词选》(上下册),杭州出版社2019年版,第2页。

见一斑。另据统计,仅唐代一朝,先后至少有 126 名诗人行经钱塘江各段,留下了 500 多篇脍炙人口的诗篇。[①] 钱塘江诗路也是如今整个浙江省诗路文化带范围内经典诗词文赋乃至绘画作品产生的历史周期最长的一处,不仅两晋南北朝和唐宋的佳作不计其数,即使在元明清乃至近现代,仍有数量可观的名篇产生,正如欧阳修对严子陵的赞誉"云山苍苍,江水泱泱,先生之风,山高水长",钱塘江上的诗情画意同样山高水长、绵延不绝,它们共同孕育了一系列独特而经典的诗歌意象。

一、钱塘潮意象

白居易在著名的《江南忆·其二》中写道:"江南忆,最忆是杭州。山寺月中寻桂子,郡亭枕上看潮头,何日更重游。"直到今天,桂花早已是杭州市市花,而"潮头"更是世人感受浙江的重要标志,也是今天浙江精神"勇立潮头"的根源。

在潮汐作用和独特地理环境以及季风的影响下,当东海潮水从喇叭状的宽阔河口逆流而上涌入钱塘江,这独特而盛大的潮涌现象与这条天堑一起,成为钱塘和浙江大地上一道独特的自然与人文胜景。

如果说对于历代诗人而言,东海是想象多于现实体认,那么钱塘江作为吴越之行的必经之途必然是体认先于想象。渡江、送行、观潮、听涛、夜宿江上⋯⋯这是漫长时空中众多诗人共同经历的钱塘江;潮患、潮俗、弄潮和江上营生,这也是他们有目共睹的钱塘江。哪怕是从未到过实地的诗人们,也都从大量诗句和潮涌传说中耳闻过"壮观天下无"的钱塘潮。在数千首有关钱塘江的诗篇中,对钱塘潮的抒写占据了很大篇幅。诗人们对于钱塘江层层累积的体验和不断发酵的情感,像钱塘江潮水起起落落、退去还涨,形成丰富的钱塘潮意象。

(一)越人气概:钱塘潮与弄潮儿的历史遗存

"八月十八潮,壮观天下无。"钱塘江大潮是我国最为壮观的潮涌现象,也是世界三大潮涌现象之一。由于钱塘江古名浙江,因此早期潮涌称"浙江潮",后因潮涌主要城市杭州古称钱塘,且在隋唐后发展成为标志性大都市,南宋还定都于此,因此江和潮便渐渐定名为"钱塘江"和"钱塘潮"。据林炳尧的考证,钱塘江潮涌现象大约形成于春秋,至汉代已经有相当规模,[②]大致在汉魏时中秋观潮习俗也已形成,至唐宋达到鼎盛。

---

①　周华诚:《流水的盛宴——诗意流淌钱塘江》,杭州出版社 2019 年版,第 63 页。

②　林炳尧:《钱塘江涌潮的特性》,海洋出版社 2008 年版,第 9-10 页。

对于钱塘潮的极致观感,人们不仅可以在中秋观潮的现场切身感受,还能在无数诗人的如椽之笔下如临其境,而众多的诗句又建构着文学意象中的钱塘潮。现实的潮与意象的潮同生共长,促成钱塘潮更洪迈的气魄和更超越的意境。

东晋苏彦的《西陵观涛》是较早写钱塘潮的诗:"洪涛奔逸势,骇浪驾丘山。訇隐振宇宙,漰磕津云连。"寥寥数语,写出了潮水之急、之高、之轰鸣所形成的遮天蔽日的磅礴气象,也基本奠定了以视、听为主的观潮视角。其后,孟浩然、白居易、刘禹锡、苏东坡、范仲淹、陆游、辛弃疾等一大批著名诗人都留下了观潮佳作,进一步丰富了钱塘潮意象。孟浩然《与颜钱塘登樟亭望潮作》:"百里闻雷震,鸣弦暂辍弹。……惊涛来似雪,一坐凛生寒。"从惊涛似雪的角度丰富了钱塘潮令人"生寒"的体感。刘禹锡《观潮》:"八月涛声吼地来,头高数丈触山回。须臾却入海门去,卷起沙堆似雪堆。"也以"雪堆"一词呈现了潮的颜色与寒意。其他如张祜《观潮十韵》、贯休《秋过钱塘江》、罗隐《钱塘江潮》、宋昱《樟亭观涛》等等,都有各自的观察和感悟。

"浙中山色千万状,门外潮声朝暮时。"(唐·刘长卿《送陶十赴杭州摄掾》)钱塘潮的惊心动魄使许多人心失目迷:"樟亭忽已晚,界峰莫及睹。崩腾心为失,浩荡目无主。"(唐·陶翰《乘潮至渔浦作》)"万马奔驰人尽惊,千夫贾勇众莫御。滔天浊浪排空来,翻江倒海山为摧。"(元·叶颙《浙江潮》)

唐人姚合于樟亭观潮写下的《杭州观潮》,可以作为钱塘潮意象巨大气势的一个代表:

> 楼有章亭号,涛来自古今。
> 势连沧海阔,色比白云深。
> 怒雪驱寒气,狂雷散大音。
> 浪高风更起,波急石难沈。
> 鸟惧多遥过,龙惊不敢吟。
> 坳如开玉穴,危似走琼岑。
> 但褫千人魄,那知伍相心。
> 岸摧连古道,洲涨踏丛林。
> 跳沫山皆湿,当江日半阴。
> 天然与禹凿,此理遣谁寻。

钱塘潮所具有的这种吞天沃日的气概、崩涌不息的气势和令人荡气回肠的气韵,经长年累月培育出人对自然力的审美,人们在对钱塘潮的审美中也发现着自身的力量,从而不断为意象注入新的美学力量。

徐凝《观浙江涛》写道:

> 浙江悠悠海西绿,惊涛日夜两翻覆。
>
> 钱塘郭里看潮人,直至白头看不足。

"曲水三春弄彩毫,樟亭八月又观涛。"(唐·羊士谔《忆江南旧游二首(其一)》)观潮既然是一种悠久的习俗、牢固的习惯,就会由仪式而升华为影响一方的精神文化。其中最主要的代表是潮神伍子胥的传说、钱王射潮和钱塘潮的延伸意象——弄潮儿。

《越绝书》中曾详细写到伍子胥为潮神的传说:"胥死之后,吴王闻,以为妖言,甚咎子胥。王使人捐于大江口。勇士执之,乃有遗响,发愤驰腾,气若奔马。威凌万物,归神大海。彷彿之间,音兆常在。后世称述,盖子胥,水仙也。"①传说表达的往往是简单的爱憎,潮神传说反映了人们对伍子胥的敬仰和对残害者的痛恨。然而当传说进入诗人的视野,传说也就成了蕴藉诗意的象,它受到历史的牵绊,浸润着时代的风气,最终将在诗人当下的具体诗情中凝固。

钱王射潮的传说在杭州一地广为流传。后梁开平四年(910)八月,吴越国王钱镠调集二十万兵民在候潮门、通江门外修筑捍海石塘,但一日两次的潮水严重阻碍和破坏着这项筑塘工程的开展。为了退潮筑塘,钱镠组织了隆重的祭天大典,还诚意祭祀了潮神伍子胥,结果均不见效,这让钱王不禁兴起:"钱某为民捍海,躬事虔祷,尔等都不助我,我当以武力相抗。"②于是他命人制成三千支专用箭,亲率五百名犀甲兵士于八月十八日在钱塘江射潮。明代刘伯温《钱王箭头篇》写道:"英雄一怒天可回,肯使赤子随鲛鲐。指挥五丁发神弩,鬼物辟易腥风开。"据说,钱王带头出箭,然后在箭镞齐发之下,潮头真的狼狈而逃,以后也不再猖獗。捍海石塘因此得以修建完工,杭州城的基础也由此奠定。

人们通常认为,钱王射潮体现了人定胜天的道理,其实人定胜天只是结果导向的评定,而钱王当时兴起射潮之意所反映出的越人那种不畏神力天定,只要我有道理就敢于向神挑战的不屈不挠的意志与精神,那种无论成败都要闯一番的决心,才

---

① 袁康、吴平辑录:《越绝书》(第十四卷),上海古籍出版社1985年版,第102页。
② 王建华:《钱镠与西湖》,杭州出版社2005年版,第80页。

是这个传说的最迷人之处。即使这个故事的结局不是潮神退去，我想也丝毫不会影响钱王的人格魅力，或许反而增添了一种悲剧英雄的色彩。

越人鲁迅就曾写道："于越故称无敌于天下，海岳精液，善生俊异，后先络绎，展其殊才。"[①]可以说，钱塘潮就是孕育"俊异"的其中一个质素，从吼声震天、铺天盖地的浪潮中，越人的气概与精神呼之欲出。这种精神并非只存在于射潮的钱王这种少数"天之骄子"，还存在于无数普通的弄潮儿身上，而这才是形成一地之气候、一地之精神的关键。

我国自古有"吴儿善泅"的说法，苏东坡在任杭州通判时曾写有《八月十五看潮五绝》，其中一首写道："吴儿生长狎渊涛，冒利轻生不自怜。东海若知明主意，应教斥卤变桑田。"[②]这里的"吴儿"其实就是吴越男儿的统称。春秋之际，钱塘江两岸的吴越两诸侯国连年交战，尚武习俗也就蔚然成风。左思《吴都赋》记载："吴越之君皆尚勇，故其民好用剑。"只是到晋永嘉之后，才由于衣冠南渡，才使文艺儒术开始盛行，尚武的民风才一变而为崇文。因此崇文是来自外力，越人在环境中生成的则是侠肝义胆、卧薪尝胆，这种"胆剑精神"正与弄潮儿气质同源而出，一脉相承。

中唐诗人刘长卿在《送人游越》中写道："未习风波事，初为吴越游。"可见"风波事"是越地的主要风尚之一。据《元和郡县志》载："浙江东在县南一二十里。……江涛每日昼夜再上。常以月十日、二十五日最小，月三日、十八日极大。小则水渐涨不过数尺。大则涛涌高至数丈。每年八月十八日，数百时士女共观。舟人、渔子溯涛触浪，谓之弄潮。"由此可知，弄潮在唐代已初具规模。

描写弄潮儿最有代表性的作品是唐代潘阆的《酒泉子》：

> 长忆观潮，满郭人争江上望。来疑沧海尽成空。万面鼓声中。
>
> 弄潮儿向涛头立。手把红旗旗不湿。别来几向梦中看。梦觉尚心寒。

这首词用寥寥数语塑造了弄潮儿的典型形象，在这里，无论是钱塘潮、弄潮儿还是观潮的人，实则都是同一种地域文化及精气神的建构者。

到了宋朝，随着弄潮活动的进一步官方化和表演化，观赏者更众，描述的人也更多。宋代有大量写弄潮儿的诗词，如："吴儿轻生命如线，赤脚翻身踏江练。南人惯看心不惊，北客平生眼希见。"（宋·周紫芝《次韵仲平十八日观潮》）"谁遣群儿把

---

① 鲁迅：《鲁迅全集》（第八卷），人民文学出版社 1981 年版，第 39 页。
② 郑翰献、王骏主编：《钱塘江诗词选》（上册），杭州出版社 2019 年版，第 61 页。

彩幡,翩翩惊浪怒涛间。不知岸上人皆愕,但觉波心意自闲。"(宋·喻良能《八月十八日观潮二首(其二)》)

"岸头浑破胆,浪里有行舟。"(宋·项安世《观潮》)苏轼更是多次写到弄潮儿,如《催试官考校戏作》:"八月十八潮,壮观天下无。鲲鹏水击三千里,组练长驱十万夫。红旗青盖互明灭,黑沙白浪相吞屠。"以及《瑞鹧鸪·观潮》:"碧山影里小红旗,侬是江南踏浪儿。"除了诗词,吴自牧《梦粱录》、周密《武林旧事》等也都有关于弄潮的详细描写。除了弄潮场面壮观,弄潮优胜者还将受到英雄般的待遇:"弄罢江潮晚入城,红旗飐飐白旗轻。不因会吃翻浪头,争得天街鼓乐迎。"(宋·钱塘军人《看弄潮》)

辛弃疾有词《摸鱼儿·观潮上叶丞相》:

> 望飞来半空鸥鹭,须臾动地鼙鼓。截江组练驱山去,鏖战未收貔虎。朝又暮。谙惯得、吴儿不怕蛟龙怒。风波平步。看红旆惊飞,跳鱼直上,蹙踏浪花舞。
>
> 凭谁问,万里长鲸吞吐,人间儿戏千弩。滔天力倦知何事,白马素车东去。堪恨处,人道是、属镂怨愤终千古。功名自误。谩教得陶朱,五湖西子,一舸弄烟雨。

通过极写钱塘江潮抒发对吴儿弄潮的赞赏,并由此引发历史感悟,潮起潮落,宦海沉浮,表达满腔爱国抱负无处施展的无奈,凝聚着深沉的历史感。

从钱塘潮到弄潮儿,呈现的是一个地理意象在地域民风与精神气质方面的重要影响。人们只要说到钱塘潮的气概和弄潮儿的精神,无需多作解释就能明白其中的含义,因为在同一个空间无数漫长的时间里,它们和一代代人共同生长,相互成就。

二十世纪,由中国留日学生浙江同乡会成员创办的爱国主义启蒙刊物被命名为《浙江潮》,其中一段发刊词是这样写的:"可爱哉!浙江潮。挟其万马奔腾排山倒海之气力,以日日激刺于吾国民之脑,以壮其雄心,以养其气魄。二十世纪之大风潮中,或亦有起陆龙蛇挟其气魄以奔入于世界者乎?西望葱龙,碧玉万里,故乡风景,历历心头。我愿我青年之势力,如浙江潮。我青年之气魄,如浙江潮。我青年之声誉,如浙江潮。"[1]这无疑是对钱塘潮和弄潮儿意象跨越时空的回响与呼应。直到今天,弄潮儿已成为浙江人的代称,勇立潮头更成了浙江的地域精神,这一切

---

[1]　原刊 1903 年 2 月 17 日《浙江潮》第 1 期,参看《简史》第 106 页/《通史》(一)第 716 页。

无疑有着深沉的历史感。

（二）生命慨叹：潮水有信与人生无常的情感结构

白居易曾写有一首题为《潮》的小诗：

> 早潮才落晚潮来，一月周流六十回。
>
> 不独光阴朝复暮，杭州老去被潮催。

诗中可以看出白居易对钱塘潮的关注和熟悉，也可见当时观潮确实是文人士大夫中十分普遍的一种行为。但同时，在这首诗中，白居易由潮水的特性而推及时光易逝并反思生命易老，则是对"潮""光阴"和"生命"三者关系的一种深刻认识。从诗人的角度来看，潮起潮落与朝朝暮暮是异质同构，而朝朝暮暮和生命的老去则是因果规律，由此，潮来潮往也便成了时光催人老的另一种表达。

正是这种内在的同构关系，使得钱塘潮的生命慨叹意味具有普遍的共鸣。同一时代的诗人杜荀鹤也在《春日行次钱塘却寄台州姚中丞》中写道："江南江北闲为客，潮去潮来老却人。"章孝标《题杭州樟亭驿》："樟亭驿上题诗客，一半寻为山下尘。世事日随流水去，红花还似白头人。"到了宋代，契嵩《浙江晚望》中有："几人来往老。早晚渡头船。"赵抃《惊涛》一诗中也有"此亦无足道，大抵似人生"的喟叹。

把这种对自我生命的慨叹上升到更高境界的，是苏轼的《八声甘州·寄参寥子》：

> 有情风、万里卷潮来，无情送潮归。问钱塘江上，西兴浦口，几度斜晖。不用思量今古，俯仰昔人非。谁似东坡老，白首忘机。
>
> 记取西湖西畔，正春山好处，空翠烟霏。算诗人相得，如我与君稀。约他年、东还海道，愿谢公、雅志莫相违。西州路，不应回首，为我沾衣。

清代郑文焯《手批东坡乐府》中曾评价这首词："突兀雪山，卷地而来，真似钱塘江上看潮时，添得此老胸中数万甲兵，是何气象雄且杰！"①确实，苏东坡在杭任职期间经常看潮，由于和个人气质与思想精神的契合性，他是真正能与钱塘江潮的气概和气韵、其中的哲理与人生况味相共情的人。在苏东坡豪放旷达的人生中，钱塘江潮无疑为其增添了"数万甲兵"，宕拓雄豪旷放之气。

词中以"白首忘机""东还海道""谢公雅志"等用典，特别是借谢安想要东还隐逸的雅志，抒发自己自然淡泊的志向；用"无情送潮归"反衬"诗人相得"的深情；用

---

① 陶文鹏：《一蓑烟雨任平生：苏轼卷》，河南文艺出版社2003年版，第286页。

"潮"和"斜晖"的永恒,反衬历史与人生的"俯仰"短暂与渺小。正因为有彻底通透的认知,所以人生起伏或是朋友聚散,都很正常,更无须"沾衣";只要记住心中的"雅志",就是在这个无情的世界中做到了自己的持守。

放眼中国古典诗词,将人生空漠之感写得如此气象万千,也只有通过钱塘潮意象能实现,只有苏东坡能做到。

在此基础上再看明代杨慎著名的《临江仙·滚滚长江东逝水》,就能发现它不过是《八声甘州》的简化版:

> 滚滚长江东逝水,浪花淘尽英雄。是非成败转头空。青山依旧在,几度夕阳红。
>
> 白发渔樵江渚上,惯看秋月春风。一壶浊酒喜相逢。古今多少事,都付笑谈中。

在钱塘潮中产生类似感受的宋人要远远多于唐人,正是意象与具体时代深刻关联的一种体现。苏辙在《潮潮二首》中写道:"潮来海若一长呼,潮去萧条一吸余。初见千艘委泥土,忽浮万斛溯空虚。""流枥飞腾竟何在,扁舟睥睨久仍存。自惭不作山林计,来往终随万物奔。"在潮涨潮消中感受到人生"来往终随万物奔"的无奈和对宁静山林的向往。还有像"明日潮来人不见,江边只有候潮鱼"(宋·陈师道《十八日潮》)、"高与月轮参朔望,信如壶漏报朝昏。吴争越战成何事,一曲渔歌过远村"(宋·米芾《绍圣二年八月十八观潮浙江亭》)、"回头万事何有,一枕梦黄粱"(宋·李光《水调歌头·罢政东归,十八日晚抵西兴》)、"六年东望西兴云,岁月崩奔一飞箭"(宋·周紫芝《次韵仲平十八日观潮》)、"潮升潮落何时了,万古人间一昏晓。岁岁吴侬来看潮,不知潮送吴侬老"(宋·周端臣《观潮行三首(其二)》)等等,无不是在钱塘潮中寄托着相同的生命慨叹。

尤其是,钱塘潮是逆流而上形成的,和流水去往低处的自然规律不同,潮水可以逆流向西,这更引发和反衬出人生难再回复青春的惆怅。苏轼《八月十五看潮五绝》中有:"江边身世两悠悠,久与苍波共白头。造物亦知人易老,故教江水向西流。"看似江水向西是"造物亦知人易老",实则即使江水向西也无法阻止生命的老去,这里用反衬和对比的手法,反而进一步加深和强化了生命易逝的喟叹。

由于"潮"最盛的时节是在中秋,因此"潮"与"秋""月"便自然形成了意象组合,有时候还加上"晚""雨"等情境化的词,使诗人的情感在意象的同频共振中进一步强化。"西兴十里秋潮晚,坐数扁舟带月还。"(宋·王之道《和萧山临川亭壁间留题韵》"张王偏宜月，雄豪更得秋。"（宋·项安世《观潮》）"悠悠哀乐永相忘，空江落日秋风起。"（宋·周端臣《观潮行三首（其三）》）"五月钱塘风雨秋，怀人频倚面山楼。"（宋元·戴表元《杭州风雨中简子昂》）在这里，虽然表面上看"秋"正是"潮"最胜的时节，但更多时候，"秋"表达的是情绪之秋而非时间之秋。

正如张若虚划时代的作品《春江花月夜》中的名句："江畔何人初见月？江月何年初照人？人生代代无穷已，江月年年只相似。"虽然有关这首诗的"江"究竟是哪条江，至今仍存在争议，但这本身是无足轻重的，因为这种生命慨叹与历史沉思，并不唯独在某一条具体的江上，而是蔓延在江潮与人的情绪共鸣里。

（三）避世归隐：潮起潮落与出处自然的同构呼应

钱塘潮的潮起潮落，犹如人生的起起伏伏、进进退退。潮起时的汹涌激越固然令人动容，而潮落时的宁静宽广又何尝不令诗意浪漫的文人动心。历来读着老子"上善若水，水利万物而不争"的诗人们即使满怀经世致用的壮志雄心，也永远无法割舍内心深处对世俗之外永恒之境的向往，"有道则显，无道则隐"，一旦现实的境遇已然令人失望，那么潮起之后的潮落，便是他们的自然选择。

潮的避世归隐意味在唐时已有累积，且与佛道精神相得益彰。陆龟蒙《迎潮送潮辞·送潮》中有："爱长波兮数数，一幅巾兮无缨可濯。帆生尘兮楫有衣，怅潮之还兮吾犹未归。"明确写出了以潮落（还）寓意归隐的意味。孟浩然《将适天台留别临安李主簿》中也有："江海非惰游，田园失归计。……羽人在丹丘，吾亦从此逝。"

避世意味在东南佛国的杭州城里，直接表现为两种最为深沉悠远、寂静清亮的声音：一种是以南屏晚钟为代表的钟声，另一种就是以六和听涛为代表的钱塘潮声。

从意象同构的角度来看，潮声在佛教中历来与梵音有着重要关联。《妙法莲华经》中就有"妙音观世音，梵音海潮音"[①]的说法，将海潮音类比为梵音。《楞严经》中也把佛的声音譬喻为海潮，认为海潮无念，不违其时，与大慈大悲佛的声音应时适机而说法相似。五百罗汉的第二百四十三尊甚至就叫"水潮声尊者"，意为一切海潮声菩萨。

正是这种渊源，使亲近佛教的唐人，更能听出钱塘潮中的梵音，也是从那时起，钱塘潮声就不断被增添了禅意。张祜《秋夜宿灵隐寺师上人》中有"月色荒城外，江

---

① 闵泽平：《中古中土观音经义研究》，浙江大学出版社 2016 年版，第 123 页。

声野寺中"一句,便是潮声与山寺融为一体的写照。五代时,有人请教净慈寺的行明禅师"如何是开化门中流出方便"时,他的回答也是"日日潮声两度闻"[①]。可见,以潮声示禅意,已经成为不言自明的等量符号。直至北宋,高僧辩才更是在《龙井十题·潮音堂》中,将钱塘潮声赞为深入云霄的"妙响":"真说无所示,真听无所闻。海潮山外过,妙响入深云。"这又将潮声的禅意推向了极致。

将浙江潮与禅意结合到一种新境的,是苏东坡的《观潮》:

> 庐山烟雨浙江潮,
>
> 未至千般恨不消。
>
> 到得还来别无事,
>
> 庐山烟雨浙江潮。

众所周知,苏东坡一生酷爱参禅,常与禅师——如最为人熟知的佛印——往来,自号"东坡居士","居士"就有在家修行者的意思,并且留下了不少禅宗公案。这首诗就是从《五灯会元》卷十七所载青原惟信禅师的一段著名语录中演化而成的。语录的原句是:"老僧三十年前未参禅时,见山是山,见水是水。及至后来,亲见知识,有个入处,见山不是山,见水不是水。而今得个休歇处,依前见山是山,见水是水。大众,这三般见解,是同是别?有人缁素得出,许汝亲见老僧。"这"三般见解",常被指禅悟的三个阶段、三种境界。苏东坡这首诗中看待"庐山烟雨浙江潮"正是体现了对这三种境界的体悟与感慨,抒写了一种经历妄念躁动后转而豁然超越的情思。这既是禅宗体悟,又何尝不是人生况味。"浙江潮"也便由此进一步沾染上禅意与哲思,令每一个看到浙江潮、读到浙江潮的人,都能从中生成累积其中的相同而又属于自己独特的人生体会。而苏东坡正是在禅悟中得以抵达"脱俗",在尘世中"避世",最终抵达"归去,也无风雨也无晴"的超拔境界。

在《南歌子·八月十八日观潮和苏伯固二首(其二)》中,苏东坡又用"方士""渔人""骑鲸"等表达了"寓身此世一尘沙。笑看潮来潮去、了天涯"的感悟。在前往杭州任通判路上,东坡写有《次韵柳子玉过陈绝粮二首》,在其中一首中就写道:"早岁便怀齐物志,微官敢有济时心。南行千里何事成,一听秋涛万鼓音。"这"一听秋涛万鼓音",不正是在"齐物志""何事成"之后对出处关系的心象表露吗?

"忽看千尺涌涛头,颇动老子乘桴兴。……向来壮观虽一快,不如帆映青山行。"

---

① 王国平主编:《西湖寺观志专辑》,西湖文献集成第 23 册,杭州出版社 2004 年版,第 98 页。

（宋·陆游《观潮》）无论是禅宗的超迈还是道家的无为，都能在钱塘潮中找到出世的共鸣。陆游还将钱塘江这一"江湖"与"京华"对应，更直观呈现了钱塘江潮意象的归隐意味："十载江湖，行歌沽酒，不到京华。"（宋·陆游《柳梢青·乙巳二月西兴赠别》）"素衣已免染京尘，一笑江边整幅巾。"（陆游《萧山》）同样身处宋朝的楼钥也有"长江比愁终似少，江水能回愁不了。扁舟何日过西陵，郧山佳处吾归老"（《次韵六和塔秀江亭壁间留题》）的感悟。

二、西陵渡意象

　　钱塘江是古代重要的交通要道，是南下士人前往浙东必须渡过的天堑，也是前往浙西、浙中腹地，进而去往安徽、江西等地的主要通道。古时的钱塘江各渡口上，几乎每一日都在上演着迎来送往的悲喜故事，而一旦钱塘潮起或风雨袭来，渡江或赶路人的内心就会生出更多凄苦滋味。会稽人陆叡曾写道："怕江边潮汐，世间歧路，只是离愁。"（宋·陆叡《八声甘州·送翁时可如宛陵》）千百年来，离愁别绪和相思念远的人之常情，便在钱塘江渡口层层累积。

　　在钱塘江各渡口中，西陵渡是其中的重要渡口。有关西陵渡的记载，最早可以追溯到春秋战国时期。据我国最早的地方志《越绝书》记载："浙江南路西城者，范蠡敦兵城也。其陵固可守，故谓之固陵。所以然者，以其大船军所置也。"[1]"固陵"就是后来的西陵渡、西兴渡，《会稽志》卷一载："则西陵即王屯兵之所……初武肃王既都钱塘，僭名西都，以为西陵非吉语，遂改曰西兴云。"西陵渡，是越王勾践出发臣吴的渡口，是范蠡送西施入吴的渡口，也是越国筑城兴兵终于灭吴的渡口。直至西晋开凿浙东运河，打通了钱塘江和曹娥江，西陵又成为浙东古运河的源头，向东经过越州沿曹娥江、余姚江至明州。由此，西陵进一步成为南来北往的重要枢纽。

　　历代大量诗人经过西陵渡感慨咏怀，把这个地名写进诗题或诗句，使它成了最具诗意的渡口，最终凝固成影响深远的意象。早在南北朝时期，南朝诗人谢惠连就在《西陵遇风献康乐》一诗中表达了浓郁的离愁别绪："趣途远有期，念离情无歇。……瞻涂意少悰，还顾情多阙。……凄凄留子言，眷眷浮客心。……临津不得济，伫楫阻风波。西瞻兴游叹。东睇起凄歌。"南朝刘孝绰也在《还渡浙江》中写道："忧来自难遣，况复阻川隈。日暮愁阴合，绕树噪寒乌。濛漠江烟上，苍茫沙屿芜。解缆辞东越，接轴骛西徂。"

---

[1]　袁康、吴平辑录：《越绝书》（第八卷），上海古籍出版社1985年版，第63页。

据查证，"有诗词留存至今的，在西兴留有足迹的唐代诗人，至少有 43 位，直接书写西兴的诗词则至少有 64 首"①。宋代随着钱塘江流域城市地位和钱塘江地理位置重要性的进一步提升，加之宋词的发展，相关的作品更是超过前代，而宋词对细腻情感的注重和对意象组合的运用，也使西陵渡意象进一步强化，潮水、江风、驿站、茶亭等等纷纷加入西陵渡的意象组合。直到元朝，诗人王蒙还在《忆秦娥》中总结回顾："西陵渡口，古今离别。"

（一）西陵送别的离愁主题

作为古代最主要的水路枢纽，西陵渡口有太多送别的主题。这些作品中大部分都直接以"送""别"入题，如唐代姚合《送顾非熊下第归越》："楚塞数逢雁，浙江长有波。秋风别乡老，还听鹿鸣歌。"《送薛二十三郎中赴婺州》："我住浙江西，君去浙江东。日日心来往，不畏浙江风。"方干《别喻凫》："离别波涛阔，留连槐树新。"《送吴彦融赴举》："西陵柳路摇鞭尽，北固潮程挂席飞。"《别孙蜀》："由来浙水偏堪恨，截断千山作两乡。"皇甫冉《送陆潜夫赋得越山三韵》："西陵犹隔水，北岸已春山。独鸟连天去，孤云伴客还。"以及《送薛判官之越》《送李万州赴饶州觐省》等西陵送别诗。此外，还有李白《送王屋山人魏万还王屋·并序》："逸兴满吴云，飘飘浙江汜。挥手杭越间，樟亭望潮还。"刘长卿《送人游越》："西陵待潮处，落日满扁舟。"张籍《送李评事游越》："西陵待潮处，知汝不胜愁。"唐李绅《却渡西陵别越中父老》："渐举云帆烟水阔，杳然凫雁各东西。"孙逖《春日留别》："春路逶迤花柳前，孤舟晚泊就人烟。东山白云不可见，西陵江月夜娟娟。春江夜尽潮声度，征帆遥从此中去。越国山川看渐无，可怜愁思江南树。"李嘉祐《送从弟永任饶州录事参军》："一官万里向千溪，水宿山行渔浦西。……闻道慈亲倚门待，到时兰叶正萋萋。"杜荀鹤《钱塘别罗隐》："西陵向西望，双泪为君垂。"储嗣宗《送顾陶校书归钱塘》："水色西陵渡，松声伍相祠。"

经过大量诗人的不断叙述，"西陵"在唐代就已经从一个具体的送别渡口转型成了蕴含离愁的意象，如上述"西陵待潮处，知汝不胜愁""东山白云不可见，西陵江月夜娟娟"等。宋代有林逋《送皎师归越》："林间久离索，忽忽望西陵。"严羽《钱塘潮歌送吴子才赴礼部》："教人临期奈别何，赠君钱塘海潮歌。"

（二）西陵空望的相思结构

西陵渡意象与离愁别绪、相思念远情感形成异质同构，除了渡口作为迎送的本

---

①　周华诚：《流水的盛宴——诗意流淌钱塘江》，杭州出版社 2019 年版，第 65 页。

义使然,还有两个重要因素:一是"西陵犹隔水",二是"西陵待潮处"。钱塘江曾是吴、越两国的分界线,也是浙东、浙西之间的一道天堑,加之潮水汹涌,西陵渡口两岸可望而不可即的况味深深植根于两岸人的心间,这更加重了离愁相思之苦。同时,钱塘潮是定期来回的,这种千年不变的自然规律和人与人之间一别难再期的不确定性,从另一个侧面增加了离别之苦,而潮水可期的事实又会引发人将自然定律推及人间,在多了一种渺茫的希望后,更让失望变得难以忍受。因此,钱塘渡口就有了比其他渡口更丰富、更深远的意味,这也是西陵渡意象形成的重要保障,化用一句广告语就是:不是所有渡口都叫西陵渡。

正是西陵渡这种与钱塘江、钱塘潮天然一体的独特属性,使这一意象韵味隽永。林逋的《长相思》很好地体现和运用了这一属性:

> 吴山青,越山青,两岸青山相对迎,谁知离别情。
>
> 君泪盈,妾泪盈,罗带同心结未成,江头潮已平。

把渡口、钱塘江和钱塘潮结合起来理解这首词,无疑意味深长,而"江头潮已平"这句,更有无尽的阐释空间:它或许只是客观的环境描述,或许是有情人的心如止水,或许是暂时的潮平后仍有潮来的期待,或许是一种无奈的心境……

西陵空望,漫溢相思。这种相思,不仅在情人间,更在兄弟、朋友间。白居易和元稹之间著名的"诗筒传韵"就发生在钱塘江两岸。长庆二年(822)到长庆四年(824),白居易在杭州任刺史,元稹任越州刺史兼浙东观察使。二人隔着钱塘江诗筒往来、相互唱和的雅事,形成美谈。其中白居易《答微之泊西陵见寄》写道:"烟波尽处一点白,应是西陵古驿台。知在台边望不见,暮潮空送渡船回。"这里的"暮潮空送渡船回"正是渡口结合了钱塘潮产生的独特意蕴空间。元稹也有同样的使用,如《与乐天别后西陵晚眺》:"与君后会知何日,不似潮头暮却回。"《重赠》:"明朝又向江头别,月落潮平是去时。"

唐代皇甫冉《西陵寄灵一上人》:"西陵遇风处,自古是通津。终日空江上,云山若待人。"这"待人"的何尝是"云山",分明是诗人自己。而灵一上人也有《酬皇甫冉西陵见寄》:"西陵潮信高,岛屿没中流。越客依风水,相思南渡头。"其他如唐代宋之问《钱江晓寄十三弟》:"客泪常思北,边愁欲尽东。"薛据《西陵口观海》:"山影乍浮沉,潮波忽来往。孤帆或不见,棹歌犹想象。日暮长风起,客心空振荡。"张南史《西陵怀灵一上人兼寄朱放》:"淮海风涛起,江关忧思长。"周贺《冬日山居思乡》:"忽然归故国,孤想寓西陵。"宋代有陆游《郊行》:"斜日半竿羌笛怨,西陵寂寞又潮生。"林季仲《宿钱塘江》:"乡国未成千里梦,海门又卷五更潮。"范成大《浙江小矶春日》:"客里无人共一杯,故园桃李为谁开。春潮不管天涯恨,更卷西兴暮雨来。"宝昙《渡钱塘二首(其一)》:"试问古今沙上路,几回相送复相迎。"苏泂《钱塘渡》:"多事钱塘江上水,送人离别送人归。"

三、富春山水意象

"天下佳山水,古今推富春。"(元·李桓《富春舟中》之一)随着钱塘江上溯至富春江、新安江段,一种新的意象扑面而来。富春江和新安江分别是钱塘江的中游和上游,钱塘江进入富阳到桐庐一段为富春江,再往上至建德、淳安一带,为新安江。钱塘江至富春,就到了感潮河段的上界,钱塘潮至此而尽,浑浊汹涌的波涛一变而为清澈宁静的江面,逐渐变窄的江水两岸青山共出,又在如镜的江面倒影,所谓"钱塘江尽到桐庐,水碧山青画不如"(唐·韦庄《桐庐县作》),这一切无不令经历了惊心动魄的江潮的心灵,忽然跌入一种澄明境界,由此引发截然不同的情感映照。岸上青山与水中青山浑然一体,仿佛奔突的钱塘江在重重叠叠的青峰秀岭中转性,形成与浊浪滔天的下游截然不同的山水意象。

富春作为历史地名产生于春秋,是钱塘江流域最早的古城之一,也是唯一可与会稽越王城匹敌的古城。据《富阳县志》载:"自秦设郡县,即有富春。富阳县之古,不在会稽、钱塘下也。"秦汉时,富春的范围可以涵盖钱塘以西包含今天桐庐、建德的大部分地区。[①] 这一带历来被称为"锦峰秀岭,山水之乡",涉及富春江(道)、新安江、建德江、桐庐江、睦州、严州、清溪、严陵濑(七里滩、七里濑)等诸多广袤水系的具体地理意象,在漫长的历史中,富春、富春江、富春山互为因缘,相得益彰,逐渐形成了大富春范围的山水文化,统称富春山水,它在历代文人的浩瀚诗文中凝练成意象,并在黄公望的传世名作《富春山居图》中达至更完满的诗画山水境界。有关富春山水的诗文究竟有多少,同样已经无法确知,但从多年来有关富春山水诗文的各类选集中,大致可见一斑。如浙江人民出版社于 1990 年出版的《富春江名胜诗集》中,收录了自北朝至清代约 1500 年间 1003 人的 2072 首诗词[②],由政协建德市委员会编、天津古籍出版社于 2011 年出版的《严州文化丛书》第三辑《严州诗词》

---

　　① 汪文炳等撰修:《富阳县志·沿革表》,光绪二十三年刊本,中国方志丛书(第五八三号),台湾成文出版社 1983 年版,第 34 页。

　　② 申屠丹荣编:《富春江名胜诗集》,浙江人民出版社 1990 年版。

（上下册）中，共收录了 796 名诗人的 2501 首诗词①，而这些恐怕仍远不能穷尽所有。

在中国山水文学史中，富春山水意象既是一种文学结构，一种历史文化结构，更是一种精神结构。

（一）清、旷、静：富春山水的文学地理属性

富春山水的核心是水，水的灵魂是清。老子说"大音希声，大象无形"，水之"象"无法描摹，它有很多具体情状，但又都不完整，只有回到最基本、最表象的状态，才能找到自我之本真，而水的本真，就是清。"清"最初就是水的一种表达，"清"的本义即指"水清"，同时引申为人的品貌贤淑和宗庙气氛的肃穆。谢朓是第一个大量挖掘"清"意象的诗人，并将它延伸扩展到了水以外的其他物象，如风物、时令等，传达出一种高蹈尘世的清远与宁静。"清"的风格在唐朝流行，受到佛教禅宗的影响，李白清贵真、杜甫清贵意，杜甫的清里面饱含着深沉的悲情，因此进一步扩大了清的意境。唐代也将"清"与"赏"结合，形成"清赏"这种高蹈尘世的天籁，贯穿起一种清净崇高的审美意识。"清"意象虽在历史中流变，却始终具有一种古雅之意。

历代书写富春山水的诗文中，无不以"清"为其根本属性。富春山水的水之清，是因有广袤而满布浓密植被的低山丘陵涵养诸水，而这或急或缓纵横交错的水网又以清冷本我映照群山，才成就了"青清相映""天下独绝"的殊胜气象。正如吴融在《富春》中写的："天下有水亦有山，富春山水非人寰。长川不是春来绿，千峰倒影落其间。"同时，作为以水路为主的古代社会里官员文士前往浙西、浙中乃至古徽州的重要交通要道，富春山水又有极大的便利获得极富审美力的文士们的关注，正如曾大兴在《中国历代文学家的地理分布——兼谈文学的地域性》一文中所说，中国历代文学家的分布重心的形成与它是不是开放之域有关，而地理上的开放，主要是指"境内外交通的便利"和由此带来的"物质交流的优势"及"人员往来的优势"②。加上文士之间的相互影响与交流，后代对前代诗文的熟读和传承，对其游历轨迹的追慕和效仿，都使富春山水的文学地理属性得以层积累进。

早在南朝，离京外任东阳太守的沈约，在途经新安江时就发现了江水"至清"的特点，洋洋洒洒写下了《新安江水至清浅深见底贻京邑同好》一诗，表达了对新安江水清澈明净的喜爱和赞美之情：

---

① 方韦、李新富：《严州诗词》（上下册），天津古籍出版社 2011 年版。

② 曾大兴：《中国历代文学家的地理分布——兼谈文学的地域性》，载《学术月刊》2003 年第 9 期。

> 眷言访舟客,兹川信可珍。
>
> 洞澈随清浅,皎镜无冬春。
>
> 千仞写乔树,万丈见游鳞。
>
> 沧浪有时浊,清济涸无津。
>
> 岂若乘斯去,俯映石磷磷。
>
> 纷吾隔嚣滓,宁假濯衣巾?
>
> 愿以潺湲水,沾君缨上尘。

诗一开篇就发出了"兹川信可珍"的感叹,以下结论的方式表达了诗人强烈的溢美之情。那么,兹川为何"可珍"呢? 接下来六句通过直接到间接的描写,层层推进地着重回答了这个问题,原因只有一个,那就是新安江的清澈,其中"洞澈"是直接点出,"万丈见游鳞"是通过衬托凸显江水的清澈,后两句则进一步通过运用典故,以沧浪之水也有浑浊之时,清澈的济水也已干涸,来反衬新安江水的清澈不浊、源远流长。紧接着的四句是由江水至清引发的感怀,可以说也是诗人珍爱江水之清澈的真正原因。诗人写道:看到如此清澈的江水,真想顺流而去,自由自在地倘佯于自然啊,若能因此远离喧嚣尘世,该是怎样的自在欣喜。结合沈约此时正离京外任的现实,无疑有种"久在樊笼里,复得返自然"的庆幸之感,而这种感受,在富春山水这样清新美妙、触动人心的自然景观面前最能触发产生。诗的最后两句是沈约对京中朋友的寄语,"沧浪之水清兮,可以濯我缨,沧浪之水浊兮,可以濯我足",且不说沈约在这里有没有对士人出处关系的评价,但可以肯定的是他从江水之清想到了人的品行之高洁,并且肯定了这一价值。这看似是对朋友的关切,实则更是诗人自我心志的表露。

　　唐开元十八年(730)中秋后的某个清晨,另一位大诗人孟浩然也从位于"富春东三十里"(《吴郡记》)的鱼浦潭出发,开始了他的浙东之旅:"山水寻吴越,风尘厌洛京"(孟浩然《自洛之越》),"日出气象分,始知江湖阔"(孟浩然《早发鱼浦潭》),"湖经洞庭阔,江入新安清"(孟浩然《经七里滩》)。这一路的所见所思所感,最终也都落脚在新安江水之"清"上。特别是当他将清澈明丽的富春山水与满是"风尘"的政治中心洛京相对照时,那种羁愁满怀中突然辽阔明媚、被自然直击人心的感受,无疑激发了诗人内心深处最强烈的诗情,遂有了唐人五绝中的写景名篇《宿建德江》:

> 移舟泊烟渚,日暮客愁新。

野旷天低树，江清月近人。

仕途失意、理想幻灭、羁旅的惆怅和对故乡的思念，在这一天"移舟泊烟渚"的这一刻几乎达到了峰值，但环顾四周，那旷远无际的宇宙和映照在江上而近在咫尺的明月，又使诗人感受到了从没有过的被自然眷顾和指引的豁然之感。一边是遣不散的无尽愁绪，一边是那么宏大而亲近的自然关怀，都在这一刻的建德江上汇聚于诗人敏感的诗心。他是会被愁绪吞噬还是被江天托起？在这样一种强烈的对立冲突中，我们看到的却是诗歌平和统一的走向，这无疑体现了富春山水的自然力量。

水清而使水天相接涵养出清旷之感，清旷直抵人心遂产生静谧之意，清、旷、静，共同构成富春山水的主要地理表征，并得到了无数诗人共同的关注与体认。谢灵运《初往新安至桐庐口》写道："既及冷风善，又即秋水驶。江山共开旷，云日相照媚。景夕群物清，对玩咸可喜。"李白曾有"吴山高，越水清，握手无言伤别情"（《下途归石门旧居》）之句，在《清溪行》中更进一步写道："清溪清我心，水色异诸水。借问新安江，见底何如此？人行明镜中，鸟度屏风里。"戴叔伦《兰溪棹歌》有："凉月如眉挂柳湾，越中山色镜中看。"本地人罗隐的《秋日富春江行》更不吝夸赞之词："远岸平如翦，澄江静似铺。……冷叠群山阔，清涵万象殊。"被贬睦州司马的刘长卿，也在富春山水中找到了安慰，他在《送康判官往新安》中盛赞睦州："猿声比庐霍，水色胜潇湘。"杜牧《睦州四韵》更是不吝赞美之词："州在钓台边，溪山实可怜。有家皆掩映，无处不潺湲。"还有如李频《送张郎中赴睦州》："青山复渌水，想入富春西。夹岸清猿去，中流白日低。"苏轼《送江公著知吉州》："三吴行尽千山水，犹道桐庐更清美。"杨万里《新安江水自绩溪发源》："金陵江水只咸腥，敢望新安江水清。皱底玻璃还解动，莹然鄱渌却消醒。泉从山骨无泥气，玉漱花汀作佩声。"另一首《舟过桐庐》："潇洒桐庐县，寒江缭一湾。朱楼隔绿柳，白塔映青山。"柳永《满江红》："桐江好，烟漠漠。波似染，山如削。绕严陵滩畔，鹭飞鱼跃。"陆游《鱼浦》："桐庐处处是新诗，鱼浦江山天下稀。安得虎移家常住此，随潮入县伴潮归。"直到明清，对富春山水清澈美妙的赞誉仍有增无减，如明代李流芳《新安江中有怀》："碧潭寒见底，怪石巧当湾。自觉胜情惬，谁言客路艰。"清代王士祯《题会侯严江戴笠垂钓图》："家住富春山，山水何清妙。"李渔《七里溪》："景到严陵自不凡，幽清如画始开函。"纪昀《富春至严陵山水甚佳》："沿江无数好山行，才出杭州眼便明。两岸濛濛空翠合，琉璃镜里一帆行。"刘诗绾《自钱塘至桐庐舟中杂诗》："一折青山一扇屏，一湾碧水一条琴。无声诗与有声画，须在桐庐江上行。"清末民初孙茂宽《新安大好山水歌》："新安之水宇内胜，水水汇流棹可随。就中山明更水静，妙绝何图竟若斯。"凡此种种，无不体现出富春山水的清旷静谧与如画般美好。

(二)从清澈到清灵，富春山水的文化属性

山水钟灵，而文采风流。大自然对人的生物人格和精神人格都具有极为重要的影响和疗救作用，人可以从自然中观照自身，人更是自然的产物。南朝文学批评家钟嵘就曾在其著作《诗品·总论》中提到："气之动物，物之感人，故摇荡性情，行诸舞咏。"[1]"冷叠群山阔，清涵万象殊"的富春山水，涵养了徜徉山水间的人及其精神，而使此地有了"瑰奇特杰之观，潇洒清灵之气，独萃斯郡"[2]的称誉。大量名贤高士如谢灵运、沈约、李白、孟浩然、白居易、张继、苏东坡、杨万里、朱熹、黄公望、汤显祖、李渔等，都对此流连忘返，留下了彪炳史册的诗文画作，他们共同将具体的富春山水推向抽象，将自然的地理特性推向人文。

南北朝吴均的《与朱元思书》，似写"瑰奇特杰之观"，又处处散发出"潇洒清灵之气"，是体现富春山水自然与人文特质的典范之作。

> 风烟俱净，天山共色。从流飘荡，任意东西。自富阳至桐庐一百许里，奇山异水，天下独绝。水皆缥碧，千丈见底。游鱼细石，直视无碍。急湍甚箭，猛浪若奔。夹岸高山，皆生寒树，负势竞上，互相轩邈，争高直指，千百成峰。泉水激石，泠泠作响；好鸟相鸣，嘤嘤成韵。蝉则千转不穷，猿则百叫无绝。鸢飞戾天者，望峰息心；经纶世务者，窥谷忘反。横柯上蔽，在昼犹昏；疏条交映，有时见日。

吴均在这里，正是将"潇洒清灵之气"注入了"瑰奇特杰之观"中、"风烟俱净，天山共色"，是清旷明朗的山水画面；"从流飘荡，任意东西"，又是潇洒恣肆的生命状态。正是这样一处瑰奇清灵之地，才能使"鸢飞戾天者，望峰息心"，使"经纶世务者，窥谷忘反"。山、水、天、人，在这里已然同构互生，地气与人气相互滋养，犹如山水及其蒸腾氤氲之气，共同构成了一个极富魅力的自然与人文交织的小气候。

为这个小气候奠定基调的，是一股由严子陵带来的"清风"，或可以称之为"高风"，这股风不仅来自严子陵自身，更来自历代书写富春山水的诗文中几乎占了一半的严陵书写。

---

①　钟嵘著，陈延杰注：《诗品·总论》，人民文学出版社 1996 年版，第 1 页。
②　转引自朱睦卿：《睦州诗派》，载《文教资料》2000 年第 8 期。

早在西汉时,富春江一带天工神斧的山水和肥沃宜居的环境,就吸引了著名的隐士严光隐居垂钓,或许他正是发现富春山水具有使"鸢飞戾天者,望峰息心"、使"经纶世务者,窥谷忘反"的神奇力量的第一人。从此,富春山水的清旷静谧在地理特性基础上又增殖出坚实的人文属性,"清风"之中,也便自带了隐逸之味。后世诗人来到富春,没有不到严陵钓台的,甚至富春山水本身成了严光之风、隐逸之风的代名词。即使是同样具有文化引领性的谢灵运,也在山水吟咏之外,不忘咏史怀古:"目睹严子濑,想属任公钓。谁谓古今殊,异代可同调。"(《七里濑》)谢灵运对富春山水的流连与喜爱,无疑正根植于严光这股强风的深刻影响。甚至不妨说,由谢氏开创的山水诗的情感和精神的源头,也在这里。

到了唐代,更多的人慕名而来,既是倾慕清朗山水,更为仰慕"先生之风",仅在"基本古籍数据库"中以"严陵""富春""七里濑/七里滩"等词对《全唐诗》进行检索,就有至少162条记录。随便一个当时的文士,都在论说和咏赞这种风气,如欧阳詹《题严光钓台》有:"伊无昔时节,岂有今日名。……钦哉此溪曲,永独古风清。"权德舆《严陵钓台下作》有:"人世自古今,清辉照无垠。"吴融《富春》中有:"严光万古清风在,不敢停桡更问津。"唐代诗人施肩吾甚至抛弃状元,辞官归隐富春山水数载,以实际行动致敬先贤。白居易还在此地较早地提出了江海共旅游的概念,"江海漂漂共旅游,一樽相劝散穷愁"(《宿桐庐馆同崔存度醉后作》),正是富春山水对他产生了触发。纵使高傲如李白,也对严光的高风钦佩有加,他在《古风》(其十二)中写道:

> 松柏本孤直,难为桃李颜。
>
> 昭昭严子陵,垂钓沧波间。
>
> 身将客星隐,心与浮云闲。
>
> 长揖万乘君,还归富春山。
>
> 清风洒六合,邈然不可攀。
>
> 使我长叹息,冥栖岩石间。

其中的"清风洒六合""邈然不可攀",无疑表达了诗人对严光极高的敬仰与赞誉。

有唐一代众多文人墨客的到来和大量诗文的产生,使富春一带的山水隐逸文化更加浓墨重彩,形成气候。在中晚唐时期,此地甚至还涌现了一个由本土诗人方干、罗隐等领衔,在中国文学史上难得一见的地域诗歌流派——睦州诗派,继续将山水人文之行吟向前推进,向上累积。

"睦州诗派"的代表人物方干,由于缺唇而相貌丑陋,不为世用,最终选择归隐富春江畔的白云源。白云源与严陵钓台隔水相望,其中深意不言自明。范仲淹曾极赞严子陵的高风亮节,一句"云山苍苍,江水泱泱,先生之风,山高水长",奠定了后世评价严子陵的主基调,而范仲淹同样看到了方干身上与严光相似的品性,因此也对方干赞赏有加,他在《赠方秀才》中写道:"高尚继先君,岩居与俗分。有泉皆漱石,无地不生云。邻里多垂钓,儿孙半属文。幽兰在深处,终日自清芬。"无论清风(高风)还是清芬,它们都共同构成了富春山水高蹈的人文魅力。宋元明清,严光的遗风仍然活跃在士人们的笔端心间,经过宋代的《严陵集》、明代的《钓台集》等层出不穷的诗文集进一步累积蔓延,更在元代黄公望的传世画作《富春山居图》中,掀起了最为清亮而有力的回响。诚如元初诗人戴表元《〈胡天放诗〉序》所言:"严于浙中为佳州。奇山帷攒,清流练飞。世之骚人称之,有'锦峰秀岭'之目。迨至于淳安,则佳益甚,山丛而益奇,川疏而益清。异时余尝识其间知名者数公,衣冠笑谈,处处然称其山川者乎。"这是富春山水间的常态写照。

在富春山水的文化小气候中,除了上述这股清亮高洁之风,还有由此延伸而来的清廉清明之风。历代名士杜牧、刘长卿、孟郊、范仲淹、陆游、海瑞等都曾在这一带任过地方州牧,"莫言独有山川秀,过日仍闻长官清"(唐·李郢《友人适越路过桐庐寄题江驿》)、"新安江色长如此,何似新安太守清"(唐·唐谚谦《送韦向之睦州谒使君》),无论是严州还是睦州,这些地方官似乎也都受到了这股"清风"的影响。特别值得一提的是有"海青天"之称的明朝著名清官海瑞,其苦节自厉、清正不阿的作风,在民间和后世都有广泛影响。"想得化行风土变,州人应为立生祠"(唐·朱庆馀《送邵州林使君》),建于明嘉靖年间的海瑞祠,也是少有的生前即建祠的案例,由此可见当地百姓对清廉清明父母官的崇敬与爱戴之情。

在有关"清"的文化序列中,还有一首诗同样绕不开,即南宋理学家朱熹的《观书有感》,据部分专家研究,这首诗就是在建德瀛山书院所作:"半亩方塘一鉴开,天光云影共徘徊。问渠那得清如许,为有源头活水来。"虽然对于诗中提到的"方塘"究竟位于哪里,学界至今仍有争议,但这首诗的内在精神却确凿是与富春山水的文化属性相呼应的。正如欧阳修曾用"十绝"的惶惶篇幅来盛赞"潇洒桐庐郡",在诗中细数了潇洒的各种因由,可以说,富春山水无尽的潇洒清灵之气,正是因为有了精神文化史上这种种深在的源头活水,才能纵横绵延,清流不绝。

(三)富春山水与中国士人的价值焦虑

从清澈到清灵,这中间还夹杂着一个中国士人特殊的根性人格特质:清高。实

81

际上,中国历史上著名的钓者或渔隐者不乏其人,要说在世俗社会的影响力,钓于渭水边的姜子牙更远远大于钓于富春的严子陵,但中国山水文学史上之所以出现数量如此之大、水准如此之高的结合着富春山水和严陵之风的文艺作品,除了富春山水"锦峰秀岭、山水之乡"的自然地理属性之外,也足以证明严子陵在中国士人心中的独特地位。因此,当严光在富春江畔奠定了高蹈清灵的隐逸文化,他同时也就一举而成了富春山水文学传统中书写不尽的核心人物。这里面的根本逻辑,就是中国士人共同的情感与价值共鸣。

作为身处封建社会的士人,严光正是以传说中的上古高蹈之士巢父为榜样,他拒绝光武宣召而隐居富春的行为,正反映出他对权贵的疏离和对自我个性的坚持,因而他的拒绝,"不仅仅是一种对世俗皇权的反抗与蔑视,更具有一种传统的'士贵尔,王者不贵'的内在高傲与文化自信"①。也正是这一点,深深打动了士人们内心深处最隐秘的心弦。对严光高蹈之风的赞美,是整个中国文坛最统一的话语之一,其背后是中国文人群体心灵深处最统一的情感和精神皈依。《左传·襄公二十四年》中写道:"太上有立德,其次有立功,其次有立言,虽久不废,此之谓不朽。"儒家将立德、立功、立言看作是人生应当追求的"三不朽",而严子陵实现的正是其中最大的不朽——立德。所谓"看山不是山,看水不是水",富春山水也因为严子陵及其背后隐含的中国士人的情感共鸣而独具深意,这种深意是士人之间深深的默契,有时候甚至无法用诗文表示,有时候也已经和严光无关。

其后,谢灵运、沈约、李白、孟浩然等一众诗人正在这一价值和逻辑的引领下,为富春山水凝练了意象、奠定了传统。经过历代诗人无尽的吟咏与想象,高士严光与其说是一个历史上的人物,不如说已经是中国士人精神图谱中的一个文化现象和文学意象,而富春山水也因此成为士人们化解身份焦虑、价值焦虑以安身立命的重要标志。

另一方面,自从两晋以来山水自然逐渐以独立美学品格进入文士们的视野,人在山水中的审美活动就一发不可收地发展起来,其中,寄情山水、适意山水和以山水自然反观自我之生命价值,成为士人阶层的常态化思想逻辑。东晋隐士戴逵《闲游赋》谓:"然如山林之客,非徒逃人患、避争门,谅所以翼顺资和,涤除机心,容养淳淑,而自适者尔。况物莫不以适为得,以足为至,彼闲游者,奚往而不适,奚待而不足? 故荫映岩流之际,偃息琴书之侧,寄心松竹,取乐鱼鸟,则澹泊之愿,于是毕

---

① 崔小敬:《富春江诗路文化特征刍议》,载《中国社会科学报》2022 年 2 月 28 日 06 版。

矣。"富春山水作为中国山水文学的起源地之一,自然也是备受瞩目的。以唐代的"壮游吴越"为代表,富春山水以其超拔出众的瑰姿玮态而成为历代士人和方外人士隐逸寄情、追求自我的重要目的地。

既有标志性的精神领袖,又有深厚扎实的文化(文学)土壤和漫游习惯,这就为富春山水能够成为士人价值焦虑的出路提供了基本条件。这也就能够解释,为何浙东、永嘉等地同样曾深受士人喜爱,但能够自两晋到近代始终被历代士人垂青、朝圣的,却只有浙西富春山水。与浙东高调的隐逸玄谈相比,浙西更有一种真正的淡泊潇洒气度。就如同样是对世俗权贵的反抗与蔑视,李白在浙东发出的是高亢而任性的呼喊:"安能摧眉折腰事权贵,使我不得开心颜。"(《梦游天姥吟留别》)而当他来到浙西,在七里濑、严陵钓台,即使高傲如李白,在对无言垂钓的严陵高风深深的共鸣里,充满的是真诚钦佩和无限崇敬:"清风洒六合,邈然不可攀。使我长叹息,冥栖岩石间。"(《古风》)正因为在整个封建社会,士人对权贵的依附几乎是宿命性的,即使像李白这样少有的对自我独立人格有强烈向往的人,在其晚年也仍难逃进入永王李璘幕中的命运。因此在李白的"叹息"里,蕴含的是中国士人共同的悲剧命运。

唐宋之后,富春山水间蓄积已久的士之自我或许只缺少一个时代的契机让它破土而出,而这个时代终究还是来了。对富春山水意象深谙于心的黄公望就是抓住这个契机的关键人物。"在异族统治的新格局下,黄公望以其杰作重新诠释了富春江意象,将'士与君如何相处'的传统焦虑,进一步'去问题化',同时也将伦理主体的自觉进一步'去主体化',变成'士如何在此世与自己相处、与宇宙相处'的新问题。"①从严子陵隐钓富春山水、大量唐人书写富春山水到黄公望以笔墨写意富春山水,这是一个意象不断累积和自我突破的完整过程。在这个过程中,士人的心路历程,仿佛经历了从"见山是山,见水是水"到"见山不是山,见水不是水"和终于"见山还是山,见水还是水"的曲折过程,富春山水再次明朗起来。

似乎只有到了异族统治的元朝,在江南文人沦为第四等人的处境中,中国文人的内在自觉才真正实现了一次全新的触底反弹,让黄公望以八十余岁的人生思考和艺术积淀、历时三四年熔铸而成的《富春山居图》,在与严光之风的遥相呼应中解开了传统知识分子的大心结,有力地喊出了道高于势的宣言,并以此确立了中国士人的尊严。

---

① 胡晓明:《从严子陵到黄公望:富春江的文化意象——〈富春山居图〉的前传及其展开》,载《华东师范大学学报(哲学社会科学版)》2016年第4期。

再看接住了这个时代使命的人——黄公望，他生平多才多艺，具有超越时代的大才，但经历坎坷，还因受牵连而入狱，后曾加入道教全真派，与张三丰等著名道人交友，最终在五十多岁专注画笔，于晚年隐居富春。五十岁前的黄公望身上有着传统中国士人典型的价值焦虑与精神冲突，即超越远举的宇宙情怀、悲歌慷慨的用世才能和不可消解的命运之劫的缠系纠葛。① 戴表元《黄公望画像赞》谓之："身有百世之忧，家无担石之乐；盖其侠似燕赵剑客，其达似晋宋酒徒，至于风雨塞门，呻吟盘礴，欲援笔而著书，又将为齐鲁之学，此岂寻常画史也哉。"黄公望在五十岁后寄情山水画，"其实正是为了解决他生命中不可化解的冲突的一种抉择"②。累积到元代的富春山水，也已经"成为一条有关士人安身立命而富于身份焦虑的特殊江水"③，面对富春山水，也就是在面对"士之命运符咒"④，终日沉浸在富春山水间观察体悟的结果，就是终于窥见了解开"符咒"的密码，寻找到了自我价值的出路。为了这个发现，黄公望一直等到了八十多岁，经过了"五十而知天命""六十耳顺"和"七十古来稀"，经过了三四年酝酿和诉诸笔端的升腾之路。

需要说明的是，以画的方式实现富春山水意象的跃升，并不是说绘画的艺术表达要高于诗歌。只是与诉诸文字的诗歌相比，依托笔墨线条的绘画更为抽象和虚空，具有更大的召唤性和包容度，正如苏东坡的诗歌："庐山烟雨浙江潮，未至千般恨不消。到得还来别无事，庐山烟雨浙江潮。"（《观潮》）也如许多诗歌的最后一句多收尾于自然，在这个命题里，山水画用深度回归自然的方式，回答了无法形诸文字的道之选择。

从"诗中有画，画中有诗"的传统中走来的《富春山居图》同样蕴含着无尽诗意，诗与画不可分割。黄公望在为张雨所藏钱选《浮云山居图》作的题跋中写道："其人品之高如此，而世间往往以画史称之，是特其游戏而遂掩其学。今观贞居所藏此卷，并题诗其上，诗与画称，知诗者乃知其画矣。"表达了他对鉴赏理解画作的看法，不应局限于画史，而重在考量作者的人品学养和画作背后的诗意。这诗意，无论是

---

① 胡晓明：《从严子陵到黄公望：富春江的文化意象——〈富春山居图〉的前传及其展开》，载《华东师范大学学报（哲学社会科学版）》2016年第4期。

② 胡晓明：《从严子陵到黄公望：富春江的文化意象——〈富春山居图〉的前传及其展开》，载《华东师范大学学报（哲学社会科学版）》2016年第4期。

③ 胡晓明：《从严子陵到黄公望：富春江的文化意象——〈富春山居图〉的前传及其展开》，载《华东师范大学学报（哲学社会科学版）》2016年第4期。

④ 胡晓明：《从严子陵到黄公望：富春江的文化意象——〈富春山居图〉的前传及其展开》，载《华东师范大学学报（哲学社会科学版）》2016年第4期。

题在画上的诗句之意还是山水画背后从严子陵到历代山水诗而来的诗意传统,正是表里相一的隐居逍遥与自由之意。《富春山居图》中清润与浑厚交织的美感,正是中国哲学的宇宙意识和道家美学的自由精神在山水画中的成熟。

黄公望还有许多颇具深意的题画诗,其中一首题咏董源《江山高隐图》的诗中写道:"一片闲云出岫来,袈裟不染世间埃。独怜陶令门前柳,青眼偏逢惠远开。"董源是江南山水画派(南宗)的开创者,也是黄公望绘画精神的重要传承对象之一。诗中的"闲云出岫"暗用了陶渊明《归去来兮辞》"云无心以出岫,鸟倦飞而知还"的蕴意,青眼则用了阮籍"青白眼"的典故,最后二句以陶渊明旷怀逸志,只得到方外好友惠远的清赏,隐寓山水妙境却难觅知音。全诗用典高致,意趣高古,那种远世独立、超尘拔俗的意概,正是黄公望自身情趣思想的写照。

黄公望之后,虽然古典传统的君臣二元已经打破,但中国士人的价值出路仍然是多元的。明清乃至近现代的中国知识分子,仍在这条路上不断探索前行,这也是富春山水意象至今仍然活着的原因。胡晓明认为,高士情怀而烈士精神,是富春山水这一文学空间的真正风骨;"在山水自然中深挚体道的抒情传统、高士与烈士的双重叙事、道高于势的思想认同",是其中最典型的文化元素;而"外柔内刚、化激烈为深沉、化思想为美、自然与人文相互定义"①,则是其中极富特色的美学内涵。

从山水到诗画,再从诗画到山水,富春山水意象为我们提供了一个无尽的阐释空间,也为整个钱塘江意象群构建了高远气象。言有尽而意无穷,最后以苏轼描写富春山水的名作《行香子·过七里滩》作为本节结尾:

> 一叶舟轻,双桨鸿惊。水天清、影湛波平。鱼翻藻鉴,鹭点烟汀。过沙溪急,霜溪冷,月溪明。

> 重重似画,曲曲如屏。算当年、虚老严陵。君臣一梦,今古空名。但远山长,云山乱,晓山青。

第四节　人间天堂意象

根据地理意象的形成机制"认知—物象—表象","物象"一是来自各种感官知觉的现实接触,二是来自文本信息的既有知识观念,两者结合后形成对物象的印

---

① 胡晓明:《从严子陵到黄公望:富春江的文化意象——〈富春山居图〉的前传及其展开》,载《华东师范大学学报(哲学社会科学版)》2016年第4期。

象，即表象。因此，地理意象相对来说是一种经由经验而自然形成甚至是被动形成的结论。这一结论会因认知的变化而发生变化甚至转换，基于个人认知的印象也受到认知的直接控制。地理意象更确切地说就是一个事物或目的地在人们心中的印象或形象。因此，作为地理意象的城市意象既是实的，也是虚的。人固然生活在一个实有而充盈现实的空间中，但是透过记忆、书写与日常生活体验，人也创造着空间的主观感知和意义，而这种环境感应又将对精神文化起到不可低估的作用。

意象的累进，是传统文学惯于相互勾连、传承而成体系的必然结果。历史上的任何文学几乎都不是孤立的，即使是中国的神话传说，也习惯使用真实的地名，纵横交织，从而使一个地理概念产生出美学和伦理的意义。正如郑毓瑜在《文本风景——自我与空间的相互定义》中所说："空间地理意象必须是一种社会相续互动下的经验产物，是四面八方的线索相互作用下所浮现出来的立体坐标。这样一个社会空间或文化空间，不但可以超越距离、方位所构成的地域区判，明显也超越了政治权限或朝代兴亡的分野，而凝聚出一种越界存在的关系场域。"[①] 一种"文化的"盛世，而不是"政治的"盛世，因此得以实现于任何地域，让疆界性的家国限制消弭无形。[②] 城市意象就是一个超越性的关系场域。人间天堂意象是杭州城市地理意象的一个表现与延伸。所谓地方认同，"地方"就是古今同情共感的所在，"认同"就在彼此共享的文体语码中。[③] 浙江诗路上具有最强地方认同的城市意象，便是杭州——人间天堂。

一、"上有天堂，下有苏杭"俗谚的话语流变与"人间天堂"意象凝练

"天堂"一词在《现代汉语词典》中有两个意思：一是某些宗教指人死后灵魂居住的永享幸福地方（跟"地狱"相对）；二是比喻幸福美好的生活环境。人间天堂意象中的"天堂"一词，在与"人间"的结合中呈现出了更复杂的意味，它既指现实，又有宗教色彩，却不是基督教所指的人死后才能到达的世界，而更接近活着就能享受的、在地面上真实存在的神仙世界。因此"人间天堂"在内涵上和文化认同上更准确的表达应该是"人间仙境""地上天宫"等。事实上，在"上有天堂，下有苏杭"这一俗谚正式出现之前，类似的表达采用的也是"天宫"、"仙宫"、"天上"（受本土道教文化影响，中国人所指的天上一般是指"仙界"或"仙境"）、"蓬莱"等更具有中国文化

---

① 郑毓瑜：《文本风景——自我与空间的相互定义》，台湾麦田出版社 2005 年版，第 19 页
② 郑毓瑜：《文本风景——自我与空间的相互定义》，台湾麦田出版社 2005 年版，第 20 页。
③ 郑毓瑜：《文本风景——自我与空间的相互定义》，台湾麦田出版社 2005 年版，第 19 页。

深在特色的字眼。但由于这个意象被一直延续至今,"上有天堂,下有苏杭"已经深入人心,且在杭州城市发展过程中约定俗成,为了表达的统一性,本书也采用"人间天堂"这个表达。

杭州城市的发展大致经历了从山中小县到江干大郡,直至成为世界级繁华都市的上升过程,也在繁华都市后一度没落。山中小县阶段主要是秦朝在此设钱唐(唐时为避国讳改称钱塘)县前后,直到东汉筑海塘,县治才从山中迁至西湖(当时称钱唐湖)边狭窄的冲积平原。至隋代在此建州治,杭州的名称才真正出现,治所在凤凰山一带。隋唐时,杭州还只是三线城市,当时江南的一线城市如扬州,二线城市如苏州。① 但有意思的是,杭州又处在由扬州、苏州以及金陵等城市所同构的江南这个美好地域意象里,这又让杭州占到了江南的光。

明确将杭州与苏州相提并论的,是唐朝著名诗人白居易。在著名的《忆江南》词中,他盛赞了江南特别是杭州和苏州的风景,并写下了"最忆是杭州""其次忆吴宫"这样排序分明的定论,虽然这一定论主要是与其个人经历有关,因为白居易在苏州和杭州都担任过地方官,但作为一个有很大影响力的著名诗人,其个人经历也就有了时代风向标的作用和影响力。因此将杭州和苏州并举,或许也是源于白居易。在杭州时,白居易说:"知君暗数江南郡,除却余杭尽不如。"(《答微之夸越州州宅》)后来他为苏州刺史,又称苏州"甲郡标天下,环封极海滨"(《自到郡斋仅经旬日方专公务未及宴游偷闲……仍呈吴中诸客》)。他多次回忆苏杭:"江南名郡数苏杭,写在殷家三十章。君是旅人犹苦忆,我为刺史更难忘。境牵吟咏真诗国,兴入笙歌好醉乡。为念旧游终一去,扁舟直拟到沧浪。"(《见殷尧藩侍御忆江南诗三十首,诗中多叙苏杭胜事,余尝典二郡,因继和之》)而唐代由白居易奠定了情感基础(或者说是精神基础、文化基础)后,五代吴越国"保境安民"的政策则进一步奠定了杭州城市的物质基础,这让杭州无论在风景、文化还是经济上,都有了与苏州相提并论的资本。

唐玄宗时期,诗人任华曾在《怀素上人草书歌》中写到怀素:"人谓尔从江南来,我谓尔从天上来。"虽然诗中的江南和天上,并非直接对比,但从字面上看,这是将江南和天上联系起来的最早表达。作为江南一员的杭州,自然也有了类比"天上"的一个大背景。其后随着中唐以来杭州城市地位的不断上升,无论是在经济文化、城市环境还是社会认可度方面,直至南宋定都达到顶峰,西湖成为远近闻名的"销

---

① 周峰主编:《隋唐名郡杭州》,浙江人民出版社1990年版,第12页。

金锅"，歌舞游冶，奢靡至极，俨然人间天堂。

结合杭州城市发展，其人间天堂的城市意象直接的来源是民谚"上有天堂，下有苏杭"，但无论民谚还是意象，都是在较长时期中经过各方面的积累和许许多多人的不断提炼加工才形成的。追溯其话语流变与意象凝练的历史，可以溯源至杭州与西湖的形成期。沧海桑田的杭州城，从浅海湾演变而来的西湖，两者在根本上存在着深在的关联，可以说，古西湖就是"海的女儿"。由于东海神话的影响，人们对湖与海也就有着独特的情感，将湖看作海的情况更是屡见不鲜，加之西湖山水间寺庙、道观、楼塔林立，人们便逐渐视西湖为仙境、胜境，湖中的岛屿也被视为海上仙岛。从历代诗文中，可以约略找到民谚形成的脉络。

最早在唐时，深受东海神话及神仙思想影响的李白，就在诗作《与从侄杭州刺史良游天竺寺》中写道：

> 挂席凌蓬丘，观涛憩樟楼。
>
> 三山动逸兴，五马同遨游。

其后，白居易在《西湖晚归回望孤山寺赠诸客》一诗中也写道：

> 烟波淡荡摇空碧，楼殿参差倚夕阳。
>
> 到岸请君回首望，蓬莱宫在水中央。

宋代僧人仲殊的《诉衷情·寒食》有：

> 涌金门外小瀛洲。寒食更风流。

另一首《南柯子·六和塔》有：

> 金鳌蟠龙尾，莲开舞凤头。凉生宫殿不因秋。门外莫寻尘世，卷地江流。
>
> 霁色澄千里，潮声带两洲。月华清泛浪花浮。今夜蓬莱归梦，十二琼楼。

以上诗词中的"蓬丘""蓬莱""瀛洲"等，都是海上仙山的意思，"琼楼"就是仙山上用黄金、宝玉修筑的楼台、宫殿，里面居住的都是神仙，这是一个与世俗相对的无比美好的极乐世界。这种将西湖山水比喻仙境的传统在后世得到了不断的延续和扩大。

在北宋，将杭州及西湖山水比作天上、天宫的做法似乎已经是公开的事实。入宋后担任翰林承旨加户部尚书的五代旧臣陶谷，采集唐、五代时流通的新语汇编写了一部琐事小说《清异录》，作为重要笔记，书中保存了中国文化史和社会史方面的很多重要史料,其中一半以上的条目后来分别被《辞源》和《汉语大词典》采录,足见其价值和重要影响。这部书分三十七门,其中《地理门·地上天宫》中写道:

> 轻清富丽,东南为甲;富兼华夷,余杭又为甲。百事繁庶,地上天宫也。

从中可推知,将杭州比作"天宫"最早可能是在唐代,至迟在五代,因而到北宋已经俗成。除《清异录》外,诗人潘阆写了一组《忆余杭》词共十首,盛赞杭州及其景致。其中第一首也是直接将杭州看作"天上":

> 长忆钱塘,不是人寰是天上。万家掩映翠微间。处处水潺潺。
>
> 异花四季当窗放。出入分明在屏障。别来隋柳几经秋。何日得重游。

自五代至南宋大约经过两百年累积酝酿,南宋诗人仍然沿袭传统,将西湖比作仙山,如朱敦儒《苏武慢·枕海山横》:

> 共赤松携手,重骑明月游蓬岛。

"赤松"是指住在仙境的仙人。

又如赵汝愚《柳梢青·西湖》:

> 水月光中,烟霞影里,涌出楼台。空外笙箫,云间笑语,人在蓬莱。
>
> 天香暗逐风回,正十里荷花盛开,买个小舟,山南游遍,山北归来。

此时,在范成大的《吴郡志·杂志》中,则已经有了成熟的谚语:

> 谚曰:"天上天堂,地下苏杭。"又曰:"苏湖熟,天下足。"湖因不逮苏杭为会府,谚犹先苏后杭,说者疑之。白居易诗云:"霅溪殊冷僻,茂苑太繁雄,惟此钱塘郡,闲忙正适中。"则唐时苏之繁雄固为浙右第一矣。

其中"霅溪"即湖州,"茂苑"即苏州。从范成大的说明中可见,将苏州放在杭州前面,主要是因为经济,而这无疑是唐代的现实,由此也可以推断,这一谚语的形成应该是在唐代。可见无论是《清异录》还是《吴郡志》,结论都指向了唐代。

到元初,奥敦周卿《蟾宫曲·咏西湖》中则已经有定型的"上有天堂,下有苏杭"版本:

> 西湖烟水茫茫,百顷风潭,十里荷香。
>
> 宜雨宜晴,宜西施淡抹浓妆。
>
> 尾尾相衔画舫,尽欢声无日不笙簧。

春暖花香，岁稔时康。

真乃"上有天堂，下有苏杭"。

其后，将杭州比作人间天堂仍不断承续发展。元代意大利旅行家马可·波罗来到杭州，还盛赞杭州为"世界上最美丽华贵的天城"；明代来华天主教徒金尼阁的《行在考》中也有"上说天堂，下有苏杭"（陈清硕《"上有天堂，下有苏杭"民谚源流》）；明代赵廷玉有诗句"记得西湖年少日，水晶宫里载笙歌"；清代袁枚《湖上杂诗》有"消受水晶宫世界，四更犹有满湖箫"；清代女诗人方芳佩《忆西湖》有"清凉世界水晶宫，亚字栏杆面面风"。

学者郑毓瑜认为："不论拟古或用事，在在显示出古典作家试图把时间上的过去拉向现在，使得过去与作家当下的现在具有一种同时代性，并且以此唤起、造就一种文化上的集体意识。"[①]天堂是一个精神世界，也是一种美好的生活环境。清代薛福成《天堂地狱说》中说："夫诗书之味，山水之娱，妙景良辰，赏心乐事，皆天堂也。"这或许就是历代诗人对杭州的集体意识。

二、"三面云山一面城"——人间天堂与自然品物、城湖关系等环境构建

杭州城市人间天堂意象的基础，主要来自西湖山水的环境构建，事实上，从西湖和杭州城的发展来看，两者本就是一体的。一般认为，西湖原本是一处浅海湾，因泥沙堆积而与钱塘江分割开来，而这处不断扩大的堆积沙洲，最终发展成了杭州城，并与西湖形成了三面云山一面城的城湖关系，所谓"州傍青山县枕湖"（白居易《余杭形胜》），且后世历代治所乃至都城宫阙，均建于凤凰山一带西湖群山中。其后，从白居易、钱镠，到苏东坡、杨孟瑛、阮元，西湖的进一步发展更是历代才华横溢的地方官带领劳动人民疏浚整治的结果。从苏东坡引领堆筑的苏堤、三潭印月到源自南宋画师的题名景观"西湖十景"，无不是城市治理中的一次次美学创造；也正是这种与生俱来的城湖关系和独创的城市山水美学，才成就了杭州人间天堂的美名和西湖世界遗产的殊荣。

自然是包围着人身的种种物质所建构成的关系环境。凯文·林奇在《城市意象》一书中提到："我们需要的，不是一种简单的组织，而是有诗意、有象征性的环境。"[②]与城市水乳交融的西湖山水，就是杭州城有诗意而又有象征性的环境。出

---

① 郑毓瑜：《文本风景——自我与空间的相互定义》，台湾麦田出版社 2005 年版，第 19 页。
② 凯文·林奇：《城市意象》，方益萍、何晓军译，华夏出版社 2017 年版，第 22 页。

众的名胜通常都远离城市,但西湖不仅是与城市共同生长发展起来的,而且其中的每一个设计、每一处景观,更是人与自然共同作用的结果,是人将自身情感与审美注入自然的结果,山城相依,她对人的关爱本身就是人自己创设的。袁道冲在《最忆是西湖》中写道:"西湖之妙,在于湖里山中,山屏湖外,登山兼可眺湖,游湖亦并看山。有时山影倒置湖心,有时湖光反映山际,二者相得益彰,不可复离。"所谓"出城不及里,晴峦迎人媚"(近代黄迁《游湖诗》),西湖的山虽不高,水虽不广,但一丘一壑、一岩一泉、一楼一阁、一亭一台,掩映水际,遥看就像是神仙窟,不是人世间。

　　从对历代西湖诗词的分析中可以发现,最能体现杭州人间天堂意象的品物及环境构建,一是西湖独特的湖光山色与云烟,二是参差漫布的楼阁寺塔,三是诗情画意营造的心灵图景。

　　(一)"远山凝黛淡如烟"——湖光山色及其"云""烟"

　　根据《康熙字典》记载,"湖光山色"一词,出自宋代吴自牧《梦粱录·五代人物》:"杭城湖光山色之秀,钟为人物,所以清奇特,为天下冠。"可见,"湖光山色"这一美好景象就是源自杭州西湖山水。清代吴敬梓在《儒林外史》中描写玄武湖的景观时曾写道:"园内轩窗四启,看着湖光山色,真如仙境。"这也说明了湖光山色确实能给人"仙境"般的感受。西湖就像一面大圆镜熠熠发光,上面还有蔚蓝天空、金色的阳光、袅袅白云,天空中无限变幻流动的景象都纳入其中,加上水汽氤氲,就像丹纳在《艺术哲学》中说的,"会泛出不容易分辨的似蓝非蓝的色调",简直就是"供养眼睛的珍馐美味"。任询《西湖》诗:"湖光与天色,一碧千万顷。"湖光山色映照,不似人寰是天上。

　　尤其是西湖与钱塘江、东海的关系,更让这种仙境联想在地理渊源和文化传统上都有着深在的依据与逻辑脉络。将西湖与海相联的诗词也不胜枚举,如王安石《游杭州圣果寺》诗:"浮云连海气,落日动湖光。"又如宋之问《灵隐寺》诗中的"鹫岭郁岧峣,龙宫锁寂寥。楼观沧海日,门对浙江潮"等等。

　　除了湖光山色整体带来的仙境之感,西湖山水间的云烟雨雾、烟柳烟树,更是仙境重要而具体的环境构建。"六桥烟柳""九里云松"等还名列元代钱塘十景。

　　西湖山水的怀抱结构促成了西湖的云烟不散,不仅雨天烟雨迷蒙,即使是晴天,湖上仍然烟雾腾腾,六桥迷蒙,一派烟柳画桥景象。这烟柳不仅仅指柳树树叶形成的绿烟,同时也是整个湖面水汽弥漫后形成的效果。有关西湖云烟的诗句不可胜数,如宋代僧人仲殊《诉衷情·寒食》:"晴日暖,淡烟浮。恣嬉游。三千粉黛,十二阑干,一片云头。"柳永《望海潮》:"烟柳画桥,风帘翠幕,参差十万人家。云树绕堤沙,怒涛卷霜雪,天堑无涯。"还有"栏杆倚遍暮天阔,烟树一钩新月生"(宋·陈允平《待谢立斋小酌湖楼》)、"风艇纵看山转侧,烟堤尽逐水回还"(宋·朱松《西湖泛舟》)、"两高南北拥烟鬟,浑在溟蒙细雨间"(宋·周紫芝《西湖春事》)、"青鞋自踏芙蓉露,画桨谁冲翡翠烟"(明·姚纶《早春过西湖》)、"轻烟薄雾斜阳下,曾泛扁舟小筑来"(明·李流芳《西泠桥题画》)、"夹岸晚荷香堕水,一堤烟柳澹思秋"(清·黄仲则《湖上和酬仇丽亭》)、"画船良友秋湖约,冷雨香风烟水行"(明·陈洪绶《题小蓬莱》)、"水气与露气融成一碧,此身疑在云际"(清·查人渶《西湖游记》)、"我爱春星人静后,隔塘孤桨响空烟"(清·张遂辰《春游词》)。

周密在《西湖游赏》中写道:"西湖天下景,朝昏晴雨,四序总宜,杭人亦无时不游,而春游特盛焉。"除去因下雨形成的"烟雨"外,分析西湖云烟形成的原因,大致有两类,一是湖烟,一是山岚,即山中烟霭。湖烟主要是因为湖水吸收了太阳光的热能从而散发出的水蒸气所形成的"烟水茫茫""烟波浩渺"的景象,如杨万里《咏荷上雨》:"午梦扁舟花底,香满西湖烟水。"也有"湖水湖烟,峰南峰北,总是堪伤处"(宋·德佑太学生《百字令》)、"六桥遥带两峰孤,烟水苍茫旧宋都"(清·沈受宏《苏堤口号》)、"岁月只随华发改,烟波空付白鸥闲"(明·镏英《同客过湖》)。山岚也称"烟岚""烟霭",主要是山坳、山腰里树木丛草等吸收了阳光后略一冷却形成的雾气,如"但闻烟外钟,不见烟中寺。幽人行未已,草露湿芒屦。惟应山头月,夜夜照来去"(宋·苏轼《梵天寺见僧守诠小诗清婉可爱次韵》)、"试向凤凰山上望,南高天近北烟低"(宋·王洧《双峰插云》)、"桥外晚风骤,正香雪随波,浅烟迷岫"(宋·周密《西泠春感》)、"绿水映霞红胜锦,远山凝黛淡如烟"(元·陈基《十一月晦与同幕诸公登南高峰因过湖上小集》)、"烟岚如沐,六桥波影遥接"(清·薛时雨《百字令·雨中游湖》)、"三竺空濛里,四围烟霭中"(清·王纬《雨中赴天竺》)。

(二)"多少楼台烟雨中"——亭台楼阁与山寺塔影

楼阁参差、寺塔林立也是杭州特有的标志之一,而大部分楼阁寺塔都被围绕在西湖山水之间,与西湖云烟树岚结合,形成了烟雨楼台的绮丽景象。"一色楼台三十里,不知何处觅孤山。"游人看山水间的楼阁,加上烟雾缭绕,自然有一种仙阁之感,所谓"琼楼玉宇,高处不胜寒",更促进了天堂意象的形成。

"南朝四百八十寺,多少楼台烟雨中。"(唐·杜牧《江南春》)唐宋之际,西湖山水间更是遍布寺庙楼阁、道观仙宫,世人将诸多楼台作为天宫的标志,在许多诗句中也可以得到证明,其中无疑又以寺庙楼台最能体现仙境之感,如:"烟波淡荡摇空碧,楼殿参差倚夕阳。到岸请君回首望,蓬莱宫在水中央。"(唐·白居易《西湖晚归回望孤山寺赠诸客》)"楼台簇簇如蓬岛,野人只合其中老。"(宋·潘阆《忆余杭·长忆西湖》)"万家楼阁堕烟海,但见几点疏灯红。羽人把酒劝客醉,吹笙更唤双玉童。"(清·厉鹗《八月十七夜吴瓯亭招同人集吴山看月分得风字》)潘阆《忆余杭》中也专门有一首描写钱塘的山寺楼阁,并得出"便恐是西方"的感慨:

> 长忆钱塘,临水傍山三百寺。僧房携杖遍曾游。闲话觉忘忧。
>
> 栴檀楼阁云霞畔。钟梵清宵彻天汉。别来遥礼只焚香。便恐是西方。

宋理宗淳祐十二年(1252),"中贵卢允升等以奢侈导上,妄称五福太乙,临吴越之分,请用天圣故事建西太乙宫"[①],理宗为其题写"瀛峤"两字,更添仙境之感,诗人姚勉描写西太乙宫凉堂称:"自是瀛洲近帝乡,孤峰宛在水中央。地雄海上三山境,天与仙家六月凉。"(《瀛峤》)可见,无论有意无意,好意还是歹意,将西湖看作仙境的传统始终绵延并不断被巩固。

除寺楼道观外,杭州人居住的楼阁同样与仙境无异。所谓"湖居不可无楼",杭州因为有西湖山水,而使杭人热衷楼阁。欧阳修曾言"越俗僭宫室,倾赀事雕墙,佛屋尤其侈,耽耽拟侯王"(《送惠勤归余杭》),从中可见一斑。据清代赵铭《湖居三议》中说:"楼四面为窗,窗可眺;窗外为栏,栏可凭;窗间嵌五色琉璃,四时之景,随瞩而变。"可以说是"四面峰峦窗外入,两堤云物望中收"(明·陈墨樵),"回头望,是吴山楼阁,烟霭参差"(元·张之翰《沁园春·游孤山寺寄姜中丞》)。这种山水楼台的绝佳胜景,也是天堂之"象"的重要表征。

除此之外,楼台楼阁令人联想仙宫的另一个原因,无疑是其华丽壮观的程度,已经超出普通人对房子的认知,"朝了霍山朝岳帝,十分打扮是杭州。"(宋·黄公绍《竞渡棹歌》)"此景只因天上有",仿佛只有仙宫才能有如此繁华景象。"东南形胜,三吴都会,钱塘自古繁华,烟柳画桥,风帘翠幕,参差十万人家。"这样的生活环境,不是天上又是哪里呢?!"山外青山楼外楼,西湖歌舞几时休"(宋·林升《题临安邸》),"临堤台榭,划船楼阁,游人歌吹"(南宋·陈德武《水龙吟·西湖怀古》),西湖由此成了纸醉金迷、超越人间的天宫。

---

① 转引自周峰主编:《南宋京城杭州》,浙江人民出版社 1988 年版,第 135 页。

（三）"不觉全身入画图"——西湖山水的文本世界

郑毓瑜在《文本风景——自我与空间的相互定义》中说："正因为破除了主/客观或现实/想象的二元分界，空间无法单纯被反映，同样也无法完全被编造，这应该是个人与空间'相互定义'的文本世界。"[①]

杭州城市山水风光的环境要素，已经不单纯是环境自身，而是从城市与西湖的形成开始就已经融入了的人的要素和创作的要素。因此，西湖山水除了是一个自然世界，更是一个文本世界。其中有一种可以说是在西湖达到顶峰的景观创造——题名景观，我们也可以将其划入一种更大的范畴，即文化景观。文化景观也是西湖申报世界遗产的具体类别，强调的是"自然和人类的共同作品"。

题名景观是诗与画的产物。宋代是中国山水美学的高峰期，在绘画文学化、景观文人化的背景下，随着政治中心南移，山水开发程度较高的杭州最终出现了"西湖十景"这一系列题名景观的典范之作并成为中国题名景观的巅峰。这种高度融合了诗情与画意、镜像与意境的山水景观，正是人们理解仙境的现实样板。从这个角度来说，将西湖山水比喻为画图，也是将其看作天堂的一个具体表现。白居易说"湖上春来似画图，乱峰围绕水平铺"（《春题湖上》）、"好著丹青图写取，题诗寄与水曹郎"（《江楼晚眺景物鲜奇吟玩成篇寄水部张员外》），宋代汤仲友有"山色湖光步步随，古今难画亦难诗"（《西湖》），辛弃疾也说"山水虽言如画，想画时难邈"（《好事近·西湖》），元代凌云翰《西湖渔者》诗写道"扁舟载月归来晚，不觉全身入画图"。明代正德年间一位日本使臣游西湖后也写过这样一首流传较广的诗："昔年曾见此湖图，不信人间有此湖。今日打从湖上过，画工还欠费工夫。"

与复杂的现实世界相比，文本世界具有更统一、纯粹的诗意特性，因而比现实环境更能给人浪漫主义的幻想和心灵的抚慰。从这个角度说，正是西湖文本世界的构造，使其能与人生相契合；西湖的诗性气质抚慰人心，就如天堂给人的安慰一样。宋代陈参政《木兰花慢·送陈石泉南还》中就有这样一句："多少秦烟陇雾，西湖洗净征衫。"这或许也是李白、孟浩然、白居易、苏东坡等无数才华横溢的文人墨客都热衷浙江山水的原因吧。白居易有太多诗句表达了他对杭州，对西湖的深深依恋："尽日湖亭卧，心闲事亦稀"（《湖亭晚归》）、"官历二十政，宦游三十秋。江山与风月，最忆是杭州"（《寄题余杭郡楼，兼呈裴使君》）、"未能抛得杭

[①] 郑毓瑜：《文本风景——自我与空间的相互定义》，台湾麦田出版社2005年版，第16页。

州去,一半勾留是此湖"(《春题湖上》)、"处处回头尽堪恋,就中难别是湖边"(《西湖留别》)、"自别钱塘山水后,不多饮酒懒吟诗"(《杭州回舫》)、"江南忆,最忆是杭州"(《忆江南》)。

宋代潘阆《望湖楼》可以说与白居易的《湖亭晚归》异曲同工,也可见西湖给人的共同感受:

> 望湖楼上立,竟日懒思还。
>
> 听水分他浦,看云过别山。
>
> 孤舟依岸静,独鸟向人闲。
>
> 回首重门闭,蛙鸣夕照间。

三、"钱塘自古繁华"——人间天堂意象的财富表征

人间天堂和宗教哲学等理念中的"天堂"最大的不同,便是其人间性所对应的物质繁盛。

杭州的富庶真正开始于五代十国的吴越国时期,但自隋开通大运河后,兼有海陆优势的杭州城内,物产交流已经繁盛起来,大有"川泽沃衍,有海陆之饶,珍异所聚,故商贾并凑"(《隋书·地理志下》)之势。唐朝李华在《杭州刺史厅壁记》中说杭州"东南名郡……咽喉吴越,势雄江海……骈樯二十里,开肆三万室",吸引了众多的海内外商贾来此贸易,甚至长居杭州。中唐以后,杭州出现了夜市,诗人杜荀鹤有"夜市桥边火,春风寺外船"的诗句描写当时夜市繁华。《文苑英华》卷六八《钱塘湖石记》记载:唐宪宗时,杭州户口十万,税钱五十万,当时全国一年的财政收入中,杭州的商税占了二十四分之一。唐后期,杭州商税收入占全国财政总收入的百分之四,足见商业之繁盛。《旧五代史》记载杭州"邑屋之繁会,江山之雕丽,实江南之胜概也"(《旧五代史》卷一百三十三《世袭列传》)。

北宋统一全国后,杭州更成为"地有湖山美"的"东南第一州",以至于北宋著名词人柳永要一改自己擅长的婉约词风而盛赞杭州,写下著名的《望海潮》:

> 东南形胜,三吴都会,钱塘自古繁华。烟柳画桥,风帘翠幕,参差十万人家。云树绕堤沙,怒涛卷霜雪,天堑无涯。市列珠玑,户盈罗绮,竞豪奢。
>
> 重湖叠巘清嘉,有三秋桂子,十里荷花。羌管弄晴,菱歌泛夜,嬉嬉钓叟莲娃。千骑拥高牙,乘醉听箫鼓,吟赏烟霞。异日图将好景,归去凤池夸。

元代关汉卿在《男吕一枝花·杭州景》中也描述了杭州城的繁华:"百十里街衢

整齐,万余家楼阁参差,并无半答儿闲田地。"意大利旅行家马可·波罗盛赞杭州是"世界上最美丽华贵的天城"。

杭州城市经济的发展,首先体现在丝织业的繁盛。中唐以后,杭州逐渐成为江南丝织业中心,北宋在杭州设置"织务",专门管理与收购本州及附近州县的丝织品。每年收购的绢数高达二十五万匹,占浙东七州的三分之一。[①] 崇宁年间,宋徽宗曾命童贯置造作局于苏、杭,仅织绣工匠就有数千人,可见规模之巨。其次是交通运输的发达。五代十国时期,钱塘江就已"舟楫辐辏,望之不见首尾"。北宋时期,杭州的对外贸易蓬勃兴起,丝织品等大量输出。端拱二年(989)在杭州设市舶司,为当时开放的巨大外贸港口之一。《淳祐临安志》记载:"道通四方,海外诸国,物资丛居,行商往来,俗用不一。"除此之外,杭州的雕版印刷业、造船业、酿酒业、制扇业也相当发达,苏轼在杭州做官时也曾称赞道:"天下酒官之胜,未有如杭者也,岁课二十余万缗。"南宋时期,作为京城的临安设置了班荆馆、怀远驿、都亭驿、樟亭驿等七个接待来往官员与外国使节的馆驿,各国人士、各种口音,各种商品服饰、不同风俗和饮食习惯等汇聚一城,令人眼花缭乱。用欧阳修《有美堂集》中的描述来总结,杭州是真正具有"四方之所聚,百货之所交,物盛人众为一都会,而又能兼有山水之美,以资富贵之娱"的大都市。

杭州的繁盛景象萃聚西湖,不仅体现在山水间的楼台,更荟萃于湖面上的画船,所谓"大屋檐多装雁齿,小航船亦画龙头"(唐·白居易《答客问杭州》),无不体现出奢华。正如欧阳修《采桑子》中的描写,自然"人在舟中便是仙"了:

> 天容水色西湖好,云物俱鲜。鸥鹭闲眠。应惯寻常听管弦。
>
> 风清月白偏宜夜,一片琼田。谁羡骖鸾。人在舟中便是仙。

每到春天,"水面画楫,栉比如鱼鳞,亦无行舟之路,歌吹箫鼓之声,振动远近,其盛可以想见。……既而小泊断桥,千舫骈聚,歌管喧奏,粉黛罗列,最为繁盛。……至花影暗而月华生始渐散去"(周密《武林旧事》)。"高楼酒夜谁家笛,一曲《凉州》梦里残。"(唐·张祜《登杭州龙兴寺三门楼》)范仲淹《春日游湖》写道:"湖边多少游湖者,半在断桥烟雨间。尽逐春风看歌舞,几人着眼到青山?"道破了南宋市民的游赏心理,也反映了西湖歌舞升平的繁华热闹景象。清代张遂辰《春游词》同样写到了"断桥灯火沸归船,桥上人多听管弦"。

---

① 周峰主编:《南宋京城杭州》,浙江人民出版社1988年版,第11页。

　　奢靡之风在西湖画船上显露无遗,醉生梦死的歌舞升平里,正是权贵者天堂般的享乐生活,当这种现象走向极端,便使西湖成了一个"锦绣窟"、一只"销金锅"。据周密《武林旧事》记载,南宋上层阶级在西湖"日糜金钱……杭谚有销金锅儿之号"。这种奢靡,实属普通百姓所望尘莫及,也只有天堂可以比拟。《梦粱录》记载:"若四时游玩,大小船只,雇价无虚日。遇大雪亦有富家玩雪船。"方虚谷《湖堤雨中雪归》诗也写道:"夜雨昏昏欲雪天,数家灯火北山前。乡心认作桑麻路,忽有游船奏管弦。"可以说,在很长的时期内,西湖游乐"黄金日费如斗量"(清·赵庆熺《南宋乐府八首其一·销金锅》),因此游赏也不再是一种雅兴,而成为财富地位的象征,西湖也不再是所有人的西湖,而成为权势阶级的玩物。"恋着销金锅子暖,龙沙忘了两宫寒。"(元·宋无《西湖》)"罨画船中鼓板,销金锅里时光。"(明·张宪《湖上》)"溶溶漾漾年年绿,销尽黄金总不知。"(明·张杰《西湖》)"湿云如雨水如油,楼外闲花花外楼。底事销金销不尽?春来泼在柳梢头。"(清·蒋坦《西湖杂诗》)"人间作画难为稿,是处销金别有窝。"(清·赵翼《西湖咏古》)"真是销金锅一只,四更犹有满湖箫。"(清·沈金生《西湖棹歌》)

四、"江山与风月,最忆是杭州"——人间天堂意象的人文内核

(一)名士风流与都城意象

　　郑毓瑜在《文本风景——自我与空间的相互定义》一书中曾提到:"如果城市意象的产生是来自于社群间彼此的角力互动,那么宋、齐以来士人流风的逐步转变,就不能不成为考察城市意象主题的关键。"她还就东晋建康的空间形式进一步指出:"可以说意象化了的名士风流因此就体现在东晋建康城的空间形式上,而这样的形式主题自然会引向某种机能或效应,亦即意象透过都市空间为媒介而与机能效应相互依存。"①当然,"个人身体与城市空间,不是谁产生谁或者谁反映谁的问题,而是它们彼此的'相互定义'"②。

　　就杭州城市而言,郑毓瑜的观点也与之相当契合。田汝成《西湖游览志》认为:"杭州巨美,得苏白而益彰。"可以说,杭州城市意象正是在以白居易、苏东坡为代表的历代名士主政下所打造的永恒地景。当说到杭州的时候,人们的意识不会仅限于杭州这个城市的地理位置及物理空间,很多时候,人们对这些信息甚至毫无所

　　①　郑毓瑜:《文本风景——自我与空间的相互定义》,台湾麦田出版社2005年版,第78页。
　　②　Elizabeth Grosz:"Bodies-Cities",in Beatriz Colomina ed. ;*Sexuality and Space*,New York:Princeton Architectural Press,1992,pp. 241-253.

知,却知道人间天堂、西湖、江南城市、白蛇传、雷峰塔、断桥等,会笼统地感觉这个地方风景优美、人民富有,也可能会吟诵"江南忆,最忆是杭州""若把西湖比西子,淡妆浓抹总相宜"等诗句,整体就是"太守风流,游人欢畅,气象迩来都崭新"(宋·陈人杰《沁园春·咏西湖酒楼》)。一个城市可能是物质的,但城市意象却是情感性的、精神性的。城市空间也不会单独存在,它总是与赋予这个形象以意义和情绪的某种东西相伴始终。

在杭州城市人间天堂意象的形塑中,影响最大的名士无疑是白居易和苏轼。

可以说,白居易是杭州人间天堂意象诗性特质的奠基者。唐长庆二年(822)十月至四年(824)五月,白居易任杭州刺史。当时杭州人民的生活还比较艰难,特别是在大旱成灾之际。于是白居易力主疏浚西湖,并写下《钱塘湖石记》来详细论述疏浚西湖修筑大堤的原因、作用、使用、管理及对后人的谆谆告诫。"税重多贫户,农饥足旱田。唯留一湖水,与汝救凶年。"白居易在《别州民》中的诗句,能约略反映当时杭州的状况。除了疏浚西湖,白居易在杭州最为影响深远的另一件事,就是写了大量西湖诗词,他也是历史上第一个大量写作西湖诗词的文学家,直接奠定了西湖文学的高起点,更有力地扩大了杭州城市的周知度,将杭州与无限美好的山水风光、风月情调联系了起来。他在《余杭形胜》中写道:

> 余杭形胜四方无,州傍青山县枕湖。
>
> 绕郭荷花三十里,拂城松树一千株。
>
> 梦儿亭古传名谢,教妓楼新道姓苏。
>
> 独有使君年太老,风光不称白髭须。

这首诗将杭州城市的地理空间、环境构建、人文传统等都进行了介绍,可以说是每一点都言简意赅又切中肯綮,至今仍是杭州城的写照。

苏轼曾两度任职杭州:第一次是在熙宁四年(1071),苏轼因上书谈论新法的弊病而受到排挤,请求出京任职,被授为杭州通判;第二次是在元祐四年(1089),也是因陷入党争,不安于朝,苏轼自请外任,任杭州知州。

与第一次任通判相对没有实权相比,第二次知杭州的苏轼展开了他对这个城市充满共情力的全面治理。继第一次参与了疏通六井的水利工程和对民间疾苦的深入体察后,这一次也是围绕水利展开的。他连向朝廷上了《杭州乞度牒开西湖状》《申三省起请开湖六条状》两份文书,前者从养鱼、饮水、灌溉、助航、酿酒等方面详细列出了西湖不可荒废的五大理由,并将其上升到国运的高度,顺利获得了朝廷的支持;后者详细分析了如何解决杭州两大运河的壅塞问题。疏浚西湖成功后,苏轼还以神来之笔用挖湖的淤泥葑草在湖南北间修筑了一条长堤,并在上面开六桥、植桃柳,形成了风景旖旎的新景观,被杭人称为"苏公堤"。与此同时,苏轼还在杭州建了名安乐坊的病坊,以此应对疫病。当然,与白居易一样,苏轼也写了大量杭州西湖的诗词,据不完全统计,苏轼在杭五年时间,共写作诗词 300 余首,其中歌咏西湖的就有 160 余首①,如再加上离杭后的回忆之作,数量更大。

田汝成《西湖游览志余》云:"西湖巨丽,唐初未闻也。……白乐天搜奇索隐,江山风月,咸属品题,而佳境弥彰。苏子瞻明昭旷玄襟,追踪遐躅。"苏白在杭州交游宴饮、与同僚诗友吟诗唱和,以诗人的浪漫天性游走于杭州的山山水水间,以诗心与诗眼感受、品评这个独特的江南城市,以美学家、政治家的热情与才华重构着这个城市的诗性空间。

总体而言,白居易和苏轼对杭州城市意象的影响大致可以总结为以下三点。

一是"三面云山一面城"的湖城格局。白居易对西湖治理的基调,奠定了杭州城市"三面云山一面城"的基本空间格局,对后世主政者都产生了深远影响,其中就包括苏轼。苏轼则在此基础上进一步精进,同构并扩大了湖城空间的诗性美学。之后,无论是谁站在哪个时间点上再来观望这个城市,所见所闻中都早已定格下苏、白二人的痕迹。同时,苏、白还为这个格局留下了更多的环境细节,如白堤、苏堤、竹阁、冷泉亭、三潭印月、六一泉等文化遗迹,荷花、桂花、桃花、杨柳等四季花木,以及西子湖这样的传世美名。

二是忙闲适中的生活品质。白居易有诗评价湖州、苏州与杭州,得出"雪溪殊冷僻,茂苑太繁雄。唯此钱唐郡,闲忙恰得中"的结论。这"闲忙恰得中",也埋下了杭州城市最具幸福感和生活品质的伏笔。也正是因为"闲忙恰得中",白居易可以在湖边醉卧,在竹阁长眠,在白沙堤骑行,在冷泉亭办公。《湖亭晚归》中写道:"尽日湖亭卧,心闲事亦稀。起因残醉醒,坐待晚凉归。松雨飘藤帽,江风透葛衣。柳堤行不厌,沙软絮霏霏。"这里似乎能体会到孟浩然"山水寻吴越,风尘厌洛京"的味道。苏轼在杭州期间,特别是熙宁年间,可以说是他纵情山水的时期,虽然很多出游也是执行公务,但他能忙里偷闲,悠游一番。他在《海会寺清心堂》中的诗句"两岁频为山水役,一溪长照雪霜侵",正是当时的真实写照。在《怀西湖寄晁美叔同年》中,苏轼甚至说到自己"嗟我本狂直,早为世所捐。独专山水乐,付与宁非天!

---

① 冯静:《诗词歌赋与杭州城市意象》,载《规划师》2004 年第 2 期。

三百六十寺,幽寻遂穷年,所至得其妙,心知口难传"。这种忙闲适度或忙里偷闲的生活、工作状态与本地文化互为渗透,也较大程度地引导和形塑了本地人的生活状态。

三是交游唱和的文化传统。白、苏两人都醉心山水,在游赏中写下了大量西湖诗词,构成了西湖文化中最高蹈精华的一部分,为交游唱和的文化传统提供了典范,也为杭州诗性气质的形成奠定了基础。白、苏游赏创作的盛况仅从诗名就能看出,如白居易《钱塘湖春行》《西湖晚归回望孤山寺赠诸客》《杭州春望》等等,苏轼《腊日游孤山访惠勤惠思二僧》《雨中游天竺灵感观音寺》《病中游祖塔院》《与莫同年雨中饮湖上》等等。所谓"不到西湖看山色,定应未可作诗人"(宋·晁冲之《送人游江南》),不去西湖交游一番,甚至都无法写诗了。白、苏两人的酬唱行为更是留下不少佳话,影响深远,如白居易与元稹的"诗筒传韵";白居易与元稹、崔玄亮分别在杭州、越州、湖州的三人唱和,留下《三州唱和集》问世,更是传为美谈;苏轼与钱勰"唱和往来无虚日,当时以比元、白",被誉为当时的元、白;熙宁年间以苏轼为中心的雅集酬唱,更被传为风流韵事,酬唱范围涉及苏轼的亲友诗人群、杭州的官僚诗人群及方外诗人群,不仅为苏门文人群的集结奠定了基础,也奠定了宋代文学平淡清新的美学风貌。

(二)文化事件的想象

杭人爱游湖,无论晴雨,也不管朝夕,都要尽情欣赏湖光山色。这种"好游"风气的养成,也为人间天堂意象增添了重要的文化基础。"空间设置可能引起社会关系的实践,但是社群生活实践过程中的冲突协调也可能重写空间的意义。"[①]正如清代杭州人袁枚诗中所写:"葛岭花开二月天,游人来往说神仙。"在宛如仙境的湖山中日日游赏,正是神仙生活、天堂生活的重要标志,"好游"也就自然改写了现实空间的意义。对这一"好游"风气有重要影响的事件,一是关于苏小小的西湖传说,二是钱镠王的"陌上花开"意象。

苏小小是传说人物,按照宋代郭茂倩《乐府广题》记载,她是南齐"钱塘名倡"。她对杭州城市文化的影响甚至超过很多历史上真实存在而有地位的男性,从南朝末年徐陵编著的《玉台新咏》首次记载的《钱塘苏小歌》、中唐"大历十才子"之一的韩翃所作的《送王少府归杭州》诗,到白居易、李贺等无数诗人的诗词作品、北宋张

---

① 郑毓瑜:《文本风景——自我与空间的相互定义》,台湾麦田出版社2005年版,第16页。

耒《柯山集》创作的司马槱与苏小小"钱塘异梦"的故事,再到清朝民间故事《西湖佳话》中的《西泠韵迹》,苏小小广泛存在于世俗文化和文人歌咏中,就连鲁迅都曾拿"钱塘苏小是乡亲"作过文章。白居易诗句"若解多情寻小小,绿杨深处是苏家"(《杨柳枝词》)、"梦儿亭古传名谢,教妓楼新道姓苏"(《余杭形胜》)等,更是将苏小小看作杭州的代言人。关于苏小小的所有记载和文学创作中,更是将苏小小与西湖山水紧密联系在一起,凸显了苏小小一生痴爱西湖山水、多情而专情、大胆追求爱情的美好形象。特别是传说中苏小小酷爱自然,还曾专门为能坐车在西湖山水间徜徉而发明了"油壁车",临终时更是交代要"埋骨西泠",方不负她一生痴爱。苏小小的这一形象在历史的各个时期凝练发酵,自然山水与自由个性相互激发共情,无疑对杭州城市文化产生了无形但深远的影响。至少自唐以来,无数人来到西湖边瞻仰拜谒苏小小,民间更处处传说着苏小小,她对山水的热爱更被潜移默化地推及开来。

对春日游赏风气影响巨大的,还有吴越国王钱镠,仅他写给自己王妃的一句"陌上花开,可缓缓归矣"便已成为美谈,成为历代阐释不尽的根意象。钱镠的宠妃吴妃每年新正都要回临安乡间住上一阵,当大地回春,花开满城,钱王便迫不及待写信给爱妃,让她可以回来了。吴妃回来路上,更是春花烂漫,一路行人如堵,这种场面,结合特定人物的特殊影响力,无疑成了杭州城市文化的一个生动范例,从此影响到男男女女、世世代代的杭州人。这"缓缓归",既可以理解为爱人你慢慢来,也可以理解为春天你慢慢走,更增添了无穷的诗情画意和韵味。于是当地人还用"民歌形式编成《陌上花缓缓曲》传唱开来,从此也养成了杭州人清明插柳,春郊看花的好遨习俗"①。"好遨"一词出自清人陈唐卿,他说:"杭人好遨,自'缓缓归'曲始。"厉鹗也在《薄暮出湖上至恒公方丈同人分韵》一诗中写道:"好遨今尚有遗风,春月招寻得数公。"

"陌上花"和"缓缓归"被不断写入后世的诗文中。苏轼一气写了三首《清平调》(又名《陌上花》),并写引言道:"游九仙山,闻里中儿歌《陌上花》。父老云:吴越王妃每岁春必归临安,王以书遗妃曰:'陌上花开,可缓缓归矣。'吴人用其语为歌,含思宛转,听之凄然,而其词鄙野,为易之云。"可见他是专门为钱镠与王妃的这一文化事件而写。

---

① 斯尔螽:《西湖诗词新话》,浙江文艺出版社1984年版,第146页。

(一)

陌上花开蝴蝶飞,江山犹是昔人非。

遗民几度垂垂老,游女长歌缓缓归。

(二)

陌上山花无数开,路人争看翠辇来。

若为留得堂堂在,且更从教缓缓归。

(三)

生前富贵草头露,身后风流陌上花。

已作迟迟君去鲁,犹教缓缓妾还家。

《陌上花》三首一出,还引来了诗人晁无咎的唱和。词人姜夔也在《鹧鸪天》观灯词中写下了"沙河塘上春寒浅,看了游人缓缓归"的句子。清代诗人赵翼在《西湖咏古》中更以"千秋英气潮头弩,三月风情陌上花"来总结钱王的一生,将"陌上花"与"潮头弩"(钱王射潮)对应,集中体现了钱王的豪雄之气和儿女之情,可见"陌上花"的影响力。直到近代,钱王同乡、富阳人郁达夫仍然在《毁家诗纪之十二》中写下了"明年陌上花开日,愁听人歌缓缓归"的诗句,进一步体现了钱王一语的深远影响。"外在空间的实践其实与内在意识的象征相互表里,一个地理空间可以是某种意象化的形式,而人们正是借助于在一定程度上共通的意象,来'看到'这个空间或发展出对于这空间的感知。"①

"好游"的杨万里雨中都不忘游春,原以为雨中应该人会少吧,结果却令他意外,《寒食雨中,同舍约游天竺,得十六绝句呈陆务观》写道:

户户游春不放春,只愁春去不愁贫。

今朝道是游人少,处处园亭处处人。

明代袁宏道更写了一首颇有乐府《江南》味道的《西湖》诗:"一日湖上行,一日湖上坐,一日湖上住,一日湖上卧。"可见西湖游赏之盛,即使天上的天堂恐怕也不过如此了。

第五节 舟船意象

舟船,是对水上交通工具的统称。浙江诗路主要为水路,大量作品更是直接写

---

① 郑毓瑜:《文本风景——自我与空间的相互定义》,台湾麦田出版社 2005 年版,第 18 页。

于水上,舟船作为水路上最主要的载体自然就成了诗路上最典型的意象。伴随着行路而来的迎送羁旅的喜忧、惆怅、孤独、凄苦,都使诗人的眼睛所见沾染着情绪的色彩,投射到舟船上,便使舟船本就多变的状态与多样的用途成了最富信息量的载体,于是有了随处可见的涉及舟船的诗句,有了舟、扁舟、船、帆、征帆、孤帆、艇、棹等伴随多种形态和表达而出现的内涵丰富的意象,以及与水路相伴的各种物象结合而成的意象组合。寻绎浙江诗路上的舟船意象,既是对诗人群体主体意绪的探索与关照,也是对诗路沿线主要物象形态的形象勾勒。

一、浙江诗路的具象表达

所谓"南船北马",舟船是江南水乡的典型物象。"吴儿临水宅,四面见行舟。"(宋·姜夔《出北关》)"路,非舟莫达。"(清·沈晴川《南漳子》)水网密布的浙江,人们出行的主要方式素来是靠舟船。浙江也是迄今为止我国考古发现明确有史前独木舟的唯一省份,已发现 3 条保存较好的史前独木舟:萧山跨湖桥独木舟、余杭茅山独木舟和余姚施岙独木舟。其中跨湖桥独木舟距今约 8000 年,是我国最早的独木舟,也是世界上最早的独木舟之一。漫长的舟筏史孕育着舟船与浙江的独特关系,《越绝书》记载越人"水行而山处,以船为车,以楫为马,往若飘风,去则难从",宋之问也有"越俗镜中行,夏祠云表见"的诗句(《郡宅中斋》)。以舟、筏和帆船为代表的船,在水上捕捞、交通运输、文化交流方面都发挥了重要作用,同时也因其与人们生活的息息相关而逐渐超出交通工具的范畴。

以水路为主要特征和代表的浙江诗路,舟楫往还正是其最典型的具象表达。而行旅游赏、从流飘荡本身,就是一种诗性姿态,具有自在的情感和文化属性。正如朱庆馀《送韦繇校书赴浙东幕》中所写:"水驿迎船火,山城候骑尘。"独特的地理环境决定了相应的交通方式和文化意象,舟船与水域、环境的结合,更丰富着意象表达:舟与水,亦载亦覆;舟与岸,分分合合;舟与两岸青山,如迎如送;舟与人,相濡相煦。

魏晋以降,江南水乡漫漫水域上热闹的采莲、打鱼活动和其间咏唱的歌谣进入文人视野,采莲曲和棹歌大量涌现。同时,随着浙东、浙南一带山水诗的兴起,文人的水上行吟逐渐增多。尤其是时至隋唐,南北统一和京杭大运河的开通,使水运更加完善成熟,形成了"鸭嘴船轻千里捷,雀头舟稳片时过。微风画艇逐鸥鹭,迟日扁舟采芰荷"(清·翁宁文《北新泛鹢》)的各种舟船类型共存共荣的繁盛景象,隋炀帝本人也曾写有《泛龙舟》一类涉及舟船的诗歌作品。驿船的出现,使文官与舟船的关系更为密切，科举制度的实施和南方经济文化方面的发展，使南北的往来交流频繁。漫游之风和"壮游吴越"的风气，让越来越多人乘船南下，流连浙东。唐代成为舟船意象的丰富期和成熟期。以《全唐诗》观之，"诗歌中写到舟船的首数达到50首以上的诗人就有杜甫、白居易、许浑、刘长卿、李白、陆龟蒙、张祜、罗隐、刘禹锡、孟浩然、齐己、皮日休、温庭筠、郑谷、方干、元稹、岑参、贾岛、皎然、杜牧、吴融等21人"①。而这个名单几乎就是浙东唐诗之路诗人名单的重复，其中许多舟船相关的诗作，正是写于浙江诗路上。反过来说，浙江诗路形成的一个重要原因，正起于这千帆往来。按照莫砺锋的说法："有无传颂千古的名篇名句，是检验某位诗人或某类诗歌的艺术成就最重要的标准。"②那么，浙江诗路上大量具有舟船相关字样的诗句就是舟船意象形成的最好说明。

浙江诗路上的舟船具象形式多样，比较突出的主要有采莲渔钓的劳动之舟、升迁贬谪的行旅之舟和悠游山水的游赏之舟三大类，意象内涵也主要从这三者生发，而少有"舟楫济川"之类表达济世情怀的意象类型。劳动之舟如崔国辅《采莲曲》："相逢畏相失，并著采莲舟。"薛涛《采莲舟》："兔走乌驰人语静，满溪红袂棹歌初。"行旅之舟如姚合《送顾非熊下第归越》："失意寻归路，亲知不复过。家山去城远，日月在船多。"陈陶《渡浙江》："适越一轻艑，凌兢截鹭涛。"贾岛《送周判官元范赴越》："过淮渐有悬帆兴，到越应将坠叶期。"张蠙《投所知》："劣马再寻商岭路，扁舟重寄越溪滨。"方干《送人宰永泰》："舟停渔浦犹为客，县入樵溪似到家。"游赏之舟如魏万《金陵酬李翰林谪仙子》："五两挂海月，扁舟随长风。南游吴越遍，高揖二千石。"孟浩然《经七里滩》："为多山水乐，频作泛舟行。五岳追向子，三湘吊屈平。湖经洞庭阔，江入新安清。……观奇恨来晚，倚棹惜将暮。挥手弄潺湲，从兹洗尘虑。"圆观《竹枝词》："吴越溪山寻已遍，欲回烟棹上瞿塘。"

很多时候，舟船便是江南，江南便是舟船，它是水乡典型生活场景的映现，是水乡泽国漫漫时空中伴随人们最普遍的移动居所，因此它几乎渗透了平常生活的方方面面。如唐代李频《浙东献郑大夫》："楼台独坐江山月，舟楫先行泽国春。""舟楫"与"楼台"并置，写出了舟船在浙东人日常中的独特重要地位。骆宾王《畴昔篇》："江南节序多，文酒屡经过。共踏春江曲，俱唱采菱歌。舟移疑入镜，棹举若乘波。风光无限极，归楫碍池荷。"更将行舟看作江南风俗的一部分。赵嘏《越中寺

---

① 罗朋朋：《唐诗舟船意象研究》，西藏大学 2015 年硕士学位论文。
② 莫砺锋：《穿透夜幕的诗思——论杜诗中的暮夜主题》，载《文学遗产》2009 年第 3 期。

居》有："迟客疏林下，斜溪小艇通。"看似轻描淡写，却更显出水陆交通的常态化。明代聂大年《西湖景十首·其七·平湖秋月》写道："一尘不动天连水，万籁无声客在船。"仿佛就是一幅关于平湖秋月既写实又写意的淡雅水墨画，让人感受到明月湖中人的诗意秋景。又如唐代黄滔《送人往苏州觐其兄》："阖闾城外越江头，两地烟涛一叶舟。"其中"阖闾城"是指苏州，"越江头"就是钱塘江西陵渡口，诗句在表明苏杭地理关系和交通方式的同时，也描述了两地水乡生活的典型标志"烟涛一叶舟"。

无论从哪个方面来看，舟船意象都已经成为浙江诗路最典型的具象表达，是进入浙江诗路文学的重要锁钥。

二、诗路"行路"的情感外化

舟船是古代士人漂泊南下的主要交通工具，也是其羁旅情绪外化最直接的情感投射。马冠芳在《舟的审美意象与唐人仕宦生涯》一文中写道："在中国古代文人的羁旅生涯中，舟作为一种必不可少的交通工具，不仅供文人们乘之远游，并且已经深入他们的内心世界，载负着他们的情感及理想，于是舟便从使用走向审美，从世俗走向艺术，成为一个观照着古代文人心路历程的重要审美意象。"[1]

浙江诗路的核心是一个"路"字，具体来说主要是水路，而路的重心在于"行"，行的主要方式则是"舟行"，因此，随着浙江诗路之"行路"在诗人的美学审视下逐渐超越生活走向艺术，舟船也在这个过程中首先实现了从物象到意象的转化，完成从实用走向审美、从物质走向精神的美学蜕变。

"行路"意味着离别，同时会牵连出送行、盼归、相思、客愁以及家园之思、孤寂之感等相关情感内容，这是舟船意象最直接也最首要的意蕴所在。如皇甫冉《舟中送李八》写道："词客金门未有媒，游吴适越任舟回。远水迢迢分手去，天边山色待人来。"即使是前往越地这样一个山水佳丽的世外桃源，但因远离了家园和政治中心，也多少会有离别的愁绪与贬谪的况味。在意象艺术的表现手法上，诗人则多选择舟船意象的多样化表达和与相关意象的组合表达，以此呈现出更丰富生动的"象"和更浓郁饱满的"意"。

（一）飞舟意象的激昂与漂泊主题

飞舟意象寄于舟船疾驰的行旅状态，其中既有"一夜飞度镜湖月"（李白《梦游

---

① 马冠芳：《舟的审美意象与唐人仕宦生涯》，载《西安文理学院学报（社会科学版）》2010年第1期。

天姥吟留别》)的激昂之情,也有"隐汀绝望舟,骛棹逐惊流"的漂泊奔驰之感,是舟船作为主要交通工具而延伸出的意象类型。

何方形《浙江山水文学史》认为谢灵运是"中国诗歌史上最早创造飞舟意象的诗人之一",并认为谢诗的飞舟意象展现的是诗人自我激昂的诗情①,无论人生境况如何,谢灵运通过飞舟体现的是一个奔驰张扬的灵魂对周遭的蔑视和对自我的把控力。"隐汀绝望舟,骛棹逐惊流。欲抑一生欢,并奔千里游。……攒念攻别心,且发清溪阴。暝投剡中宿,明登天姥岑"(《登临海峤初发强中作与从弟惠连见羊何共和之》),仿佛一段快速推进的影像,体现的是奔波疾驰的人生状态,用在路上的方式消解无路可走的悲哀,这就是诗人通过飞舟意象给世界留下的精神出路。"孤客伤逝湍,徒旅苦奔峭"(《七里濑》),"伤""苦"二字体现了"孤客"心中无限的哀愁,但整首诗仍是激昂和豁然的,这种飞驰的人生又何妨。"既秉上皇心,岂屑末代诮",只要我自己找到了内心真正的坚守,常怀一颗淳朴高蹈之心,那么一切奔波劳苦就都变得令人无所畏惧了。"谁谓古今殊,异代可同调",这就是亘古不变的道理。

在谢灵运诗中,常有一种飞舟意象之下的动荡疾驰之感,如"浮舟千仞壑,总辔万寻巅"(《还旧园作见颜范二中书》)、"河流有急澜,浮骖无缓辙"(《九日从宋公戏马台集送孔令诗》),最后又常常被其用激越消解,化苦闷为自洽。

刘眘虚《越中问海客》:"风雨沧州暮,一帆今始归。白云发南海,万里速如飞。……泊舟悲且泣,使我亦沾衣。浮海焉用说,忆乡难久违。"写到离乡已久的小船今日终于驶上回家的路,以"白云发南海,万里速如飞"体现出了那种乡愁满怀、归心似箭的深情。

(二)舟船—青草意象组合的离思怀远主题

"春风又绿江南岸,明月何时照我还。"(王安石《泊船瓜洲》)青草与舟船都是江南最常见的物象,而从"春草明年绿,王孙归不归"开始,春草就被注入了离愁苦思等思离主题;"离恨恰如春草,更行更远还生",李煜的《清平乐》最直接表达了春草意象的这一主题。

大部分从北方来到浙江的诗人,多少都经历着从尘土飞扬的黄土地到流水潺湲的绿水青山这样一种环境的变化,因此江南的"绿"是最直接作用于诗人感官和

---

① 何方形:《浙江山水文学史》,浙江大学出版社2020年版,第70页。

思绪的一个触发,无边无际鲜亮的绿色也是诗人已经远离故土的一个醒目提示。尤其是在水边,既是绿色最初映入行人眼帘的地方,也是绿色最为浓郁全面的地方。清水映照着两岸青山,又滋蔓着无边际的青青草木,这弥漫着水汽与绿色的异域风景,无疑使远游的行人不禁产生思乡之情,脚下的舟船与眼前的青草自然就融为一体,成为思乡情绪的情感外化。

这个心理结构的产生,一方面是由于环境触发的切实感受,另一方面则是因饱读诗书积累下的文化感受。唐代诗人沈佺期《送友人任括州》:"瓯粤迫兹守,京阙从此辞。茫茫理云帆,草草念行期。"刘长卿《送荀八过山阴旧县,兼寄剡中诸官》:"访旧山阴县,扁舟到海涯。故林嗟满岁,春草忆佳期。"陆羽《会稽东小山》:"昔人已逐东流去,空见年年江草齐。"都是将舟船(陆羽诗中虽没有直写舟船,但"已逐东流去"正是乘舟东去的意思)与青草结合,表达深切的惜别与思念之情。

又如贾岛《忆吴处士》:

> 半夜长安雨,灯前越客吟。
>
> 孤舟行一月,万水与千岑。
>
> 岛屿夏云起,汀洲芳草深。
>
> 何当折松叶,拂石剡溪阴。

本诗虽全篇无一字写到"忆"却又字字围绕"忆"字展开,无论是"长安雨"这一环境,还是"越客吟"这一行为,"孤舟"和经历的万水千山,"芳草"和"折松""拂石",都写出了诗人对"吴处士"深深的思念之情。尤其当结合"孤舟""芳草"的意象组合去理解此诗,其中的情绪也随之叠加累积,将思念渲染得更加深厚绵长。

从这个角度再读李频《送友人下第归越》,同样会产生因意象组合而使情意累进的效果:

> 归意随流水,江湖共在东。
>
> 山阴何处去,草际片帆通。
>
> 雨色春愁里,潮声晓梦中。
>
> 虽为半年客,便是往来鸿。

(三)舟船—猿啼/日暮意象组合的旅愁主题

安土重迁的民族传统心理,使古人更向往安定的生活,但为了人生理想和抱负,大部分士人却又不得不仗剑出门。因此,无论是宦游还是漫游的羁旅之苦,便常常使士人饱受身体与精神上的多重折磨。沉沉浮浮的舟船本身,正如许多士人沉沉浮浮的仕途和他们无法把握的人生,引起士人自我情感的投射与外化。这就使舟船意象既有漂泊之苦,又蕴含着比行旅之象更深层的心灵之苦,那种个人价值无法实现的精神上的漂泊感,正是旅愁主题最深沉的愁绪所在。正是因为内心这份深刻的愁苦,诗人在舟船漂泊之中更能感应到凄凉的猿啼仿佛内心情感的写照;每当日暮时分,更是这种情绪达到顶峰的时刻。

最能代表舟船—日暮这一意象组合的,是孟浩然的《宿建德江》:"移舟泊烟渚,日暮客愁新。"诗中野外孤独的漂泊之舟,在暮色四起的烟渚间尤其显出舟中人的前途未卜、愁绪满怀。此诗的后两句"野旷天低树,江清月近人"是浙江诗路上极具代表性的诗句,它将日暮时分建德江一带的环境之空旷、江水之清澈、天空之清朗(以明月凸显)描摹得入木三分。正是在这种环境的映衬下,那孤独无依的小舟及舟中人才显得更加孤独。因此,正是在日暮这个特殊的时空限定下,舟船意象的旅愁主题才被最大程度地凸显出来。

作为与王维并称于世的山水田园诗派代表人物,孟浩然的一生并不像田园诗那样田园或诗意,而是充满了仕途的坎坷与失意。开元十七年(729)或十八年(730),孟浩然辗转襄阳、洛阳等地来到吴越,先后在浙江(主要是浙东)停留了两年半的时间。① 从其大量创作于这一时期的诗作来看,不无因对仕途的失望而流露出归隐之心,他在《自洛之越》中写有:"惶惶三十载,书剑两无成。山水寻吴越,风尘厌洛京。"可见其在长安遭受的失意,并已对仕途产生怀疑和厌弃,流露出想要寄情山水之心意。因此,孟浩然在浙东所写的诗句中,难免总萦绕着一种中国士大夫常怀的"欲济无舟楫"的深深愁绪。

在《永嘉上浦馆逢张八子容》一诗中,同样用到舟船行旅与日暮的组合:"逆旅相逢处,江村日暮时。"诗的最后一句写道:"乡园万余里,失路一相悲。"可见其中无限的惆怅悲戚情绪。在《送杜十四之江南》诗中,孟浩然再次写道:"日暮征帆何处泊? 天涯一望断人肠。""日暮征帆"既"无处泊",又"断人肠",这既是对友人的不舍,何尝又不是对人生的感慨呢?

舟船有日暮意象组合的诗句不胜枚举,如许浑《送张厚浙东谒丁常侍(一作送张厚浙东修谒)》:"齐唱离歌愁晚月,独看征棹怨秋风。"温庭筠《西江上送渔父》:"三秋梅雨愁枫叶,一夜篷舟宿苇花。"李白《对雪醉后赠王历阳》:"清晨鼓棹过江

---

① 竺岳兵:《孟浩然游浙东的目的及行迹考异》,中国文史出版社 2004 年版,第 4-13 页。

去,千里相思明月楼。"姚合《送无可上人游越(一作送无可住越州)》:"芳春山影花连寺,独夜潮声月满船。"卢纶《渡浙江》:"飞沙卷地日色昏,一半征帆浪花湿。"郑谷《送进士赵能卿下第南归》:"远帆花月夜,微岸水天春。莫便随渔钓,平生已苦辛。"宋之问《游禹穴回出若邪》:"归舟何虑晚,日暮使樵风。"戎昱《成都送严十五之江东》:"酒倾迟日暮,川阔远天低。心系征帆上,随君到剡溪。"张南史《富阳南楼望浙江风起》:"稍觉征帆上,萧萧暮雨多。"刘长卿《送李校书适越谒杜中丞》:"江风处处尽,旦暮水空波。摇落行人去,云山向越多。陈蕃悬榻待,谢客枉帆过。相见耶溪路,逶迤入薜萝。"刘长卿《送人游越(一作郎士元诗)》:"西陵待潮处,落日满扁舟。"这里进一步结合钱塘江意象群中的西陵渡意象,使离愁别绪更见浓郁。

除了舟船—日暮的意象组合,舟船—猿啼也是常见的组合,尤其在日暮时分,啼声更显洪亮而悲戚。孟浩然《宿桐庐江寄广陵旧游》:

> 山暝听猿愁,沧江急夜流。
>
> 风鸣两岸叶,月照一孤舟。
>
> 建德非吾土,维扬忆旧游。
>
> 还将两行泪,遥寄海西头。

"猿愁""孤舟"意象加上"月""非吾土""两行泪"等组成的是一个浓到化不开的孤苦旅愁情绪,而"孤舟"的形加上猿鸣的声,更让这种情绪声形兼备、此起彼伏、缠绵悱恻、声声不绝。

浙江诗路上的猿声,是舟行山水间最主要的听觉环境感应之一,这种感应在旅居于此的诗人中更为明显,因而总会带着客居的哀愁。刘长卿"暮帆千里思,秋夜一猿啼"(《贾侍郎自会稽使回篇什盈卷兼蒙见寄一首……数事率成十韵》)、郑绍"溪水碧悠悠,猿声断客愁。渔潭逢钓楫,月浦值孤舟"(《游越溪》)、皇甫冉"归途限尺牍,王事在扁舟。山色临湖尽,猿声入梦愁"(《寄江东李判官》)等,都是这一意象组合模式的典型代表。

(四)孤舟意象的身心孤独主题

漂泊诗人身心上的孤独,最能在孤舟意象中找到情感同构与共鸣,孤舟的飘荡无所依,正是旅人形象与心理最直观的意象表达。"漂泊"一词本身,就是以舟船状态为出处的。在上文的论述中,孤舟已经通过各种组合方式有所呈现,如孤舟与猿鸣、孤舟与日暮等,当它单独出现时,同样具有撼人心魄的力量,比较有代表性的如孟浩然《宿永嘉江寄山阴崔少府国辅》:"我行穷水国,君使入京华。相去日千里,孤帆天一涯。"陆龟蒙《送宣武从事越中按狱》："别愁当翠巘，冤望隔风潮。木落孤帆迥，江寒叠鼓飘。"李治《送阎二十六赴剡县》："流水阊门外，孤舟日复西。"张籍《送越客》："见说孤帆去，东南到会稽。春云剡溪口，残月镜湖西。"李适《送友人向括州》："送君出京国，孤舟眇江泛。"权德舆《送谢孝廉移家越州》："又见一帆去，共愁千里程。"常建《送李十一尉临溪》："天际一帆影，预悬离别心。"从这些诗的标题和内容都可以看到，许多情境都是诗人因送别了友人，而使自己陷入一种形单影只且同时失去精神伙伴的双重孤独中，这使孤舟意象中的身心孤独意味更为突出。从这个角度出发，孤舟又进一步含有对知己的期盼色彩，具有一种召唤结构，如许浑《王秀才自越见寻不遇，题诗而回，因以酬寄》中有："自有孤舟兴，何妨更一来。"这里将雪夜访戴意象融入其中，正是这种召唤意味的体现。

除了送人离开，也有自己留别的视角，如孙逖《春日留别》：

> 春露逶迤花柳前，孤舟晚泊就人烟。
> 东山白云不可见，西陵江月夜娟娟。
> 春江夜尽潮声度，征帆遥从此中去。
> 越国山川看渐无，可怜愁思江南树。

诗人留别了"东山白云""西陵江月""越国山川"和"江南树"，只留下自己的孤舟去向远处，留下一个孤独的背影和无尽的愁思。

刘长卿《发越州赴润州使院，留别鲍侍御》写道：

> 对水看山别离，孤舟日暮行迟。
> 江南江北春草，独向金陵去时。

"孤舟日暮"已经是一种浓郁的离愁，"行迟"两字更增添其留恋与不舍，再加上春草意象中的无限别情，将诗人的情绪烘托得无以复加。孤舟意象在刘长卿的作品中出现频繁，如"回首唯白云，孤舟复谁访"（《奉使新安自桐庐县经严陵钓台宿七里滩下寄使院诸公》）、"惆怅不能归，孤帆没云久"（《孙权故城下怀古，兼送友人归建业》）、"故人不在明月在，谁见孤舟来去时"（《明月湾寻贺九不遇》）等等。

有一些舟意象并没有出现"孤""独"等字眼，却同样塑造了孤舟意象，如"渐举云帆烟水阔，杳然凫雁各东西"（李绅《却渡西陵别越中父老》）是告别的孤舟，"知在台边望不见，潮声空送渡船回"（白居易《答微之泊西陵驿见寄》）是思念的孤舟，"何事扬帆去，空惊海上鸥"（刘长卿《重过宣峰寺山房，寄灵一上人》）是精神的孤舟。

三、漂泊与自由的转化与互通

无论是身体还是精神上离乡的人，都会遇到茫然不知所往或"欲济无舟楫"的迷茫与困境，"惜哉旷微月，欲济无轻舟"（李颀《题綦毋校书别业》），因此如何获得身心的归属与宁静，成为许多诗人共同关注的永恒话题。这里的出路往往有三条：或是像李白《送贺宾客归越》中写到的"镜湖流水漾清波，狂客归舟逸兴多"、罗邺《南行》中"鱼市酒村相识遍，短船歌月醉方归"，以回到故乡那种朴素而适意的生活状态，获得身心的安顿；或是如谢灵运《初发石首城》所写的那样"苦苦万里帆，茫茫终何之？游当罗浮行，息必庐霍期。越海凌三山，游湘历九嶷"，并在诗的最后发出"皎皎明发心，不为岁寒欺"的宣言，以高昂的姿态任意驰骋，也如李白的"楚臣伤江枫，谢客拾海月。怀沙去潇湘，挂席泛溟渤"（《同友人舟行游台越作》）；或是如皮日休《奉和鲁望樵人十咏·樵风》中描述的那样"野船渡樵客，来往平波中"，以出世心获得自由与超脱。

在这一心理结构下，归舟、仙舟、虚舟、渔舟、不系之舟、扁舟等意象成为诗人实现从漂泊到自由转化的重要精神投射。

归舟如韩翃《送王少府归杭州》中所写："归舟一路转青蘋，更欲随潮向富春。"乘着归舟，自然带有一种疏朗心情和轻松状态，因此这两句诗读来仿佛船只的一路行进也有了潮涌的节律感，强化了自由状态。"空将海月为京信，尚使樵风送酒船。"（皮日休《奉送浙东德师侍御罢府西归》）皮日休在诗中结合樵风这一带有隐逸色彩的意象，使归来具有了更明确的象征性。

《庄子·列御寇》中写道："巧者劳而智者忧，无能者无所求，饱食而遨游，泛若不系之舟，虚而遨游者也。"在庄子看来，这"不系之舟"正是身心自由的最佳表现。皮日休《芳草渡》正表现了这一意象：

> 溪南越乡音，古柳渡江深。
>
> 日晚无来客，闲船系绿阴。

"闲船系绿阴"，好像是系了，实则又没系，"绿阴"一词仿佛瞬间将船解放出来，进入"野渡无人舟自横"的意境里。陆游《渔父》也有："云散后，月斜时，潮落舟横醉不知。"

《庄子·山木》还提到一种"虚舟"："方舟而济于河，有虚船来触舟，虽有惼心之人不怒。……人能虚己以游世，其孰能害之！"强调了一种不假外求、悠然自适的内心意趣。浙东盛会兰亭雅集中，与会者之一庾蕴曾写有一首充满玄学色彩的《兰亭

诗》,这是虚舟意象第一次出现在诗歌中:

> 仰想虚舟说,俯叹世上宾。
>
> 朝荣虽云乐,夕毙理自因。

诗中将"虚舟"之逍遥与"世上宾"之庸碌淤滞相对比,带有深深的生命悲情。"人生天地间,忽如远行客。"(《古诗十九首》)其匆匆聚散,恰如座中之宾,"荣"只不过是短暂的幻象,而"弊"才是永恒的归宿。

此后,陶渊明、谢灵运、孟浩然、李白、杜甫等都有用到虚舟意象,使意象内涵渐趋丰富。孟浩然"虚舟任所适,垂钓非所待"(《岁暮海上作》)句,强调一种不受羁绊、任运自然的怡情状态。法振《越中赠程先生》:"纱帽度残春,虚舟寄一身。"将"虚舟"与"纱帽"并置,使虚舟意象更加具象化和具体化。皎然《南池杂咏其三虚舟》是专门吟咏虚舟的:

> 虚舟动又静,忽似去逢时。
>
> 触物知无迕,为梁幸见遗。
>
> 因风到此岸,非有济川期。

诗中特别将"虚舟"与"济川"之舟作了区分,以此凸显了虚舟意象的独特内涵。

从老庄思想到神仙观念,就出现了仙舟意象。晋张华《博物志》记载海边的人见到年年八月海上有木筏如期往来,便乘筏到了天河,见到了牛郎织女,后将游仙升天之舟称为仙舟。白居易《重题小舫,赠周从事,兼戏微之》:"舞筵须拣腰轻女,仙棹难胜骨重人。"看似戏谑之中,也让仙舟意象有了抽象意味。

在走向自由的序列中,扁舟意象是最令文人士大夫向往的,那种功成身退而保全自我的止泊状态,正是在出处之间纠缠已久的中国文人的终极追求。而这一意象的原始积累,正是浙江诗路;扁舟五湖的第一人,正是越国的范蠡。因此唐代张祜在即将前往会稽时先给越中朋友寄信问道:"先问故人篱落下,肯容藤蔓系扁舟?"(《将之会稽先寄越中知友》)可见诗人们对这一文化意象的熟识与追慕。

> 范蠡……击鼓兴师以随使者,至于姑苏之宫,不伤越民,遂灭吴。反至五湖,范蠡辞于王曰:"君王勉之,臣不复入于越国矣。"……遂轻舟以浮于五湖,莫知其所终极。①

---

① 徐元诰撰,王树民、沈长云点校:《国语集解·越语下》,中华书局 2002 年版,第 588 页。

范蠡助勾践雪会稽之耻后，乘扁舟，浮五湖，"小舟从此逝，江海寄余生"（苏轼《临江仙·夜饮东坡醒复醉》），留下一个耐人寻味的模糊背影，于是扁舟五湖也就成了中国士人功成后全身远祸的避难所和保全天性的理想境地，"范蠡船""五湖舟""扁舟"等也成为功成身退的标志而出现于文人笔下。唐代黄滔在《寓题》中就直陈此事："吴中烟水越中山，莫把渔樵谩自宽。归泛扁舟可容易，五湖高士是抛官。"梁涉"轻舟镜湖上，宸翰作光辉"（《送贺秘监归会稽诗》）一句，无疑也带有扁舟的意味。

"……司马迁在《史记》中用'乘扁舟浮于江海'的词句来概括范蠡的归隐生活后，那小小的扁舟便更易于引发诗人对自由、恬淡、优美的归隐生活的无穷联想，从而使'扁舟'积淀为一个象征归隐意识的典型意象。"①而它与其他归隐意象最大的不同在于，这是在承担了士大夫的家国理想与社会担当之后的超越之举，可以说，只有这类归隐，才是对于大部分人来说真正完美的归宿。与严子陵、张志和等人在浙江诗路上树立的钓者意象相比，扁舟更多了些入世后出世的精神优胜感与事功色彩，而钓者则更富有理想与美学的色彩；前者潇洒，后者空灵；前者是大部分人所追求的，后者则令人敬仰。

在隐逸风盛行的唐代，扁舟意象受到了更多的笔墨晕染，继而突破地域限制，成为具有更广泛共情的意象类型。典型的有张蠙《经范蠡旧居》："他人不见扁舟意，却笑轻生泛五湖。"皎然《送唐赞善游越》："长亭百越外，孤棹五湖间。何处游芳草，云门千万山。"孟浩然《渡浙江问舟中人》："潮落江平未有风，扁舟共济与君同。"《自洛之越》："扁舟泛湖海，长揖谢公卿。"刘长卿《送崔处士先适越》："徒羡扁舟客，微官事不同。"白居易《代诸妓赠送周判官》："莫泛扁舟寻范蠡，且随五马觅罗敷。"（"罗敷"指代美女，白居易这里是将扁舟意象反其道而行之，具有更为独特的表达效果。）权德舆《送台州崔录事》："古郡纪纲职，扁舟山水程。诗因琪树丽，心与瀑泉清。"陶翰《赠房侍御》："扁舟入五湖，发缆洞庭前……乃悟范生智，足明渔父贤。郡临新安渚，佳赏此城偏。日夕对层岫，云霞映晴川。闲居恋秋色，偃卧含贞坚。"

李白《越中秋怀》也在感慨叹息中以扁舟意象自我宽慰，功成身退也是李白一生求而不得的心结：

　　　　越水绕碧山，周回数千里。

---

　　①　邢红平：《扁舟意象与归隐意识》，载《许昌学院学报》2007 年第 4 期。

乃是天镜中，分明画相似。

爱此从冥搜，永怀临湍游。

一为沧波客，十见红蕖秋。

观涛壮天险，望海令人愁。

路遐迫西照，岁晚悲东流。

何必探禹穴，逝将归蓬丘。

不然五湖上，亦可乘扁舟。

　　扁舟意象的具象化和艺术化都能落脚到渔舟，加上与钓者意象、渔父意象的融合，使写实的渔舟抽象为精神性的渔舟，如方干《鉴湖西岛言事》："岁计有时添橡实，生涯一半在渔舟。世人若便无知己，应向此溪成白头。"齐己《寄镜湖方干处士（一作寄方干处士鉴湖旧居）》："闻君与琴鹤，终日在渔船。"罗隐《题方干诗》："九霄无鹤板，双鬓老渔舟。"赵嘏《赠越客》："南棹何当返，长江忆共游。定知钓鱼伴，相望在汀州。"

第三章　人物风物意象

卡西尔在《人论》中多次强调，人的文化属性的核心是符号性，他说："我们应当把人定义为符号的动物来取代把人定义为理性的动物。只有这样，我们才能指明人的独特之处，也才能理解对人开放的新路——通向文化之路。"①人的符号性，一方面赋予了人表达和看待世界的符号化手法，另一方面也使人本身得以成为一个特殊的符号化存在，也即一种意象。浙江诗路文化的光芒，正是在人物意象和风物意象中闪耀出的最动人和永恒的一束。人物风物意象是地域地景意象这一文化聚合体中拔地而起的重要标志物，是创作者心中理想的自我期待或审美期待在特殊地域、人物、风物上的精神投射与美学形塑。这一意象既有历史感，又有时代感，既有天然的地域特征，又有独立完整的自足性能，并且一旦意象完成，就会超越地域，成为中国文化和文学中的典型，从而具有穿越时空的累进能力和指涉能力。

第一节　钓者意象

钓者意象是浙江诗路上极为突出的一个意象，出现在大量诗歌作品中，它的称法不一但内涵相近，常见的有"钓""钓鳌""钓鳌心""钓鳌客""钓竿""钓叟""钓公""钓翁""钓烟波""钓沧浪""钓夕阳""钓东海""烟波钓徒"等。钓者意象的原型在中国文化史和文学史中都具有重要地位。钓者往往是隐士的代名词，是无数中国传统文人的精神桃源，具有独特地位，所谓"古来贤者，多隐于渔"。在整个中国文化的背景上，钓者意象也常常被称为"渔夫""渔父""舟子"等。由于浙江诗路上这一意象的起源为钓者，故本文统一称为钓者意象，一是选取关键词"钓"以凸显地域特色，二是与"渔父"等常规论述予以区别。

一、浙江诗路文化钓者意象的源头

浙江诗路文化中的钓者意象，其源头可以追溯到南岩与严光。

---

① 恩斯特·卡西尔:《人论》,甘阳译,西苑出版社 2003 年版,第 46 页。

南岩位于今天新昌县西北境内的剡溪岸边,是一块呈鼓丘形的洞穴众多的丹色巨岩。在《庄子·杂篇·外物》中,庄子讲述了一个任公子钓鱼的故事。

> 任公子为大钩巨缁,五十犗以为饵,蹲乎会稽,投竿东海,旦旦而钓,期年不得鱼。已而大鱼食之,牵巨钩䌰没而下,骛扬而奋鬐,白波若山,海水震荡,声侔鬼神,惮赫千里。任公子得若鱼,离而腊之,自制河以东,苍梧以北,莫不厌若鱼者。

> 已而后世辁才讽说之徒,皆惊而相告也。夫揭竿累,趣灌渎,守鲵鲋,其于得大鱼难矣;饰小说以干县令,其于大达亦远矣。是以未尝闻任氏之风俗,其不可与经于世亦远矣。

任公子在会稽将鱼竿伸到东海钓鱼,那鱼饵大得惊人,是 50 头公牛,结果钓了一年没收获。但他并不气馁,终于一条大鱼上钩了,这鱼也大得惊人,它"骛扬而奋鬐,白波若山,海水震荡,声作鬼神,惮赫千里"。不但如此,任公子还用很高超的技巧将罕见的大鱼毫发无伤地拖上岸来,并剖开腌好做成了腊鱼,然后分给浙江以南、广西以北的黎民百姓享用,大家结结实实吃了好几顿。

任公子在会稽钓大鱼的这个地方,就是南岩。这种诡谲豪迈的故事,无疑最受生性浪漫的唐代骚客文人的喜爱,因此有唐一代无数诗人纷至沓来,写下了众多诗篇。同时,即使是那些出于种种原因无法来到会稽的人,也都对南岩心驰神往,在想象中与其神交。在唐代人眼里,南岩几乎成了垂钓的代名词。

严光即严子陵,是东汉著名的隐士,出生于当时的会稽余姚。他与东汉光武帝刘秀是同学兼好友,与王莽也有交情,但在西汉末年特定的历史背景下,旷世奇才的严光能够洞察世事、淡泊明志,选择了隐居富春山(今天的桐庐县境内)耕读垂钓。严子陵这种不慕富贵、不图名利的品格,一直受到后世的称誉、追慕和吟诵。1034 年,北宋名臣范仲淹因宫廷矛盾受牵连而被贬为睦州(今天的建德)知州,他不仅兴建了严先生祠堂,还撰写了千古名篇《严先生祠堂记》,留下了著名的赞语"云山苍苍,江水泱泱。先生之风,山高水长",更使严子陵以高风亮节闻名天下。

今天浙江富阳、桐庐境内严光的遗迹有严陵濑、严子陵钓台等,余姚境内有严子陵祠、客星山、客星桥、高风亭、"高风千古"石牌坊、子陵亭等等。

二、钓者意象的文学史流变

放眼整个中国文化,钓者意象、渔父意象最早可追溯到先秦时垂钓于渭水边的姜太公。由于姜太公渔隐的目的是等待时机以助周文王成就一番功业,这里的"钓者"更是一个政治上的智者,体现的是文人积极进取、建功立业的入世担当。因此先秦的渔隐,其志既不在渔,也不在隐,而在鲜明的事功色彩和政治谋略,这也开创了中国文化史上以隐求仕的先河。正因为如此,"渔钓—政治"结构激发了中国古代文人士大夫强烈而持久的热情,"志不在鱼"的意蕴内核也成为后世钓者(渔钓、渔父等)意象的基本内蕴之一。但需要指出的是,虽然姜尚渔钓对整个意象的发展具有源头性的标志作用,但由于其内涵并没有新的发展与丰富,而是表现为一种固定的程式化、符号化特质,因此它最终成为"姜太公钓鱼——愿者上钩"这样的谚语,而本身没有发展为意象。

直到春秋战国时,《庄子》《楚辞》中出现的渔父形象,为钓者意象内涵的发展开拓了道路。庄子的《渔父》塑造了一个得道隐士的形象,他从政治的圣坛回归到自然人的状态,法天贵真,不为身外物所累,就像一个人生的智者,这也使钓者的文学色彩开始凸显。屈原《楚辞》中的渔父寄情山水、随性自乐,他关于清与浊、出世与入世的观点,反映出超越的智慧,这不仅使意象本身的发展具有了丰富的内容,也为后世文学钓者意象的长远发展提供了一个精神源头。值得留心的是,此时的"鱼"也是钓者意象的潜在主角,鱼作为一个独立意志的代表,也是文人的化身,鱼为钓饵所惑和人为功名所惑实则是一样的,因此只有跳出这种迷惑才能获得真正的自由。与姜太公钓鱼是为了外求不同,秉持"法天贵真,不拘于俗"思想的庄子,真正深谙山野垂钓之乐,遂使渔父显示出了文人自我意识的萌生和对自我人格完善的追求,这一点同样对后世影响深远。

众所周知,中国文人从小受到儒家思想的熏陶,施展抱负、匡济天下的理想比比皆是,然而自东汉以来,随着士人阶层自我意识的进一步觉醒以及乱世的冲击与涤荡,文人心中那种高洁自由的理想也进一步滋长丰满,加之道家文化和佛教文化的影响,这一阶段钓者意象的隐逸自洽色彩更趋浓厚。陶渊明《桃花源记》正是以渔人的视角塑造了一个与现实世界截然不同的精神的世外桃源。而此一时期影响最为深远的钓者是前文提及的严光严子陵。严子陵被认为是真真正正的隐者,他那不为千钟禄所动的高洁品格,受到后世的极大推崇:"先生之风,山高水长"(宋・范仲淹《严先生祠堂记》),"直钩犹逐熊罴起,独是先生真钓鱼"(唐・黄滔《严陵钓台》)。大量的后世文人写诗文赞美这种品格,严子陵所在的钓台也被看作是这种精神的物化象征,成为后世文人凭吊感怀的重要目的地和隐士的又一个代名词。

钓者意象中这种自由逍遥的情怀在魏晋文人中无疑是真诚的,而当时光流入唐宋,则变得扑朔迷离、充满矛盾纠葛。时至唐代,随着古典诗歌艺术达到顶峰,钓者意象的蕴含也走向丰富和多面。《全唐诗》中不仅出现了大量描写渔钓的诗篇,且取得了极高的艺术成就。这些书写渔钓的人中,既有真正的隐士,也有亦官亦隐的官宦文人,同时也不乏仕途受挫之人。这是因为在唐代,虽然科举制度已经逐渐完备,但荐举征辟仍然是朝廷选拔人才的重要手段,特别是自从卢藏用"终南捷径"(《新唐书·卢藏用传》:"司马承祯尝召至阙下,将还山,藏用指终南曰:'此中大有嘉处。'承祯徐曰'以仆视之,仕宦之捷径耳。'藏用惭。")的传奇以后,隐逸更成为许多文人实现抱负、进入仕途的途径之一。

分析唐代的钓者意象,首先是由于当时儒释道并存的文化现实为钓者意象的成熟和丰富提供了思想基础,呈现出儒家的"道隐"、道家的超然物外、佛家的禅意多种内涵共存的局面;其次,唐代隐逸文化的成熟,为钓者意象提供了社会基础,"所高者独行""所重者逃名"(《旧唐书·隐逸》)成为很多士人的价值皈依,同时也在很大程度上使钓者意象的出与处变得缓和,很多人都选择了亦官亦隐的生活状态,仿佛是在政治人格与诗意人格之间找到了某种平衡;最后,山水诗的成熟,为钓者意象提供了心理和物理两方面的契机,在山水美学的加持下,原本突兀对立的矛盾双方都找到了借以自我安慰的途径,山水诗自身也因钓者意象而从"无我之境"走向"有我之境",极大丰富了情绪内涵。

钓者意象到了唐代,无疑带有幻想和精神性特征,这来自唐人对人生哲理的思考,反映的是诗人的审美意趣,揭示了他们对独立人格的追求,对独善其身的坚守。他们塑造的钓者意象,尽情歌颂了恬淡自然的隐逸生活,也为后世营造了一个超越世俗、高蹈自适的精神世界,长久地影响和感动着后人。其中的突出代表是张志和和柳宗元。

张志和的《渔父词》创造了唐代钓者意象的最高峰,影响深远,不仅涉及后世也远播日本等国,成为一个现象级意象,不仅将闲适逸兴推到了一定高度,同时也把江南自然山水进一步推向前台。柳宗元的《江雪》则开启了钓者意象的新境界,塑造出一种孤清冷傲的气质和与恶劣政治环境划清界限的决绝之情。但即使是这样,"孤舟蓑笠翁,独钓寒江雪"也是诗人贬谪永州时的复杂心情,而他"烟销日出不见人,欸乃一声山水绿"的书写更是带有贬谪生活即将结束的畅快之情。更别说孟浩然《望洞庭湖赠张丞相》"坐观垂钓者,空有羡鱼情",从诗题中就能看出是一首干谒之作。由此,意象内蕴的丰富和矛盾纠葛也可见一斑。

钓者意象至唐代已基本定型,到了宋代则往往通过意象组合呈现出自身精神意识的变化与丰富。其中最常见的组合是钓者与流水、明月、雪、酒、鸥鹭、笛声等，彰显出钓者意象雅逸清高的时代意蕴，这在很大程度上是承袭并强化了自魏晋以来钓者意象远离政治功名的意味，其中体现的是宋人对于政治仕途的疲惫与厌倦，以及他们对渔钓生活闲适高尚与本真的认可。"小舟从此逝，江海寄余生"，这种浪漫主义的遐想看似潇洒自适，背后隐藏的却无不是矛盾挣扎。及至后世，钓者意象的内蕴没有超出唐宋者。

综上可知，正是中国文人心态在"渔钓—政治"结构的一体两面中来回挣扎纠缠，此消彼长，形成了出与处或曰仕与隐这对占据其心底的核心矛盾，表现为钓者意象在不同时代不同人身上的意蕴流变。

对于中国文人而言，儒是主流和根基，道和佛是支流，同时也是他们走向高蹈超越的途径，传统社会的几乎每一个读书人都处在儒家出处观的深刻影响之中，这也使得大部分文学作品特别是抒情文学几乎都受到了这种深层情思的浸染。他们在"学而优则仕"和"天下有道则见，无道则隐"的传统文化心理的影响下，形成了"修身、齐家、治国平天下"的人生基本抱负、"合则留，不合则去"的心理自治机制，以及追求遗世绝俗的独立人格：把自己的心灵交付于大自然，寄情山水，放浪江湖，在自然之中怡神、悦性、养生，并通过自然反观自我，获得一种超然于世的审美体验。

越是有大才的文学家，其内心越是免不了出处情结带来的喜悦和苦恼、忧虑与挣扎。李辰冬认为，隐与仕就是中国"仕文学"的主要特征，由"隐"的政治态度经过文人心态所派生出的文学，以大自然、农村、山林、风景为题材，文体也不严格地守着规律。[①] 无论是春恨秋悲的抒情，对田园山水题材的偏爱，还是咏史怀古的悲凫，都滋生于内心深处这个出处意念的温床，并在坚守家国情怀与高洁品格的人生正义之理想的动力机制下纵横蔓延。

古往今来的钓者意象，无论是入世的姜尚还是出世的严光，都不过是从生成于中国文人心底最根本的出处情结流淌出的不同情绪支脉而已，它大致形成了钓者意象的三大主流走向：心存魏阙，曲折以求出世；悲愤感伤中无奈而暂出世（包括为躲避灾难而暂出世）；绝意仕途后超然物外以自适。

三、浙江诗路文化钓者意象意蕴

钓者意象在整个意象起源与流变的过程中，除了受到历时性因素影响，也受到

---

① 李辰冬：《李辰冬古典小说研究论集》，中华书局 2006 年版，第 249-252 页。

了地域空间因素的影响,因此浙江诗路文化中的钓者意象,既有中国文化大背景的整体映射,也有浙江诗路文化晕染所形成的独特意蕴。这一独特意蕴的把握,重点在于以下三点:一是浙江诗路文化中钓者意象的源文化影响;二是意象形成的独特地域文化特色;三是几个突出的钓者形象的主导。

"山水寻吴越,风尘厌洛京。"孟浩然的这句诗可以作为追索钓者意象在不同地域文化环境下不同意蕴底色的指引。从浙江诗路钓者意象的起源——南岩与严光——可知,在整个"渔钓—政治"核心结构中,钓者意象在这里天然地更接近超然物外以自适这一流向,加之受永嘉南渡和唐安史之乱后文人大规模贬谪迁徙影响,以及东南山水地域中佛教文化和道教文化的浸淫,这种在仕途失意后对山水和自我意识的追求进一步被强化,钓者意象的自洽意蕴自然更加浓厚。

尤其是,"水"是钓者意象的温床和核心要素,江河湖海溪瀑泉遍布的江南,远离中原传统政治中心的江南,无论是从物理上还是精神上,都是钓者理想的天地,隐者美好的山林。通达人生应有绿水青山为知音,隐的情怀一旦和钓的行为结合,与辽阔江海结合,便开拓出了新的境界。山水为钓者提供了栖息的天地和文化深度,钓者使山水充满了生机,布满生气。渔樵耕读,樵和渔都是隐士的代名词,而渔相对于樵,更有与水结合后的灵动与智慧。特别是由"水"孕育的文化性格如柔和、趋下、不争、致清、守静、足己、自盈,以及水具有的时间象征,等等,都使流淌于浙江诗路上的钓者意象更多沾染着与地域文化耦合的虚境与哲思。

自从南岩任公子钓大鱼和严子陵钓富春这一渔钓源头为浙江诗路文化奠定了高屋建瓴的渔钓根文化后,浙江诗路上的渔钓者便络绎不绝。《晋书·王羲之传》记载:"羲之既去官,与东土人士尽山水之游,弋钓为娱。"李白二十六岁来越州,更是受到了任公子钓鱼传说的巨大影响,有超过五十首诗中都提到了这一传说,如"愿随任公子,欲钓吞舟鱼"(《赠从弟南平太守之遥二首》其一)、"我从此去钓东海,得鱼笑寄情相亲"(《猛虎行》)、"今日任公子,沧浪罢钓竿"(《金陵望汉江》)、"空持钓鳌心,从此谢魏阙"(李白《同友人舟行游台越作》)等等,甚至还自称"东海钓鳌客",俨然唐代的任公子。虽然李白的诗句中多少有着负气之嫌,也带着想要由此曲线救国的政治意图,但那种掩盖不住的豪迈恣肆,仍然是浙江诗路文化所特有的。整个唐代无不呈现出"四明多隐客,闲约到岩扉"(唐·黄滔《赠明州霍员外》)的景象。而钓者意象的意蕴则在本地人张志和的《渔父歌五首》中达到高峰。

西塞山前白鹭飞,桃花流水鳜鱼肥。青箬笠,绿蓑衣,斜风细雨不须归。

钓台渔父褐为裘,两两三三舴艋舟。能纵棹,惯乘流,长江白浪不曾忧。

雪溪湾里钓渔翁,舴艋为家西复东。江上雪,浦边风,笑著荷衣不叹穷。

松江蟹舍主人欢,菰饭莼羹亦共餐。枫叶落,荻花乾,醉宿渔舟不觉寒。

青草湖中月正圆,巴陵渔父棹歌连。钓车子,橛头船,乐在风波不用仙。

《渔父歌》呈现的是暖色调的江南水乡垂钓图。张志和自号"烟波钓徒",曾隐居越中十三四年,后应颜真卿邀去湖州。《新唐诗》本传称他"每垂钓、不设饵,志不在鱼也",渔翁之意山水也,张志和钓的是一份乡野恬淡的生活态度。

历数浙江诗路上最突出的三个钓者意象,东海钓徒凸显的是人当有远大的志向和豪迈的举止,因此,钓者作为隐士,既有常规隐士的淡然自处,其内心深处更持有壮怀激烈的豪迈志向。这种志向不一定要通过仕途予以施展,无论是读书、钓鱼、钓大鱼,都是其施展抱负的途径。可以说,这里正体现了海洋文化的自由宽广与进取。钓于富春山水的严子陵凸显的是人当淡泊名利,只有高洁的风骨与山水长在的价值判断。"鸢飞戾天者,望峰息心;经纶世务者,窥谷忘反。"严子陵与富春山水相互成就,正如东坡居士所说:"惟江上之清风,与山间之明月,耳得之而为声,目遇之而成色;取之无禁,用之不竭,是造物者之无尽藏也。"这里体现了与高雅人格相映照的山水文化独有的空灵与旷达。烟波钓徒张志和凸显的则是人当超越外境,淡然拥抱自适人生的那份和解与诗性。那灵动的白鹭、明艳的桃花、肥美的鳜鱼,无不带有世俗生活暖色调的烟火气,体现出了"看山还是山,看水还是水"的乡野文化的朴素与美好。

从豪迈志向到高洁风骨再到超越外物后朴素的人生诗意,浙江诗路文化中的钓者意象始终在与环境的互动中互相生成,带着越地独有的自由洒脱和诗性的气息,成为"渔钓—政治"结构中在自洽路上走得最远的一种。

第二节　越女意象

江南女子,历来为人称道,"垆边人似月,皓腕凝霜雪"的江南女子,也是历代诗词描摹的重要对象。白居易在《忆江南》三首中回忆苏州的主要印象是"吴酒一杯春竹叶,吴娃双舞醉芙蓉",这里的"吴娃"指吴地美女,主要在扬州、苏州、南京、无锡等地,著名的如赵飞燕、上官婉儿、冯小青、李端端等历史上确有的人物,以及像《红楼梦》里的林黛玉、冯梦龙笔下怒沉百宝箱的杜十娘这样虚构的经典人物等。而在江南的越地,浙江诗路文化中的越女形象,更在与山水自然的相互映照中显得尤为清绝。李白就曾用《越女词五首》的组诗来描摹他的"意中之象"——越女,越女的形象也因此呼之欲出,成为令人瞩目的江南女子的典型意象。但越女不是一般的江南美女,与"吴娃"相比,越女除了具有江南女子外在形象上的娇美共性外,更有越地文化熏陶下独特的性格气质。她们活泼、刚烈、崇尚自由、敢爱敢恨,是浙江诗路文化中一道独特的风景。

一、越女意象的民俗历史背景

越女的"越",包含了越国和越地两层含义,由此形成了独特的历史和地域文化内涵,结合越地在历史长河中自身内涵的不断增厚,也为越女意象的发展注入了深厚的历史意蕴。"越女不仅是美人的指称,更是儒家所提倡的忠孝节义的典范。"[①]越女意象由环境的点缀之物,转变为一个集合多种阐释意义的象征,具有一个内在接续的发展过程。

(一)美女西施

西施是越女的典型代表,也是越女意象内涵的重要来源。西施使越女意象常常与吴越之争相联系,这就使诗人吟咏时不免代入怀古伤今之感,在一定程度上对意象的内蕴产生了影响,赋予其更多历史文化内涵。

西施为越女意象注入的第一层浓重的文化基调,是美。作为中国四大美女之首,西施的美貌在先秦典籍中就已有记载。《管子·小称》有:"毛嫱、西施,天下之至美也。"[②]《墨子·亲士》载:"西施之沉,其美也;吴起之裂,其事也。"[③]《庄子》中有三处提到西施,其中最为人熟悉的是"东施效颦"的故事。《韩非子·显学》也有载:"善毛嫱、西施之美,无益吾面。"[④]另外如《淮南子》、贾谊《新书》、刘向《说苑》等大量典籍中都有提及西施,且每提及西施,强调的都是其美,可见,西施就是当之无愧的中国美女代表。

而在有关越地本地的典籍记载中,西施的信息则要详细丰富得多,从而在美貌之外,为越女意象注入了更为丰富的历史背景,其中最主要的是吴越之争。《越绝书》卷八记载:"美人宫……勾践所习教美女西施、郑旦宫台也。女出苧萝山,欲献

---

①　俞达妮:《浅谈唐诗"越女"意象的文化内涵》,载《文学理论》2015 年第 12 期。

②　赵守正撰:《管子注释》,广西人民出版社 1982 年版,第 306 页。

③　孙怡让撰,孙启治点校:《墨子闲诂》,中华书局 2001 年版,第 5 页。

④　张觉校注:《韩非子》,岳麓书社 2006 年版,第 682 页。

于吴……"①卷十二有："越乃饰美女西施、郑旦,使大夫种献之于吴王。"②《吴越春秋》吸收了《越绝书》的有关说法,并补充西施乃"苎萝山鬻薪之女"③。由此,西施的越女身份和助越亡吴的故事开始传袭。特别是在后世诗人的不断演绎和想象中,西施作为文学人物的形象不断凸显,与其说西施是一个历史人物,不如说是一个文学人物、一个传奇人物。人们也更愿意把想象和文学传统当作真实,就如卡西尔说:"符号的记忆乃是一种过程,靠着这个过程人不仅重复他以往的经验而且重建这种经验。想象成了真实的记忆的一个必要因素。"④

西施的美和为越复仇的牺牲精神,都是诗人所向往与赞赏的,吴越多美女的现实又为西施的形象提供了广阔的地域背景和合理的想象逻辑,西施逐渐成为美女和越女的不二代表。诗人们竞相敷衍描摹,也把心中对美女的想象和对越女的认知全都融会其中,从而衍生出了更为丰富立体的越女形象。西施除被称为"越女"外,也偶有称"越娃"的,如唐代于濆《里中女》:"徒惜越娃貌,亦蕴韩娥音。"又由于西施生于越溪畔,因此也常被称为"越溪女",如李白《咏苎萝山》:

> 西施越溪女,出自苎萝山。
>
> 秀色掩今古,荷花羞玉颜。
>
> 浣纱弄碧水,自与清波闲。
>
> 皓齿信难开,沉吟碧云间。
>
> 勾践征绝艳,扬蛾入吴关。
>
> 提携馆娃宫,杳渺讵可攀。
>
> 一破夫差国,千秋竟不还。

于濆还专门写有一首题为《越溪女》的诗:

> 会稽山上云,化作越溪人。
>
> 枉破吴王国,徒为西子身。
>
> 江边浣纱伴,黄金扼双腕。
>
> 倏忽不相期,思倾赵飞燕。
>
> 妾家基业薄,空有如花面。

①　袁康等辑录:《越绝书》,上海古籍出版社1985年版,第59页。

②　袁康等辑录:《越绝书》,上海古籍出版社1985年版,第84页。

③　赵晔著,张觉校注:《吴越春秋》,岳麓书社2006年版,第235页。

④　恩斯特·卡西尔:《人论》,甘阳译,西苑出版社2003年版,第90页。

　　　　　　嫁尽绿窗人，独自盘金线。

　　从这些诗中，还能看出西施曾从事的主要劳动是浣纱，这也是越女意象中典型的劳作内容。很多时候，西施和越女、浣纱女和采莲女，究竟何者为何，已经模糊难辨，她们共同融入了一个有关越地女子的意象传统里。

　　(二)越女传说

　　这里所说的"越女"是一个特指，专指最早见于东汉赵晔《吴越春秋·卷五》中以"小说家言"所写的一个传说故事中的越女形象。稍后王充在《论衡·别通篇》中也以寥寥几字提及越女"剑伎之家，斗战必胜者，得曲成、越女之学也"，一般认为王充的出处应该也是《吴越春秋》。赵晔《吴越春秋》中记述的越女传说共 393 字，与后世大量相关引录文献中的记述相比最为详细。[①] 大致讲的是春秋时期越王与范蠡讨论败吴报仇的谋略，范蠡推荐了擅长剑戟、手道之术的"越女"，于是"越女"前来见越王，路上还与传说中由白猿变成的袁公进行了较量，体现了"越女"较好的进击之术。"越女"与越王相见，越王询问了剑道后大悦，"即加女号，号曰越女"，并命令军中五校的队长和有才能的军士接受"越女"的指导，进行学习后再由这些人来教练广大军士。在这一记载中，"越女"是一位世外高人形象，她自述"生于深林之中，长于无人之野。无道不习，不达诸侯。窃好击之道，诵之不休"，她的剑道手道都是自学自悟的结果，并且拥有很高的造诣，甚至达到了出神入化的程度，整个故事也因此带有神幻色彩。

　　越女传说被后世因相传颂、演化，其内涵也得到丰富与拓展。李白《东海有勇妇》中写道："东海有勇妇，何惭苏子卿。学剑越处子，超腾若流星。"说这位东海"勇妇"为夫复仇而向"越女"学习了剑术，两者相互影响，使流行于唐代民间的复仇习气与越国复仇情结融合，为"越女"形象增强了侠义色彩。到了宋代，李昉等人在编撰纪实小说总集《太平广记》时，越女故事作为神话故事被编入《太平广记·卷四百四十四》中。到了明代，小说家冯梦龙将越女故事写入了长篇神魔小说《平妖传》。在一些武侠小说和武术类书籍中，也有越女故事的繁衍。

　　卡西尔认为："在我们研究语言、艺术、神话时，意义的问题比历史发展的问题更重要。"[②]越女故事虽只是一个传说，但这种神秘的力量却影响到了越地女子的

---

　　① 翁世勋：《〈吴越春秋·越女〉校释》，载《体育文史》1991 年第 2 期。
　　② 恩斯特·卡西尔：《人论》，甘阳译，西苑出版社 2003 年版，第 121 页。

整体形象。在这样的文化背景下,越女便不再简单局限于中国传统女子那种婉约娇媚的形象,而是与越地的铸剑文化、铸剑精神形成了一种个体重建。《汉书·地理志》有载:"吴越之民皆尚勇,故其民好用剑,轻死易发。"越人鲁迅也在《女吊》中提到:"会稽乃报仇雪耻之乡,非藏垢纳污之地。"从传说中的大禹治水三过家门而不入到越王勾践卧薪尝胆的三千越甲可吞吴,越地的这种"胆剑"精神,也被融入越女的性格气质里,成为越女意象生长的一个文化温床。

(三)孝女曹娥

孝女曹娥的故事对浙东唐诗之路上的绍兴上虞地区同样产生了久远而深刻的影响,当地不仅有曹娥故事广泛流传,还有相传由晋王义所书的曹娥碑,当地还兴建有曹娥庙,曹娥殉父之江被定名为曹娥江,曹娥曾居住的村镇也改名成曹娥镇。孝女曹娥和美女西施一样,成了越地女性的突出代表。

据《后汉书》记载:"孝女曹娥者,会稽上虞人也。父盱,能弦歌,为巫祝。汉安二年(143)五月五日,于县江溯涛婆娑迎神,溺死,不得死骸。娥年十四,乃沿江号哭,昼夜不绝声,旬有七日,遂投江而死。至元嘉元年(151),县长度尚改葬娥于江南道旁,为立碑焉。"曹娥碑由当时年方二十的邯郸淳撰写,与曹娥庙同时建造,十分著名。东汉文学家、书法家蔡邕读过碑文之后,在碑阴题了"黄娟幼妇,外孙齑臼"八字表示称赞,成为中国最早的字谜,我国的灯谜中也因此而有了一个谜格"曹娥格"。按照《世说新语》的说法,这个隐语字谜由曹操的主簿杨修破解,谓"绝妙好辞"。曹娥碑因此风靡全国,历史上许多人前来拜谒观瞻,不少书法家书写过曹娥碑,据说还包括书圣王羲之,现存的曹娥碑则由宋代王安石的女婿蔡卞重书。一时之间,曹娥事迹广为流传。曹娥庙号称江南第一庙,孝女曹娥也因孝感天地而成为一个典型的民间之神——曹娥娘娘。宋朝以后,历代帝王曾对曹娥大事褒扬,也使曹娥开始成为国家正式承认的地方性神祇。宋熙宁中规范诸神祠时,根据太常博士王右的意见,曹孝女坟庙被诏载于祀典。大观四年(1110),曹娥被封灵孝夫人,政和、淳祐年间又屡加封号,其父母也相继受封。[①]

唐代,曹娥庙、碑更成为浙东唐诗之路上的一个亮点,引得不少诗人前来游览赋诗,其中有大诗人李白、杜甫、白居易,以及中唐诗人权德舆、刘长卿,晚唐诗人赵嘏、章孝标、周昙、贯休等。白居易《代谢好妓答崔兄作》:"别后曹家碑背上,思量好

---

① 上虞图书馆:曹娥·报道传记,https://www.sylib.com/mrcebdzj/index.htm.

字断君肠。"杜甫《偶题》："漫作潜夫论，虚传幼妇碑。"刘长卿《送荀八过山阴旧县兼寄剡中诸官》："旧石曹娥篆，空山夏禹祠。"《无锡东郭送友人游剡》："碑缺曹娥宅，林荒逸少居。"钱起《江行无题一百首》："不见头陀寺，空怀幼妇碑。"贯休《曹娥碑》："高碑说尔孝应难，弹指端思白浪间。"不少诗人还在诗中用"黄娟""色丝"来代表曹娥碑文，更增添一种人文意境，如李白《送王屋山人魏万还王屋》："笑读曹娥碑，沉吟黄绢语。"权德舆《送上虞丞》："因寻黄绢字，为我吊曹盱。"可以说，曹娥作为早期越女中的著名代表，其广泛流传的孝女故事及由此衍生的字谜传说、书法盛况与民间信仰的交织，都为越女意象提供了又一层深厚的地域文化内涵。

二、越女意象的文学阐发

越女意象在文学中的书写历史悠久，集中在唐代，绵延至当代。据现有文献资料检索可知，"越女"一词至少在《左传》中已经出现。《左传·哀公六年》有载："与子西、子期谋，潜师闭涂，逆越女之子章，立之而后还。"[①]这里的"越女"特指越国之女惠王之母昭夫人。随着西施故事的流传，结合越国多出美女的现实，"越女"一词逐渐发展为对越地美女的泛称，如《史记·楚世家》有"庄王左抱郑姬，右抱越女，坐钟鼓之间"[②]，枚乘《七发》有"越女侍前，齐姬奉后，往来游燕，纵恣于曲房隐间之中"[③]等。由于西施是越地美女的突出代表，因此有时候"越女"又特指西施，如清代魏禧《灵岩杂咏》："应知越女倾吴国，不比杨花覆白蘋。"

较早在诗中写到越女的是南北朝王融《齐明王歌辞七首》其四《采菱曲》：

> 炎光销玉殿，凉风吹凤楼。
>
> 雕辐傃平隰，朱棹泊安流。
>
> 金华妆翠羽，鹢首画飞舟。
>
> 荆姬采菱曲，越女江南讴。
>
> 腾声翻叶静，发响谷云浮。
>
> 良时时一遇，佳人难再求。

这"越女江南讴"，虽只寥寥数字，却给人无尽的想象空间，越女的美好意象呼之欲出。

---

① 杨伯峻：《春秋左传注》，中华书局 1990 年版，第 1635 页。
② 司马迁撰，裴骃集解，守节正义：《史记·楚世家》，中华书局 1982 年版，第 1700 页。
③ 萧统编，李善注：《文选》（卷三十四），上海古籍出版社 1986 年版，第 1561 页。

　　唐代时期,越女意象作为审美对象已经基本成熟,人们终于找到了一个可以承载众多优点、寄托众多情意的完美女性形象载体。唐代诗人许景先《若耶春意》中有:"越水正逶迤,艳阳三月时。中有婵娟子,含怨望佳期。鲜肤润玉泽,微眄动蛾眉。"不仅是写耶溪春意,更突出了若耶女子盛大的青春之美。这种鲜肤玉润、清新而有性格的美,正是越女独有之美。据初步统计,仅《全唐诗》中有"越女"一词出现的诗歌就有 34 首,其中直接以"越女"为题的有 6 首;如果考虑到"越女"还有"越艳""越娃""越溪女""越妇""若耶女"等同类表述,或有的诗歌写了越女而没有明确相称的,那么涉及的诗歌数量就更大了,比如《全唐诗》中出现"越艳"和"越溪女"的就分别有 10 首和 9 首之多,由此可见一斑[①]。

　　(一)李白《越女诗五首》中的越女意象

　　描写越女的诗歌以李白的《越女诗五首》最为突出。

其一

长干吴儿女,眉目艳新月。

屐上足如霜,不著鸦头袜。

其二

吴儿多白皙,好为荡舟剧。

卖眼掷春心,折花调行客。

其三

耶溪采莲女,见客棹歌回。

笑入荷花去,佯羞不出来。

其四

东阳素足女,会稽素舸郎。

相看月未堕,白地断肝肠。

其五

镜湖水如月,耶溪女如雪。

新妆荡新波,光景两奇绝。

在这里,李白寥寥数语,通过简单白描,就将越女意象勾勒了出来,既抽象又具体,既朦胧又鲜明,给人强烈的感受和突出印象,并留有无限的想象空间。组诗主要抓

---

① 彭定求编:《全唐诗》,中华书局 1960 年版。

住了五个场景中的几个典型特征：似月的眉目、如霜的素足、如月如雪的肌肤、娇羞的媚态。这种以局部反映整体、以意象超越具象的表现手法也是中国古典诗歌写人的常用手法。组诗的背景耶溪，即若耶溪，也就是李白《咏苎萝山》中的"越溪"。据《一统志》记载："若耶溪在绍兴府城南二十五里，西施采莲于此。"①因此若耶溪与西施密不可分，两者相互影响，形成人物与地景的相辅相成，越女身上萦绕着无处不在的西施的光晕。

组诗中特别值得一提的是第五首，这里抓住了越女在溪畔顾影自照的典型场景，这也是江南女子常有的经典画面，宋时越地的著名诗人陆游就曾用"伤心桥下春波绿，曾是惊鸿照影来"（《沈园二首》其一）的诗句回忆自己的前妻唐婉，只是陆游的"惊鸿照影"是对美好意象逝去的留恋，融入的是物是人非的感怀忧伤，而在李白《越女诗》其五里，则全是与越女美好形象相促进的清新之感。惊鸿照影，本是自然与人相互映照的美好画面，水因人而更显其清，人因水而更显娇媚；而将女性比喻为明月，更是各地普遍的美学习惯。因此，浙东优美的自然环境和美丽娇媚的女子，构成了人间至美的风景，美人照影，就如水中皎洁的明月，人月同辉，画面无限清新可人，正如李白所言"光景两奇绝"。

李白这组诗除了凸显越女似月的眉目、如霜的素足、如月如雪的肌肤、娇羞的媚态等四大典型特征外，也同时确定了越女意象的关联意象——水。由于独特的自然地理环境，越女常驻水畔，临水照影或临水劳作都是越女重要的意象表达，而素足之美妙动人，更是只有从长在溪水畔劳作的少女身上才能摄取。无论是浣纱还是采莲，都需要露出素足才方便更好劳动，也只有劳动中的女性，才能呈现出最健康美妙的体态来，正如严羽《沧浪诗话》中所说："存此品题，始知女儿露足之妙，何用行缠？"

李白笔下的越女意象具有突出的典型性，可以说是李白对越女切近考察和对本地文化融会贯通后的结果，不仅引发了陆游等人的共鸣，更是对前代文学的传承，如谢灵运《东阳溪中赠答二首》中就有相似的描述：

> 可怜谁家妇，缘流洗素足。明月在云间，迢迢不可得。
> 可怜谁家郎，缘流乘素舸。但问情若为？月就云中堕。

以李白《越女诗五首》为代表的越女书写，突出强调了越女之美的几大典型具

---

① 邹志方：《浙东唐诗之路》，浙江古籍出版社 2019 年版，第 31 页。

象,同时也将越女置身于以耶溪为代表的水环境中,并与荷花、莲子等物象,与荡舟、采莲、浣纱、照水等行为特征并存。此后,越女意象的主要内涵得到认同和进一步演绎。"越女天下白,鉴湖五月凉"(唐·杜甫《壮游》)、"会稽山上云,化作越溪人"(唐·于濆《越溪女》)、"后庭三千倾城姝,歌舞绝世冰肌肤"(元·陈孚《葛岭行》),这些描写越女的著名诗句,实则都是对越女典型特征的化用。

(二)越女意象的丰富与拓展

除李白《越女诗五首》之外,结合越地历史文化与传说等地域文化背景的越女意象内涵不断丰富。李绅《若耶溪》就将春秋时越地的铸剑神匠欧冶子与越女西施并置:

> 岚光花影绕山阴,山转花稀到碧浔。
>
> 倾国美人妖艳远,凿山良冶铸炉深。
>
> 凌波莫惜临妆面,莹锷当期出匣心。
>
> 应是蛟龙长不去,若耶秋水尚沈沈。

"倾国美人"就是西施,"凿山良冶"则是指春秋末年越国的铸剑名匠欧冶子,他与西施一个是铸剑匠人,一个是倾国美人,看似毫不相干的两个人,实则却有着内在的统一性:他们不仅时代相同,且都生活在若耶溪畔,更主要的是两人都为了同一个替国复仇的目标而献出了自我。西施身上这种与剑和复仇天然相融的特质,在这首诗中得到充分体现。诗人曾在诗中自注"西施采莲、欧冶铸剑所",从中可以看出诗人的匠心与用意,他将两人并举,正是将两者都看成了英雄豪杰。也正是西施身上的这种特质,使得她的美不再局限于传统女性养在深闺中的、建立在男性视角中的那种美,而具有了美的道德性和自主性;她的美,也在这种符合中国文人德性审美和价值追求的特质中更加被放大。如果结合越女传说和曹娥的故事,越女身上那种"好勇轻死"的特质便喷涌而出。绝世之美加上自我牺牲、自我毁灭,这种强烈的美学品格无疑也是越女意象独有的审美特质。

唐代著名的边塞诗人王昌龄,同样为越女意象拓展了新的意蕴。一般情况下,王昌龄最受关注的描写女性的诗歌多是他的宫怨诗和闺怨诗,其实他另一类描写欢愉奔放的"吴姬越女"的诗作同样经典,如王昌龄《采莲女》二首:

其一

吴姬越艳楚王妃,争弄莲舟水湿衣。

来时浦口花迎入,采罢江头月送归。

其二

荷叶罗裙一色裁,芙蓉向脸两边开。

乱入池中看不见,闻歌始觉有人来。

第一首诗中用"吴姬""越艳""楚王妃"并列开场,并非实指宫廷女子,而是为了展示这些女子的属地,突出江南地区普通民间劳动女性及其娇俏可人、不可阻挡的美貌形象。第二句以"争弄"进一步展示她们的活泼、好胜与勤劳。后两句通过"花迎入"和"月送归",将这些女子放置在江南美好的自然意象之中,两者相互映衬和渲染,突出了江南女子的美好鲜活意象。第二首更是从侧面展现了采莲女子,通过荷叶、荷花、池水的自然环境营造,使人物与环境融为一体,突出了江南女子独特的美感和清绝的整体意境。

另一首《越女》写道:

越女作桂舟,还将桂为楫。

湖上水渺漫,清江不可涉。

摘取芙蓉花,莫摘芙蓉叶。

将归问夫婿,颜色何如妾。

在中国文化中,桂与兰都是芳华美丽之物,且都象征着品格的高洁。这首诗借助桂舟、桂楫,在体现越女美好"颜色"的同时,更寄寓了人物的性格品行,加上"芙蓉""清江"等环境,同构着越地和越女清新高洁的意象内涵,也进一步丰富和强化了越女的审美内涵。

结合王昌龄的闺怨诗系列解读越女意象,则更使其产生了新的化境。上一首《越女》诗中的"将归问夫婿,颜色何如妾"一句耐人寻味,仿佛这越女同样成了诗人的自比。表面上看,诗中描写的是越女由内而外的美好和对自身美好的自知与自信,她们敢于摘芙蓉回家问夫婿,自己和芙蓉哪一个更美。如果仔细体味,这何尝不是诗人对自我品格才华的自信,从中可以看出诗人孤洁的情怀和在仕与隐之间纠缠的内心纠葛。这样的越女意象,正是越地整体文化性格的一个体现,也是孟浩然发出"山水寻吴越,风尘厌洛京"感慨的另一种写照。

同时,王昌龄采用乐府诗的形式,一方面是对乐府《采莲曲》的沿袭,另一方面也反映出他寄托怀抱的用意。学者萧涤非曾在其《汉魏六朝乐府文学史》中说过,汉乐府到唐代有性质上的几次变迁,"由两汉之里巷风谣,一变而为魏晋文人之咏怀诗,再变而为南朝儿女之相思曲,三变而为有唐作者不入乐之讽刺乐府"。王昌龄正是借此有所寄托。

与王昌龄诗有异曲同工之妙并进一步予以拓展的有王维的《洛阳女儿行》,诗中将越女与因遇而骤然富贵的"洛阳女儿"形成鲜明对比,最后"谁怜越女颜如玉,贫贱江头自浣纱"一句,以最简短的笔墨表达了对不遇者的深切同情和内心的感愤不平之气。金人元好问《后平湖曲》也有相似的情怀:"越女颜如花,吴儿洁如玉。……郎心只如菱刺短,妾意未觉藕丝长。"妾有意而郎无心,闺怨的气息中蕴含着耐人寻味的无尽深意。同样是对越女意象的拓展和借喻,诗人张籍的《酬朱庆馀》则更为趣味横生:

> 越女新妆出镜心,自知明艳更沉吟。
>
> 齐纨未足人间贵,一曲菱歌敌万金。

诗中以越女比喻朱庆馀,表面上说越女天生丽质,再加上精心的妆饰打扮,自然更加美艳动人,实际上是说朱庆馀有良好的先天素质,再加上后天的刻苦学习,自然是德才兼备,文质彬彬。既是如此,就无须怀疑自己的美艳与才华,即使有的人穿着精美绸缎,也不如越女的一首古曲是人间至美。诗人以此答复了朱庆馀的忐忑,肯定了他的才华和人品,可以说是对越女意象的一次巧妙借用。

(三)越女意象的两大典型表象

1964 年,朱光潜在《生产劳动与人对世界的艺术掌握——马克思主义美学的实践观点》一文中曾指出"美不是孤立物的静止面的一种属性,而是人在生产实践过程中既改变世界又从而改变自己的一种结果","一切创造性的劳动(包括物质生产和艺术创造)都可以使人起美感"。早在《诗经》中,就有许多有关女子劳动场景和劳动之美的描述,清人方玉润认为南方女子登山采茶、结伴讴歌等行为,都是《诗经》遗风的体现。越女意象主要就来自民间,与深藏闺阁的大家闺秀不同,越女更多与劳作结合在一起,最典型的便是采莲和浣纱,它们既有《诗经》遗风,更有越地色彩。

1. 采莲女

乐府旧题《江南弄》中有一曲《采莲曲》,也叫《采莲女》,内容多描写江南采莲女子的生活,正是越地采莲女的一个重要背景。早在乐府《江南》中,已写到采莲的场景，只是当时采莲女还没有正面登场。自从《采莲曲》后，相关的写作就经久不衰，尤其隋唐时期，越地和越女成为许多诗人的描写对象，最有代表性的采莲行为便成为诗人们抓取的主要内容，而莲子、莲花、莲叶和莲所生长的水域环境等，都为越女赋予了更多的"意"与"象"。

越州永兴人贺知章从稽山镜水的大背景下写过一首《采莲曲》，让人看到的了采莲的大环境：

> 稽山罢雾郁嵯峨，镜水无风也自波。
> 莫言春度芳菲尽，别有中流采芰荷。

如果说贺知章写的是远景，李白在浙东创作的《采莲女》则用到了近景与特写：

> 若耶溪旁采莲女，笑隔荷花共人语。
> 日照新妆水底明，风飘香袂空中举。

唐代徐彦伯《相和歌辞·采莲曲》，通过莲子同心、藕断丝连、花叶正圆等特征，寄寓了男女同心、共同劳作的美好情意：

> 妾家越水边，摇艇入江烟。
> 既觅同心侣，复采同心莲。
> 折藕丝能脆，开花叶正圆。
> 春歌弄明月，归棹落花前。

唐代齐己《采莲曲》，将采莲女清秀美妙的容颜与清新美好的自然、怡然自得的生活状态相结合，呈现了一幅美人美景、无限曼妙的越地景观：

> 越溪女，越江莲。
> 齐菡萏，双婵娟。
> 嬉游向何处，采摘且同船。
> 浩唱发容与，清波生漪涟。
> 时逢岛屿泊，几共鸳鸯眠。
> 襟袖既盈溢，馨香亦相传。
> 薄暮归去来，苧萝生碧烟。

采莲，焕发了越女无限的生机与活力，也将环境地景意象融入人物意象，映照出更立体丰满、更具有鲜明地域特色的个体形象。

唐代杜荀鹤的《春宫怨》,也选取了越女作为主角,"年年越溪女,相忆采芙蓉",只有采莲越女的自由烂漫才更能衬托出成为宫女后的空虚寂寞,同时,也是因为越女意象的丰富内涵,才能满足诗人以此自况的情感与精神需要。

2. 浣纱女

浣纱是越女西施最为人熟知的劳作内容,自然也是越女意象的重要表征。张继《会籍郡楼雪霁》:"夏禹坛前仍聚玉,西施浦上更飘纱。"可见西施浣纱在唐时已被广泛传说和周知。据宋代《嘉泰会稽志》记载,西施浦在会稽县东的西施山下,浦边还有浣纱石,相传是西施浣纱的地方①,使西施浣纱有了更具体的细节。明代《苎萝志·西子传》还载西施"父鬻薪,母浣纱",更为西施的浣纱提供了女承母业的逻辑依据。

唐代王昌龄《浣纱女》写道:

> 钱塘江畔是谁家?江上女儿全胜花。
>
> 吴王在时不得出,今日公然来浣纱。

这首诗清晰呈现了越女—西施—浣纱的典型逻辑线,虽然诗中的情感更为复杂,但浣纱象征着自由的意义仍然明确。和采莲一样,浣纱既是劳作,也是越女自由、自主人生的写照,是越女意象内涵呈现的重要表征。

孟浩然《耶溪泛舟》有:

> 落景余清辉,轻桡弄溪渚。
>
> 泓澄爱水物,临泛何容与。
>
> 白首垂钓翁,新妆浣纱女。
>
> 相看似相识,脉脉不得语。

诗中将浣纱女与垂钓翁对举,正是诗人对两者内在精神一致性的发现与认可。无论是白首的垂钓翁,还是新妆的浣纱女,虽然他们年龄、外貌悬殊,但那种自然和乐、无忧无虑的生活状态,那种闲适的内心感受,却是一致的,它们深深触动了诗人的内心。对山水自然的向往和隐逸情怀促使孟浩然产生"相看似相识"的感受,这不仅是"垂钓翁"与"浣纱女"之间的相识,更是诗人隐逸心情与这种生活状态的相识。南宋末年爱国词人刘辰翁《王孟诗评》评价这首诗:"清溪丽景,闲远余情,不欲

---

① 邹志方:《浙东唐诗之路》,浙江古籍出版社 2019 年版,第 63 页。

犯一字绮语自足。"①结合本书对钓者意象的分析，其中的意味更值得咂摸。

唐代诗人鲍溶的《越女词》，也写出了浣纱对于越女的意义："越女芙蓉妆，浣纱清浅水。忽惊春心晓，不敢思君子。君子纵我思，宁来浣溪里。"施肩吾《越溪怀古》："忆昔西施人未求，浣纱曾向此溪头。一朝得侍君王侧，不见玉颜空水流。"更是以"怀古"的视角，写出了对西施这一越女形象的历史感和由此产生的超出西施这一具象的深远感慨。

第三节　雪夜访戴意象

典故"雪夜访戴"在无数文人的反复书写和形塑中，最终发展为具有多种变形的文学意象（群），成为浙江诗路文化中的重要精神标志，至今仍有无限的阐释与遐想空间。以意象形成发展的角度来看，从任性适意的魏晋风度，到演化出对亲友知交的思念牵挂，意象的发展趋势是逐渐走向审美人生与现世价值的结合。从"何必见戴"到坐等知音，在时光的流变中，意象的内涵也从雪夜的个人兴尽逐渐走向对人间温情的留恋甚至期待，清冷色调在城市化发展中演化为暖色调，由此寻绎意象在演化累进中体现的规律与逻辑，是在时空交错中研究诗歌意象的独特收获与价值。虽然雪夜访戴意象所生发的"访戴船""子猷兴""山阴雪""扁舟乘兴"等意象群所指涉的类目广泛多样，但因原典的核心是两位人物，其内涵也均从人物中来又回到人物情绪中去，故放在本章"人物风物意象"中论述，应属恰当。

一、雪夜访戴典故的溯源及考察

"雪夜访戴"又称"子猷访戴"或"子猷雪夜访戴"，载于南朝梁刘义庆《世说新语》"任诞"中的第四十七则，原文如下：

> 王子猷居山阴，夜大雪，眠觉，开室，命酌酒，四望皎然。因起彷徨，咏左思《招隐》诗。忽忆戴安道。时戴在剡，即便夜乘小舟就之。经宿方至，造门不前而返。人问其故，王曰："吾本乘兴而行，兴尽而返，何必见戴？"②

魏晋时期是中国思想历史发展的一个特殊而高光的时期，当时逐渐腐化的旧的儒家思想受到质疑，传统信仰被否定，人们开始重新思考、寻求和发现生命的价值与意义，由此出现了一个独特的文人群体——名士。他们抛弃了东汉文人所倡

---

① 柯宝成：《孟浩然全集》，崇文书局 2013 年版，第 12-13 页。
② 徐震堮：《世说新语校笺》，中华书局 1983 年版，第 408 页。

导的家国功业,追求个性自由和真性情,并以独特的言行举止予以呈现,从而形成了一种独特的文化现象,被称为"名士风流",表现在文学上即呈现出新的气象,因此鲁迅先生称这一时期为"文学的自觉的时代"。刘义庆的《世说新语》就形象生动地记述了不少"名士风流","雪夜访戴"就是其中十分有名的一个。

"任诞",即任性放纵到怪诞的程度,在魏晋南北朝时期深受知识分子激赏。"雪夜访戴"这一篇目虽寥寥数十字,却以简约明快的笔触,生动完整地叙述了王徽之一系列因大雪引发的情绪与行为,其中既有人物的动作描写、心理描写、语言描写,也有环境描写,内容丰富,人物形象立体生动,可谓写作之典范。而在有形的描写中所呈现出来的无限的意象之美,其光芒更是掩盖了写作之美而流传后世。

对于王徽之为何"造门不前而返",后人大致有两种评价:一是根据子猷自己的文辞"乘兴而行,兴尽而返",认为这是一种最能体现魏晋风度的自由放达行为,重在赞赏和倾慕;二是结合王徽之和戴逵的人格特色及各种考据而判定王徽之只是借隐士戴逵的名望来抬高和标榜自己,所谓"文人薄行,往往借他人爽厉心脾"(明·王思任《剡溪记》),王子猷"所作所为当是借助戴逵高尚之名为自己猎取风雅之誉,是东施效颦般的东晋世风之一例而已"①。

这两种评价或观点,实则是两种解读思维:一是诗性思维,更多出于解读者自己的想象与加工;二是考据思维,更注重对事实的探寻与挖掘。诗性思维发展出意象,而考据思维则尽可能还原历史典故。根据事件发展的源流顺序,历史先于想象,典故先于意象,在此先分析典故之实。

子猷是王徽之的字,他是东晋时期著名的书法家和名士,书圣王羲之的第五子。王徽之行为"放诞、率性",生性"潇洒、不羁",刘孝标注引《中兴书》称"徽之任性放达,弃官东归"。在唐修《晋书》中,房玄龄等人称他"性卓荦不羁,为大司马桓温参军,蓬首散带,不综府事"。还有几个比较著名的事例可以说明王徽之的为人:一是他在吴中见一户人家有好竹子,便径直下座去竹下讽啸叹赏,而完全不顾主人为他专程洒扫请坐之用心和礼仪;二是他乘船赴京途中在清溪正遇到善于吹笛的桓伊,便派人让他吹奏,听完却不与交一言,故"时人皆倾其才而秽其行"(《晋书·王羲之传》)。

戴安道即戴逵,安道是他的字,他是东晋著名的隐士、画家、雕塑家、音乐家。《晋书》称其"善属文,能鼓琴,工书画,巧艺靡不毕综"。戴逵一生中大部分时间隐

---

① 王淑梅:《清者自清,浊者自浊——"雪夜访戴"的历史维度考察》,载《石家庄学院学报》2019 年第 7 期。

居于剡县,虽曾屡被征召,包括孝武帝、当朝太宰司马晞等,他都坚辞不就,还曾摔琴于地以示拒绝,后遂有"戴逵破琴"赞扬人志行高洁,不屈于权势。为避征召,他甚至还从剡县逃到了吴地,后经谢玄斡旋才终又回到剡县隐居。意志坚定的戴逵终生不仕,超然绝尘,"希心俗表,不婴世务,栖持衡门,琴书为友"(《晋书》),是一位地地道道的真隐士。他的高风亮节受到世人的赞赏与追捧,《历代名画记》称他"一门隐遁,高风振于晋、宋"。

戴逵之为人,还可以从其创作中看出。他曾著《竹林七贤论》,这是目前最早研究竹林七贤的著述。他在其中以事实为基础,客观公允评价了竹林七贤,提出了"竹林之为放,有疾而为颦者也"的深刻洞见,认为"竹林七贤"的放达并非无病呻吟,而是有时代和现实的深刻苦衷,放达只是一种无奈的抗争罢了。这在当时乃至今天仍有其先见性。戴逵的另一篇《放达为非道论》通过与元康之人失去本心、丧失道旨的假放达对比,进一步为竹林七贤的真放达给予了赞赏。可以说,在评述竹林七贤的过程中,戴逵自身的品格与价值取向也得到了彰显。

再看子猷雪夜吟诵的左思《招隐》,载于《文选》二十二,共二首,内容都是歌咏隐士拔俗超尘的清高生活,表达作者厌弃世俗生活,不愿同流合污的思想精神。王巍认为子猷之所以吟诵《招隐》,一方面是以隐士自居聊以自慰,另一方面也"时时切盼会有使者招之出山,重返官场"[①]。而王子猷对隐士的态度,从《晋书·本纪》的记载中可见一斑,其中写到他"尝夜与弟献之共读《高士传赞》,献之赏井丹高洁,徽之曰:'未若长卿慢世也。'"也就是说在王子猷看来,性情高古、自甘隐遁的东汉高士井大春,不如风流倜傥、轻慢世风且终于富贵的司马相如。"这样的价值观暴露了他不可能真心仰慕像戴逵这样的真隐士,不过是自己弃官赋闲的处境与其相仿罢了。……王子猷应该比谁都明白自己与戴逵无论如何不属同一境界。"[②]

正如明人王思任《剡溪行》中所述:"不识吾家子猷,何故兴尽?雪溪无妨子猷,然大不堪戴。"从典故的历史真实中来看,这"造门不前而返"不过是子猷内心认知的反应,而"兴尽而返"则是一种自我标榜的美化和托词罢了。

二、从典故到意象:一种美学重构

一个从历史上看不免虚伪做作、自我标榜的假放达行为,却从一开始就能迅速

---

① 王巍:《从"雪夜访戴"说到戴逵的〈竹林七贤论〉》,收入中国李白研究会:《中国李白研究(1998—1999年集)——李白与天姥国际会议论文集》,安徽文艺出版社1999年版。

② 王淑梅:《清者自清,浊者自浊——"雪夜访戴"的历史维度考察》,载《石家庄学院学报》2019年第7期。

脱离历史真实走向文学真实,抛开考据而成为一种理想设定,并最终成为文学意象,雪夜访戴经历了一个符合文人情感需求的抽象化的美学重构,并在唐代基本完成。

这一美学重构的实现,首先在于刘义庆《世说新语》的文学性描述之功劳。

《世说新语》是言谈、轶事类的笔记体短篇小说的汇编,被称为魏晋南北朝时期玄学"笔记小说"的代表作,对后世具有深远影响。其最大特色是重在表现人物的特点,无论是栖逸、任诞、简傲还是其他,都能通过独特的言谈举止描绘出人物独特的性格特征,使人物气韵生动、跃然纸上。

作为宋武帝刘裕之侄的刘义庆,天然地处在宋文帝刘义隆对宗室诸王怀疑猜忌的统治之下,这种危难处境和由此产生的压抑情绪,让他寻求在魏晋文人的精神气质中获得化解和超脱,这就使《世说新语》的编纂带有刘义庆个人的喜好情绪在其中,在一些人物性格上更追求情感真实而非事实真实。曾为《世说新语》作注的南梁人刘孝标就曾有"《世说新语》虚也""疑《世说新语》穿凿也"等评价。明代胡应麟称:"读其语言,晋人面目气韵,恍然生动,而简约玄澹,真致不穷。"鲁迅也曾在《中国小说史略》中称其"记言则玄远冷隽,记行则高简瑰奇,下至缪惑,亦资一笑"。可见,刘义庆更多是以文学手法塑造各色人物,或借晋人之酒来浇自己心中块垒,至于这酒究竟为何,并非他最关注的。雪夜访戴所归属的任诞之下,也包含着真任诞与假放达,任诞的动机也是各有不同,但都无关紧要。在这里,刘义庆的主要文学任务是确立并强化人物形象,而不是给予道德评判。

正是这样的创作背景与初衷,使得雪夜访戴从一开始进入文学描述,就已经不受典实的局限,其中的人物既是实指,又是虚指,给予了读者更广阔的想象与共情的空间。

雪夜访戴意象的美学重构,还在于历代文人及读者主观上的情感选择与精神投射。

王淑梅在《清者自清,浊者自浊——"雪夜访戴"的历史维度考察》中认为:"揭开'雪夜访戴'的美丽面纱,便会发现,其中除了秽行劣迹和虚伪做作、故作旷达,并无多少美妙可言,是距离与时间为后人创造了美妙错觉。"①事实上,与其说这是一种美妙错觉,不如说正是一种美学重构。而一旦被重构后,作为意象的雪夜访戴也便具有了自己的生命力,人们在鉴赏这个意象时,也会提到其典故出处,但更看重

---

① 王淑梅:《清者自清,浊者自浊——"雪夜访戴"的历史维度考察》,载《石家庄学院学报》2019年第7期。

的将是由这个典故所抽象出来的一种美学象征意义，以及在这个象征意义之上无数文人及读者所投射的自我价值与情感。

在作为意象的雪夜访戴中，访者和被访者是志同道合的知己关系，且访者潇洒不羁的风度、清新脱俗的气质和随性自由的追求被定性和放大，而这正是再创作者想要的意义。于是随着雪夜访戴不断被重新演绎和累进，并在演绎过程中层层融入和堆叠起一代代书写者个人的生命感悟与情感，结合着每个时代不同的具体语境，这就使其生命逐渐丰满灵动，具有一种生长性，能引起重构以后更符合文人需要的丰富共情，从而逐渐发展出具有自我生命意涵的意象。

这个重构后的意象，具有许多意味深长的密码。

首先是环境的烘托，其中雪意象是高洁自许的自我净化，也是傲气与风骨的象征，结合"四望皎然"的描述，更凸显了纤尘不染、纯洁空灵的程度，具有柳宗元"千山鸟飞绝，万径人踪灭。孤舟蓑笠翁，独钓寒江雪"的那种诗意内涵与超然脱俗气息，也总能引发诗人的"佳兴"与诗兴："昨夜吴中雪，子猷佳兴发。"（李白《答王十二寒夜独酌有怀》）舟意象既是一个实用的交通工具，更是一种虚性的意境营造，《庄子·列御寇》中曾有"巧者劳而知者忧，无能者无所求。饱食而遨游，泛若不系之舟，虚而遨游者也"的说法，"泛不系之舟"也就成了自由的代名词，文人的人生理想具有李白"人生在世不称意，明朝散发弄扁舟"之意。陶渊明《归去来兮辞》中"既自以心为形役，奚惆怅而独悲"，从另一个方面说明了自由之可贵。

其次是左思《招隐》的精神引领和戴安道的人格魅力。"非必丝与竹，山水有清音。"（《招隐》）为历代文人所乐道的《招隐》，为雪夜访戴注入了深远的内涵与辽阔的意境。戴安道的高风亮节更使"访戴"不只是拜访一个朋友那么简单，而是充溢着对友人及自我无限的人格期待。戴安道与竹林七贤的精神相通，也使魏晋风度成为雪夜访戴意象的重要内涵，即使在狂放不羁的背后，也有严肃的道德意义和政治立场。

最后是"乘兴而行，兴尽而返"这围绕着"兴"的八个字所具有的情绪张力和美学精神。由情而兴，追求逸兴，惟问情兴的任真状态，实则是一种审美的理想人生状态。袁济喜指出，"晋人对'兴'的理解，早已超出汉儒政教意义的解说，而与整个人生的根本意义相结合"，魏晋士人"把对人生解放的寻求升华到了审美之'兴'中，形成了一种美学精神，这是中国美学最有价值的地方"[①]。到了唐代，雪夜访戴意

[①]　袁济喜：《中古美学与人生讲演录》，广西师范大学出版社 2007 年版，第 12-13 页。

象又结合了浙东剡溪一带唐诗之路的精神气象,那天下独绝的奇山异水和纷繁诗情,更使其内涵逐渐深沉厚重、丰满具象,既有更热烈奔放的情怀,又有更积极有为的力量感,即使是看似感伤无奈的文字下,也有着生命的蓬勃与自信。

三、雪夜访戴的变形与意象群生成

从典故到意象的外在表现,是意象的变形和意象群的生成。雪夜访戴典故中的雪、酒、《招隐》诗、舟等物象本身就是古典诗歌中的典型意象,具有丰富的情绪内涵和文化内涵。当它们处在一个同构的场景中,则能发生电磁作用或者化学反应,产生出 1＋1＞2 的美学效果;而当它们各有侧重地分头行事,也能连带着共同的语境独自生长。于是,成为意象的雪夜访戴,便有了更多具体的意象表达,如子猷船、访戴船、子猷兴、山阴雪、扁舟乘兴、雪舟乘兴、泛舟思戴等等,如李白《酬坊州王司马与间正字对雪见赠》:“访戴昔未偶,寻嵇此相得。”《寻阳送弟昌峒鄱阳司马作》诗:“寻阳非剡水,忽见子猷船。”孟浩然《冬至后过吴张二子檀溪别业》诗:“闲垂太公钓,兴发子猷船。”

这些意象有时简化,有时虚化,有时独立,有时交织,形成了一个同根同源又意蕴丰富的意象群。自唐至宋,无数诗人将雪夜访戴意象群写入他们的诗句,仅李白一人,就有至少 18 处用到这一意象[①]。诗人们从不同角度书写意象,也将不同的情思注入意象。

在漫游成风的唐代,亲友间的往来送别十分频繁,这使思念友人成为雪夜访戴意象群的重要意蕴内涵。这样的诗句也是最多的,如:“忆戴差过剡,游仙惯入壶。”(钱起《山斋读书寄时校书杜叟》)“梦里还乡不相见,天涯忆戴复谁传。”(钱起《寄永嘉王十二》)“雁有归乡羽,人无访戴船。”(钱起《寄袁州李嘉祐员外》)“忆戴差过剡,游仙惯入壶。”(钱起《山斋读书寄时校书杜叟》)“忘机贫负米,忆戴出无车。”(钱起《罢官后酬元校书见赠》)“何当更乘兴,林下已苔生。”(钱起《赠李十六》)“兴来空忆戴,不似剡溪时。”(李端《冬夜寄韩弇》)“他年雪中櫂,阳羡访吾庐。”(杜牧《许七侍御弃官东归潇洒江南颇闻自适高秋企望题诗寄赠十韵》)“未因乘兴去,空有鹿门期。”(杜甫《冬日有怀李白》)“东行万里堪乘兴,须向山阴上小舟。”(杜甫《卜居》)“欲挂留徐剑,犹回忆戴船。”(杜甫《哭李尚书》)“不是尚书期不顾,山阴野雪兴难乘。”(杜甫《多病执热奉怀李尚书》)“不识山阴道,听鸡更忆君。”(杜甫《舟中夜雪有

---

① 余恕诚:《李白笔下的“剡溪访戴”——兼谈盛唐诗人对于魏晋风度的接受》,载《文史知识》2000 年第 4 期。

怀卢十四侍御弟》)"自然堪访戴,无复四愁诗。"(皇甫冉《刘方平西斋对雪》)"或在醉中逢夜雪,怀贤应向剡川游。"(章八元《归桐庐旧居寄严长史》)"还拟山阴一乘兴,雪寒难得渡江船。"(罗隐《寄崔庆孙》)"笑杀山阴雪中客,等闲乘兴又须回。"(罗隐《送裴饶归会稽》)"相思不相访,烟月剡溪深。"(许浑《和毕员外雪中见寄》)"镜中非访戴,剑外欲依刘。"(许浑《送林处士自闽中道越由雪抵两川》)"花前更谢依刘客,雪后空怀访戴人。"(许浑《郊居春日有怀府中诸公并柬王兵曹》)

与此相关,又以"雪舟相访""雪舟乘兴"发展出拜访友人,如:"看着白蘋芽如吐,雪舟相访胜闲行。"(杜牧《湖南正初招李郢秀才》)"嗟我欲归宜未晚,雪舟乘兴会相过。"(宋·王安石《寄致政吴虞部》)"匆匆叶县双凫舃,换却山阴访戴船。"(宋·范成大《李子永赴溧水,过吴访别,戏书送之》)"因过石城先访戴,欲朝金阙暂依刘。"(许浑《酬和杜侍御》)"挂席拾海月,乘风下长川。多沽新丰醁,满载剡溪船。中途不遇人,直到尔门前。"(李白《叙旧赠江阳宰陆调》)"更说东溪好,明朝乘兴寻。"(钱起《宿远上人兰若》)或代表故旧所居之地,如宋代林逋《答潘司理》诗:"庭柯雪压已如春,乘兴山阴亦少人。"

在唐朝士人"漫游吴越"的主流风气之下,吴越清朗奇秀的山阴雪月,似乎都沾染上了雪夜访戴中的真情与真性,而由雪营造的高雅意境又进一步引发诗人的"清兴",景与情交相辉映,赋予意象更空灵的美感。李白的许多诗句都呈现出这一意境,如:"卷帘见月清兴来,疑是山阴夜中雪。"(《单父东楼秋夜送族弟沈之秦》)"兴从剡溪起,思绕梁园发。"(《淮海对雪赠傅霭》)"忽思剡溪去,水石远清妙。"(《经乱后将避地剡中,留赠崔宣城》)"月华若夜雪,见此令人思。虽然剡溪兴,不异山阴时。"(《秋山寄卫尉张卿及王征君》)"日落沙明天倒开,波摇石动水萦回。轻舟泛月寻溪转,疑是山阴雪后来。水作青龙盘石堤,桃花夹岸鲁门西。若教月下乘舟去,何啻风流到剡溪。"(《东鲁门泛舟二首》)

雪夜访戴意象到宋代,逐渐走向审美人生与现世价值的结合,诗人们既追求个性价值,也追求道德价值和世俗价值。简单来说,唐人更重"我"而宋人更重"事"和"思",待到以理入诗,意象就走向了更加抽象和思辨的世界。苏轼《梅圣俞之客欧阳晦夫使工画茅庵己居其中一琴》写道:

> 寂寞王子猷,回船剡溪路。
>
> 迢遥戴安道,雪夕谁与度。
>
> 倒披王恭氅,半掩袁安户。

> 应调折弦琴，自和捻须句。

诗中对意象的演绎，已经将重心从子猷转移到戴安道，不再强调子猷的情与兴，而重在表达戴安道半掩着门，调琴、苦吟等待知音来的渴求心态。这是宋人更渴求世俗情感认同的体现。杨万里《和侯彦周知县招饮》："乘兴山阴更灞桥，人间此事久寥寥。客心也欲将归去，小为故人留一霄。"范成大《次韵马少伊郁舜举寄示同游石湖诗卷》之七："潇洒王郎亦胜流，今年何事阻清游？当家风味今如此，孤负山阴夜雪舟。"同样也都是对人间温情的留恋。

特别值得一提的是南宋末萧𬌗的《题访戴图》：

> 访戴何如莫访休，清谈生忌晋风流。
>
> 渡江一楫无人画，多重王家剡雪舟。

这首诗立意高妙，发前人所未发。诗中将雪夜访戴和祖逖中流击楫誓要收复失地、报效国家的行为相对比，认为王徽之确实不该访戴，因为正是清谈误国才造成了整个东晋的颓势。由此诗人进一步慨叹：现实是祖逖中流击楫、誓要收复中原的那一楫战船无人去画，却偏偏都去颂扬虚无做作的"王家剡雪舟"，这难道不是"士"之精神的沦丧吗？！在这里，雪夜访戴似乎又从意象回归到了典事，且成为一种被针砭的现象。在南宋这个独特的政治时期，这既是士大夫出于家国情怀的诘问，同时也反映出雪夜访戴意象在历代文士书写中的地位。

《题访戴图》同时反映出的另一个事实是，雪夜访戴不仅在诗歌中反复被书写，而且也作为绘画中的一个主题被多人描绘，再次彰显了诗歌意象在诗画一体这一艺术特性中的独特价值，同时也可见这一意象具有的情绪价值和精神魅力。宋朝诗人朱子仪的《访戴图》诗同样体现了对雪夜访戴意象的反思，点出了这一意象之魅力正在于"兴尽而返"、未曾谋面带来的美学张力：

> 四山摇玉夜光浮，一舸玻璃凝不流。
>
> 若使过门相见了，千年风致一时休。

钱塘江诗路上也曾留下黄公望的《剡溪访戴图》，从画中题字可知此画作于正九年正月，即 1349 年，当时黄公望已经 81 岁。从气象资料可知，这一年很少下雪的浙江下了场大雪[①]，隐居浙江富春山的黄公望便创作了一生中少有的雪景之作

[①]　中国气象灾害大典编委会：《中国气象灾害大典·浙江卷》，气象出版社 2006 年版，第 261 页。

《剡溪访戴图》，并在画面中大量凸显了雪景。黄公望存世的画作中共有三幅雪景图，另两幅为著名的《快雪时晴图》和同样作于 1349 年的《九峰雪霁图》。一年创作两幅雪景图，可见这一年的大雪带给黄公望的感触之深，从中似乎也更能理解"王子猷居山阴，夜大雪，眠觉"后的一系列行为及情绪。正是在大雪稀有而珍贵的浙江诗路上，在山水清绝的温润江南，偶来的大雪对诗人的触动才更显其大，那种惊或喜，以及由此引发的各种感慨，才会在山阴雪月中形成独特的文化想象和精神意象。因此可以说，山阴的雪，才是诗的雪，是能够引发诗意人生的雪。

第四节　茶意象

中国是茶叶的发祥地，更是产茶大国，在漫长的历史中，茶以其实用的功效、耐品的口味与无限的精神文化空间，成为中国文化的重要符号，备受上至达官下至布衣、无论男女、不界僧俗之日用喜爱，也被无数文人墨客吟咏品味，更形成了博大精深的茶文化。浙江诗路沿线分布着我国重要的茶叶产区，它们尽得雨雾山泉之灵气，深受释道文心之浸染，不仅成就了我国第一部最全面完整的茶专著《茶经》，也孕育了"禅茶一味"理念和独具东方美学特色的茶意象。从茶圣陆羽到诗僧皎然，从任职杭州、湖州的苏东坡到出生于越州的陆游，从茶的种植、制作到茶道、茶艺、茶学，浙江诗路上连绵的山水孕育了茶香四溢、品味隽永的诗路茶意象。

一、茶文化的发展和茶意象的形成

茶的概念至今已越来越广，但真正意义上的茶，主要是指纯粹茶叶，如绿茶、红茶、乌龙茶等。《茶经》记载："茶之为饮，发乎神农氏，闻于鲁周公，齐有晏婴，汉有扬雄、司马相如，吴有韦曜，晋有刘琨、张载、远祖纳、谢安、左思之徒，皆饮焉。滂时浸俗，盛于国朝，两都并荆俞间，以为比屋之饮。"虽然学界对于饮茶是否始于神农氏尚有异议，但饮茶风尚从汉魏兴起至唐盛行的说法却是广泛共识。

魏晋南北朝时，饮茶初为风尚，且主要在南方地区，正所谓"茶者，南方之嘉木也"（陆羽《茶经·一之源》）。《洛阳伽蓝记》载："（王）肃初入国，不食羊肉及酪浆等物，常饭鲫鱼羹，渴饮茗汁。"[①]"茗"即茶，这里体现了南北饮食的差异："羊肉""酪浆"是北方饮食，而"鲫鱼羹""茗汁"是南方饮食。在人员迁徙和文化交融过程中，南北双方也开始相互接触对方饮食，而饮食中的乡土之思也越发浓郁，所谓"乡曲

---

① 杨衒之撰，周祖谟校释：《洛阳伽蓝记校释》，中华书局 1963 年版，第 125 页。

所美,不得不好"①。

到了唐代,饮茶风气尤为兴盛,已经成为日常生活的一部分,据《旧唐书·李珏传》载:"茶为食物,无异米盐,于人所资,远近同俗。既祛竭乏,难舍斯须。天间之间,嗜好尤甚。"②尤其是,自魏晋至隋唐,佛道逐渐盛行,饮茶之风在梵俗仙隐间相互影响助推,更趋繁盛。

众所周知,茶在佛门僧众的生活中普遍存在,茶是僧众主要的饮品,尤其参禅悟道耗时耗力,需要茶来提神醒脑。封演《封氏闻见录》卷六的《饮茶》中提到:"开元中,泰山灵岩寺有降魔师,大兴禅教,学禅悟于不寐,又不夕食,皆许其饮茶。人自怀挟,到处煮饮,从此转相仿效,遂成风俗。"加之佛门戒律不能饮酒,更使茶有了不可撼动的地位。同时,"天下名山僧占多",我国寺院多分布在群山怀抱之中,这样的环境十分利于茶树生长,尤其是禅宗强调砍柴担水都是参禅,认为劳作本身就是一种修行,再加之寺院经济的需要,因此很多禅宗寺庙都强调禅农一体,刘禹锡"山僧后檐茶数丛,春来映竹抽新茸"(《西山兰若试茶歌》)反映的正是这一现象。唐代赵州从谂禅师最著名的一个禅宗公案是"吃茶去",这也体现了禅与茶的不解之缘。"吃茶去"三个字内涵丰富、耐人寻味,既包括去劳作、去实践、去亲身体验,也包括去持有一种淡泊淡定的心态,为茶意象的发展奠定了重要的基础。

宋代是茶文化发展的高峰,不仅饮茶之风更为盛行,且茶艺、茶道更趋精进,有关茶的著述逐渐增多,茶诗词数量更加庞大,茶经济更加繁荣。在唐代盛行的煮茶法基础上,宋代进一步发展了点茶、斗茶、分茶等多种饮茶方式,出现了陶谷《荈茗录》、蔡襄《茶录》、叶清臣《述煮茶泉品》、赵佶《大观茶论》等众多对后世影响颇大的茶艺著述。同时,茶俗也进一步发展丰富,涉及婚丧嫁娶、探亲访友、敬神祭祖的方方面面。其中的婚嫁茶俗具有广泛的民间性,且延续至今。明代许次纾在《茶疏·考本》中说:"茶不移本,植必子生,古人结婚,必以茶为礼,取其不移植子之意也。今人犹名其礼曰下茶。"③以茶为礼取茶种"不移"之意寓白头偕老、以"下茶""聘礼茶"等作为定亲聘礼的做法至今盛行。

与茶文化发展相呼应,茶意象孕育于唐,成于宋。《全唐诗》中,含有"茶"或"茗"字的诗词有 386 首,《全宋词》中则有 196 首。"在对文化意义上的茶出现于诗

---

①　杨衒之撰,周祖谟校释:《洛阳伽蓝记校释》,中华书局 1963 年版,第 127 页。

②　刘昫:《旧唐书·李珏传》,中华书局 1975 年版,第 4503 页。

③　朱自振、郑培凯主编:《中国历代茶书汇编校注本》,商务印书馆 2007 年版,第 275 页。

文作品中的时间进行考察(时)，我们发现开元、天宝年间是茶文化史上一个关键的节点。大约在这个时间段里，文化意义上的茶作为拥有丰富意象的文学符号开始被自觉运用到诗文作品中。"①李白、杜甫、王维等人均在诗中多次写到茶(或茗)，且多与佛禅有关，如李白《答族侄僧中孚赠玉泉仙人掌茶》："茗生此中石，玉泉流不歇。根柯洒芳津，采服润肌骨。"《陪族叔当涂宰游化城寺升公清风亭》"茗酌待幽客，珍盘荐凋梅。"从诗题中即可看出茶与禅佛的关系，又如王维《酬黎居士淅川作》："著处是莲花，无心变杨柳。松龛藏药裹，石唇安茶臼。"高适唯一一首写到茶的诗，同样与佛教相关："读书不及经，饮酒不胜茶。知君悟此道，所未搜袈裟。"《同群公宿开善寺，赠陈十六所居》)"文士正是因为处于佛教空间中的茶文化具有明显的非日常性特征，才将这种意象安排今诗文中去体现生活之外的趣味。"②

正如元稹《一至七言诗·茶》中所写："茶，香叶，嫩芽，慕诗客，爱僧家。"茶从生活日用走向文化意象的过程，就是茶与佛教、与文学结合的过程。

有研究者对《中华诗词博览2009年版》中的516首唐宋茶诗(即带有"茶"或"茗"字样的诗词)进行统计，发现与茶最相关的各维度呈现出"春、晚、柔、静、轻、远、清、闲适、灵动性"等特性。③由此作进一步分析，除了"春"主要应是因为茶大多产于春季，其时节表征作用大于情意指涉作用外，其余特性都蕴含着茶意象的普遍涵义，如"晚"和"静"表明"茶"蕴含着人沉静下来以后面对真实自我的清静和谐状态，"柔"和"轻"蕴含着平和安宁，"远"有远离凡尘喧器、进入自然的意义，"清"代表着一种澄澈的品格与心境，"闲适"是淡然自适，"灵动性"则体现出一种超越的轻盈。茶意象的诸多内涵，从中可以窥见一二。

二、浙江诗路茶意象的文化基础

浙江是绿茶的发源地，绿茶也是各类茶中最原汁原味的，因而最接近原始茶。浙江关于茶的最早记载见于《神异记》："余姚人虞洪，入山采茗，遇一道士，牵三青牛，引洪至瀑布山，曰：'予，丹丘子也。闻子善具饮，常思见惠。山中有大茗，可以相给，祈子他日有瓯牺之余，乞相遗也。'因立奠祀。后常令家人入山，获大茗焉。"可见浙江至少在东汉时已有茶树，至今有两千年左右的历史。④及至唐代，浙江的

---

① 钱寅：《茶的文学意象生成及原因》，载《中原文化研究》2019年第4期。

② 钱寅：《茶的文学意象生成及原因》，载《中原文化研究》2019年第4期。

③ 王汉杰、司书娟、朱建军：《唐宋诗词中"茶意象"的心理内涵》，载《心理技术与应用》2018年第12期。

④ 叶沛芳：《略论浙江绿茶源远流长的依据和余姚茶文化史》，收入姚国坤编：《2009中国·浙江绿茶大会论文集》，中央文献出版社2009年版。

茶叶生产和饮茶之风同样进入繁盛期,甚至可以说是处在当时全国的前列。其中一个重要代表,便是我国第一部全面探讨茶的著作——《茶经》——在浙江问世。北宋梅尧臣《次韵和永叔尝新茶杂言》诗中写道:"自从陆羽生人间,人间相学事新茶。"《茶经》的著作者陆羽,出生于唐玄宗开元二十一年(733),他曾用20余年时间实地考察唐代32个州,后为避安史之乱隐居苕溪(今天的浙江湖州),又经过对此地深入实地调研、亲自实践,以及与当地文士诗僧深入交流,最终在结合前人及时人经验的基础上,增补修订完成了《茶经》巨著。

由陆羽《茶经》可知,浙江的茶叶种植不仅历史悠久,而且分布广泛。除了浙东越州最早有关于茶树的记录外,他还引《吴兴记》载:"乌程县西二十里,有温山,出御荈。"引《永嘉图经》载:"永嘉县东三百里有白茶山。"其中"乌程"即吴兴,可见湖州吴兴一带在唐朝已有专供朝廷的御茶,湖州顾渚山"紫笋茶"就是唐代重要的"贡茶",陆羽还专门写有《顾渚山记》。后由于"紫笋茶"上贡数量巨大,顾渚山下还专门设置了贡茶院,并发展形成了规模庞大的茶叶生产格局。唐代皮日休《茶中杂咏·序》中称"后又获其顾渚山记二篇,其中多茶事",并在《茶中杂咏·茶人》中写到"茶人""生于顾渚山,老在漫石坞。语气为茶荈,衣香是烟雾",可见顾渚山之影响。唐代曾任湖州刺史的张文规在《吴兴三绝》中写道:"清风楼下草初出,明月峡中茶始生。""明月峡"出产之茶正是顾渚茶中的绝品。苏轼也有诗句"千金买断顾渚春,似与越人降日注"(《送刘寺丞赴余姚》),提到了湖州"顾渚紫笋茶"和绍兴的"日注雪芽"(也称"日铸"),这里更是以"顾渚"和"日注"泛指名茶和出名茶的地方。欧阳修《归田录》也有"草茶盛于两浙,两浙之品日注第一"的说法,可见当时两浙出产名茶之盛况。

按陆羽的看法,当时两浙地区的茶叶品质,浙东"以越州上,明州、婺州次,台州下","浙西一带出产的茶,以湖州的为极品,常州产出的品质差些,宣州、杭州、睦州、歙州产出的次一些,润州、苏州出的又次一些";同时,唐代饮茶已经形成成熟的美学理念,除了讲求茶叶本身的品质,还要讲求泡茶的水质,"用山水上,江水中,井水下"(《茶经·五之煮》);器具的讲究,特别是盛茶之碗,"越州上,鼎州次,婺州次";至于评判标准,"若邢瓷类银,越瓷类玉,邢不如越一也;若邢瓷类雪,则越瓷类冰,邢不如越二也;邢瓷白而茶色丹,越瓷青而茶色绿,邢不如越三也",其中的"玉""冰""青""绿"等词集中体现了陆羽及当时人们对茶和茶具的审美标准。

由上述可知,至少在唐代,浙江主要的茶产区分布在浙东唐诗之路和大运河诗路文化带沿线,茶与诗的结合自然不言而喻;更难能可贵的是,这里还汇集了最佳的茶叶、茶器、煮茶之水以及饮茶、懂茶、爱茶之人,为浙江诗路茶意象的形成提供了最佳条件。陆羽在写成《茶经》的过程中,曾长时间住在湖州妙喜寺,与诗僧皎然朝夕相处,煮茶品茗,谈禅论道,最终形成了"禅茶一味"。大历八年(773)正月,颜真卿被贬湖州刺史到任,因编纂《韵海镜源》,先后召集了包括陆羽、皎然在内的五十余人,形成了当时一大文化盛事。加之"吴中诗派"的形成,汇集了皎然、顾况、颜真卿、陆羽、张志和、秦系、朱放、李冶、灵澈等大批贤士,更使湖州成为中唐一大文化高地。由此,湖州成为唐时禅、茶、诗的交汇处,并促成了三者的相互影响与融合,为茶意象的建构提供了肥沃的文化土壤。

到了茶文化和茶经济发展高峰的宋代,随着政治、经济、文化中心南移,尤其是南宋定都临安,大量文人士大夫会聚于此,杭州遂成为浙江茶文化乃至整个中国茶文化发展的中心,上自宫廷,下到民间,茶成为举国之饮。不仅核心区西湖一带满山茶园,即使是周边地区如余杭、桐庐、建德等,同样名茶辈出。范仲淹《萧洒桐庐郡十绝其六》写道:"萧洒桐庐郡,春山半是茶。新雷还好事,惊起雨前芽。"当时的茶已经和米、盐一样,是日常生活所必需,"人家每日不可缺者:柴、米、油、盐、酱、醋、茶"(吴自牧《梦粱录》)。且自赵匡胤起,历代皇帝皆有饮茶嗜好,宋徽宗还亲作关于宋代点茶的集大成之作《大观茶论》。当时各类茶肆、茶楼、茶馆也应运而生,欣欣向荣。吴自牧《梦粱录》载:"今之茶肆,列花架,按顿奇松异桧等物于其上,装饰店面,敲打响盏歌卖,止用瓷盏漆托供卖",而且"插四时花,挂名人画,装点店面"。茶的品饮已向游艺、赏玩发展,斗茶之风盛行,甚至还在点茶基础上发展出技艺更高的分茶,一时盛况空前。

常年的饮茶习惯与地域风俗结合,形成了浙江各地相似又独具特色的茶俗、茶礼。亲鬼神、重淫祀的地方习性,促进了鬼神信仰与茶俗的结合。以茶敬神、以茶祭祀正是浙地旧俗,唐代罗隐有《送灶诗》:

> 一盏清茶一缕烟,灶君皇帝上青天。
> 玉皇若问人间事,为道文章不值钱。

唐宋之际,天台山僧众遵照天台宗创始人智者大师以茶供佛之旨,每日以茶供养罗汉,久而久之还出现了茶供罗汉的异象文化,引起广泛关注,苏轼"天台乳花世不见,玉川风腋今安有"(《送南屏谦师》)说的正是此现象。

和许多地方一样,结合茶树的独特植物属性,茶与婚姻形成了密不可分的关系。元代张雨《湖州竹枝词》写道:

> 临湖门外是侬家,郎若闲时来吃茶。
>
> 黄土筑墙茅盖屋,门前一树紫荆花。

其中请"郎"来吃茶所暗示的姑娘对"郎"的情意,可以说是本地区一个公开的秘密,茶与"屋"和"紫荆花"的意象组合,则进一步反映出姑娘对未来婚姻生活的美好期待。

以茶会友、客来敬茶,更是浙地的重要习俗和文人、僧众之间的普遍礼俗。以茶为礼,也是促进邻里和睦的重要标志,南宋吴自牧《梦粱录》卷十八《民俗》中记载:"杭城习俗……或有新搬移来居止之人,则邻人争借动事,遗献汤茶,指引买卖之类,则见睦邻之义。"①

浙江各地繁忙丰富的茶事活动,形成了四时八节的茶俗茶谣和诗歌作品,体现出采茶、制茶过程的繁忙艰辛和茶农茶人勤劳善良、积极开朗的心态。皎然《顾渚行寄裴方舟》写道:

> 我有云泉邻渚山,山中茶事颇相关。
>
> 鶗鴂鸣时芳草死,山家渐欲收茶子。
>
> 伯劳飞日芳草滋,山僧又是采茶时。
>
> 由来惯采无近远,阴岭长分阳崖浅。
>
> 大寒山下叶未生,小寒山中叶初卷。
>
> 吴婉携笼上翠微,蒙蒙香刺胃春衣。

这里"鶗鴂""伯劳"指的是杜鹃鸟和伯劳鸟,说明收茶子和采茶时节的到来。整首诗反映的是茶事的各个时节和茶人按时劳作的情形,同时也反映出佛门与茶的密切关系和皎然对茶事的熟悉。

"柴米油盐酱醋茶""琴棋书画诗酒茶",茶具有与生活息息相关的物质性和礼仪性,也具有与宗教哲学世界相关的精神性。陆羽在《茶经》中说:"茶之为用,味至寒,为饮,最宜精行简德之人。"茶的物质特性引发人对其精神性的思考,茶品选择着人品,人的思想情怀也为茶注入了四方烟火和万种情思,茶性、人性与禅性的相互影响,经由诗人而熔铸成耐人寻味的茶意象。

三、禅茶一味:茶意象思想底色的奠定

茶意象是中国文学意象中的一个典型意象,并非浙江一地的产物,但从浙江作

---

① 王国平主编:《西湖文献集成》(第二册),杭州出版社 2004 年版,第 744 页。

为全国重要的茶叶产区,尤其是茶意象发展的两个关键时期恰逢浙东唐诗之路盛行、文化中心南移和南宋定都杭州等事实来看,浙江诗路上的茶意象便自然带有不可撼动的突出地位。从诗歌意象是意与象的完美融合这个角度来看,浙江各条诗路也为茶意象提供了最丰满的意象内涵。

茶意象中超然尘外的禅意底色,正是在浙东唐诗之路和大运河诗路文化带上奠定。其中的关键人物是"一生为墨客,几世作茶仙"(耿湋《联句多暇赠陆三山人》)的陆羽和诗僧皎然。关于两人与诗路和茶的关系,前文已有述及。

"禅"在梵语中意为"沉思冥想""静虑修心",但坐禅时也难免犯困走神,于是僧人们便选择具有提神醒脑功能的茶辅助禅修,以便集中精神,更好地禅悟。这也就有了"禅茶",即僧众自行种植、采制和饮用的茶。之后,僧人们坐禅修行时普遍以茶提神清心,对茶的理解和认识也不断加深,并不断将禅理融入茶中。正是在这样的基础上,湖州籍诗僧皎然又遇到了来此隐居考察并写下《茶经》的茶圣陆羽,于是,原本"不着一字尽得风流"的禅悟,也就化作了皎然笔下既有鲜明之象又有隽永之意味的茶意象。

在《饮茶歌诮崔石使君》中,皎然最早提出了"茶道"一词,也最早为茶意象注入了"禅茶一味"的思想底色:

> 越人遗我剡溪茗,采得金牙爨金鼎。
>
> 素瓷雪色缥沫香,何似诸仙琼蕊浆。
>
> 一饮涤昏寐,情来朗爽满天地。
>
> 再饮清我神,忽如飞雨洒轻尘。
>
> 三饮便得道,何须苦心破烦恼。
>
> 此物清高世莫知,世人饮酒多自欺。
>
> 愁看毕卓瓮间夜,笑向陶潜篱下时。
>
> 崔侯啜之意不已,狂歌一曲惊人耳。
>
> 孰知茶道全尔真,唯有丹丘得如此。

这首诗是皎然同友人即时任湖州刺史的崔石共品越州剡溪茶时的即兴之作。越州剡溪一带是唐诗之路的核心,它是佛宗道源、山水圣地,也是令整个唐代无数文人骚客倾倒的精神家园,带着超越尘俗的旷逸色彩,品味剡溪茶,为这首诗铺垫了一层潜在的精神底色。"素瓷雪色缥沫香",正是茶中最符合道之"象","涤昏寐""清我神"和"飞雨洒轻尘"等,充满禅修意味,更体现出茶对于养心育德的重要作用。

茶道的真意,超越儒释道的分别,也超越出世入世之纠缠,只要在"禅茶一味"的修炼中即能实现内心的清朗空灵,实现道的"全尔真",实现自身的超越。茶与心,在这里实现了真正的融合。

在不少茶诗中,皎然都表达了类似的思想,如《饮茶歌送郑容》:

> 丹丘羽人轻玉食,采茶饮之生羽翼。
>
> 名藏仙府世空知,骨化云宫人不识。
>
> 云山童子调金铛,楚人茶经虚得名。
>
> 霜天半夜芳草折,烂漫缃花啜又生。
>
> 赏君此茶祛我疾,使人胸中荡忧栗。
>
> 日上香炉情未毕,醉踏虎溪云,高歌送君出。

又如《对陆迅饮天目山茶,因寄元居士晟》,再次强调了禅与茶的密切关系:

> 喜见幽人会,初开野客茶。
>
> 日成东井叶,露采北山芽。
>
> 文火香偏胜,寒泉味转嘉。
>
> 投铛涌作沫,著碗聚生花。
>
> 稍与禅经近,聊将睡网赊。
>
> 知君在天目,此意日无涯。

当然,这样的感悟并非皎然所独有。唐朝被誉为"大历十才子之冠"的湖州人钱起曾在《与赵莒茶宴》中写道:

> 竹下忘言对紫茶,全胜羽客醉流霞。
>
> 尘心洗尽兴难尽,一树蝉声片影斜。

"忘言对紫茶"一句,既表现出湖州名茶"紫笋茶"在人们生活中的重要作用,也反映了茶与人内心世界的紧密关联;"尘心洗尽""一树蝉声"等都与禅佛相关,体现出一种超然物外的精神和对隐逸尘外的向往之情。

杜牧在任湖州刺史时,也曾作有《春日茶山病不饮酒因呈宾客》:

> 笙歌登画船,十日清明前。
>
> 山秀白云腻,溪光红粉鲜。
>
> 欲开未开花,半阴半晴天。

> 谁知病太守，犹得作茶仙。

"欲开未开花，半阴半晴天"，既是写实又有所寄托，那种恰到好处、任意自然的状态，也只有茶才能象征，也只能通过茶体会了。

当然，浙江尤其是湖州这片茶文化区的整体氛围自然是一个重要基础，但真正深得茶之真味的陆羽，才是"禅茶一味"的直接启发者。皎然《九日与陆处世羽饮茶》一诗，几乎就是《饮茶歌诮崔石使君》一诗的缩减版，可见许多观点正是在与陆羽饮茶时所得：

> 九日山僧院，东篱菊也黄。
>
> 俗人多泛酒，谁解助茶香。

诗人皇甫曾也曾写到陆羽，其《送陆鸿渐山人采茶回》诗云：

> 千峰待逋客，香茗复丛生。
>
> 采摘知深处，烟霞美独行。
>
> 幽期山寺远，野饭石泉清。
>
> 寂寂燃灯夜，相思一磬声。

"逋客"即避世之人，或曰隐士，"幽期"即隐逸之约。陆羽深入山中的采茶行为，也仿佛是一种禅修，使其达到超然物外的境界；茶与陆羽仿佛融为一体，形成一种世外高人的禅隐之气。

皎然还写有多首有关陆羽的诗，几乎都是对茶意象的精神写照。《寻陆鸿渐不遇》写道：

> 移家虽带郭，野径入桑麻。
>
> 近种篱边菊，秋来未著花。
>
> 扣门无犬吠，欲去问西家。
>
> 报道山中去，归时每日斜。

寻陆鸿渐不遇，那是因为茶痴陆羽又进山采茶去了。"报道山中去，归时每日斜"一句衬托出陆羽高蹈尘外的形象，也表明了二人相契之根由。这首诗对陆羽并未给予任何直接的刻画，但陆羽的品格却呼之欲出，这正符合了禅宗"不着一字，尽得风流"之旨。

另一首《访陆处世羽》流露出同样的意蕴：

太湖东西路,吴主古山前。

所思不可见,归鸿自翩翩。

何山赏春茗,何处弄春泉。

莫是沧浪子,悠悠一钓船。

"禅茶一味",使茶意象的书写自觉带上了超然尘外的禅意和心境。唐长庆二年(822)担任杭州刺史的白居易,也在进入这一语境后,对茶有新的认识与感悟,并为茶意象的建构注入了自己独特的一笔:淡然自适。

白居易留下的诗作中,涉及茶的有六十余首,他还自称"别茶人"(《谢李六郎中寄新蜀茶》:"不寄他人先寄我,应缘我是别茶人。"),即能分辨茶的好坏的识茶、懂茶之人,因而寄给他茶的人也不少。《谢杨东川寄衣服》中,他也写道:"年年衰老交游少,处处萧条书信稀。唯有巢兄不相忘,春茶未断寄秋衣。"在杭期间,白居易多次提到"闲适""闲忙正好"等概念,"闲"既是时间上的,更是精神上的,而"闲适"的感悟往往与茶有关。在《首夏病间》中,白居易说:

我生来几时,万有四千日。

自省于其间,非忧即有疾。

老去虑渐息,年来病初愈。

忽喜身与心,泰然两无苦。

况兹孟夏月,清和好时节。

微风吹袷衣,不寒复不热。

移榻树阴下,竟日何所为。

或饮一瓯茗,或吟两句诗。

内无忧患迫,外无职役羁。

此日不自适,何时是适时。

"忽喜身与心,泰然两无苦"有佛教身心解脱的意味,"或饮一瓯茗,或吟两句诗"是闲适的表现,"自适"则是体悟"禅茶一味"后获得的最佳状态。

《偶作二首》也写道:"日西引杖屦,散步游林塘。或饮茶一盏,或吟诗一章。"同样体现出一种闲适自足的生活状态。

白居易在杭州的"闲适"感受,并非因为为官清闲,无所事事,相反他在任期间体恤民情、兴修水利、疏浚西湖,做了不少实实在在的事。他的"闲适"更多是一种经由禅茶体悟后内心所达到的宁静平和状态,也就是他所说的"自适"。白居易在杭州多与韬光禅师交,一日为邀请韬光禅师,不仅准备了斋饭款待,还写了一个诗束《招韬光斋》：

> 白屋炊香饭,荤膻不入家。
>
> 滤泉澄葛粉,洗手摘藤花。
>
> 青芥除黄叶,红姜带紫芽。
>
> 命师相伴食,斋罢一瓯茶。

每次白居易去拜访韬光,韬光禅师也必以"烹茗井"泉水煎煮奉茶,可见茶在两人交往中的重要性。茶也是同道中人的口腹与精神桥梁,如白居易《山泉煎茶有怀》所言："坐酌泠泠水,看煎瑟瑟尘。无由持一碗,寄与爱茶人。"其中意味,尽在茶里。

同样在茶中感悟"淡然自适"的,还有另一位两度在杭州任职的大才子苏轼。苏轼所写诗词中涉及茶的不下九十首,他同样醉心禅佛,在《和蒋夔寄茶》中写道：

> 我生百事常随缘,四方水陆无不便。
>
> 扁舟渡江适吴越,三年饮食穷芳鲜。
>
> 金斋玉脍饭炊雪,海螯江柱初脱泉。
>
> 临风饱食甘寝罢,一瓯花乳浮轻圆。

根据苏轼的生平资料可知,其于神宗熙宁四年至七年(1071—1074)通判杭州差遣,熙宁八年(1075)起任杭州通判,之后任密州、徐州知州,一直到元丰元年(1078)年;神宗元丰二年至六年(1079—1083),因"乌台诗案"被捕入京,之后被贬黄州;哲宗元祐四年至五年(1089—1990)前往杭州任知州,其后还南下惠州、儋州等地。即便仕途崎岖如此,贬谪杭州的苏轼仍然写出了"扁舟渡江适吴越,三年饮食穷芳鲜"之句,可见其豁达平和、随遇而安的心境与心态。因此在诗的最后,他又进一步感慨："人生所遇无不可,南北嗜好知谁贤。死生祸福久不择,更论甘苦争蚩妍。"同样的感悟还可见于苏轼在杭的更多茶诗中,如"我官于南今几时,尝尽溪茶与山茗"(《和钱安道寄惠建茶》)、"浅深各有值,方圆随所蓄"(《求焦千之惠山泉诗》)、"银山动地君不看,独爱清香生云雾。……我老人间万事休,君亦洗心从佛祖。……千金买断顾渚春,似与越人降日注"(《送刘寺丞赴余姚》),其中最后一句提到湖州产的"顾渚紫笋茶"和绍兴产的"日铸雪芽"。欧阳修《归田录》有："草茶盛于两浙,两浙之品日注第一。""日注"亦称"日铸",《会稽志》载："日铸岭在会稽县东南五十五里,岭下有寺名资铸,其阳坡朝暮有日色,产茶奇绝。""不用撑肠拄腹文字五千卷,但愿一瓯常及睡足日高时"(《试院煎茶》)一句,化用了"茶仙"卢仝著名的《走笔谢孟谏议寄新茶》中"日高五丈睡正浓""四碗搜枯肠,唯有文字五千卷"等诗句,流露出苏轼与卢仝一样平易淡泊的胸襟。

四、入世与出世:茶意象君子之德的彰显

如果说陆游的梅花意象在其生命中更多停留在精神和美学层面,那么茶意象则是通过口舌而进入其灵魂后的产物。和唐宋以来诸多的失意文人一样,茶也成了陆游须臾不离的治心良药,是陆游晚年的一种精神寄托。由此,茶之功效也从早先的治病走向了唐宋以后的治心。这为茶意象注入了彰显君子之德、疗愈君子之心的内涵。

陆游生于越州茶乡,又在多地担任茶官,一生与茶的特殊渊源和深度交流,使他写下了众多茶诗,仅《剑南诗稿》中就留下了300多首,是历代诗人中写茶最多的一位,足见他对茶的感悟和共情之深。"谁遣春风入牙颊,诗成忽带小山香"(陆游《余邦英惠小山新芽作小诗三首以谢》),正是陆游创作茶诗的自我写照。

陆游对茶的热爱与理解,深受陆羽影响,又有所发展。他仰慕陆羽,甚至认为陆羽是自己的前生:"《水品》《茶经》常在手,前身疑是竟陵翁。"(《戏书燕几》)因陆羽自称"桑苎翁",陆游也称自己为"桑苎翁"(《自咏》:"曾着杞菊赋,自名桑苎翁。")。桑苎翁和渔夫、钓者、樵夫类似,是乡野农夫的意思,陆游如此自诩,一方面是他平易淡然心理的写照,另一方面也是他对自己报国无门后痛苦内心的一种宽慰。《安国院煎茶》写道:

> 我是江南桑苎家,汲泉闲品故园茶。
> 只应碧缶苍鹰爪,可压红囊白雪芽。

这首诗中还有陆游的自注:"日铸则越茶矣,不团不饼,而曰炒青,曰苍鹰爪,则撮泡矣。"字里行间透露出的桑梓之情、国土之思、对家乡故园的礼赞,何尝不是家国之情的体现。

又如另一首《渔家傲·寄仲高》:

> 东望山阴何处是。往来一万三千里。写得家书空满纸。流清泪。书回已是明年事。
> 寄语红桥桥下水。扁舟何日寻兄弟。行遍天涯真老矣。愁无寐。鬓丝几缕茶烟里。

词中既有一种乡愁，也有一种政治抱负无法施展的愁绪。这一缕"茶烟"里，弥漫着的正是解不开吹不散的忧愁。最后一句化用杜牧《题禅院》的典故："觥船一棹百分空，十岁青春不负公，今日鬓丝禅榻畔，茶烟轻飏落花风。"

茶意象在陆游这里体现出更多儒家家国天下的责任意识和知识分子气息，或称为君子之德。"君子"一词最早广泛见于先秦典籍中，早期的意思主要指发号施令、治理国家之人，如《春秋左传·襄公九年》中"君子劳心，小人劳力"，正是从这个角度来说的。随后，君子逐渐具有德性上的意义，如《论语·宪问》："君子之道者三，我无能焉。仁者不忧、知者不惑、勇者不惧。"陆游身上浓厚的君子之德，正是通过诗词注入了茶意象。《三游洞前岩下小潭水甚奇取以煎茶》写道："岩空倒看峰峦影，涧远中含药草香。……囊中日铸传天下，不是名泉不合偿。"诗句中"空"而涵奇"远"而弥香，正如君子之德性，也像名泉配名茶一样，需要懂得欣赏之人。苏轼有"精品厌凡泉，愿子致一斛"（《焦千之求惠山泉诗》）一句，可谓君子所见略同。

而现实往往不尽如人意，君子被弃、小人得志的现象普遍存在。《效蜀人煎茶戏作长句》写道：

> 午枕初回梦蝶床，红丝小硙破旗枪。
>
> 正须山石龙头鼎，一试风炉蟹眼汤。
>
> 岩电已能开倦眼，春雷不许殷枯肠。
>
> 饭囊酒瓮纷纷是，谁赏蒙山紫笋香？

诗的前六句描述诗人使用精美的茶具磨茶煎茶，静神品尝之后，茶功尽显，文思泉涌；最后二句笔锋一转，无情地揭露现实社会的丑恶："饭囊酒瓮纷纷是，谁赏蒙山紫笋香。"诗人巧妙地运用比喻修辞，抨击南宋朝廷：当权者所重用的尽是一帮"饭囊""酒瓮"式的"蠢货"，他们光会吃吃喝喝，无所作为，只能贻误抗金恢复大计；而对于犹如茶中上品"蒙山紫笋"一般的栋梁之材，却弃置不用，甚至横加迫害，如此政局岂不可悲可叹！全诗托物寄情，充满辣味。

身负国计民生之责的君子却不被重用的惆怅在陆游著名的《临安春雨初霁》中有进一步表达：

> 世味年来薄似纱，谁令骑马客京华。
>
> 小楼一夜听春雨，深巷明朝卖杏花。
>
> 矮纸斜行闲作草，晴窗细乳戏分茶。
>
> 素衣莫起风尘叹，犹及清明可到家。

这首诗写于淳熙十三年(1186),陆游六十二岁,在家乡赋闲了五年后终于又被起用为严州知府,赴任之前住在临安(今杭州)西湖边的客栈里等候皇帝召见,在百无聊赖中,写下了这首传世名作。诗的第一句就奠定了情感基调,不能为国征战的愁绪与忧思更使陆游一夜未眠,茶之闲适恬静意味进一步暗含了百无聊赖之情,其中体现的是诗人想干一番轰轰烈烈的事业却不得志的悲苦心理。一个本应征战沙场的爱国志士,如今却只能"闲作草""戏分茶",少年时的意气风发与壮年时的裘马清狂,都随着岁月的流逝一去不返了。

从历代茶意象书写情况看,唐中后期和宋中后期都是创作的高峰,诗词数量最为庞大;从中也不难看出,茶意象在相对压抑的政治环境和失意的文人心态中承担了移情治心的作用。

"平日气吞云梦泽,暮年缘在武夷君。……幸有笔床茶灶在,孤舟更入剡溪云。"(陆游《龙锺》)"焚香细读斜川集,候火新烹顾渚茶。"(陆游《斋中弄笔偶书示子聿》)幸好有诗有茶,才能聊慰平生,而入世受阻后的君子们,也只能无奈在茶中走向出世。

与陆游同样不被见用的苏轼,也为茶意象注入了君子德性。著名的《次韵曹辅寄壑源试焙新茶》写道:

> 仙山灵草湿行云,洗遍香肌粉未匀。
>
> 明月来投玉川子,清风吹破武林春。
>
> 要知玉雪心肠好,不是膏油首面新。
>
> 戏作小诗君勿笑,从来佳茗似佳人。

"从来佳茗似佳人"一句古今传唱,但这里的"佳人"指的更是一种没有粉饰的天然之美,是茶与人最重要的德性。

《和钱安道寄惠建茶》则从另一个角度,以茶之品比君子之性:

> 建溪所产虽不同,一一天与君子性。
>
> 森然可爱不可慢,骨清肉腻和且正。
>
> 雪花雨脚何足道,啜过始知真味永。
>
> 纵复苦硬终可录,汲黯少戆宽饶猛。

"森然可爱不可慢,骨清肉腻和且正",其品正如汉代谏臣汲黯与宽饶猛,刚直不阿,清和且正。此句直白地写出了茶意象所蕴含的德性内涵。

在熙宁七年自富阳至杭州途中，苏轼又写下了《新城道中二首》其二：

> 身世悠悠我此行，溪边委辔听溪声。
>
> 散材畏见搜林斧，疲马思闻卷旆钲。
>
> 细雨足时茶户喜，乱山深处长官清。
>
> 人间岐路知多少，试向桑田问耦耕。

苏轼身处在激烈的新旧党争中，请求外调到杭州任地方官正是他躲避党争的权宜之计。这里，诗人自谦为"散材"，即无用之才，而新旧党争之祸却像"搜林斧"，即使任官在外，像无用之木材，也随时可能飞来横祸，因而畏见那搜林的利斧。从中可以看出作者对政治斗争、官场角逐深深的厌倦之情。而在这样的隐忧之中，也有一抹明丽的亮色——"细雨足时茶户喜，乱山深处长官清"，两句对举，茶之清与人之清相互映衬感染，同时看出苏轼对茶作物生长的熟悉了解，正如他对新城这位长官朋友的了解。最后一句意味深长，既是实指途中问路，也是对人生之途走向何方的哲学思考——也许田间地头之"野"才有真正的世外高人，蕴含着苏轼入世多艰后对出世隐逸的向往。

在《越州张中舍寿乐堂》中，苏轼表达了同样的心迹："青山偃蹇如高人，常时不肯入官府。高人自与山有素，不待招邀满庭户。……春浓睡足午窗明，想见新茶如泼乳。"高人隐居深山，与山为伴，不肯入朝为官，生活自由自在，这出尘拔俗的意境仿佛都蕴在一杯茶中。只是"不待招邀满庭户"一句背后，在对门庭若市的向往里，似乎又透露着对尘世的念想，而这一心迹依然是茶所涵盖的。清淡简素的茶，一端连接着最真实的尘世生活，一端连接着高妙脱俗的自然，茶意象也在与中国士大夫典型德性的结合中，串联了黎明苍生、家国天下和清雅真实之自我。

第五节　莼鲈意象

从莼羹鲈脍（"脍"通"鲙"，本书统一用"脍"）作为风物到莼鲈之思作为乡愁，从一个文化典故到文学意象，莼鲈意象所呈现的，是一种基于最可感、最切实的风物特产而累积成最普遍、最永恒内心情怀的意象模式。在中国文学史上，体现乡愁的意象很多，但莼鲈意象却是最直接和纯粹的，因而能引起最广泛人群的共鸣，它不像月意象那么浪漫空灵，也不像鸿雁那么辽远悲戚，它从质朴的风物和真切的感官中来，显得简单而浓烈。因其简单，遂能幻化出无限的同类型风物，让抽象的乡愁从此有了多样化的具象表达；因其浓烈，遂能涵盖社会人伦情怀与理想精神追求之间的矛盾,沟通宇宙万象与生命本身的时空悖论,也令后世游子,可以从中寻绎身体还乡乃至精神还乡的密码。莼鲈意象所激活的吴地风物,更是一幅琳琅满目的风俗画卷,让富庶的江南鱼米之乡有了一段独具地域标志的物化的诗情。

一、从文化典故到文学意象:莼鲈意象的生成

莼鲈意象缘起于两个成语典故:莼羹鲈脍与莼鲈之思。两者均出自《晋书·张翰传》,其中记载张翰在洛阳任官时,一日"因见秋风起,乃思吴中菰菜、莼羹、鲈鱼脍,曰:'人生贵适志,何能羁宦数千里,以邀名爵乎?'遂命驾而归"。菰菜指茭白,莼羹指莼菜羹,鲈鱼脍就是切得很细的鲈鱼肉,这几样都是当时的三吴之地也就是今江浙沪一带代表性的地方风物美食。张翰看到秋风起,雁南归,草木零落,顿感光阴易逝,流年虚度,功名利禄都如烟云,发现自己心中最思念的还是家乡风物、舌尖之味,尤其是菰菜、莼羹、鲈鱼脍,于是一股思乡之情通过食物涌入心间,他还因此写下了著名的《思吴江歌》:

> 秋风起兮木叶飞,吴江水兮鲈正肥。
>
> 三千里兮家未归,恨难禁兮仰天悲。

之后,张翰便辞官回到了位于吴兴的故里。后来,人们就以莼羹鲈脍代指家乡风味,以莼鲈之思代指思乡之情。因为张翰字季鹰,后也以季鹰鱼来指代鲈鱼。在后世诗人的不断抒写中,鲈鱼、季鹰鱼、莼菜、莼羹等都成为这个意义的代指,只是这条鱼或这道菜已经不再是自然意义上的鱼和菜,而是从文化地层中生长出来的意象风物,是每个人都可以找到共鸣与呼应的家乡美食。它们就像游子心中永恒的乡愁,也像每个人内心深处最惬意舒适的一个地方,吸引着无数人的再创与共情。

《全唐诗》中收录有罗隐写的一首《览晋史(张翰思吴中鲈脍莼羹)》:

> 齐王僚属好男儿,偶觅东归便得归。
>
> 满目路歧抛似梦,一船风雨去如飞。
>
> 盘擎紫线莼初熟,箸拨红丝鲙正肥。
>
> 惆怅途中无限事,与君千载两忘机。

从典故到意象的发展过程中,虽主要的表现在于历代文人不间断的情感投注与积淀,但还有两个方面的因素起到了重要作用:一是由张翰的为人与处境所激发的普遍心理结构,二是由吴地独特的文化地位延伸而来的广泛地域书写。

张翰是西晋吴地名士，著名文学家。史书记载他博学多才，放旷不羁，很有"竹林七贤"之一阮籍的风范，因阮籍世称"阮步兵"，所以时人也称张翰为"江东步兵"。《世说新语》中记载了一个关于他的广为流传的故事：一次张翰在苏州阊门附近的金阊亭被一阵清扬的琴声吸引，循声找去，得知是会稽名士贺循正泊船于阊门下弹琴，两人初次见面便一见如故，相见恨晚，张翰得知贺循要前往洛阳时，便毅然决定一同前往，连家人都没通知便随船走了。可见，张翰确实随心而动，有竹林风范。这就很好理解他会为莼鲈之味而有辞官还乡之举。

然而，正如"竹林七贤"的佯狂避世、恃才傲物中却有时代的风骨与气度，处于同样动荡不安的西晋王朝的张翰，其辞官归乡之举看似潇洒，实则也充满了无奈和苦闷。《世说新语·识鉴》记载有张翰对友人顾荣的一段话："天下纷纷，祸难未已，夫有四海之名者，求退良难。吾本山林中人，无望于时。"可见其对时局深深的失望。两晋时动荡的局势、危险的政治处境和尔虞我诈的名利场，使得真正有济世报国之心的仕宦官员无法施展抱负，他们离乡背井换来的往往只是成为政权斗争中的一颗棋子。对于他们而言，"乡愁不仅来自离乡任职的痛苦"，也来自"政治斗争的激烈"①，因而这种感受在很多传统文人那里都能得到深深的共情。这种普遍的心理结构，成为莼鲈意象形成的基本心理逻辑。

另一个是地缘性的因素。东晋南朝时期，吴郡、吴兴、会稽三郡合称"三吴"，会稽为三吴的核心，包含了今天以苏州、杭州、湖州、绍兴等地为核心的江南广大区域。西晋永嘉年间，随着八王之乱、永嘉南渡，大批士族来到江南各地，其中"三吴"所在正是以王、谢等大家族为代表的士族主要的集聚地："洛阳倾覆，中州士女避乱江左者十六七。"（《晋书·王导传》）这一方面使吴地风物快速进入北方人的视野，另一方面，正是从北方人的视角出发，"江左""三吴""吴地""江南"等笼统性的地域词汇成为人们认知和描述南方各地的重要途径，这一带的风物也融合成为整个地域的风物。唐代羊士谔《忆江南旧游二首》写有"山阴道上桂花初，王谢风流满晋书。曾作江南步从事，秋来还复忆鲈鱼"，以会稽与吴郡作为江南的代表。柳永《望海潮》"东南形胜，三吴都会，钱塘自古繁华"，也是把"三吴"作为一个整体区域，作为钱塘所在地的别称。北宋钱塘词人周邦彦《苏慕遮·燎沉香》中有"故乡遥，何日去，家住吴门，久作长安旅"，因钱塘旧属吴郡，因此周邦彦在这里也是自称"家住吴

---

① 汤南南：《从传统型乡愁到超越型乡愁——现代乡愁的嬗变及艺术实践》，中国美术学院2016年博士学位论文，第16页。

门"，以此指代钱塘。

随着吴地进入更多士族视野，且整个地域书写都集中在一个统一的文化地层，这种书写就会被进一步强化和放大，其中的意象自然也就会被放入整个地域的背景中。从这个角度也说明了莼鲈意象并非今天苏州一地的专属，而是整个"三吴"地区共同拥有的。这也是将莼鲈意象放入浙江诗路来论述的重要依据。

莼鲈意象通过莼、莼羹、莼丝、鲈鱼、季鹰鱼、鱼脍、鲈鱼脍等形式出现于诗文中。《全唐诗》中收录带有"莼"字的诗48首，带"鲈"字的99首，其中11首为"莼""鲈"并提，另有带"季鹰"或"季鹰鱼"的9首，内容多为送别寄赠之作，如元稹《送王协律游杭越十韵》"章甫官人戴，莼丝姹女提"，陆龟蒙《江南秋怀寄华阳山人》"兰叶骚人佩，莼丝内史羹"，白居易《想东游五十韵（并序）》"脍缕鲜仍细，莼丝滑且柔"，权德舆《送别阮泛》"湖水白于练，莼羹细若丝"，高适《秦中送李九赴越》"镜水君所忆，莼羹余旧便"，高适《送崔功曹赴越》"今朝欲乘兴，随尔食鲈鱼"，李群玉《将之吴越留别坐中文酒诸侣》"非思鲈鱼脍，且弄五湖船"，孟浩然《与崔二十一游镜湖寄包贺二公》"不知鲈鱼味，但识鸥鸟情"，许浑《赠所知》"因钓鲈鱼住浙河，挂帆千里亦相过"，赵嘏《江亭晚望》"闻说故园香稻熟，片帆归去就鲈鱼"，等等。① 至宋代，《全宋词》收录带"莼"字的词106首，含"鲈"字的152首，其中"莼""鲈"并提33首，数量和比例都有明显增加，另有含"季鹰"或"季鹰鱼"的11首②，整体来说，莼鲈意象在宋词中出现的频率更高，但在意象内涵上，并未翻出新意。

从诗作内容看，莼鲈意象主要寄托的还是中国文人心中深藏的山林之味、隐逸之情，以及一种潇洒飘逸的风范。张翰想起莼羹鲈脍时说："人生贵得适志耳，何能羁宦数千里，以要名爵乎！"这里显然是把"名爵"与"鲈鱼脍"对立了起来，并主动放弃了前者而毅然选择了后者。这正是莼鲈意象的动人之处，它触动了许多人的心弦。"夜来忽觉秋风急，应有鲈鱼触钓丝"（项斯《寄剡溪友》），说的仿佛就是这种感受。

郎士元《赠万生（一作赠高万生）下第还吴》一诗中，体现的正是这一意味：

直道多不偶，美才应息机。

灞陵春欲暮，云海独言归。

为客成白首，入门嗟布衣。

① 彭定求编：《全唐诗》，中华书局1960年版。
② 唐圭璋编：《全宋词》，中华书局2009年版。

> 莼羹若可忆,惭出掩柴扉。

韦庄《桐庐县作》写得更为明确:

> 钱塘江尽到桐庐,水碧山青画不如。
> 白羽鸟飞严子濑,绿蓑人钓季鹰鱼。
> 潭心倒影时开合,谷口闲云自卷舒。
> 此境只应词客爱,投文空吊木玄虚。

严子濑即严陵濑,《水经注》载:"自县至於潜,凡十有六濑。第二是严陵濑,濑带山,山下有一石室,汉光武帝时,严子陵之所居也。故山及濑皆即人姓名之。"诗人韦庄将"季鹰鱼"和"严子濑"放在一起,也就是把张翰的行为和严子陵的高风进行了对照,加上诗中景致描写的自然闲适,体现的是满满的潇洒隐逸情怀。

同样的还有皮日休的《西塞山泊渔家》:

> 白纶巾下发如丝,静倚枫根坐钓矶。
> 中妇桑村挑叶去,小儿沙市买蓑归。
> 雨来莼菜流船滑,春后鲈鱼坠钓肥。
> 西塞山前终日客,隔波相羡尽依依。

西塞山是张志和《渔父歌》其一提到的重要内容,"西塞山前白鹭飞,桃花流水鳜鱼肥,青箬笠,绿蓑衣,斜风细雨不须归"的意境,向来是隐逸文化的重要背景和代表,皮日休在写西塞山时写到莼菜和鲈鱼,无疑也是从体现山野隐逸之情的角度出发的。

无论是严子陵还是张志和,在中国传统文化中都是受人尊重的隐士代表,也是高士的代表,其人格受到历代文人的敬仰与倾慕。莼鲈意象能与之相照应,可见诗人们心中对这一意象的情感认同。

苏轼《忆江南寄纯如五首》其五写道:

> 弱累已尝俗尽,老身将伴僧居。
> 未许季鹰高洁,秋风直为鲈鱼。

苏轼干脆直接将高洁一词用在了张翰身上,而张季鹰之所以高洁,正是因为"秋风直为鲈鱼"之事。

李白《秋下荆门》有:"此行不为鲈鱼脍,自爱名山入剡中。"在这首诗中,表面上看,李白说的似乎是自己此行只是向往名山胜水,而不是为"鲈鱼脍"这种乡愁而去往故乡,因为他此行和张翰的回乡正好是相反的,是往外出走。但从深层来看,李白的情感却并不那么简单。从李白一生的追求和此行他并未真的前往浙东剡地,而是周游在江汉一带寻求仕进机会来看,李白在这里用莼鲈意象,其实是为否定这一意象所具有的隐逸出世意味,表达的是其建功立业的雄心壮志。类似的还有李频《明州江亭夜别段秀才》"莫为莼鲈美,天涯滞尔才"一句。

正是从闲适自足的角度出发,白居易进一步产生了人生无常,自当随性自足、洒脱飘逸的深切感悟,他在《偶吟》中写道:

> 人生变改故无穷,昔是朝官今野翁。
>
> 久寄形于朱紫内,渐抽身入蕙荷中。
>
> 无情水任方圆器,不系舟随去住风。
>
> 犹有鲈鱼莼菜兴,来春或拟往江东。

这首诗中,白居易自注"荷衣、蕙带,是《楚词》也",出自《楚辞》中"荷衣兮蕙带,倏而来兮忽而逝"一句,表达的是一种飘然出世、拔尘脱俗的状态。此诗写于白居易晚年定居洛阳时,回想自己一生漂泊起伏,从朝官到如今一介老翁也是瞬息之间;回首曾长期在复杂政治中辗转跌宕的历程,如今终于可以远离尘嚣、摆脱一切了。而这种自由状态,也让他想到了"鲈鱼莼菜兴",使他再次对江南产生了发自灵魂的倾慕与眷恋。

二、莼鲈之思与永恒乡愁

从"翰因见秋风起,乃思吴中菰菜、莼羹、鲈鱼脍"中还可以注意到的一个细节是"秋风起",李白《秋下荆门》也是在秋日想到了鲈鱼脍。而秋日,正是中国古典诗歌中一个多情的季节,"自古逢秋悲寂寥"(唐·刘禹锡的《秋词》),秋天总是会勾起人无限的情思,尤其是中秋之夜,更能勾起思亲之情、思乡之情。这种情感往往是物化的,熟悉的风物、风景或者乡音,都是牵动乡思乡愁的触媒,这些物象也被不断附上人的情感,使简单的物象成为含无尽之意的意象。

许浑《九日登樟亭驿楼》写道:

> 鲈脍与莼羹,西风片席轻。
>
> 潮回孤岛晚,云敛众山晴。
>
> 丹羽下高阁,黄花垂古城。

因秋倍多感，乡树接咸京。

"因秋倍多感，乡树接咸京"，正是许多漂泊在外的士子旅人共同的感受，而这种情感与"鲈脍与莼羹"的思念深深捆绑在一起，仿佛有一种巨大的吸引力，将人紧紧吸附。

李白《送张舍人之江东》也是在一个秋季：

张翰江东去，正值秋风时。

天清一雁远，海阔孤帆迟。

白日行欲暮，沧波杳难期。

吴洲如见月，千里幸相思。

这首诗中，李白以"张翰江东去"代表莼鲈之思，也将自己要送的"张舍人"比作张翰。全诗结合秋风、雁、孤帆、日暮、苍波、月等一系列乡愁、相思或愁绪意象，并在最后明确写出"相思"一词，营造了一个浓得化不开的情意空间。

从思乡到还乡，既可以是回到身体的故乡，同样也可以是回到精神的原乡，这两者很多时候是统一的，比如张翰回到吴地，既是回到了自己身体的故乡，也回到了令自己身心舒适自由的精神的故乡，或精神原乡。当然，这两者也可以是分开的，不是只有身体的故乡才是安顿灵魂的唯一选择，精神原乡有时候就是一种归隐状态。这个"原乡"并非地理空间，而是心理空间，只要回到自我真实原初的状态，也就是回乡了，所谓"吾心安处是吾乡"。如南朝王籍《入若耶溪》："此地动归念，常年悲倦游。"王籍是山东人，从地理上来说，若耶溪并非其故乡，但这里宁静优美的一切和历史上沉积下来的文化脉络都让他的灵魂安顿下来，使他在此地产生了回归自我的想法。唐代诗人张籍《雪溪西亭晚望》也有类似的诗句："此地动归思，逢人方倦游。"诗人在湖州，想起好友零落，人生无常，也在一片祥和的自然晚景中动起了"归思"，期望回到一种宁静安稳的生命状态。

毕竟，一个人处在客居状态，其身心都难免产生不安，如陆游《临安春雨初霁》中的"世味年来薄似纱，谁令骑马客京华"句，诗人感到社会人情越来越淡薄，但他很快意识到产生如此想法的根本原因是：谁让我骑马辞家客居在京城呢？！所以与其抱怨哀叹，还不如尽快回到故乡去，因此在诗的最后写道："素衣莫起风尘叹，犹及清明可到家。"

书写还乡的美好，是中国古典文学中重要的一笔。浙江诗路上的原住民、唐代金华诗人骆宾王曾于贞观十五年(641)赴长安应试，未能得第而返，在将近故乡时写了《望乡夕泛》：

> 归怀剩不安，促榜犯风澜。
>
> 落宿含楼近，浮月带江寒。
>
> 喜逐行前至，忧从望里宽。
>
> 今夜南枝鹊，应无绕树难。

虽然诗的前几句是写自己远赴长安应试却无功而返的失落不安心理，但随着故乡渐行渐近，这种情绪却逐渐化解转向明朗。诗歌最后化用曹操《短歌行》"月明星稀，乌鹊南飞。绕树三匝，何时可依"句，却反用其意，表达了回到故乡后终于结束漂泊无依之感的心情。"喜逐行前至，忧从望里宽"，一个"喜"字和一个"宽"字，有力表达了还乡的喜悦和疗愈功能。故乡就是这样一个所在，她可以让所有的忧愁苦闷、不安与无助，都能在走近她的时候获得宽慰，让人感到释然。

即使回到故乡时自己多少有些容貌变化，但无限感慨中仍然有一种轻松的色彩，如浙东贺知章的《回乡偶书二首》：

其一

少小离家老大回，乡音无改鬓毛衰。

儿童相见不相识，笑问客从何处来。

其二

离别家乡岁月多，近来人事半消磨。

惟有门前镜湖水，春风不改旧时波。

诗人经历了宦海沉浮、人事消磨，晚年辞官还乡。只有故乡这一空间场域和精神场域，仍然是诗人身心的港湾。因此这首诗对长期在外漂泊的无限感慨和面对人事变故的感伤中，仍透露着对生活的质朴情趣和对故乡存在着永恒宁静的肯定。

"惟有门前镜湖水，春风不改旧时波。"可以说，浙江诗路沿线无限的山水田园，就是乡愁最后的皈依，是人们对美好身心家园图景的主要参照。如"尝怜故图画，多半写樵渔"（宋·林逋《小隐自题》）、"吴中过客莫思家，江南画船如屋里"（元·萨都剌《过嘉兴》），人们从自然中来，也将回到自然中去，山水田园的永恒结构里，藏着安顿身心的初始密码。郑毓瑜在《文本风景——自我与空间的相互定义》中指出："任何共享的传统当然不只是社会结构、文化场域的象征符码，更扩大来说，它是宇宙观或世界观的体现：抒情言志的自我，不但应该置放回社会、文化的脉络中来诠释,也同时应该让个我重回自然的怀抱。"①吴晓在论述诗歌意象时,特别强调诗歌具有宇宙形式,提出"诗的宇宙形式,是借助意象,将时空结构转化为意义结构的艺术审美形态"②。

宇宙自然的启示在宋人苏舜钦的《重过句章郡》中有所体现:

> 曾随使斾此东归,日日登临到落晖。
>
> 畴昔侍行犹总角,如今重过合沾衣。
>
> 窥鱼翠碧忘形坐,趁伴蜻蜓照影飞。
>
> 风物依然皆自得,岁华飘忽赏心违。

诗中写到自己曾经经过句章东归故乡,每天都要登山临水到日落时分,那时自己还是个小孩子,如今再次经过此地,物是人非,不禁泪流满面,看山川风物依旧,鱼鸟蜻蜓还是那么自在忘形、自得其乐,而自己却年华老去,再没有当时看风景的心情。诗人之所以"合沾衣",正是因为在浙东山水自然中再次受到了生命的启发与灵魂的激荡,对照自己这么多年沉沦世故的人生状态,忽觉昨是而今非,不禁潸然。

自然山水与田园,是诗歌超越现实的一条重要途径,依托于这一途径,江南文人或进入江南的文人,常常更能够"打破功名利禄的俗梦,具有淡泊超脱的胸怀"③,通过归真返璞实现自我拯救。

因此李郢《友人适越路过桐庐寄题江驿》写道:

> 桐庐县前洲渚平,桐庐江上晚潮生。
>
> 莫言独有山川秀,过日仍闻官长清。
>
> 麦陇虚凉当水店,鲈鱼鲜美称莼羹。
>
> 王孙客棹残春去,相送河桥羡此行。

鲈鱼、莼羹在这里用得既自然又超然,如此和谐自然的山川,当然是令人羡慕的。

达到超越最高境界的还数湖州西塞山中的张志和,其《渔父词》五首以最质朴的文字呈现了淡泊超脱的自洽人生,山前白鹭齐飞,江边桃花盛开,水中鳜鱼肥美,人在其间忘归。

在《渔父词》其五中,张志和也不着痕迹地巧用莼鲈意象表达了自己乐享渔樵

---

① 郑毓瑜:《文本风景——自我与空间的相互定义》,台湾麦田出版社 2005 年版,第 20 页。
② 吴晓:《宇宙形式与生命形式》,浙江大学出版社 2019 年版,第 1 页。
③ 徐静:《思乡之浓,退隐之深意——解读张翰的"莼鲈之思"》,载《名作欣赏》2009 年第 12 期。

的隐士情怀:

> 松江蟹舍主人欢,菰饭莼羹亦共餐。枫叶落,荻花干,醉宿渔舟不觉寒。

三、莼羹鲈脍与吴地风物

人类学家张光直在《中国文化中的饮食——人类学与历史学的透视》一文中认为:"达到一个文化的核心的最好方式之一,就是通过它的肠胃。"[①]彭兆荣也指出,食物具有文化认同的指标价值,可以或可能作为"我是谁"的判断和说明,反过来,人们也在特定的饮食体系中表现和表达某种集体意识,并连带性地产生出对所属文化的忠诚。[②] 可见,食物背后还有文化的潜意识与忠诚度。

莼鲈意象作为从口舌与肠胃中来的独特意象,同时也反映出了吴地这一特殊地域的物产情况和文化认同。从莼羹鲈脍出发,还可以寻绎到浙江诗路上更多标志性的风物,他们共同建构着一个独特地理空间的文化意象。

"苏湖熟天下足。"太湖流域,三吴之地,自古是物产鲜美的富饶之地。《史记》中称"楚越之地,地广人希(稀),饭稻羹鱼",以稻、鱼等为代表的水乡湿地风物是这片土地上令人心动和挂念的独特标志:"稻粱无不足,最忆旧丰年。"(宋·方回《晓发秀州城南》)唐代杜荀鹤在《送人游吴》一诗中写到吴地风貌:"君到姑苏见,人家尽枕河。古宫闲地少,水港小桥多。夜市卖菱藕,春船载绮罗。遥知未眠月,乡思在渔歌。"特别突出了吴地的菱藕、桑蚕丝绸和渔业。

浙江诗路文化中有许多书写风物特产的诗作,特别是涉及今天嘉兴、湖州、杭州、绍兴、宁波等传统吴地范围内的风物诗更为丰富。诗中所写的风物有些已凝结为诗歌意象,而更多的仍停留在地域物象层面,但无论是哪一种,诗中的风物都多多少少带着地域风情的基因,是人们乡愁情怀的外化与呼应。所谓一切景语皆情语,对风物的描写尤甚,若不是有一种情意在,诗人就不会关注这些日常琐碎事物。

吟唱着"诗酒趁年华"的苏轼是一个不折不扣的美食家,他在杭州任职期间掌握了不少浙地风物,有关他与东坡肉的故事至今流传。一次苏轼即将前往湖州之际曾写了一首"戏赠"诗——《将之湖州戏赠莘老》,送给湖州的老朋友,反映出他对湖州风物及历史人文的熟识程度:

---

① 张光直:《中国文化中的饮食——人类学与历史学的透视》,郭于华译,江苏人民出版社2003年版,第250页。

② 彭兆荣:《饮食人类学》,北京大学出版社2013年版,第128页。

> 余杭自是山水窟，反闻吴兴更清绝。
>
> 湖中橘林新著霜，溪上苕花正浮雪。
>
> 顾渚茶牙白于齿，梅溪木瓜红胜颊。
>
> 吴儿脍缕薄欲飞，未去先说馋涎垂。
>
> 亦知谢公到郡久，应怪杜牧寻春迟。
>
> 鬓丝只好封禅榻，湖亭不用张水嬉。

诗中先通过对比突出了对吴兴之清绝的赞美，接着列数了一系列吴兴风物——"橘林"、苕花、顾渚"紫笋茶"、梅溪木瓜以及吴儿制作的脍缕飞丝，直写到自己馋涎欲滴。

在《忆江南寄纯如五首》其二中，苏轼再次写到了湖州风物：

> 湖目也堪供眼，木奴自足为生。
>
> 若话三吴胜事，不惟千里莼羹。

"湖目"即莲子，"木奴"即柑橘。苏轼对"三吴"之地的赞誉之情溢于言表，并强调"三吴胜事"可不只有莼鲈鲈脍。这是对莼鲈意象的一个巧妙利用：将莼羹与湖目、木奴并置，是借其风物视角；而将莼羹放在"千里莼羹"和"三吴胜事"的语境中，又是借用了其文化视角和文学意象视角。这首诗的大家风范也便由此而出，看似简单的风物描写里却含有无尽之意味，结合诗题中"忆江南"三字，无疑又更加耐人寻味。这也是中国古典诗歌以意象取胜的一个体现。

南朝吴兴人吴均《山中杂诗（其一）》"山际见来烟，竹中窥落日"一句，则将湖州安吉一带山中云雾缭绕、竹林密布的景致呈现出来。宋代姜夔《下孤城》也有"人家多住竹篱中，杨柳疏疏尚带风"，以及"梅花竹里无人见，一夜吹香过石桥"（姜夔《除夜自石湖归苕溪（其一）》），都是对竹的刻画。富足安逸的湖州，还可以在元代诗人戴表元的诗中看到，《东离湖州泊南浔》："画屋芦花净，红桥柳树深。鱼艘寒满港，橘市昼成林。"画屋、芦花、红桥、柳树、鱼艘、橘市，组成一幅美妙的风情画卷，难怪戴表元要说"行遍江南清丽地，人生只合住湖州"（《湖州》）。明代胡奎《江上漫兴二首（其二）》则将湖州扩大到了江南："好水好山鱼米贱，人生只合老江南。"

在很长的历史时期内，杭嘉湖一带凭借丰富的物产富甲天下，盐业、丝织业更是独占鳌头，在全国占据重要地位。宋代梅尧臣"吴帆千里去，邑屋富鱼盐"（《送秀州海盐知县李寺丞》）一句虽带有他主观的猜测成分，却也反映了一定的事实和当时人对吴地的普遍认知。清代袁枚《雨过湖州》中"人家门户多临水，儿女生涯总是桑"的诗句,也从侧面反映了桑蚕丝织物的繁盛。

明代诗人孙蕡作有一首《湖州乐》:

> 湖州溪水穿城郭,傍水人家起楼阁。
>
> 春风垂柳绿轩窗,细雨飞花湿帘幕。
>
> 四月五月南风来,当门处处芰荷开。
>
> 吴姬画舫小于斛,荡桨出城沿月回。
>
> 菰蒲浪深迷白纻,有时隔花闻笑语。
>
> 鲤鱼风起燕飞斜,菱歌声入鸳鸯渚。

全诗呈现出一幅物阜民丰、和谐欢快的江南水乡生活场景。其中的芰荷、菰蒲、白纻、鲤鱼、燕子等,都是水乡风物的典型代表。久居其中的人们,也在长年的共生共荣中熟络了水乡风物的方方面面,两者形成了一种天人合一的生活模式。正如清代阮元《吴兴杂诗》中所写:

> 交流四水抱城斜,散作千溪遍万家。
>
> 深处种菱浅种稻,不深不浅种荷花。

被四条河流交错环抱的湖州城,家家散落在溪水河畔,人们早已熟识了地性,在不同水域种植了菱、稻和荷花。

吴地风物,也许在南方人眼中早已习以为常,但在河南人崔颢眼中却是如此清新可人。他在《舟行入剡》中写道:

> 鸣榔下东阳,回舟入剡乡。
>
> 青山行不尽,绿水去何长。
>
> 地气秋仍湿,江风晚渐凉。
>
> 山梅犹作雨,溪橘未知霜。
>
> 谢客文逾盛,林公未可忘。
>
> 多惭越中好,流恨阅时芳。

这首诗非常写实地记录了崔颢从东阳舟行入剡的所见所闻所感。基于外来者的环境感应能力,诗人首先明显感觉到了青山绿水之间,地气到了秋天仍然潮湿,江风吹来也只有晚间才觉渐凉,梅子时节总是与雨相伴,而南方的橘子也要成熟得更早一些。这些看似平常的景象,却让来自北方的诗人觉得新奇,值得记录。梅子和橘子都是南方的风物特产,而谢灵运的事迹与名僧支遁(支道林)的交游,则可以说是越地的文化特产，令无数人仰慕追思，两者共同组成了令人向往的地方风情。

唐代喻凫《送越州高录事》一诗，则记录了稽山鉴水间的风物：

> 笋成稽岭岸，莲发镜湖香。
>
> 泽国还之任，鲈鱼浪得尝。

两岸的笋竹，镜湖里的莲荷，是诗人对越州的画像，浪中的鲈鱼既是这画像中的物，又是画像背后蕴含的情思，使这一首描写风物的诗歌有了可以进一步咀嚼的含义。

唐代许浑在经过今宁波时作有《晓发鄞江北渡寄崔韩二先辈》：

> 南北信多岐，生涯半别离。
>
> 地穷山尽处，江泛水寒时。
>
> 露晓蒹葭重，霜晴橘柚垂。
>
> 无劳促回楫，千里有心期。

诗中的"蒹葭""橘柚"也都是当地风物，但这些风物在许浑眼中，却像是提醒他南北差异的信号，令他产生念故旧、伤别离的心情。但同时，乡野风情也让他的心获得宽慰，想到只要心中有期，即使千里之遥，也会像近在咫尺一样。

襟山带海的宁波，还有鲜美的海味作为标签。梅尧臣《送谢寺丞知余姚》诗中就作了这样的记录："秋来鱼蟹不知数，日日举案将无穷。"读来令人馋涎欲滴。吟咏宁波风物的诗，还有明代杨守陈的《宁波杂咏》：

> 山巅带海涯，竹树映禾麻。
>
> 雪抱猫儿笋，雷惊雀觜茶。
>
> 瑞香金作叶，茉莉玉为葩。
>
> 六月杨梅熟，城西烂紫霞。

这首诗从地域空间和全景描写开篇，接着抓住笋、茶、瑞香、茉莉等风物一一描述，最后聚焦于宁波特产风物杨梅作为特写，并从颜色和种植规模方面进行了渲染。

从浙江诗路的众多风物作品中，除了可以看到大量可食的特产，也有一些可用的特产，如蚕桑、蚕丝、瓷器等，其中浙江慈溪的越窑是中国青瓷重要的发源地和主要产区，其所产秘色瓷是青瓷中的精品，而"秘色瓷"一词最早的文献记载，正是陆龟蒙的《秘色越器》一诗：

> 九秋风露越窑开，夺得千峰翠色来。

> 好向中宵盛沆瀣,共嵇中散斗遗杯。

这首诗也成就了青瓷精品"千峰翠色"这一品种。同时,诗中不仅只写瓷器,还将山水人文熔铸于越窑秘色瓷中,尤其一个"夺"字,更使器物沾染了自然之气,犹如天作,颇为传神。

南宋乐清诗人翁卷是永嘉四灵之一,他在著名的《乡村四月》中同样写到了浙江诗路上的风物风情:

> 绿遍山原白满川,子规声里雨如烟。
>
> 乡村四月闲人少,才了蚕桑又插田。

水乡烟雨的环境和人们忙于蚕桑、稻田的劳作场景,在翁卷流动晓畅的文字中自然铺展,仿佛一幅江南水乡四月的风情画。

翁卷还有一首写金华武义的诗《题武义赵提干林亭》:

> 武陵诸腾状,如列在檐前。
>
> 一郭楼台日,数村桑柘烟。
>
> 鸟啼春满谷,秧绿水平田。
>
> 中有渔樵影,吾诗咏不全。

这首诗所描绘的同样是一幅春日乡村画卷,桑田渔樵,无不在一片忙碌与祥和中,流露出武陵桃花源般和谐温馨的气息。其中的真意,不仅诗人"咏不全",对读者来说也是境在象外,意味无穷。

即使延伸到瓯江山水诗路,水乡风情也依然可见一斑。宋代徐献可《南塘》诗写道:

> 南塘新雨过,风暖橘洲香。
>
> 水长侵官路,桥低碍野航。
>
> 竹棚人卖酒,花笠妇移秧。
>
> 近日频来往,春归有底忙。

南塘河是瓯江重要的支流。诗中呈现了南塘河一带的风物民情,"橘洲香""人卖酒""妇移秧"的春忙画面,同样是江南风情的典型写照。

三吴大地独特的风物风情,是浙江诗路文化的重要组成部分。它们以莼菜、鲈鱼为代表,体现出浓郁的水乡特色、山野之风,也与莼鲈之思相同构,蕴含着乡愁的余韵。与翁卷同属永嘉四灵的赵师秀,曾写有一首记录自己等客不来情景的小诗《约客》：

> 黄梅时节家家雨,青草池塘处处蛙。
>
> 有约不来过夜半,闲敲棋子落灯花。

本来,友人"有约不来"的雨夜,难免产生落寞之情,但诗人用一个"闲"字消解了被失约的郁闷,反而借此机会获得了一个感受乡村雨夜风情的闲静时刻。梅雨季节,阴雨连绵,池塘水涨,蛙声不断,正是在安静无事的等待中,诗人发现了乡村之景的清新恬静、和谐美妙。梅子、夜雨、青草、池塘、青蛙,这些最常见的物象,却组成了诗意隽永的江南夜雨图,这正是诗路上所有书写风物的诗歌共有的特性。

第四章　植物动物意象

植物、动物有赖于地性而生，与人类共存，是人与世界关系中的一个重要组成部分。在浙江诗路文化中，植物动物意象占据着十分重要的地位，具有标志性作用。以花草虫鱼为代表的植、动物，往往是众多异地诗人进入浙江诗路中独特的空间环境时最先触发印象与感应的媒介，也是本地诗人情感投注时最易捕捉的物象和在他们的童年及故乡记忆里具有浓厚、鲜明色彩的印迹。植物与动物也是每个地域最有个性的参照物，是地景最生动的表达，它们之所以能进入诗人的抒情视野，呼应着不同的歌哭，同样是因为物与人之间存在的异质同构关系。中国文学自古就有"香草美人"传统，也产生了"梅兰竹菊"四君子，无论是"莲叶何田田"的咏唱，还是"池塘生春草"的吟咏，是"桂子月中落"的想象，还是"聊赠一枝梅"的深情，诗人对植物、动物的广泛关照，不仅仅展示了独具特色的地理景观，还帮助创造了这些景观，因而它们既是诗路文化中的客观存在，也是一个个具有多义性的象征系统。

第一节　春草意象

世人常称小草为"闲草野花"，大多贱视之。历来诗人也喜爱吟咏梅兰竹菊、牡丹芍药，鲜少热衷歌咏小草的。但在浙江诗路上，如果没有青草铺展，翠色迷离，就会少很多诗情和意境。"春风又绿江南岸，明月何时照我还。"草无处不在，但仿佛江南的草木最是含情，而草的引人尤以春草最盛。一个"绿"字，其最绵密的载体便是春草，江南的一片春色离不开这一片春草。绿也是江南的特色之一，是江南气质的重要组成部分，那种贴近泥土的芬芳，雨水滋蔓的生命力和虽非主流但渺小而柔韧、夹缝中亦生存的精神品格，是江南文化很重要的美学特征。当将伤春悲秋的古老传统融入春草意象的原型，更为漫无边际、随处逢生的春草注入了同样漫无边际的绵密愁思。南来北往的旅人，也在最与故乡共通的草芥中相思怀远。无论是谢朓还是谢灵运，孟浩然还是李白，这些主动或被动南下进入浙地的现实时空或文化血统上的旅人，更能在江南氤氲恣肆的绿意中陷入沉思。

一、草意象的象征意蕴

草虽是一种普通的植物，却因其随地而生的特性很早就进入了诗人的视线。早在《诗经》中就有不少写到草的诗句，如："野有蔓草，零露漙兮。有美一人，清扬婉兮。"（《野有蔓草》）"何草不黄？何日不行？何人不将？经营四方。"（《何草不黄》）草是这样无处不在，因此人们对它的观察和解读更为容易和充分，以草抒怀也就更自然而频繁。整体而言，人们对草的思考与感受主要有如下四方面的意蕴。

其一，在楚辞中最突出的草意象要数"香草美人"传统。屈原通过发掘具有独特楚地风情的"香草"构筑了具有多重象征意义的香草意象，并融入了楚文化强烈的地域精神和自身的高洁人格。王逸在其《楚辞章句·离骚经序》里曾阐述香草美人意象说："《离骚》之文，依诗取兴，引类譬喻。故善鸟香草，以配忠贞；恶禽臭物，以比谗佞……"①特别是"援美人以喻君王，指香草以拟君子"（清·叶燮），具体如以"芳草""兰芷"等具有芬芳香味的草来象征具有美好品质的君子贤臣。屈原甚至还开创了佩戴香草的传统，以此来表明其固守高洁的品质操守、远离邪恶丑陋的心志。"香草美人"的传统也演化出了后世"芳草"意象的发展，"芳草"也成为《全唐诗》中出现频率最高的草意象。

其二，野草是一年生植物，春荣秋枯、一年一生，恰似生命短暂、时光易逝。青春一去不复回，令人慨叹，从而引发"惜时"的主题，《离骚》中有"惟草木之零落兮，恐美人之迟暮"；同时，草虽岁枯，却能在新的一年重新生长，一旦春风化雨，野草的生命便会复苏，以迅猛的长势，重新铺盖大地，岁岁循环不已，反观诸人，却是时光不会倒流，青春不能再来。"君不见河边草，冬时枯死春满道。君不见城上日，今暝没尽去，明朝复更出。今我何时当然得，一去永灭入黄泉。"（南朝·鲍照《拟行路难》）"林花扫更落，径草踏还生。"（唐·孟浩然《春中喜王九相寻》）如此看来，人甚至连如此弱小的草芥都不如，这就更增强了感时伤逝的情绪；推而广之，不仅青春难再，而且世事易变，人生无常，繁华有时尽，离别难再期，回望历史，那种人生的凄凉无助之感油然而生，怀古伤今，更能引发人们无限的感慨抒怀，如江淹的《别赋》："春草暮兮秋风惊，秋风罢兮春草生。绮罗毕兮池馆尽，琴瑟灭兮丘垄平。自古皆有死，莫不饮恨而吞声。"

---

① 郭绍虞主编：《中国历代诗文选》（第一册），上海古籍出版社1981年版，第149页。

其三,草与时序的组合,产生出更强烈具体的情思,因而有春草、秋草的组合意象,如"秋风起兮白云飞,草木黄落兮雁南归"(汉武帝《秋风歌》)、"靡靡秋已夕,凄凄风露交,蔓草不复荣,园木空自凋……万化相寻绎,人生岂不劳"(东晋·陶渊明《己酉年九月九日一首》);草与不同空间的组合,也会产生更丰富的情感与哲思,如原上草、石缝草、水边草、无涯际的草等等,如"君看山上草,尽有干云势。结根既不然,何必更掩袂"(唐·曹邺《送厉图南下第归澧州》)。可以说,在这里,草进一步体现了古人广阔深远的时空意识,并在与不同意象的组合中呈现出更丰富的表情作用。

其四,草易生而易蔓延,当和暖的春风吹醒了被寒冷冰冻压抑的肺腑和视觉,最先进入古代人感官的就是无边的青草和青草特有的芳香。春草滋蔓,多至连绵不尽,这就与人无穷无尽的思念情绪有了共性,而在黯然伤别或满怀思念之时,春草越是繁茂绵延,内心的情绪也会更增其深厚绵密。南北朝江淹《别赋》:"春草碧色,春水渌波,送君南浦,伤如之何!"因此,具体到春草意象,其中的离别相思主题就更加凸显出来,并成为一个重要诗歌主题延续至今。

二、春草意象的思念传统

春草的思念传统最早大致产生于汉代,汉朝无名氏《古诗十九首(青青河畔草)》写道:

> 青青河畔草,郁郁园中柳。
>
> 盈盈楼上女,皎皎当窗牖。
>
> 娥娥红粉妆,纤纤出素手。
>
> 昔为娼家女,今为荡子妇。
>
> 荡子行不归,空床难独守。

该诗写的是一个女子春天的抱怨:我这么美丽,而你却远离,思念让我无所适从,每日独自看着明月、青草与柳树,那疯长的思念和青春的苦闷,让人觉得岁月漫长、度日如年。在这里,草和柳都成为思念的触发点,越蓬勃越激发人的思念之苦。虽然春草在这里还没有成为直接抒情的对象,但已经有了思念主题的萌发。

春草意象作为思念主题,它的一个重要源头被认为是汉代蔡邕《饮马长城窟行》,其中有:

> 青青河边草,绵绵思远道。

> 远道不可思，宿昔梦见之。

春草连绵，铺向天际，正如对远人的思念，绵延不绝，无穷无尽。

另一个重要源头是相传为汉代淮南小山所作的《楚辞·招隐士》：

> 王孙游兮不归，春草生兮萋萋。
>
> 岁暮兮不自聊，蟪蛄鸣兮啾啾。

结合全文可知，这里的"王孙"因攀援桂树而滞留山中，桂树是圣贤之德的象征，可见"王孙"是因追慕圣贤之德而深陷山中，然而他所处的环境却是如此险恶艰苦，因此作品集中表现了劝"王孙"不可久留的主题思想。这里，以春草萋萋、蟪蛄鸣啾啾暗示时间变化，表明对"王孙"一去不归的哀叹，同时也延伸出对"王孙"的思念和盼归心理。此后，春草意象的怀人、思念主题不断被强化，成为中国文学乃至中国文化中的一个重要传统，不断出现在后世的诗词歌赋中，"王孙"也由此成为游子的代称，成为春草意象的重要组合意象，如西晋陆机《壮哉行》："萋萋春草生，王孙犹有情。"南朝谢朓的《王孙游》，更是直接从《楚辞·招隐士》的传统"母题"中演化而出：

> 绿草蔓如丝，杂树红英发。
>
> 无论君不归，君归芳已歇。

及至唐代，春草意象在诗作中被大量运用，已形成普遍的共识与传统。据统计，"春草"一词在《全唐诗》中的出现次数达到了 469 次，出现频率仅次于"芳草"（598 次）。[1] 唐代李商隐《上河东公谢辟启》中称当时诗人的创作惯例为"见芳草则怨王孙之不归，抚高松则叹大夫之虚位"，所言非虚。按照学者郑毓瑜的说法，"文人士子是如此熟悉而稳妥地在这个已成典律的文化原乡中，让传统'代言'自我"[2]。

其中较有代表性的是白居易《赋得古原草送别》：

> 离离原上草，一岁一枯荣。
>
> 野火烧不尽，春风吹又生。
>
> 远芳侵古道，晴翠接荒城。
>
> 又送王孙去，萋萋满别情。

此诗为试帖诗，一般借古人诗句或成语命题作诗，这首诗的命题就是"古原草送

---

[1] 彭海玲：《唐诗草意象研究》，江西师范大学 2014 年硕士学位论文。

[2] 郑毓瑜：《文本风景——自我与空间的相互定义》，台湾麦田出版社 2005 年版，第 20 页。

别"。这首诗约作于唐德宗贞元二年(786)、三年(787)间,是白居易少年时准备应试的试帖诗习作。按科考规矩,凡限定的诗题,题目前必须加"赋得"二字,作法与咏物诗相似,因此也称"赋得体"。①

白居易正是从"王孙游兮不归,春草生兮萋萋"的楚辞古意境出发,前四句重在表现野草生命的历时之美,后四句则重在表现其共时及空间之美,古人对草的时空感受在这里得到充分体现。"王孙"二字直接借所出成句而来,只是用法又有创新:《楚辞》说的是看见萋萋芳草而怀思行游未归的人,而这里却变其意而用之,写的是看见萋萋芳草而徒增送别的愁情,从而使意象的内涵和应用得到进一步拓展。

以《楚辞·招隐士》为源头的意象表达几乎成为唐宋诗文里春草意象的主流。王维《送别》:"山中相送罢,日暮掩柴扉。春草明年绿,王孙归不归。"李白《金陵送别范宣》:"此地伤心不能道,目下离离长春草。"杜甫《客居》:"短畦带碧草,怅望思王孙。凤随其皇去,篱雀暮喧繁。"《哭李尚书》:"秋色凋春草,王孙若个边。"当时诗坛最有影响力的诗人几乎都在沿袭这个传统,并在沿袭中进行着自我创新。李白《灞陵送别行》也习用了春草意象,但在传统基础上进一步跳脱出来,形成更为独立的意象表达,促进了意象的累进发展:"送君灞陵亭,灞水流浩浩。上有无花之古树,下有伤心之春草。"由于唐代人们出长安常在东门灞亭送别,灞水、灞桥、灞陵以及组合意象灞桥柳等,都成了后世中国文学乃至文化史上著名的送别意象。这里将新旧传统并置,新意象与旧意象叠加,在强化意象表达效果、凸显离愁之浓郁的基础上,更连接了各意象,确立了意象之间的波动关系。弗莱说:"我以原型指这样一种象征,即他把一首诗和别的诗联系起来,从而有助于统一和整合我们的文学经验。"②春草和灞陵系列,因此也成了中国诗歌思念离愁主题的原型。

南唐李煜《清平乐·别来春半》的一句"离恨恰如春草,更行更远还生",在原型和主题意象的基础上,从意象成立的逻辑角度,再一次累进传统,形成新境。如果说这之前的春草意象还在《楚辞》原型中摸爬,那么这之后,则无疑是进入了迭代阶段。李煜让符号化的意象更加具体生动。到了宋代,意象的组合和拓展进一步发展。范仲淹《苏幕遮·怀旧》有"山映斜阳天接水,芳草无情,更在斜阳外",可以说正是在李煜基础上的再推进。

---

① 萧涤非等:《唐诗鉴赏辞典》,上海辞书出版社1983年版,第880-882页。
② 诺思罗普·弗莱:《批评的剖析》,陈慧、袁家军、吴伟仁译,百花文艺出版社1998年版,第11页。

三、谢灵运及浙江诗路上的春草意象

春草意象的书写传统也扎根在了"客儿"谢灵运的心里，并在浙地独特环境意象激发下，延伸出了一个新的发展支脉：池塘春草。

乐府诗《悲哉行》是谢灵运对春草主题传统直接演化的成果。作为乐府旧题，《悲哉行》本身就是一个书写旅客游子感物忧思的主题，谢灵运从西晋文学家陆机的诗句"萋萋春草生，王孙犹有情"（《壮哉行》）中化出了这首诗："萋萋春草生，王孙游有情。……眇然游宦子，晤言时未并。鼻感改朔气，眼伤变节荣。"其中除了抒写游子的孤独怀乡之情，更不乏对现实时政的愤懑和自我内心的郁结之气。

被贬为永嘉太守的谢灵运虽容易感悟忧思，但也有幸得到永嘉山水的慰藉。"故人官就此，绝境兴谁同"（唐·杜甫《送裴二虬作尉永嘉》），杜甫曾将永嘉称为"绝境"，称誉其美好的山水意境。谢灵运也正是在永嘉写作了大批量的山水诗，开创了中国诗歌中最具有审美特质、意境也最为开阔的一派诗风。以谢灵运、谢惠连为代表的山水诗创作，上承江左，下启齐梁，更为唐代山水诗的写作导夫先路。①

池塘春草意象来自谢灵运的名作《登池上楼》，其中流传最广的一句便是"池塘生春草，园柳变鸣禽"，其后紧随的"祁祁伤豳歌，萋萋感楚吟"可以说是交代了这一意象的原型背景，最后四句"索居易永久，离群难处心。持操岂独古，无闷征在今"则进一步阐发了与思念传统相呼应的怀人思归之情，因此这几句都在春草意象的情感系统里。从字面上看，池塘边的青草因水的滋润而青翠欲滴、生命勃发、生趣盎然，园子里的柳树上那些叽叽喳喳的禽鸟，更随着季节变化而改变，这些都是普通而常见的景象、细微的变化，也是江南水乡和湿地生态中最典型的环境意象，如"黄梅时节家家雨，青草池塘处处蛙"（宋·赵师秀《约客》）、"林莺啼到无声处，春草池塘独听蛙"（宋·曹豳《春暮》）。

"池塘春草"句虽出自谢灵运，却与谢惠连密切相关。谢惠连是谢灵运的族弟，他少有才华，深得谢灵运的赏识，两人既有人格上的相似，更有精神上的相通，因此情投意合，兄弟情深。其情意之深，用《南史》本传的说法，是"灵运性无所推，唯重惠连，与为刎颈交"。谢灵运洋洋洒洒的《酬从弟谢惠连》中有："永绝赏心望，长怀莫与同。末路值令弟，开颜披心胸。心胸既云披，意得咸在斯。"足可见其情之深挚。根据钟荣《诗品》引用《谢氏家录》的说法，谢灵运自称"池塘春草"句"此语有神

---

① 林家骊、卢盛江、唐燮军等：《浙东唐诗之路是如何形成的》，载《光明日报》2019 年 6 月 3 日 13 版。

助也,非吾语也",是他在梦中忽见谢惠连,受其激发而有所得。这一方面体现了谢灵运对此句的得意,另一方面也增加了这句诗的神秘色彩和其中蕴含的兄弟情深。加上谢灵运在当时文坛和文士阶层的巨大影响力,这句诗很快成为人们竞相品评传诵的重要对象。

严羽《沧浪诗话·诗评》认为:"汉魏古诗,气象混沌,难以句摘;晋以后方有佳句。"谢灵运的"池塘生春草"就是"第一个被人们从全篇诗中拈出而广为传诵的佳句之'祖'"①,不仅在当时影响甚大,在后世的影响对比六朝时甚至有过之而无不及,几乎可以说是成了中国诗歌史上现象级的存在之一。《诗人玉屑》卷一引宋人吴可的说法称"池塘春草一句子,惊天动地至今传",元好问也在《论诗绝句》中称之"池塘春草谢家真,万古千秋五字新"(《遗山先生文集》卷十一),都是极高的赞誉之词。更多的诗论家则从各方面评论过这首诗,无论是就其妙处还是不足,包括同时代的王昌龄(《文镜秘府论·南卷》)、皎然(《诗式》)、宋代王若虚(《滹南诗话》)、王士贞(《艺苑卮言》)、明代胡应麟(《诗薮》)一直到近代的王国维(《人间词话》)。

历代温州地方志中,也多次记载了春草池的情况,如明万历《温州府志》:"池上楼,在旧郡治丰暇堂北,今久已无存。或云在今城守备署中。"丰暇堂在今东公廨。清光绪《永嘉县志》:"梦草堂在旧郡治后,即晋之西堂,谢灵运梦惠连之处。"光绪年间温州府同知郭钟岳在《瓯江小记》中称:"康乐登池上楼,梦惠连,得'池塘生春草'句,在今城守署地⋯⋯后有一地长方约亩许,疑即谢公池。"城守营都司署在谯楼北。这也从另一方面体现了谢灵运这首诗和春草池塘这一意象的影响力。

除此之外,"池塘生春草"更因受到后世众多诗人的引用效仿而进入了中国古典诗歌的写作传统。李白《赠从弟南平太守之遥》:"梦得池塘生春草,使我长价登楼诗。别后遥传临海作,可见羊何共和之。"谢灵运与谢惠连,李白与李之遥,他们既是兄弟,也是惺惺相惜的诗友。在李白的诗中,"池塘生春草"有了更独特深厚的情感因素,因而这句诗的价值也更为深刻独特。白居易《梦行简》写道:"天气妍和水色鲜,闲吟独步小桥边。池塘草绿无佳句,虚卧春窗梦阿怜。"同样也是怀念其弟白行简的诗作。此外还有张籍《感春》:"远客悠悠任病身,谢家池上又逢春。明年各自东西去,此地看花是别人。"武元衡《和李中丞题故将军林亭》:"城郭悲歌旧,池塘丽句新。年年车马客,钟鼓乐他人。"李群玉《送唐侍御福建省兄》:"闽山翠卉迎飞旆,越水清纹散落梅。到日池塘春草绿,谢公应梦惠连来。"皮日休《闻鲁望游颜

---

① 李壮鹰:《论"池塘生春草"》,载《文艺研究》2003年第6期。

家林园病中有寄》："一夜韶姿著水光，谢家春草满池塘。"在晚唐的越地诗人吴融这里，这一意象在与时代的脉动中，又有了更多历史沧桑的况味，他的诗《莺》中有："惯识江南春早处，长惊蓟北梦回时。谢家园里成吟久，只欠池塘一句诗。"其中的思绪无疑从人情扩展到了时代。

整个宋代，池塘春草意象仍然被反复吟咏不绝。五代宋初诗人徐铉《和王庶子寄题兄长建州廉使新亭》写道：

> 谢守高斋结构新，一方风景万家情。
> 群贤讵减山阴会，远俗初闻正始声。
> 水槛片云长不去，讼庭纤草转应生。
> 阿连诗句偏多思，遥想池塘昼梦成。

其中的"一方风景万家情""讼庭纤草转应生""阿连诗句偏多思"等，都呈现出了扩及更广泛时空的同一种情结。

另外还有梅尧臣《过午桥庄》："青郊谁驻马，谢客思池塘。"欧阳修《晓咏》："西堂吟思无人助，草满池塘梦自迷。"苏轼《昔在九江，与苏伯固唱和·其略曰我梦扁舟浮》："春草池塘惠连梦，上林鸿雁子卿归。"王安石《寄四侄旅二首》："春草已生无可句，阿连空复梦中来。"朱熹《次韵寄题芙蓉馆三首》其一："共说仙翁闲日月，不因春草梦池塘。"林逋《点绛唇·金谷年年》："又是离歌，一阕长亭暮。王孙去，萋萋无数，南北东西路。"

郑毓瑜认为："个别的生活遭遇透过文体的模塑，因此参与了一个累积的公共传统，这个文体传统累积了世代的读/写经验，提供作者印证、阐发与扩大个别经验的机会。""选择一个文体，就如进入历史文化的回廊，在一种熟悉的语句格式、典事氛围中，完成发现当下自我同时也是再现共享传统的书写活动。"[①]历代的诗人们正是通过诗歌及其传统，参与和构建了传统与自我。

这一传统在它的起源地往往会产生更独特的影响，只要是被草晕染的诗句，都将带上这一意象的情思，如杨万里《送谢子肃提举寺丞二首》："天台山秀古多贤，晚向池塘识惠连。……拾得澄江春草句，端能染寄仄厘笺。"（其一）"可笑能诗今谢脁，也能载酒过扬雄。待渠归直金銮日，我已烟沙放钓筒。"（其二）这些诗句无疑因更切近的地域文化环境而具有了更为丰富的内涵。孟浩然《江上寄山阴崔少府国

---

① 郑毓瑜：《文本风景——自我与空间的相互定义》，台湾麦田出版社 2005 年版，第 20 页。

《辅》同样如此耐人寻味：

> 春堤杨柳发，忆与故人期。
> 草木本无意，荣枯自有时。
> 山阴定远近，江上日相思。
> 不及兰亭会，空吟祓禊诗。

即使是像元代赵孟𫖯《岳鄂王墓》中"鄂王墓上草离离，秋日荒凉石兽危"这样的句子，也会因为池塘春草意象而顿生穿越时空的怀念与悲思。

第二节　梅花意象

"江南无所有，聊赠一枝春"（南北朝·陆凯《赠范晔》），这里所"赠"的这枝"春"，正是梅花，而这种"赠梅"的习俗，早在春秋战国时期就已存在于古越国的土地上，梅花与江南、与春天（更准确地说是早春）的文化关联因此而根深蒂固、源远流长。两宋更成为梅花意象的抒写高峰。隐居西湖的林逋和越州山阴的陆游，是这一时期实现梅花意象人格定型的代表诗人。到了元末明初，诗人高启又有"琼姿只合在瑶台，谁向江南处处栽"的诗句，并一连写了《梅花九首》来赞赏梅花的气节品格，再一次将江南梅花的意象推向繁盛。

一、梅花意象的历史生成

《四库全书总目提要》中曾这样论述咏梅诗的情况："《离骚》遍撷香草，独不及梅。六代及唐，渐有赋咏，而偶然寄意，视之亦与诸花等。自北宋林逋诸人递相矜重，'暗香疏影''半树横枝'之句，作者始别立品题。南宋以来，遂以咏梅为诗家一大公案。江湖诗人，无论爱梅与否，无不借梅以自重。凡别号及斋馆之名，多带梅字，以求附于雅人。"虽不是完全如此，但梅花诗词在宋代形成盛况和高峰却是事实。梅花意象的成熟和定型也应在两宋时期，并受到文学传统、诗人特质和物产分布的多重影响。同时，梅花意象不仅凸显梅花、梅枝的自身形象，更常与雪意象、月意象、水意象组合，或与松竹、桃杏、杨柳等植物并举，在意象组合中实现拓境和赋意。整体而言，梅花意象以梅（子）开始，至花始盛，历经各个时代无数文人的象征与寄情，实现了"由实用价值向审美价值再向伦理价值的转变"[①]。

---

① 赵丽：《中国古代文学中的梅意象》，载《长春师范学院学报》2004 年第 9 期。

（一）梅之为子——梅抒写在先秦的萌芽

梅的起源中心是中国，原产于长江流域及其以南地区①。先秦时期已有关于"梅"的诗文，但提及的"梅"主要指梅子，也即果实。从各种文献记载中可知，"梅"曾是人类漫长历史发展中的一种重要的酸味调味品，早在良渚文化时期，良渚先民就已经以野梅果为调味料之一②。《礼记·内则》已有"诸桃诸梅卵盐"的记载，《尚书·说命下》有"若作和羹，尔唯盐梅"的记载，《左传·昭公二十年》载有"水火醯醢盐梅，以烹鱼肉，燀之以薪"，北魏贾思勰《齐民要术·种梅杏》中也记述了梅果"实小而酸"的特性。

正因为历史上人们对梅果实用价值的注重，特别在盛于产梅、食梅的江南地区，梅树便成为重要的农作物（后续发展为经济作物）受到重视，赠梅也便成为一种重要礼仪的象征而逐渐成为风俗。汉代刘向《说苑·奉使》中就有关于"古越梅花战国礼"的记载：

> 越使诸发执一枝梅遗梁王，梁王之臣曰"韩子"，顾谓左右曰："恶有以一枝梅，以遗列国之君者乎？请为二三日惭之。"

这里既体现了由于地域文化差异而在外交赠礼上出现的误解，也反映出当时越国对于梅树的重视程度，已将其上升到了国礼的高度。

《诗经》是较早写到梅的文学典籍，其中《召南·摽有梅》写道："摽有梅，其实七兮。求我庶士，迨其吉兮。摽有梅，其实三兮。求我庶士，迨其今兮。摽有梅，顷筐塈之。求我庶士，迨其谓之。"这里主要反映了当时人们采摘梅果，以梅为实用对象的社会现实。另外在《秦风·终南》中也有"终南何有？有条有梅""终南何有，有纪有堂"等诗句，这里的条、梅、纪（杞）、堂（棠）都是树木品种。它们色彩相杂相融，如绣如画于君子礼服上，一定程度体现了其与君子相融相和的属性。由于梅果的酸味特性，它还常用于泡酒泡茶，著名的典故如"青梅煮酒论英雄"。正如杨万里在《洮湖和梅诗序》中所言，此时写梅，还处于"以滋不以象，以实不以华"（《诚斋集》卷七十九，四部丛刊本）的阶段。

（二）梅之为花——汉魏六朝至唐的发展蓄积

从梅子到梅花，最先突出呈现梅花形象的，是乐府《梅花落》诗题。《梅花落》是

---

① 俞为洁：《良渚人的衣食》，杭州出版社 2013 年版，第 70 页。

② 俞为洁：《良渚人的衣食》，杭州出版社 2013 年版，第 70 页。

汉乐府名曲之一,是古代笛子曲的代表作,郭茂倩《乐府诗集》说:"《梅花落》本笛中曲也。"李白《黄鹤楼闻笛》一诗中"黄鹤楼中吹玉笛,江城五月落梅花"句,就是以乐曲《梅花落》为典,为了押韵,用倒装手法写成。高适《塞上听吹笛》一诗中"借问梅花何处落? 风吹一夜满关山"中的"梅花",也是指乐曲《梅花落》。除《梅花落》外,另一首与梅花相关的乐曲是相传原本由晋朝桓伊所作的笛曲,后来改编为古琴曲的《梅花三弄》,它通过描绘梅花的洁白芬芳和耐寒等特征,借物抒怀,来歌颂具有高尚节操的人。"三弄"实际是乐曲中的三个变奏,通过这种曲折反复的方式,进一步呈现梅花的韵致与品格。可见,汉时起,人们已经在关注果实树干的同时,也看向了花枝,一个从实用到审美的时代转向正在潜行。

作为乐府诗题的《梅花落》,一般都以傲雪凌霜的梅花为主题,大多感物兴怀。由于《梅花落》的魏晋古辞均已不存,从与其同时期同区域出现的乐府《折杨柳》推测,其主题或也属于"征人睹物感春思归之歌调"[1]。现存的《梅花落》乐府诗主要是南朝以后文人的拟作,最早的是鲍照的《梅花落》,它还开启了赞美梅树"霜质"风气的先河:

> 中庭杂树多,偏为梅咨嗟。
>
> 问君何独然?
>
> 念其霜中能作花,露中能作实。
>
> 摇荡春风媚春日,念尔零落逐寒风,徒有霜华无霜质。

在这里,诗人托物言志,表现了清高、孤寂、独立不群的人格,可以说是梅花人格化进程的重要标志。

然纵观《乐府诗集》中的梅花形象,尚处于梅花意象发展的初级阶段,多起到衬托、比喻的作用,而少有独立成为主角的。这一情形在唐以后得到改变。另外,由于受南朝后期整体艳丽诗风的影响,《梅花落》的主题也逐渐女性化,向闺怨、宫怨诗倾斜,且始终受到征夫怨妇的民歌特色影响。

除乐府诗外,南朝时,人们已经发现并抒写梅花凌寒早开的特性,只是梅花大多仍附属于梅子,如《艺文类聚·果部·梅》就是将梅花收入"果部",其中录梁简文帝《梅花赋》:"梅花特早,偏能识春,或承阳而发金,乍杂雪而披银。……标半落而飞空,香随风而远度。……乍开花而傍巘,或含影而临池。向玉阶以结采,拂纲户

---

① 程杰:《梅花意象及其象征意义的发生》,载《南京师大学报(社会科学版)》1998年第4期。

而低枝。"另有南朝诗人谢燮的《早梅》："迎春故早发,独自不疑寒。畏落众花后,无人别意看。"强调了梅花凌寒早发只是出于争强好胜的习性。但无论如何,梅花在这个时期逐渐成为诗人关注的对象,以梅花为题的诗文也逐渐增多,如谢朓《咏落梅诗》、肖纲《雪里觅梅花诗》《春日看梅花诗》及《梅花赋》、庾信《梅花诗》、阴铿《雪里梅花诗》、谢燮《早梅诗》等等。

梁人何逊的《扬州法曹梅花盛开》,又名《咏早梅》,是当时文人咏梅花的一种代表性视角:

> 兔园标物序,惊时最是梅。
>
> 衔霜当路发,映雪拟寒开。
>
> 枝横却月观,花绕凌风台。
>
> 朝洒长门泣,夕驻临邛杯。
>
> 应知早飘落,故逐上春来。

同时,以梅花抒写思乡怀人之情和感时伤逝之感的作品也较普遍。梅花成为思乡怀旧的象征,最经典的莫过于南北朝陆凯的《赠范晔》:

> 折梅逢驿使,寄与陇头人。
>
> 江南无所有,聊赠一枝春。

后来,"一枝春"遂成了古往今来梅花与友情的象征,这首诗更是千古流传。它上承"古越梅花战国礼"的地域传统,下启梅花意象的江南风情,是江南梅花意象的重要文化源头。

思乡怀旧主题下如萧绎的《咏梅》诗,同样是千古绝唱:

> 梅含今春树,还临先日池。
>
> 人怀前岁忆,花发故年枝。

杜甫有诗句"东阁官梅动诗兴,还如何逊在扬州",可见此一时期咏梅诗对后世的影响。

入唐以后,咏梅诗逐渐增多,也出现了创作大量咏梅诗的代表性诗人。虽不乏承接汉乐府主调的创作,但独立的梅花意象不断清晰,呈现出清旷的气息和文人自我抒情的特征。与其说是写梅花,不如说是诗人自己的内在世界。梅花也从外形到内在气质品格,渐与百花松绑,而与松、竹比肩。

一方面,梅花作为思乡怀远主题在唐代更趋普遍,并更具有诗人个人独特的情

感内容,而梅花作为意象的特征也更为突出,如王维《杂诗三首》其二:

> 君自故乡来,应知故乡事。
>
> 来日绮窗前,寒梅著花未?

另外如张说《幽州新岁作》:"去岁荆南梅似雪,今年蓟北雪如梅。共知人事何常定,且喜年华去复来。"张九龄《和王司马折梅寄京邑昆弟》:"独攀南国树,遥寄北风时。"高适《人日寄杜二拾遗》:"柳条弄色不忍见,梅花满枝空断肠。"杜甫的《江梅》也是抒写故国之思。这些诗中的情感都不可谓不深刻。

另一方面,承续鲍照托物言志的风气,唐代诗人更进一步丰富和强化着梅花的人格内涵。如张九龄《庭梅咏》中"更怜花蒂弱,不受岁寒移"一句,既蕴含着诗人惨遭贬谪的身世之慨,更体现出自身的高洁志向。中唐朱庆馀的《早梅》,可以看作是宋代"岁寒三友"说的雏形,使梅成为君子人格的写照,诗中写道:

> 天然根性异,万物尽难陪。
>
> 自古承春早,严冬斗雪开。
>
> 艳寒宜雨露,香冷隔尘埃。
>
> 堪把依松竹,良涂一处栽。

这一时期较多书写梅花的诗人是杜甫,他也许是唐代第一个对梅花着眼较多、涉笔较多的诗人。根据学者陈植锷的统计,杜甫诗集中,泛称"花"的有267处,其中"梅"最多,为12次[1]。其中《和裴迪登蜀州东亭送客逢早梅相忆见寄》一诗,在咏梅诗中具有极高的地位。

(三)梅花意象——两宋的鼎盛与明清的繁华

梅花意象在两宋的鼎盛与定型,几乎伴随着江南梅花意象的凸显而来,而这一切又与江南多梅的地域特性有关。从古越国以梅作国礼,到陆凯以江南梅花赠范晔,再到唐代张九龄称梅为"南国树",都说明了这一事实。唐末诗人罗邺《梅花》诗中也写道:"繁如瑞雪压枝开,越岭吴溪免用栽。却是五侯家未识,春风不放过江来。"进一步体现了梅花种植的地域差异。

竺可桢在《中国近五千年来气候变迁的初步研究》[2]中认为,到宋朝时,中国气

---

[1]　陈植锷:《诗歌意象论》,中国社会科学出版社1990年版,第十章。

[2]　竺可桢:《中国近五千年来气候变迁的初步研究》,载《考古学报》1972年第1期。

候有一个显著的变化:北方趋冷,不少动植物也随之南下或消亡,于是大面积的梅花消失。梅尧臣"驿使前时走马回,北人初识越人梅"(《京师逢卖梅花五首》之一)和王安石"北人初未识,浑作杏花看"(《红梅》)等诗句很好地反映了当时的情况,可见宋时梅花的种植被压缩到了江南一带。尤其在进入了历史寒冬的南宋,政治中心的南移和偏安一隅带来文人心态变化,梅花成了统治者粉饰太平、装点庭院的重要载体,更成为文人寄托情怀、抒发心志的重要物象。不畏霜雪、凌寒独开的梅花是文人心中普遍的精神寄托和情感象征,梅花不仅大量出现在诗文中,也频繁铺展在画卷上,形成了梅花审美的鼎盛时代,梅花也于此时成为"岁寒三友"之一,并确立了百花之尊、群芳之首、与牡丹比肩的地位。"梅花生长区域缩小,社会心理中,物以稀为贵的原理再次显现,再加上从北宋而南宋,从汴京而临安,悲凉之气与文人气质亟需一个对应之物可以相洽可以抒发,梅花当仁不让。"①

可以说,成熟的梅花意象,正是两宋特别是南宋独特历史地理环境下的产物,因此天然地属于浙江诗路上重要的地理意象。这一时期最主要的标志,一是梅花意象所含意蕴的丰富与定型,尤其是完成了人格定型;二是代表性诗人诗作的出现和繁荣,如林逋、陆游、苏轼、杨万里等诗人及其数量可观、质量上乘的作品。

两宋梅花意象的人格化,从以凌寒早开、不畏严寒为中心,向高雅、脱俗、超逸的品格定型,其代表人物是隐居杭州西湖孤山的林逋,以梅养志,抒发淡泊清高的隐士情怀。当这种品格面向更为复杂恶劣的政治环境,从"穷则独善其身"进一步走向"达则兼济天下",便是儒家理想人格的最高境界——舍生取义、杀身成仁。"鞠躬尽瘁,死而后已"的浩然气节,其代表人物是越州山阴的爱国诗人陆游(包括其现实表现的代表岳飞),"一树梅花一放翁",书写了忠贞不渝的忠臣风骨。无论是清高脱俗的隐士之风,还是坚贞刚毅的忠臣之骨,梅花意象在两宋实现了人格定型与成熟。无论出世入世,或隐或仕,都是后世解读梅花和评判人格的最高理想准则。

苏轼洒脱旷达而坚韧的个性,使他自然偏爱梅花,并能心与物合。他的《红梅》写道:

> 怕愁贪睡独开迟,自恐冰容不入时。
> 故作小红桃杏色,尚余孤瘦雪霜姿。
> 寒心未肯随春态,酒晕无端上玉肌。

---

① 徐刚:《痴情最是梅花落》,载《光明日报》2021年2月5日13版。

> 诗老不知梅格在,更看绿叶与青枝。

"雪霜姿"写出了对梅花无限的想象力,而末句的"梅格"更是振聋发聩,它将梅花与人格的关系直陈无碍,标举一时,大气磅礴。"乌台诗案"和多次的贬谪外放,使苏轼与梅花的精神气韵进一步融合。"何人把酒慰深幽,开自无聊落更愁"(苏轼《梅花二首》),命运的趋同引发超越物我的共情,也将中国士人的生命气象进一步注入了梅枝。

在日益激烈的党争中,第二次罢相的王安石也写下了著名的咏梅诗《梅花》,成为传颂至今的经典:

> 墙角数枝梅,凌寒独自开。
>
> 遥知不是雪,为有暗香来。

苏珊·朗格说:"在诗歌生气勃勃地不断发展的年代里,存在着某种趣味上的统一性,它诱使许许多多的作者去探索那种占支配地位的同一种情感,从而逐渐形成对每一个开拓者说来都是十分纯正的固定的风格体例。这样,一些手段就变成了传统。"[①]梅花诗词与梅花意象这个文学传统便是在宋代完成了它的定型。

元明清时期,梅花意象的书写传统得到进一步发扬光大,虽然在整体格调上已经很难超越两宋,但素材、内涵与意象的组合与表现方式等方面,仍有多方面探索,从而走向了拓展与繁荣。随着这一时期市民经济的发展和俗文学的流行,梅花意象在对主流风格的综合推进之外,也一定程度趋向世俗化与生活化,如冯子振《鸳鸯梅》、赵孟頫《梅花》等。

元代,与陆游同为越州人的王冕,不仅写梅花诗,更以画梅著称,著有《梅谱》一书,还自号"梅花屋主"、梅叟、梅翁。他对梅之形神、品格、气韵的理解,已有集大成的意味,其《墨梅》一诗,也是梅花书写中的经典:

> 我家洗砚池边树,朵朵花开淡墨痕。
>
> 不要人夸好颜色,只留清气满乾坤。

这首诗将诗画结合,开拓了梅花意象的新"象境"——墨梅,同时又通过虚实结合,一语双关,将诗格、画格与人格巧妙融合,在一"淡"一"满"间,寄托了无尽之意。

在宋代"岁寒三友"基础上,到了明代黄凤池辑《梅竹兰菊四谱》后,梅与兰、

---

① 苏珊·朗格:《情感与形式》,刘大基、傅志强译,中国社会科学出版社1986年版,第326页。

竹、菊共有"四君子"之说,绘画中则以梅、兰、竹、菊为独立的画料,称为以梅为首的"四君子画"。梅花意象进一步在诗画中蓄积和发展。当时较有代表性的诗人是高启,其《梅花九首》之第一首写道:

> 琼姿只合在瑶台,谁向江南处处栽。
> 雪满山中高士卧,月明林下美人来。
> 寒依疏影萧萧竹,春掩残香漠漠苔。
> 自去何郎无好咏,东风愁寂几回开。

"雪满山中高士卧,月明林下美人来"一句,使诗人有了"高梅花"之誉,可见这句诗所含意象韵味的独特深邃。梅花的高洁虽不是新创,但那种不以雪为摧残,反而悠闲享受"雪满山中"的散淡心绪,无疑有了更超尘拔俗的意味,也逐渐趋向与世界的和解,既不对立,也不苟合,既不争斗,也无愤慨,就如月下林中的美人,只为自己的存在而存在,所谓的"林下之风",或正是如此。

《梅花九首》同样通过意象组合,表现了梅花意象多样化的一面,如其二有:"缟袂相逢半是仙,平生水竹有深缘。"其九有:"断魂只有月明知,无限春愁在一枝。"

清代的梅花诗,更主要体现在水墨丹青之意境,李晴江自题画梅中的一句"触目横斜千万朵,赏心只有两三枝",既道出了画梅心得,影响深远,也是对梅花意象的另一种丰富。

二、"梅妻鹤子":梅花意象的人格定型

林逋隐居西湖孤山,以种梅养鹤为生,人称"梅妻鹤子"。选择孤山,可以说是大隐隐于市,因为西湖孤山就在杭州城西面,离城区仅咫尺之遥,而西湖更是杭州人不论贵贱僧俗、晴雨雪月都蜂拥而至的地方。林逋能居西湖二十多年而不涉足城市,却依然吸引着众多达官名流、文人墨客前来拜访交流,是当时及后世一种标志性的存在。隐士林和靖象征着清高出尘的文人心理,影响着一代文人的道德选择,是宋代梅花意象的重要奠基者和开路者。

苏轼《书林逋书后》曾赞:"先生可是绝伦人,神清骨冷无由俗。"

> 吴侬生长湖山曲,呼吸湖光饮山渌。
> 不论世外隐君子,佣儿贩妇皆冰玉。
> 先生可是绝俗人,神清骨冷无由俗。
> 我不识君曾梦见,瞳子了然光可烛。

遗篇妙字处处有,步绕西湖看不足。

诗如东野不言寒,书似西台差少肉。

平生高节已难继,将死微言犹可录。

自言不作封禅书,更肯悲吟白头曲!

我笑吴人不好事,好作祠堂傍修竹。

不然配食水仙王,一盏寒泉荐秋菊。

从"先生之风,山高水长"到"神清骨冷无由俗",钱塘江畔,水山之间,总有出尘拔俗的道德风骨,令后世景仰。

张之翰《接花说》中认为:"夫草木,天地之有生,世人之无情,亦当可爱而不可去者。何哉? 盖必有所主而然,故杏之于孔坛,莲之于周茂叔,菊之于陶东篱,梅之于林西湖之类是也。"王十朋《腊日与守约同舍赏梅西湖》中也说:"见花如见处士面,神清骨冷无纤埃。"

可见,林逋对梅花意象的影响,首先是在人格,其次才在诗格,这也符合诗歌意象"意"在"象"先的根本特质。

林逋之人格,正是钱塘江畔源远流长之素有风气——清节,这也成为写梅、画梅之人共同的德性追求和精神旨趣。被认为是林逋临终明志之作的《自作寿堂因书一绝以志之》中一句"茂陵他日求遗稿,犹喜曾无封禅书",可以说是这种气节的真实写照。从种梅、护梅、赏梅、写梅到爱梅、惜梅,从物质到精神,林逋实现了诗人与梅花的貌合神一,后人称赞其以梅为妻、以鹤为子,足见他与梅花不同于常人的内在统一性。"梅"代表林逋闲适雅洁人格的主体风骨,"鹤"则为其增添了几分"仙"的萧散俊逸风神。林逋在西湖孤山种梅养鹤,与梅相伴二十载,对梅花的理解既深刻又有代入感,大大提升了梅的形象与意蕴,实现了意象的整体提升。不仅梅的意蕴更深刻丰沛,而且摹形也更清冷传神,尤其在水月的映衬下,呈现出更浑然天成的审美象境。林逋将梅花融入了自己的生命境界,实现了梅花意象与士大夫道德的定型化。"宋前千年咏梅发展,男女情把梅品导向俗,士子情把梅品导向愁,林逋最早使梅的品性发生根本性质变"[①],使之实现士大夫化。这种定型的深刻性还在于,它并没有因为林逋的离世而消逝,它源于林逋却超越林逋,在后世尤其是元明清,由于契合当时士大夫返求于内、独崇气骨的美学主张而获得进一步深化。

---

① 鲁茜:《南宋杭州西湖梅花的文化阐释》,载《江西社会科学》2010 年第 5 期。

元代冯子振《西湖梅》"任他桃李争欢赏,不为繁华易素心"一句,无疑有无限深意可以玩味。

人格之外,林逋的梅花诗格同样具有标志性。刘埙《梅湖道人墨梅跋》中断言:"自和靖香影句传天下,遂令梅增万世,乃知西湖寒碧,是此华成名处。"①而这一观点并非刘埙一人所持。在士大夫道德审美中的梅花意象,除了超拔的气节,同样有高雅的审美韵致,并进一步与宋代美学相结合,呈现出无与伦比的美学色彩。林逋咏梅的传世作品主要有诗八首和词一首,其中诗八首被称为"孤山八梅",共三十二联六十四句,最广为人知的是《山园小梅》:

> 众芳摇落独暄妍,占尽风情向小园。
>
> 疏影横斜水清浅,暗香浮动月黄昏。
>
> 霜禽欲下先偷眼,粉蝶如知合断魂。
>
> 幸有微吟可相狎,不须檀板共金樽。

"疏影横斜水清浅,暗香浮动月黄昏",几乎将梅花的韵致(象)表达极致,其中的美学色彩不言而喻。王十朋称其"暗香和月人佳句,压尽千古无诗才"。而仔细品味其中的韵味,疏影横斜清溪之畔,暗香浮动黄昏之际,仿佛又句句都在表露意蕴(意),它远离闹市,守着宁静,清香隽永,不求人解,高洁雅淡,清朗自适。

"孤山八梅"整体都萦绕着同一种气韵,除《山园小梅》外,同样值得一提的如《梅花》:

> 吟怀长恨负芳时,为见梅花辄入诗。
>
> 雪后园林才半树,水边篱落忽横枝。
>
> 人怜红艳多应俗,天与清香似有私。
>
> 堪笑胡雏亦风味,解将声调角中吹。

又如《梅花其三》:

> 小园烟景正凄迷,陈阵寒香压麝脐。
>
> 湖水倒窥疏影动,屋檐斜入一枝低。
>
> 画工空向闲时看,诗客休征故事题。
>
> 惭愧黄鹂与蝴蝶,只知春色在桃溪。

---

① 刘埙:《水云村稿·卷七》,文渊阁《四库全书》影印本。

　　林逋梅花意象营造的另一个方面，是从精神到形体上对宋代墨梅画的深刻影响。所谓"诗是有声画，画是无声诗"，诗画合一的中国艺术精神，在梅花意象上体现得淋漓尽致。宋代陈宓在《题高将仕墨梅》中写道："诗清见和靖，笔妙得高郎。当暑开霜素，萧然六月凉。""高郎"即高将仕，这句说高将仕是用笔墨画出了林逋的诗境，令人看到之后六月生凉，无限的清气扑面而来。

　　暗香疏影，水月斜枝，林逋奠定的梅花意象审美几乎影响了同时和其后的大部分梅花绘画创作，疏瘦古朴成为中国墨梅画的主要美学特色。他的"清节"在画中成为"清美"，既是绘画之美，更是画者的人格之美。宋代朱淑真《墨梅》诗："若个龙眠手，能传处士诗。借他窗上影，写作雪中枝。"张守墨梅诗有："疏影横斜黄昏月，貌尽西湖处士诗。"陆文圭题墨梅诗道："逋仙此诗真能画，王生非画却能诗。"元代赵孟頫和夫人管道升都作墨梅图，赵孟頫曾赞管道升《梅竹》图"落笔秀媚，超轶绝尘""虽系小景，深得暗香疏影之致"①。这都说明了墨梅画以林逋梅花意象为参照，以诗境为画境，更让画作具有了画面之外的诗意，实现了墨梅的清美之境。

　　不仅如此，宋元时期，还出现了一种独特的画作——林逋观梅吟诗图，如《和靖观梅图》《和靖吟梅图》《林和靖诗意图》等，其来源正是林逋隐居孤山种梅养鹤、赏梅吟梅的事迹，可见林逋梅花意象及其"清节"人格的影响之深远。

三、物我合一：梅花意象的个我与超我

　　咏梅诗到陆游，因梅花梅骨和诗人的傲骨与爱国情怀相凝结，又进入了一个新的境界。有学者统计，仅一部《剑南诗稿》中，直接有梅出现的诗题就有188处之多，约占整部诗稿的2%，且贯穿了陆游整个创作的始终。②"排日醉过梅落后，通宵吟到雪残时"（《小饮梅花下作》），"何时小雪山阴路，处处寻香系钓舟"（《小饮落梅下戏作送梅一首》），陆游对梅花的喜爱可以说达到了如痴如醉之境，他将自己的思想感情、人生态度、家国情怀等都融入了梅花意象。如果说林逋的爱梅更多带有士大夫清节自好的个我属性，那么陆游的爱梅则是个我在穿越家国政治的重重迷雾后，那个超我与物齐一的心心相惜与精神持守，因此在陆游这里，梅花意象实现了从个我到超我的跃升，并最终走向两者的统一。

　　在陆游这里，梅花真切而具体，几乎遍布他的生活环境。其中一首《梅花》写道：

---

① 李修生：《全元文》，江苏古籍出版社1999年版，第118页。
② 武二炳：《"一树梅花一放翁"——论陆游的梅花诗》，载《包头师专学报（社会科学版）》1987第1期。

> 家是江南友是兰,水边月底怯新寒。
>
> 画图省识惊春早,玉笛孤吹怨夜残。
>
> 冷淡舍教闲处著,清臞难遣俗人看。
>
> 相逢剩作樽前恨,索莫情怀老渐阑。

首联交代了梅花的生长环境,长在江南水边,与兰相伴;后一句写作者看到梅花时的景象。颔联后一句通过"玉笛"这意象,暗用《梅花落》的曲子写梅花在寒夜里的孤独和愁怨。颈联既写出了素雅、清瘦的梅花具有高洁的品质,也表现出梅花被冷落、难以得到认可的处境。

另一首《梅》写道:

> 若耶溪头春意悭,梅花独秀愁空山。
>
> 逢时决非桃李辈,得道自保冰雪颜。
>
> 仙去要令天下惜,折来聊伴放翁闲。
>
> 人中商略谁堪比,千载夷齐伯仲间。

在江南、在浙东,正是在具体的与兰为伴又非桃李之辈的定位中,在"水边月底"和"空山"的清冷空间里,梅花的意象自然流出,无论"冷淡""清臞"还是"冰雪颜",都是意蕴的呈现。在《探梅》一诗中,他还直言:"平生不喜凡桃李,看了梅花睡过春。"在《山亭观梅》中强调自己"与梅岁岁有幽期"以及"西郊寻梅矜绝艳,走马独来看不厌"(《西郊寻梅》)、"小亭终日倚栏杆,树树梅花看到残"(《梅花绝句》其四)等。此类书写不计其数,正如《梅花绝句》中写的:"红梅过后到湘梅,一种春风不并开。造物无心还有意,肯教放翁日日来。"

梅花志气高洁、不同流合污的品性,即使寂寞孤独也要坚守自我的德性,深深打动了陆游的心:"半霜半雪相仍白,无蜂无蝶自在香。"(《客舍对梅》)他对梅的赞赏仰慕之情随处可见:"相从不厌闲风月,只有梅花与钓矶。"(《梅花》)"相逢只怪影亦好,归去始惊身染香。"(《梅花》)"高标不合尘凡有,尤物真穷造化功。雾雨更知仙骨别,铅丹那悟色尘空。"(《梅花》)他甚至感到自己还达不到梅花的境界,需要不断自我修炼才能与梅为友,自述"欲与梅为友,常忧不称渠。从今断火食,饮水读仙书"(《梅花》)。

在陆游心中,梅花敢傲霜雪、倔强坚韧的特性正是自己精神品格的写照,即使屡遭罢黜,仍不改爱国护国之志,不正是梅之"精神最遇霜雪见,气力苦战冰霜开"(《故蜀别苑在成都西南十五六里梅至多有两大树》)吗?于是才有如此切身的感悟:"何方可化身千亿,一树梅前一放翁。"(《梅花绝句》)清代姚莹在《论诗绝句六十首》中评价陆游:"铁马楼船风雪里,中原北望气如虹。平生壮志无人识,却向梅花觅放翁。"可谓切中肯綮。

陆游最享盛名、流传最久的咏梅词是《卜算子·咏梅》:

> 驿外断桥边,寂寞开无主。已是黄昏独自愁,更著风和雨。
>
> 无意苦争春,一任群芳妒。零落成泥碾作尘,只有香如故。

这首词以传统的咏物寓志笔法,刻画了梅花孤高、芬芳、不争且百折不挠的精神品格。"独自愁"和"风和雨",反映了陆游力主收复失地主张的应者寥寥和阻力重重,而梅花这种"一任群芳妒""零落成泥碾作尘,只有香如故"的品格,正是诗人自我人格的写照。因此这首词既是为断桥边寂寞的梅花咏叹,更是为自己坎坷不平而坚韧、虽不得志而终不改其志的命运与人格在咏叹,正如他在《感事六言》中所写:"双鬓多年作雪,寸心至死如丹。"诗人与梅花在这里已完全地物我合一,可以说,梅花意象至此已经达到了一个新的境界。梅花高洁、孤傲、坚韧,不随波逐流,不媚于世俗的精神品质,已成为诗人寂寞愁苦却不屈不挠品格的写照,也是其坚守政治抱负,虽遭排挤迫害仍坚贞不屈、死而后已的大爱精神的体现。

《落梅二首》写于 1192 年,陆游时年 68 岁:

> 雪虐风饕愈凛然,花中气节最高洁。
>
> 过时自合飘零去,耻向东君更乞怜。
>
> 醉折残梅一两枝,不妨桃李自逢时。
>
> 向来冰雪凝严地,力斡春回竟是谁?

诗中"耻向东君"的东君,原本是指东方司春神,在这里无疑也是对不思收复失地的南宋朝廷的喻指,表达了诗人不屈不挠的爱国情怀和以乞怜为耻的愤慨心情。宁肯"飘零去",也不与当权者同流合污,表现了对理想的坚守和对正义矢志不渝的操守。这是中国古代士大夫高洁坚贞、忠贞孤傲的人格魅力与气节。气节是中国传统士大夫人生价值的判断准绳,从"不食周粟"的伯夷、叔齐,到留胡节不辱的苏武,再到"人生自古谁无死,留取丹青照汗青"的文天祥,越是在困境逆境中越迸发出气节的光芒,所谓"时穷节乃见"(宋·文天祥《正气歌》)。正如严霜衬托了梅花之精神,"时穷"同样使气节具有了崇高的道德感,这种气节正是儒家理想人格的最高境界,它使个我走向超我,小我也由此升华成为大我。

第三节　莲荷意象

"莲荷"主要是对"莲"与"荷"的统称，这里的莲即莲蓬、莲子，荷即荷花，也称芙蕖、莲花、芙蓉、菡萏等，此两者是莲科莲属的多年生水生草本植物在文学中被书写最多的。同时，由于莲藕、莲(荷)叶等其他部位也是重要的描写对象，因此莲荷意象同样包含这些部分。陆佃《埤雅·释草》中称："荷，总名也。花叶等名俱众义，以不知为问谓之荷也。"意思是这一植物的各个部分都有名称，而整体却不知谓何，干脆就以"荷"称之。本节中即以"荷"指称植物，而以"莲荷"表意象，以此呼应诗歌意象描摹的丰富性和形象性，同时也突出莲蓬(子)与荷花的主体地位。作为最古老的被子植物属之一，荷有"活化石"之称，在我国有悠久的栽培历史，且栽种范围广泛，文学上的书写更是绵延久远时空，但莲荷意象却与江南吴越地区最为相关，更是诗路各片水域孕育的意象之花，具有宗教、美学、女性、爱情、地域人文精神等多重内涵。

一、莲荷文化的起源与民俗背景

莲荷的古老，从在距今约 7000 年的河姆渡文化遗址中就发现有莲的花粉化石中可见一斑。和梅一样，莲荷最早被关注的是其实用价值，莲子、莲藕是古老先民在采集时代就发现的美味。在距今 5000 年前的河南仰韶文化遗址内，发现室内台面上有炭化的莲子，表明莲子在当时已经被当作食物。距今 3000 多年的《周书》中有"薮泽已竭，即莲掘藕"的记载，可见当时人们已经种植莲藕以食用了。此外，至少在汉代的《神农本草经》中，就已经有关于莲藕药用价值的记载了。

随着实用价值的漫长发展，莲荷的美学价值也逐渐凸显。周代时，荷花就已经成为人们喜用的装饰图案，莲鹤方壶等大量的出土文物足以证明[①]。《诗经》中也出现了关于莲荷的描写，如《诗经·郑风》："山有扶苏，隰有荷华。"《诗经·陈风》："彼泽之陂，有蒲与荷。"虽然都只是简单的起兴描写，却是荷花进入文学的重要标志。一般认为，莲荷在《诗经》中主要是男女情爱的象征，且荷所代表的常常是女性一方，由此也延伸出莲荷作为美丽女性的指代关系。

在《楚辞》里，莲荷则是"香草美人"传统中"香草"的一种，因此有君子比德的意涵。"制芰荷以为衣兮，集芙蓉以为裳"正是对君子由内而外美好人格的写照，由此

---

① 柳涵：《漫谈中国古代的莲荷图案》，载《文物》1959 年第 9 期。

演变而来的"荷衣",也成为后世与"朝服"相对的身份标志,成为隐士的代称,如戴叔伦"草座留山月,荷衣远洛尘"(《送长南史》);而隐士正是中国文化中具有美好道德人格之人,也是具有清淡无为、出尘拔俗品性之人。《九歌》中的以荷祭神,则进一步寄托了屈原所崇尚的高尚人格之不朽。

莲荷相关的民俗中,影响最大且深远的首推采莲。采莲同时也是江浙地区最富有诗意和地域特征的农事活动,融合了文学、音乐、民俗、节庆、农事等众多元素,往往呈现出一个充满动感与活力的喜庆丰收场景。乐府诗《江南》,正是采莲场景的生动描述,也是莲荷作为文学意象出现的较早出处,奠定了莲荷意象与江南的深度联结。

> 江南可采莲,莲叶何田田,鱼戏莲叶间。
>
> 鱼戏莲叶东,鱼戏莲叶西,鱼戏莲叶南,鱼戏莲叶北。

闻一多先生在《说鱼》中认为,"鱼戏莲叶间"字面上看是鱼在莲叶间嬉戏,其实是以鱼喻男性,以莲喻女性,因此整首诗看起来描述的是江南采莲、鱼在水中嬉戏的画面,但实际写的是男与女嬉戏之欢。从这个角度出发,莲荷文化中还蕴含着生殖崇拜意义,蕴含着莲与生育、繁衍、婚恋的深在关联。在梵语中,莲蓬与"子宫"同词[1],也反映出这一意义的普遍性。

南北朝江淹《莲花赋》称莲花"一为道珍,二为世瑞",这在一定程度上概括了莲荷在当时的主要文化内涵。"道珍"强调莲荷在道教文化中的影响,道教的清静无为思想正与莲荷契合;"世瑞"则主要是指它在世俗生活中的美好吉瑞象征,包含和合、多子、圆满等寓意。《事物原会》载:"和合神乃天台山僧寒山与拾得也。"两位和合神一人持荷,一人捧盒,蕴意"和合"。而"和合"之意最早见于《周礼·地官》"媒氏"疏中:"使媒求妇,和合二胜。"可见"和合"本意即为婚姻美满。民间也多将荷花与鸳鸯组合形成婚姻美满的祝福寓意,以莲蓬莲子寓意人之子孙满堂。

随着佛教文化的传入与传播,莲荷文化受到佛教文化的广泛深刻影响,莲花这一称谓正是随着佛教传入中国而产生的,我国的早期典籍中主要以芙蕖、荷花、芙蓉等相称。佛教中大量的莲花踪迹(如佛教有莲座、莲灯等物品;《华严经》记载摩耶夫人是梦见巨莲而感孕,释迦牟尼出生时即步步生莲,踩在莲花上;佛经中也常出现"莲""莲华(花)"字样,如《妙法莲华经》),广泛影响着我国莲花文化的发展。

---

① 牛芳:《〈诗经〉中"莲"意象生殖崇拜意义探析》,载《榆林学院学报》2004年第4期。

唐代是莲荷意象与佛教禅宗思想结合的高峰期,也是涉及莲荷的诗歌创作数量最丰的时期。据学者检索统计,"《全唐诗》及《全唐诗补编》中发现包含'荷'的单句908个,'莲'1212个,'芙蓉'476个"①,由此可见一斑。李白"了见水中月,青莲出尘埃"(《陪族叔当涂宰游化城寺升公清风亭》)、"清水出芙蓉,天然去雕饰"(《旧游书怀赠江夏韦太守良宰》),元稹"莲池旧是无波水,莫逐狂风起浪心"(《寻西明寺僧不在》),白居易"似彼白莲花,在水不着水"(《赠别宣上人》),都是此类。

唐代禅佛中出淤泥而不染的莲花,在宋代理学影响下进一步获得伦理道德的奠定,以周敦颐的《爱莲说》为代表,象征着莲荷意象中君子人格的确立。正如陈洪在《佛教莲花意象与唐宋诗词》一文中所说:"中国士大夫对世俗化宗教的需要和中国佛教对宗教世俗化的追求,在轨迹上、趋向上重叠合拍了。这使得莲花在中国生长的沃土变得丰富了。"②中国文化中还有不少与荷有关的传说,如哪吒莲身、并蒂情愫、包藏无丝、荷花仙子等等,涉及民俗宗教的方方面面,并深度融入人民的生活思想。其中流传较广的是"西施玩花"和"荷花生日"。越女西施是吴王夫差的宠妃,少女时曾在家乡越地即今天的浙江绍兴采莲,吴王为了讨其欢心,便在离宫专门修筑了一座白石莲池,命名为"玩花池"。夏季荷花盛开时,吴王便与西施在此赏荷玩花。"荷花生日"也与西施有关。传说西施协助越王败吴后回到越国,因遭越王后嫉其美貌而被沉江,当日正是农历六月二十四日。民间传说西施沉江后不仅没死还成了荷花神,便定六月二十四日为荷花生日。荷花也因此被称为"六月花"。这些传说也在一定程度上加深了莲荷文化的地域元素。

综上所述,一个丰富立体的莲荷文化谱系逐渐形成,它涉及了莲花/荷花、莲子、莲蓬、莲藕、莲叶等荷的几乎所有部分。从内涵上看,红莲与荷花多与女性相关,同时也作为花而具有审美的自足性;白莲、青莲多与宗教文化相关,又与道德人格契合;莲子与莲蓬早期起于生殖崇拜,后发展为爱情婚恋与多子民俗;莲藕在"藕断丝连"中形成与爱情、婚姻之关联。同时,莲荷文化中还衍生出大量组合意象来寄托更多民间祈祝,如莲与鱼的组合形成"连年有余",荷花与海棠、飞燕构成一幅"何(荷)清海晏(燕)"图,寓意天下太平等。在艺术形式上,莲荷文化出现于诗词书画、音乐舞蹈、民俗节庆、设计工艺、园林建筑、器物服饰等广泛领域,深入人民生活的方方面面。以上这些都对莲荷意象的形成产生着或深或浅的影响。

---

① 俞香顺:《中国荷花审美文化研究》,巴蜀书社2005年版,第7页。
② 陈引驰等编:《中国古典诗学会探》,复旦大学出版社2006年版,第408页。

二、浙江诗路莲荷意象的多重内涵

从莲荷的生长环境和文化风俗可知,江南吴越地区是莲荷文化的主要孕育地,也是莲荷意象的主要书写地;从诗歌创作的成就与影响力来看,浙江更是独树一帜。从浙东(绍兴)到浙北(湖州、杭州),从"芙蓉出水"的诗歌美学到活泼悠扬的《采莲曲》,用杨万里的话说,此地"映日荷花别样红",文学的莲荷,即莲荷意象,自然在浙江诗路上生成。

(一)从"禅净之美"到"芙蓉出水"

从楚汉到魏晋,莲荷受道教尊崇,因而具有了超凡脱俗的"真意"和"真趣"。它与佛教的关系,更是广泛体现在各种佛教用品、典籍、传说和公案中。在进一步与佛教特别是净土宗、禅宗的紧密结合中,莲荷意象的宗教哲学内涵得到不断丰富和确认。谢灵运在浙东期间创作的一些诗作中也写到莲荷,如《游南亭》:"久痗昏垫苦,旅馆眺郊歧。泽兰渐被径,芙蓉始发迟。"《石壁精舍还湖中作》:"芰荷迭映蔚,蒲稗相因依。披拂趋南径,愉悦偃东扉。虑澹物自轻,意惬理无违。寄言摄生客,试用此道推。"这些看似自然的描写,其中正蕴含着莲荷意象的部分意蕴。它一方面受到屈原《楚辞》的影响,如"芰荷"的叫法最初见于《楚辞》,诗中的"清晖能娱人,游子憺忘归"一句也是从《楚辞·九歌·东君》中"羌声色兮娱人,观者憺兮忘归"句化出;另一方面则正来自莲荷与吴越地区佛道思想的关联。

谢灵运笃信佛教,特别是归心净土,崇尚诗禅合一。浙东最早有意识书写莲荷对象的谢灵运,其文学成就和个人影响使浙东莲荷意象的内涵先在地融入了佛教禅宗思想。当南方佛教的领袖人物、净土宗慧远大师在庐山东林寺创办白莲社(或称莲社),谢灵运就曾主动向慧远大师请求入社。白莲社以念佛作诗为主要活动,以白莲为重要媒介[①],邀请了当时的一些诗人如陶渊明入社。虽出于种种原因,谢灵运最终并未入社,但请求入社本身就是一个重要的行为,从中反映出谢灵运对白莲社、对佛教的思想认同,这自然会进入谢灵运的诗思诗笔。有鉴于此,我们再读谢灵运写莲荷的诗句,就能体会到其中涵义。白居易《浔阳三题·东林寺白莲》称"我惭尘垢眼,见此琼瑶英。乃知红莲花,虚得清净名""欲收一颗子,寄向长安城。但恐出山去,人间种不生",给出了白莲"清净"的思想定论,这正是莲荷意象最主要的宗教蕴意。

---

① 覃召文:《莲荷原型的文化蕴含》,载《华南师范大学学报(社会科学版)》1999年第2期。

从"真趣"到"清净",这种精神上的认同在诗人那里自然会转化为美学上的追求。于是魏晋以后,无论是写诗还是评诗,追求荷花般的自然清净与纯真成为风尚。莲荷意象再一次获得美学上的意蕴延伸,谢灵运恰恰又是这种美学风格的代表人物之一。谢灵运对荷花之喜爱,从他在浙东的"始宁山庄"就可见一斑。他在庄内种植了大片荷花,并在《山居赋》中写道:"虽备物之偕美,独扶渠之华鲜。播绿叶之郁茂,含红敷之缤翻。怨清香之难留,矜盛容之易阑。"同时还特别提到自己的创作是"叙山野草木水石谷稼之事""求丽,邈以远矣",不过是"去饰取素,倪值其心耳"。谢灵运赏荷惜荷,对诗赋写作的态度也如莲荷般自然清新。因此鲍照称"谢诗如初发芙蓉,自然可爱",汤惠休也称"谢诗如芙蓉出水"并与颜延之的"错彩镂金"形成对比。这种风格也受到大诗人李白的尊崇,他不仅推崇谢灵运,还在《书怀赠江夏韦太守良宰》中借鉴赏表达自己的美学追求:"览君荆山作,江鲍堪动色。清水出芙蓉,天然去雕饰。"李白在浙东不仅继续践行和发扬了这种诗风,还留下了一组生动自然、清新明丽的《采莲曲》。

自称谢灵运十世孙的湖州长兴人皎然,这个"地地道道的江南诗僧"[①],是真正将"出水芙蓉"这种美学特色进行理论升华的人,并在《诗式》中总结为"真于性情,尚于作用,不顾词采,而风流自然"。莲荷意象的禅净之美,正是佛教禅心与莲荷之物象的完美结合,在后世不断被推崇和演绎,呈现于诗文、书画、园林等众多领域,延伸出一个牢不可破的象征符号系统。

(二)浙东《采莲曲》:注入莲荷意象的高光之美

自乐府诗《江南》高起点地标注了采莲作为江南一个重要的标签后,乐府旧题《江南弄》中的一曲《采莲曲》又进一步发展了这种深在关联。《采莲曲》是古代民歌的一种,盛行于江南一带,为采莲女所唱,也叫《采莲女》,内容多描写江南采莲女子的生活。南朝梁武帝模仿采莲歌曲自制《采莲曲》,使其从民歌走向文学,"采莲"也由此成为一个母题或元意象,得到后世文人的不断承续、发展。俞香顺认为:"大致说来,汉代之前,荷主要是楚地荷花;而东晋至南朝,主要是以建业为中心的吴地荷花;唐代,主要是'唐诗之路'周边、沿带的越地荷花。"[②]此说有一定道理,但越地荷花在东晋至南朝早已崭露头角,遂能在唐代成为主流。

经过南朝《采莲曲》的宫廷化倾向,唐朝是《采莲曲》走向文学后真正迎来发展

---

① 蒋寅:《大历诗人研究(全二册)》上编,中华书局 1995 年版,第 349 页。
② 俞香顺:《中国文学中的采莲主题研究》,载《南京师范大学文学院学报》2002 年第 4 期。

和成熟的阶段。而此时正值大量诗人来到浙东"唐诗之路",采莲主题作为一个传统,便获得了在现实生活的所见所闻中焕发生机的极大机会。这一时期莲荷意象的丰富主要有二:一是浙东这一地标凸显,二是采莲女这一群体落地,并通过采莲女,再一次使莲荷意象与爱情意蕴连接。

可以说,无论是浙东还是采莲女,对当时的诗人尤其是从尘土飞扬的北方南下的诗人们来说,都是极为清新美好的,于是诗人们也为莲荷意象注入了最靓丽的一抹色彩,带着水乡特有的清新、明媚、愉悦、动感与生命力。这是一个最具地域特色的注脚。

镜湖是唐诗之路上最主要的采莲胜地,是莲荷意象的重要地标。当时的镜湖方圆 206 平方公里,有东湖、南湖、长湖之分,面积是今天的 110 倍[①],李白有"荷花镜里香"(《别储邕之剡中》)的说法。一望无际的莲荷,使越人贺知章的莲荷书写比前人更有生活基础。贺知章《采莲曲》中提到的"稽山""镜水"这些确切的地名,使采莲行为的地域色彩进一步强化和具体化。王昌龄的《越女》,正是乐府《采莲曲》的别名,这首诗使莲荷意象中的采莲女形象更加鲜明生动,并开启了荷花与人面相互映照的书写模式。鲍溶《越女词》"越女芙蓉妆,浣纱清浅水。忽惊春心晓,不敢思君子"等句,进一步将荷花、采莲女导向了对美好爱情的追求。类似的还有李顾《采莲》:"越溪女,越溪莲。齐菡萏,双婵娟。"崔国辅《采莲曲》:"玉溆花争发,金塘水乱流。相逢畏相失,并着采莲舟。"

李白在浙东创作的《采莲曲》《越女词五首》等,在进一步强化地域地标(若耶溪、耶溪、镜湖)的基础上,也使越女(采莲女)在特写镜头中有了清晰的形象轮廓和动人性格。"笑入荷花去,佯羞不出来""笑摘荷花共人语"等句,使灿烂的荷花与采莲姑娘动人的笑脸相得益彰、活灵活现。到了白居易的《采莲曲》中,这个情窦初开的爱笑的采莲少女更加惟妙惟肖,成为莲荷意象中一道独特的风景、一束光芒:

菱叶萦波荷飐风,荷花深处小船通。

逢郎欲语低头笑,碧玉搔头落水中。

以莲荷蕴含女性之美本是一种普遍的做法,常用到的具象一般为红莲和芙蓉,如曹植的《洛神赋》,就将洛神之美类比荷花:"远而望之,皎若太阳升朝霞;迫而察

①　俞香顺:《中国文学中的采莲主题研究》,载《南京师范大学文学院学报》2002 年第 4 期。

之,灼若芙蕖出渌波。"可见荷花在象征女性之美方面的独特地位。莲荷意象中的女性之美,在唐诗之路上有了真正具体的形象与灵魂,更因与活生生的地域活动——采莲劳动——结合而有了最强的标志作用和最久远的生命力。李白在《古风》中称:"美人出南国,灼灼芙蓉姿。"荷花就是纯洁美丽的江南女子及其大胆追求美好爱情的象征。王安石《荷花》也写道:"亭亭风露拥川坻,天放娇娆岂自知。一舸超然他日事,故应将尔当西施。"本书"人物风物意象"一章中越女意象的其中一个具象类别就是采莲女。宋代欧阳修《渔家傲》里还写到了一群采莲姑娘荡舟采莲时喝酒逗乐的情景:

> 花底忽闻敲两桨,逡巡女伴来寻访。酒盏旋将荷叶当,莲舟荡,时时盏里生红浪。
> 花气酒香清厮酿,花腮酒面红相向。醉倚绿阴眠一饷,惊起望,船头阁在沙滩上。

这活泼、大胆、清纯的水乡姑娘形象,更让人耳目一新。

稽山鉴水孕育了多情而大胆的浙地女性,她们勤劳善良,活泼好胜;她们能冲破封建礼教束缚,大胆追求爱情和自由个性。这样的形象,深深进入了中国文化和文学叙事中。她也许是西施,也许是苏小小,也许是白娘子,也许是祝英台,也可能是秋瑾,她是这片土地上任何一个清水芙蓉般的花样女子。

(三)西湖荷花意象:从精神符号到城市符号

位于唐诗之路、钱塘江诗路和大运河诗路交会处的杭州,无数诗人歌咏过她。白居易曾总结杭州景为"余杭形胜四方无,州傍青山县枕湖。绕郭荷花三十里,拂城松树一千株"(《余杭形胜》),直接点出了这个水上城市中突出的荷花景象。到了宋代,柳永的"三秋桂子,十里荷花"(《望海潮》),更使荷花几乎成为宋以后这个城市情感与环境的主要标志。莲荷意象的书写也经由这一笔而有了一个独特的分支——西湖荷花意象。它不同于周敦颐《爱莲说》的理学色彩和鲜明的人格寄托,反而是杭州这个城市真切生动的生产、生活与生态的写照,是这个城市所有美好与不幸的结合点。它为莲荷意象注入了一抹浓郁的市井风情和一种深沉的历史感。从杨万里到柳永,西湖荷花承载着从精神符号到城市符号的意蕴累进。

西湖荷花人称"六月春"。《西湖志》载:"花时,香风徐来,水波不兴。绿盖红衣,照灼云日。"可见,西湖荷花是浓郁而热烈的。苏轼《六月二十七日望湖楼醉书》

中写道："放生鱼鳖逐人来，无主荷花到处开。"可见西湖荷花之多。甚至由于荷花等水生植物过多而导致西湖淤塞，苏轼还专门在湖中立三塔为界来防止菱藕蔓延。在《江城子》中苏轼又写道："凤凰山下雨初晴，水风清，晚霞明，一朵芙蕖开过尚盈盈。"这又体现出了西湖荷花之美。而花叶飘香更沁人心脾，如宋代姜夔《湖上寓居》有："荷叶似云香不断，小船曳摇入西陵。"周紫芝《雨中湖上晚归书所见》有："荷叶吹香送归客，片云催雨湿燕姬。"

西湖荷花的莲藕、莲子同样出众。《钱塘县志》记载："藕出西湖者曰'花下藕'，尤美。"明代张岱《咏方物二十首》中的《花下藕》写道："花气回根节，弯弯几臂长。雪映岁月色，璧润杂冰光。"由于藕白而嫩，犹如美人西施的臂弯，因此莲藕又有"西施臂"之称。苏轼在杭期间也曾亲自下湖踏藕："相携烧笋苦竹行，却下踏藕荷花洲。"（《和蔡准郎中见邀游西湖》之一）而最爱荷花也最懂荷花的杨万里笔下的"藕"又有不一样的意味，它是"外面看来真璞玉，胸中雕出许玲珑"（《藕》）。杨万里还深知西湖莲子的最佳风味，他在《大司成颜几圣率同舍招游裴园，泛舟绕孤山赏荷花晚泊玉壶得十绝句》其七中写道：

> 城中担上买莲房，未抵西湖泛野航。
>
> 旋折荷花剥莲子，露为风味月为香。

最好吃的莲蓬必须现摘，而且要在晚上"野航"西湖时剥着吃，月色中的莲蓬才最清甜，荷花也最清香；如果再来一点酒，那就完美了："荷花正闹莲蓬嫩，月下松醪且满斟。"（《感兴》）

杨万里是西湖荷花意象最主要的书写者，他一生写有两万余首诗，其中写荷花的就不下两百首，最有名的如《小池》："小荷才露尖尖角，早有蜻蜓立上头。"可以说是人人耳熟能详。杨万里的大多数荷花诗都与西湖相关，其中流传最广的是《晓出净慈寺送林子方二首》：

其一

出得西湖月尚残，荷花荡里柳行间。

红香世界清凉国，行了南山却北山。

其二

毕竟西湖六月中，风光不与四时同。

接天莲叶无穷碧，映日荷花别样红。

这两首诗看似写西湖荷花美景,其实字里行间真正感染人的却是景物背后那股扑面而来的生动旺盛的情感。诗中沉淀着诗人对莲荷作物的熟悉,对劳动人民生活的关怀和一个中国文人士大夫深深的家国之爱。

杨万里为官清正廉洁,体恤民情,当时诗人徐矶曾称赞他"清得门如水,贫惟带有金"(《见杨诚斋》),就是说他一贫如洗,家里只有官服腰带上的一点金子,这是他清贫一生的真实写照。他对百姓劳动生活和农事情况的深入了解在《过临平莲荡四首》中可见一斑:"朝来采藕夕来鱼,水种荷花岸种芦。"早上可以采藕,晚上可以捕鱼;水中种上荷花,岸边种上芦苇。杨万里同样带着满腔热情描写了这种充分利用水乡资源的生产方式,体现了他深入民间、体恤人民,并从欣欣向荣的农事中感到生活的希望。在南宋这样一个偏安一隅的国度,在这个爱国文士心头始终萦绕着一种家国之殇的时代,荷花出众的"颜色"、品质及其与百姓生活密切相关的生产属性,都给了杨万里无穷的力量。

因此,杨万里的荷花意象中沉淀着深情与爱,爱荷花就是爱这方土地,爱他的故土,爱这个国家。同时,其个人的清廉气质也被进一步注入西湖荷花意象中,在莲荷意象"清净""清水芙蓉"的清雅之美中,又增加了一股为官的清正之爱与清朗之气。

由此,我们也就更能理解杨万里对荷花的喜爱与盛赞。《大司成颜几圣率同舍招游裴园,泛舟绕孤山赏荷花晚泊玉壶得十绝句》中多处写到了他对莲荷的偏爱:"山水光中金凿落,芙蕖香里葛头巾。"(其一)"旁人草问游何许,只拣荷花闹处行。"(其三)"湖上四时无不好,就中最说藕花时。"(其九)"游尽西湖赏尽莲,玉壶落日泊楼船。"(其十)他对荷花的热衷,甚至到了蚊子也赶不走的程度:"桥剪荷花两段开,荷花留我不容回。不胜好处河桥坐,正是凉时蚊子来。"(《荷桥暮坐三首》其一)同样的还有《清晓湖上》其二:

> 菰月蘋风逗葛裳,出城趁得上番凉。
> 荷花笑沐胭脂露,将谓无人见晓妆。

以及其三:

> 六月西湖锦绣乡,千层翠盖万红妆。
> 都将月露清凉气,并作清晨一喷香。

这"一喷香"里,蕴含着多少内心情绪!

《大司成颜几圣率同舍招游裴园，泛舟绕孤山赏荷花晚泊玉壶得十绝句》其五也特别值得一提：

> 西湖旧属野人家，今属天家不属他。
>
> 水月亭前且杨柳，集芳园下尽荷花。

这首诗是杨万里西湖荷花诗中少有的不评价荷花而评价西湖归属的一首。在南宋这个特定历史时空中，"今属天家不属他"一句也自然含有无法细数却不言自明的情绪。荷花意象到这里，也呈现出了另一种况味。当杨万里从自我人格和百姓生活角度看荷花时，荷花是那么浓墨重彩和有力量的一笔；但是当他从国家民族的角度去看这满池荷花，一种无奈与悲凉之感也就油然而生了。但是杨万里始终是积极的，他知道怨天尤人无济于事，如果自己竭尽所能做好力所能及之事，一切自然会有好的安排。他依然从荷花中找到了这种积极情绪，《秋凉散步》写道：

> 秋气堪悲未必然，轻寒正是可人天。
>
> 绿池落尽红蕖却，荷叶犹开最小钱。

即使在最艰难的环境中，哪怕"只有荷花旧相识"（《南海集雨霁登连天观》），也足以获得安慰。

这就是杨万里独树一帜的西湖荷花意象，从花叶到莲藕，所有一切都带着积极饱满的情绪，带着生产生活的浓郁气息。它是个人精神品格的写照，是内心情感的安慰，更是政治抱负与道德理想的支撑。

到了柳永，其《望海潮》中的夸赞之辞"三秋桂子，十里荷花"，又成了城市符号的象征，并在后来经历了从赞颂到反讽的情绪变迁。宋代王庭珪《初至行在》"十里荷花开世界，几年羁旅忆神京"一句中，"十里荷花"就是对杭州的指称。自宋至明清，将杭州、西湖、荷花结合，已经成为一种没有太多新意的惯例，或是对叙述传统的一种简单呼应，如宋于石《观西湖荷花》："亭亭翠盖拥群仙，清风微颤凌波步。"南宋姜夔《湖上寓居杂咏》："处处虚堂望眼宽，荷花荷叶过阑干。"王莘《秋日饮钱塘门外双清楼》："斫取荷花三万朵，作他贫女嫁衣裳。"以及《夏日西湖闲居》："十里湖山苦见招，柳堤荷荡赤阑桥。"吴惟信《西湖雨吟》："湿了荷花雨便休，晚风归柳淡于秋。一生不作机心事，合转船头向白鸥。"明于谦《夏日忆西湖》："玉腕罗裙双荡桨，鸳鸯飞近采莲船。"杨基《梦游西湖》："采莲女郎莲花腮，藕丝衣轻难剪裁。瞥然一见唱歌去，荷叶满湖风雨来。"刘伯温《题西湖图》："大江之南风景殊，杭州西湖天下无。浮光吐景十里外，叠嶂涌出青芙蕖。"清代刘忠甫《湖上口号》："绿荷深不见湖光，万柄清风动晚凉。莫恨红蕖犹未烂（未成熟），叶香原自胜花香。"方芳佩《忆西湖》："今夜若教身作蝶，只应飞入藕花中。"

"十里荷花"作为城市符号最有反讽意味的是南宋谢驿的《纪事》一诗：

谁把杭州曲子讴，荷花十里桂三秋。

那知卉木无情物，牵动长江万里愁。

相传柳永的《望海潮·东南形胜》传到金国后，金主完颜亮对"三秋桂子，十里荷花"的杭州十分羡慕，而他侵吞南宋的野心也因此更加坚定。这虽只是传说，但诗人谢驿却从这个前提成立的角度出发，反用其意，只是草木无情，人何以堪！这"十里荷花"无疑充满了今非昔比的历史愁绪与深切的政治失意。于是陈德武《水龙吟·西湖怀古》进一步写道："十里荷花，三秋桂子，四山晴翠。使百年南渡，一时豪杰，都忘却、平生志。"此时的西湖荷花，多少沾染了李商隐枯荷、残荷意象的生命感悟与时代感伤，"秋阴不散霜飞晚，留得枯荷听雨声。"（李商隐《宿骆氏亭寄怀崔雍崔衮》）"莲子已成荷叶老，清露洗、蘋花汀草。"（李清照《怨王孙》）世事沧桑，莲荷意象至此而达到历史的最深处、最沉处。

三、莲荷意象中的浙地文人生活美学

"五月临平山下路，藕花无数满汀洲。"（宋·道潜《临平道中》）荷花在浙江诗路上的广泛分布，还结合着浓浓的浙地文人趣味。

早在东晋，王羲之《柬书堂帖》中就写到赏荷之事，其中关于盆栽荷花的记载，是目前能见到的最早的盆栽记录："敝宇今岁植得千叶者数盆，亦便发花，相继不绝，今已开二十余枝矣，颇有可观，恨不与长者同赏。"从中可见彼时浙东的赏荷雅趣。1808 年问世的中国第一部荷花专著《瓯荷谱》，就汇总了当时大量流行于江浙的盆栽荷花品种。

位于瓯江山水诗路上的温瑞塘河，处于飞云江和瓯江之间的温瑞平原内，从瑞安白岩桥起，沿河向东，直达温州小南门，干河长 33.85 公里。据清乾隆《瑞安县志》（建置志）中载："城东石塘，在城东门外，旧为八十里达郡境，所谓驿路百里荷花，正此塘也。"北宋时，素有"八十里荷塘"之称的温瑞塘河，遍植莲藕。北宋知州杨蟠曾经在这里轻舟破浪，踏歌塘河，写下了著名的《后永嘉百咏·南塘》来赞美塘河：

> 出门日已晚,棹短路何长。
>
> 赖有风相送,荷花十里香。

张梦璜在《南郭藕花》中也写道:"绿盖红衣照眼明,藕花开遍逐人行。一番新雨烦襟涤,百里香风俗虑清。夹岸方寻游赏伴,隔烟频听唱歌声。使君一艇来南郭,喜见民间五马迎。"

大运河诗路上的湖州,本身即是历代菱荷的主要产区,其中最值得一提的是元代书画家赵孟頫的莲花庄。随着元灭南宋,赵孟頫隐居湖州吴兴、菱湖、德清等地。他在吴兴营建的庄园便名"莲花庄"。莲花庄之名取荷花清纯高洁、出淤泥而不染的品性,象征君子人格,也正吻合湖州文人的清远之气和追求自由隐逸生活的内在精神取向。庄内大部分为水域,种植荷花,镇庄之宝太湖石也命名为"莲花峰"。莲花庄开门即集芳园,从宋代诗人胡仲弓的同名诗《集芳园》可以看出赵孟頫莲花庄的用心与寓意:

> 园丁严锁钥,不许俗人看。
>
> 梅落黄金弹,荷开碧玉盘。
>
> 小舟维柳外,青磬出林端。
>
> 猿鹤不相识,行吟独倚栏。

"园丁严锁钥,不许俗人看",这正是莲花庄之所以叫莲花庄的核心原因所在。正如明代徐贲的《莲花泾庄》诗所赞:

> 洲渚绿萦回,菱荷面面开。
>
> 路从花外过,山向柳间来。
>
> 鸣鹭惊回舫,游鱼仰酬杯。
>
> 同为城郭里,此地绝尘埃。

"此地绝尘埃"就是对"不许俗人看"的遥相呼应,既是隐逸思想的表露,也蕴含着南宋遗民赵孟頫真切的历史喟叹。

莲花庄以画为本,以诗为题,营造了一个诗情画意的清净世界,被誉为"中国元代第一文人园林"。[①] 所谓文人园林,就是文人直接参与造园,借鉴文学、绘画等艺

---

① 范今朝、沈瑾怡:《浙江古典园林的深远影响和兴衰启示》,载《北京林业大学学报(社会科学版)》2005年第5期。

术表现形式，在园林中融入园主的文心、修养，使园内的景物处处表现出浓浓的文学意境、诗情画意和深刻内涵。[①]

大运河诗路上的杭州西湖，不仅有杨万里还有曲苑风荷。明代田汝成《西湖游览志》载："曲院，宋时取金沙涧之水造曲以酿官酒。其地多荷花，世称'曲院风荷'是也。""曲苑风荷"是西湖十景之一，初定于南宋，当时称"麹院风荷"，"麹"通"曲"，即酒曲。王洧有诗《湖山十景·麹院风荷》赞曰："避暑人归自冷泉，埠头云锦晚凉天。爱渠香阵随人远，行过高桥方买船。"直到清代康熙钦定西湖十景，确定为"曲院风荷"。乾隆《圆明园四十景诗·其三十九·曲院风荷》写道："香远风清谁解图，亭亭花底睡双凫。停桡堤畔饶真赏，那数余杭西子湖。"在这里，荷花重新回归为一种观赏植物，以其色、香、味形成为西湖的代表性景观，是游客百看不厌的一道地域风景。

第四节　禽鸟意象

禽鸟描写早在《诗经》中就已出现，但那时主要用来比兴，还称不上意象。《楚辞》中的禽鸟描写明显增多，出现了作为自然物象而自我呈现的自由之鸟，但更多仍是载道的工具，与诗歌意象还有一定差别。魏晋南北朝的文人们在禽鸟中注入了更多自由意志与个人情怀，使禽鸟意象逐渐凸显，至唐宋成熟定型。长江流域是禽鸟意象描述较为突出的创作区域，这一方面是由于主要分布在北方的禽鸟也在这个区域繁殖、过冬，此地呈现出南北鸟类混杂、数量和种类更多的现实情况，遂使诗人们更能采撷到禽鸟寄托情怀；另一方面也因禽鸟自古就在南方特别是浙江地区受到崇拜和信仰，古越国是鸟崇拜盛行的地区之一，这种文化的亲近感和累进性，为意象形成提供了深厚的精神土壤。由于禽鸟种类的不同，禽鸟意象分化出多种具体意象类型，诗人们通过形象、习性、叫声以及久远的文化属性等方面的差异赋予了不同禽鸟意象不同的情感意趣，形成了特征突出的禽鸟意象系统。值得一提的是，浙江诗路的禽鸟之象脱开了在整体禽鸟书写中占据较大比例的布谷、杜鹃、燕子、鹧鸪等，而以鹤的书写为最多，其次有莺、雁、鹭等，体现出地理意象的独特内涵。

一、浙地鸟图腾与鸟崇拜的神话母题

浙江是我国鸟类分布较广泛的地区，存在历史久远的鸟图腾与鸟崇拜母题，这

---

①　黄丽萍：《浙江湖州莲花庄园林艺术中的文人意趣》，载《艺术百家》2008 年第 7 期。

在一定程度上为禽鸟意象提供了重要的民俗文化和心理基础,其主要表现是史前文物上的鸟形刻画图案及典籍中记载的有关鸟的神话传说。

根据考古发现可以推知,早在史前时期,浙江先民就存在着鸟崇拜的文化基因。在余姚河姆渡文化的出土文物中,有两件器物刻有明显的鸟图案:一件骨匕上刻有两组鸟图案,每组都是一个鸟体上连着两个方向相反的鸟头;另一件象牙板上刻画着两只振翅欲飞的鸟,鸟头相对、连体,中间还有形似太阳的图案。这两件器物上的图案虽有差别,学者们的解释也存在出入,但普遍认同这是河姆渡先民存在鸟崇拜的反映。越文化研究专家董楚平先生认为这两个刻纹图案反映的是"双鸟与日(月)同体"的理念,其中正蕴含着鸟崇拜的母题①。除此之外,一些学者认为河姆渡文化中的蝶形器实则是鸟形器,同样是鸟崇拜的体现。无独有偶,作为中华五千多年文明史实证的良渚遗址中,同样出土有大量刻画着鸟纹的器物,主要为玉器,除了单个鸟纹和鸟形图案外,还有大量图案都是一只鸟站立在高台上,考古专家称之为"鸟立高台"。台座上往往还刻画着日月,表明这只鸟站在日月之上,具有十分神圣的地位。虽然良渚文化的鸟类形象与河姆渡文化具有明显差异,但两者都说明浙江先民中普遍存在着对鸟的崇拜与信仰。

有关鸟的神话传说广泛存在于我国的东南地区,古越地是其中的重要区域,主要包括"羽人"(或"羽民")神话、"鸟田"传说等②。

"羽人"(或"羽民")神话的流传地域较为广泛,涉及我国东部和南部地区。《山海经·海外南经》记载:"羽民国在其东南,其为人长头,身生羽。"据王文清先生考证,"羽民国"的地理位置在今浙北和苏南一带,这一带先民常用羽毛装饰,或装扮成鸟的模样③,这在良渚出土玉器的"神人兽面纹"中神人头戴羽冠的形象可以找到实证。同时,中国古代的神仙思想中也有"羽人"形象,所谓"羽化成仙","羽人"也成为仙人的另一种称呼。在浙江诗路诗人的作品中广泛存在着"羽人"的描述,特别是在道教思想浓郁的浙东唐诗之路,如唐代湖州籍诗僧皎然有"丹丘羽人轻玉食,采茶饮之生羽翼"(《饮茶歌送郑容》)、"何处羽人长洗药,残花无数逐流泉"(《赤松(一作赤松涧)》)等诗句,钱起有"羽人昔已去,灵迹欣方践"(《过桐柏山》)。桐柏山在天台县,原有桐柏观,道书称"金庭洞天",是道教七十二福地之一,相传为唐代

①　董楚平:《河姆渡双鸟与日(月)同体刻纹》,载《故宫文物月刊》(台北)1994年总第134期。
②　顾希佳:《从鸟崇拜到鸟神话——史前时期浙江民间故事母题寻绎》,载《浙江学刊》2003年第1期。
③　王文清:《"羽民""裸民"与良渚文化》,载《学海》1990年第5-6期。

景云二年道士司马承祯所建，北宋熙宁年间张紫阳也曾在此修道，具有突出的道教色彩。唐代湖州籍诗人李绅有"石桥峰上栖玄鹤，碧阙岩边荫羽人"（《新楼诗二十首·琪树》），金华籍诗人骆宾王有"光飘神女袜，影落羽人衣"（《尘灰》），绍兴籍诗人陆游有"我欲游蓬壶，安得身插羽"，等等。《越绝书》卷八中有"大越海滨之民，独以鸟田，大小有差，进退有行，莫将自使"的记载，认为大禹死后为报答会稽百姓的厚葬，免除百姓劳作之苦，而"教民鸟田"。唐代崔词《谒禹庙》中"耘田自有鸟，浚泽岂为鱼"一句，便用到了"鸟田"神话这一典故。

王士伦《越国鸟图腾和鸟崇拜的若干问题》一文进一步提到了越国从越王勾践直至灭亡期间的鸟崇拜现象，认为绍兴坡塘出土的战国铜房子上的装饰应为《搜神记》中记载的越国"治鸟"，是鸟崇拜的体现；另外如鸠杖上的鸟形，春秋战国时流行于越、吴、楚、蔡、宋等国的鸟书，以及晋人王嘉《拾遗记》中"越王入国，有鸟夹王而飞，以为是吉祥"并建造"望鸟台"的相关记载等，均与鸟崇拜有关[1]。

同时，浙江地区禽鸟相关的民俗积累同样深厚。20世纪末浙江全省范围内民间文学普查获得了不少与鸟有关的资料，其中采集到的大量与麻雀有关的文本，进一步与浙地稻作农业文明的地域文化特色形成印证。

可以说，鸟神话母题既是后代诗人构建禽鸟意象的文化母题，同时，它也作为一种观照视角，引起了人们对禽鸟意象的关注与情感投注。鸟图腾或鸟崇拜提供的是内容和视角两方面的基础，在文化和世界观的层面上为禽鸟意象的创作奠定了基础。

二、俯仰视角与鱼鸟意象对举

鱼鸟本是遍布浙江诗路的典型物象，浙江嘉兴诗人丘为在《泛若耶溪》中描绘的耶溪风情："小童能绘鲤，少妾事莲舟。……月暮鸟雀稀，稚子呼牛归。"陆游《舟中》写有"卧闻裂水长鱼出，起看凌风健鹊飞"。鱼和鸟几乎是日常生活的基本背景，及其进入诗人的视野、沾染上人的情感，经过不断累积，才逐渐有了情意。这个过程中，浙东唐诗之路上的兰亭雅集，是较早为鱼鸟意象对举提供自觉视角的一个重要文化事件。

东晋永和九年（353）三月初三，正值上巳节，时任会稽内史的右军将军王羲之召集了筑室东土的一批名士和家族子弟，包括谢安、谢万、孙绰、王凝之、王徽之、王

---

① 王士伦：《越国鸟图腾和鸟崇拜的若干问题》，载《浙江学刊（双月刊）》1990年第6期。

献之等共 42 人,在"会稽山阴之兰亭"举办了首次雅集,众人曲水流觞,共得诗 37 首,集合成《兰亭集》,王羲之为之作序,形成了传颂千年的《兰亭集序》一文和堪称绝唱的"天下第一行书"。这次雅集不仅使兰亭成为历代文人仰慕的文化地标,也为整个浙东地区增添了无穷的精神魅力。在这次盛会众多影响深远的元素中,《兰亭集序》的文学成就与书法成就尤为突出,王羲之不仅文采斐然地描写了兰亭盛景与雅集盛况,更以超越的笔墨书写了宇宙人生的哲理思考与庞大视野,其中"仰观宇宙之大,俯察品类之盛"一句可以看作是解开整篇文章的密码。"仰观宇宙"本是中国人处世为人的重要视角,从仰观天象到举头望月,这是中国人独有的生存智慧和浪漫情怀。但在仰观之中,王羲之看到了人之渺小和孤独;在"俯察品类"时,又能看到人的独特和生命存在的生动热闹。在俯仰之间,一切又都"终期于尽"了,孤独和热闹都成了陈迹,渺小和独特也都失去了意义,即使"世殊事异",只有这一仰一俯间的感慨,将永恒如一。可以说,文中由乐而悲、由悲而超越的情绪变化,正是在这仰与俯中形成、变化和跃升的。这种仰观和俯察的视角与感慨,自然能引起中国传统文人的共鸣,所谓"后之览者,亦将有感于斯文"是也。

仰观俯察也是诗性的视角。日常生活中大部分的视角可以说是平视,这样的视角能看见的多为眼前之物,既看不见水下也望不到空中,因而结果便是只能在中间的尘埃里踯躅生存,而失去诗意栖居的可能。正如曾寓居西湖的周紫芝在《将别湖居二首》其二中所写:"青山换得微官去,鱼鸟应须笑漫郎。"

在诗性的仰观中,除了日月星辰,最主要的便是禽鸟;而俯察之中虽品类繁盛,但最切中诗心的还属鱼类。由此,鱼鸟意象的对举成为自然山水诗文中常见的一种审美视角。唐代秦系《徐侍郎素未相识时携酒命馔兼命诸诗客同访会稽山居》:"洗砚鱼仍戏,移樽鸟不惊。兰亭攀叙却,会此越中营。"权德舆《早发杭州泛富春江寄陆三十一公佐》:"俯见触饵鳞,仰目凌霄鸿。缨尘日已厚,心累何时空。"都是这一视角的外化。

孟浩然《与崔二十一游镜湖,寄包、贺二公》在观察描摹镜湖自然和人文特征时写道:"试览镜湖物,中流到底清。不知鲈鱼味,但识鸥鸟情。"这几句诗既是对镜湖景观十分精准的描述,同时又是诗人自我情意的真切流露。从字面上看,镜湖之水最大的特色是"清",水如明镜,因此才有"镜湖"之名。在这里仰观俯察,最能看到的物象正是鱼鸟,鲈鱼和鸥鸟便是其中的典型代表,而在表象之外,"鲈鱼""鸥鸟"又是蕴含情意的意象。自张翰"莼鲈之思"后,莼菜、鲈鱼就有了思乡的情意色彩,经众多诗人情感共鸣的不断层叠,这一意义早已晕染了鲈鱼的色彩;而鸥鸟作为镜湖上常见的一种鸟类，也是归鸟意象的一个代表，鸟类由于具有"归巢"和候鸟迁徙的习性，很早就被注入思乡归乡的诗情。所以在这里，"鲈鱼""鸥鸟"其实是同一个情绪的外化，在孟浩然眼里，它们是统一的，又是相互弥漫增强的。

另外如宋之问《浣纱篇赠陆上人》："鸟惊入松网，鱼畏沉荷花。"李端《宿兴善寺后堂池》："锦鳞沉不食，绣羽乱相鸣。"王绩《游山寺》："雁翼金桥转，鱼鳞石道回。"周紫芝《湖居无事日课小诗》其二："鹭从落日山边去，鱼趁晚湖潮里来。"以及杭州"平湖秋月"楹联："鱼戏平湖穿远岫，雁鸣秋月写长天。"都是鱼鸟意象对举的一种表现。

再看崔颢《入若耶溪》：

> 轻舟去何疾，已到云林境。
> 起坐鱼鸟间，动摇山水影。
> 岩中响自答，溪里言弥静。
> 事事令人幽，停桡向余景。

这首诗营造了一个清澈空灵的山水意境和人与鱼鸟、山水融为一体、相互感应的曼妙关系。"起坐鱼鸟间，动摇山水影"一句尤为传神，将诗人在船上欣喜地忽起忽坐，时而仰望碧空翔鸟，时而俯视清溪游鱼，时而又用船桨拍击溪水，然后戏看青山倒影在水中动摇、变幻的喜悦嬉戏场景写得如在人眼前，让人如临其境，体现了人在山水自然中如鱼得水、如鸟凌空的那种自由与自洽。

由于浙江诗路也是水路，河湖众多，因此诗路上鱼鸟意象对举的一个特殊表现便是营造出这种由水中倒影带来的奇幻空灵之境。天空倒影入江河湖海，鱼和鸟就成了同类，浙地清丽的水系，使得俯身看水与仰头看天融合在一起，人与万物、与天地合一，一切都在如镜的水面汇集。李白有"借问新安江，见底何如此。人行明镜中，鸟度屏风里"（《清溪行》），朱庆馀有"鸟飞溪色里，人语棹声中"（《泛溪》），苏轼偷闲游西湖孤山有"水清石出鱼可数，林深无人鸟相呼"（《腊日游孤山，访惠勤、惠思二僧》），这些都是对浙地独特意象的精准把握，也常常是外来的诗人更能体会。

从鱼鸟对举的俯仰视角中，可以看出传统中国人二元论的宇宙观念以及收放结合、循环往复的思维模式。宗白华在《美学散步》中曾指出，中国古代诗画中所体现出来的空间意识是一种"'俯仰自得'的空间化的音乐化了的中国人的宇宙感"①,在空间意识中充满了时间的节奏感,"就同音乐舞蹈一样"②,呈现出一开一合状态。这也正是俯仰视角的体现,其背后是中国传统文化对自然的推崇与亲和。

三、禽鸟意象的啼飞视角与人世悲欢

啼飞视角结合了听觉和视觉,是诗人观察禽鸟最直观的视角。禽鸟的啼叫声及其飞翔的姿势,比其形象色彩更能直接进入人们的视野,从而更易形成共鸣。

对禽鸟啼鸣的审美发现主要来自进入南方的北方人,张伟然称之为"地理经验驱动文学创新"③,是诗人对环境感知的结果。浙江多丘陵山地和湿地的地形特点,使得人与禽鸟生活空间的重合要远远超过北方,进而使北方诗人的环境感知有别于南方诗人,他们能更明显地感受到禽鸟啼鸣的刺激,从而带着更多的好奇心和更敏锐的观察形诸文字,如宋之问有"猿啸有时答,禽言常自呼"(《谒禹庙》)的感受,张祜也有"扁舟亭下驻烟波,十五年游重此过。洲觜露沙人渡浅,树稍藏竹鸟啼多"(《题于越亭》)的同感。白居易在江州创作的《山鹧鸪》中更是直接指出了北方诗人比南方诗人有更强烈的感受,他说鹧鸪声声啼到晓,"唯能愁北人,南人惯闻如不闻"。而在北方诗人的激发下,本地诗人也开始重新审视自己所处的环境。

禽鸟啼鸣,透露的是诗人的悲欢。但由于大多创作于浙江的禽鸟意象都出自旅居于此的外地诗人,因此其中的悲愁感受明显多于欢欣。

历数浙江诗路上出现的禽啼声,最悠扬明亮的一笔莫过于莺啼。"莺语吟修竹,游鳞戏澜涛"(孙绰《兰亭诗二首》),正是江南美好春景的体现。南北朝吴均《与朱元思书》中"好鸟相鸣,嘤嘤成韵",鸣叫的或许也是江南的黄莺。白居易的"几处早莺争暖树,谁家新燕啄春泥"(《钱塘湖春行》),反映的正是春日西湖游赏所见及诗人悠闲欢快的心情。西湖的莺啼也是浙江诗路上被书写得最多、最有代表性的,且常常莺柳并提,如"日暮笙歌收拾去,万株杨柳属流莺"(宋·吴惟信《苏堤清明即事》)、"莺梦初醒人未起,金鸦飞上五云东"(宋·王洧《苏堤春晓》)、"柳阴夹道莺成市,花影压阑蜂报衙"(宋·元量《贾魏公府》)、"林外莺声啼不尽,画船何处又吹笙"(明·万达甫《柳浪闻莺》)、"翠浪涌层层,千树垂杨飐晓晴。两个黄鹂偏得意,和鸣。疑奏莺箫与凤笙"(明·马洪《南乡子·柳浪闻莺》)。

---

① 宗白华:《美学散步》,上海人民出版社 1981 年版,第 98 页。
② 宗白华:《美学散步》,上海人民出版社 1981 年版,第 99 页。
③ 张伟然:《中古文学的地理意象》,中华书局 2014 年版,第 351 页。

当然,莺啼虽然婉转动听,但也不全令人欢欣,如唐代诗人杨凌《剡溪看花》,就从乐中流露出愁来:

> 花落千回舞,莺声百啭歌。
>
> 还同异方乐,不奈客愁多。

宋代张先叙写家乡乌程(今湖州)春意之美的《倾杯乐·吴兴》,也是在鸟啼声中低落了情感:"正是草长苹老,江南地暖。汀洲日晚。更茶山、已过清明,风雨暴千岩、啼鸟怨。"事实上,在禽鸟啼叫中听出愁思的作品确比欢快的多。

唐代河南籍诗人庾光先在《奉和刘采访缙云南岭作》中描写他对浙江的观感:

> 百越城池枕海圻,永嘉山水复相依。
>
> 悬萝弱筱垂清浅,宿雨朝暾和翠微。
>
> 鸟讶山经传不尽,花随月令数仍稀。
>
> 幸陪谢客题诗句,谁与王孙此地归。

其中的"鸟讶",无疑也是通过声音来体现的。而整首诗看似描摹山水自然,实则仍能看出羁旅的惆怅。

今山东诗人王籍的《入若耶溪》,可以说是写禽啼最著名的一首诗:

> 艅艎何泛泛,空水共悠悠。
>
> 阴霞生远岫,阳景逐回流。
>
> 蝉噪林逾静,鸟鸣山更幽。
>
> 此地动归念,长年悲倦游。

同样的还有顾非熊《入云门五云溪上作》:

> 舟泊有时垂钓,舟行不废闲吟。
>
> 沿山寺寺花树,枕水家家竹林。
>
> 鸳鸯昼飞溪静,鹧鸪夜转村深。
>
> 忽闻风动莲叶,起见波间月沉。

以上两首诗虽都重在摹写自然,其中却都蕴含着情思。王籍诗中的"鸟鸣",衬托出的不仅是山林的幽静,也有诗人内心的孤寂。鸟鸣声声,就像诗人耳边和心灵深处回环往复的提醒,长年的羁旅是多么令人心生倦意、悲从中来。同样的,顾诗中也是以鸟啼衬夜深,而之所以夜深仍能听闻鸟啼,正是诗人思乡无法入睡的写照。结合"起见波间月沉"一句,禽鸟与月亮的组合,正是强烈思乡之情的流露。

"有鸟图南去,无人见北来"(唐·李乂《寄胡皓时在南中》),"想得心知近寒食,潜听喜鹊望归来"(唐·李绅《江南暮春寄家》),禽鸟意象中的思乡盼归主题和其中的愁绪,在禽鸟的啼叫中最能凸显,如"日暮愁阴合,绕树噪寒鸟"(南北朝·刘孝绰《还渡浙江诗》)、"荒林纷沃若,哀禽相叫嚣"(谢灵运《七里濑》)、"雁过海风起,萧萧时独闻"(马戴《中秋夜坐有怀》)等等。永明时期任吴兴太守的徐孝嗣也曾以"行云传想,归鸿寄音"(《答王俭诗》)来表达对知交王俭的怀念之情。

愁绪弥漫后就会从离愁扩散至更多人生之愁,南唐李璟的《浣溪沙》就以"鸿雁信""鹧鸪啼"和"落花"等意象含蓄表达了自己浓郁的愁情:

> 风压轻云贴水飞,乍晴池馆燕争泥。沈郎多病不胜衣。
>
> 沙上未闻鸿雁信,竹间时有鹧鸪啼。此情惟有落花知。

禽鸟啼叫中最有浙地特色且最凄迷的是"越鸟啼"。陆龟蒙《四明山诗·云南》中说:"药有巴赏卖,枝多越鸟啼。"看似客观的陈述中却流露着满腔愁绪。齐己《江上夏日》有:"故园旧寺临湘水,斑竹烟深越鸟啼。"诗人们身在浙江,内心的漂泊之感和怀乡之情无疑也被浙地的鸟声不断唤起,连绵不绝。

中国文学中最悲凄的"杜鹃啼",在浙江诗路上却很少见,唯有山阴人吴融写有《岐下闻杜鹃》:

> 化去蛮乡北,飞来渭水西。
>
> 为多亡国恨,不忍故山啼。
>
> 怨已惊秦凤,灵应识汉鸡。
>
> 数声烟漠漠,馀思草萋萋。
>
> 楼迥波无际,林昏日又低。
>
> 如何不肠断,家近五云溪。

除了啼鸣声,禽鸟飞翔的姿势也给诗人带来了无尽的想象。人们首先在鸟类的展翅高飞中看到了超越自身的自由飞翔、搏击长空的力量,源远流长的鸟崇拜中无疑就有对这种力量的崇拜之情。有意思的是,浙江诗路上的飞鸟意象中,并无鸢飞唳天,多的是自在惬意的飞鸟和思乡倦飞的归鸟。

自在惬意的飞鸟如秦系《山中崔大夫有书相问》:"客在烟霞里,闲闲逐狎鸥。"徐铉《中书相公溪亭闲宴依韵(李建勋)》:"沙鸥掠岸去,溪水上阶来。"《大历年浙东联唱集·严氏园林》中写严维在东镜湖的宅林："水池偏多白鹭,畔隔半是芳荪。""鸟散纷纷花落,人行处处苔痕。"其中最为人熟知的是张志和的《渔歌子》："西塞山前白鹭飞,桃花流水鳜鱼肥。"结合张志和的隐逸生活,西塞山前飞过的白鹭也就有了更丰富的意象内涵,从而呈现出巨大的文化能量,体现出意象所具有的精神价值。同样的还有刘长卿《夜宴洛阳程九主簿宅送杨三山人往天台寻智者禅师隐居》："渔人来梦里,沙鸥飞眼前。"

飞鸟意象中更多的是思乡倦飞的归鸟,它和啼鸟一起,构成了游子心中常见的心灵图景。这些意象往往写在送别思归、思念亲友的作品中,如山阴严维《丹阳送韦参军》："日晚江南望江北,寒鸦飞尽水悠悠。"韩翃《和高平朱(一作米)参军思归作》："一雁南飞动客心,思归何待秋风起。"项斯《寄剡溪友》："歇马亭西酒一卮,半年闲事亦堪悲。船横镜水人眠后,蓼暗松江雁下时。"温庭筠《江上别友人》："如何暮滩上,千里逐征鸿。"刘长卿《夜宴洛阳程九主簿宅送杨三山人往天台寻智者禅师隐居》："此行颇自适,物外谁能牵。弄棹白蘋里,挂帆飞鸟边。落潮见孤屿,彻底观澄涟。雁过湖上月,猿声峰际天。"戴叔伦《和河南罗主簿送校书兄归江南》："断云无定处,归雁不成行。"杨巨源《送定法师归蜀,法师即红楼院供奉广宣上人兄弟》："孤猿学定前山夕,远雁伤离几地秋。"不胜枚举。

大雁作为人们最熟悉的候鸟之一,其南北迁徙被诗人赋予了最多的情感寄予。尤其是中国文人的历次大迁徙都是由北而南,和大雁南飞过冬相似,这更能引起大量从北方来到浙江的诗人们的呼应与共鸣,如白居易"送秋千里雁,报暝一声猿"(《东楼南望八韵》)、"风翻白浪花千片,雁点青天字一行"(白居易《江楼晚眺景物鲜奇吟玩成篇寄水部张员外》)。

何逊《入东经诸暨县下浙江作诗》不着禽鸟名,但一个"飞"字,禽鸟意象同样涌现:

> 日夕聊望远,山川空信美。
>
> 归飞天际没,云雾江边起。

山川信美,本是亮色,但一个"空"字,一下体现出诗人内心的惆怅,正是心境决定了山川再美也是空的,甚至越美越反衬出内心之凄凉。此时禽鸟归飞,而诗人却不能回乡,对比与反衬中,更显得孤独离愁之绵长,只有江边的愁雾惨淡充盈了内心。

何逊《日夕出富阳浦口和朗公诗》同样营造了一幅凄美的乡愁画卷:

> 客心愁日暮,徙倚空望归。

> 山烟涵树色,江水映霞晖。
>
> 独鹤凌空逝,双凫出浪飞。
>
> 故乡千余里,兹夕寒无衣。

可以说,这种美而愁的意象,是浙江诗路上最突出的风景与心景。

四、云外独鹤意象与出尘拔俗之境

禽鸟生存的环境大多与人类有一定距离,禽鸟自由展翅、凌空高飞的本能,更为世人所向往,因此禽鸟意象天然带有一种超出尘世之感。"潜虬媚幽姿,飞鸿响远音",这是高蹈出尘形象的写照。同时,由于受佛道思想影响尤其是道教在浙江的发展,以司马承祯为代表的高道使台州天台山成为道教南宗祖庭,与"羽人"神话具有深在渊源的禽鸟意象自然成为神仙道教思想的外化,形成了浙江诗路禽鸟意象中主流的一个意象类型。它常以鸾鸟和仙鹤为表征,其中又以仙鹤为主要表象,存在于大量诗歌作品中,尤其在浙东唐诗之路最为普遍。"半夜鹤声残梦里,犹疑琴曲洞房间",这就是诗人顾况《从剡溪至赤城》中的切身体会。

先述浙东佛道文化中的仙鹤意象。

南朝宋鲍照曾作有《舞鹤赋》,开篇极写鹤之仙灵高贵:"散幽经以验物,伟胎化之仙禽。钟浮旷之藻质,抱清迥之明心。指蓬壶而翻翰,望昆阆而扬音。"其中赋予鹤以"仙"的本质,因此中国文化中提到的鹤,很多时候就是仙鹤。明清以后,随着道教文化的不断普及,仙鹤在民间文化领域占据了重要的一席之地,如松鹤延年主题,就将仙鹤作为长寿的象征,广泛存在于绘画、雕塑、剪纸等文化艺术形式中。

仙鹤意象的内涵指向,一方面是道教神仙文化的体现,鹤在其中主要作为一种象征与标志,体现出仙境仙人的神秘性与超越性;另一方面,鹤也成为超越常人而具有神性的人物精神品格及其情感归属的一种体现,或孤独清高,或渺远高蹈,均非一般凡俗人可比拟。

从第一方面来看,浙东唐诗之路上的天台、赤城一带,是浙江诗路道教文化的核心,也是仙鹤意象书写的中心,其中仅标题中出现天台地名的唐代诗歌作品,就不下十首,如果再算上有赤城、华顶、巾子山及各种寺、观、峰等名目的作品,就有几十首之多,可见仙鹤意象书写的集中与突出。这些仙鹤意象常常与相关意象结合,形成更有表达力的意象组合形式。

第一类是将鹤意象与云、天等意象组合呈现,以此强化仙境的超越性及鹤意象的高蹈超迈。所谓孤云野鹤,正是这一意象组合的提炼。李绅《华顶》有诗句"天外鹤声随绛节,洞中云气隐琅玕",其中"绛节"是传说中上帝或先君的一种仪仗,"琅玕"是传说和神话中的仙树,果实如珠,鹤在其中是道教仙境的一种主要标志,体现出一股辽阔浓郁的仙灵之气。张子容《送苏倩游天台》中"江鸥迎共狎,云鹤待将飞",直称仙鹤为云鹤。寒山《闲游华顶上》中"四顾晴空里,白云同鹤飞",将原本自主的白云说成是与鹤同飞,赋予了仙鹤更主导的地位,更将一个"闲"字凸显出来。贯休《题友人山居》中"鹤本如云白,君初似我闲",则是从色彩上体现云鹤之共性。

第二类是鹤意象与松、梅等植物意象的组合。由于松树耐寒常青,刚健不老,既与道教长生不老文化相契合,又以其刚健挺直符合士大夫文人对气节的认同,具有君子品格,因此,鹤意象与松意象的结合,在强化鹤意象本身内涵的同时,还丰富了其内蕴,成为君子人格与理想的寄托。贯休《寄天台叶道友》有"冷立千年鹤,闲烧六一炉。松枝垂似物,山势秀难图",一个"冷"字,使"闲"字具有了一股与众不同的清气。林嵩《赠天台王处士》"映宇异花丛发好,穿松孤鹤一声幽",任翻《再游巾子山寺》"野鹤尚巢松树遍,竹房不见旧时僧"和《三游巾子山寺感述》"清秋绝顶竹房开,松鹤何年去不回",以及白居易《花楼望雪命宴赋诗》"输将虚白堂前鹤,失却樟亭驿后梅"等,都是对方外之人或士大夫精神气象的洞照,后人读之,一股山野清旷之气扑面而来。

第三类是鹤与鸾、龙、猿等其他道教动物意象组合,共同呈现道心神韵。张祜《游天台山》"鸾鹤自相群,前人空若謷",将鸾鹤并称。贯休《寄天台叶道士》"飕槭松风山枣落,闲关溪鸟术花开。终须肘后相传好,莫便乘鸾去不回"、杜光庭《题都庆观》"三仙一一驾红鸾,仙去云闲绕古坛"以及李白《梦游天姥吟留别》"虎鼓瑟兮鸾回车,仙之人兮列如麻"等句,虽无鹤字,却有鹤影。司空曙《寄天台秀师》"雪晴看鹤去,海夜与龙期"、皮日休《寄题玉霄峰叶涵象尊师所居》"闲迎仙客来为鹤,静噗灵符去是龙"、项斯《华顶道者》"养龙于潜水,寄鹤在高枝"、许浑《舟次武林寄天竺僧无昼》"树栖新放鹤,潭隐旧降龙"等,都是将鹤与龙并置,起到了强化意象、凸显志趣的作用。栖白《送禅师宗极归玉峰》"鹤争栖远树,猿斗上孤峰",则是通过鹤与猿的互文并置,将猿鹤意象的孤高旷远充分体现出来。

周朴有一首写道教胜地桐柏观的诗《桐柏观》,同样通过鹤意象呈现了一种"清心""忘机"的思想情怀：

> 东南一境清心目,有此千峰插翠微。
>
> 人在下方冲月上,鹤从高处破烟飞。

> 岩深水落寒侵骨，门静花开色照衣。
>
> 欲识蓬莱今便是，更于何处学忘机。

道教神仙思想的浸润，使仙鹤意象大量出现在走上浙东唐诗之路的诗人群体的笔端，除以上论及之外，还有如王贞白《寄天台叶尊师》"念予无俗骨，频与鹤书招"、刘禹锡《送霄韵上人游天台（一作宝韵上人）》"鹤恋故巢云恋岫，比君犹自不逍遥"、皮日休《五贶诗·华顶杖》"量泉将濯足，阑鹤把支颐"等，众多诗人对这一意象的不断创造和丰富，也体现出世人对浙东一带佛道文化的精神皈依与情感认同。

从第二方面来看，鹤意象也在人群中找到了异质同构的呼应关系。一般来说，这些人多是方外之人，如孟郊《送萧炼师入四明山》"闲于独鹤心，大于高松年"是对应萧炼师的，秦系《题女道士居》"扫地青牛卧，栽松白鹤栖"则指涉女道士，皎然《题湖上兰若示清会上人》"永日无人到，时看独鹤还"写清会上人，韩偓《永明禅师房》"支公禅寂处，时有鹤来朝"则对应了永明禅师，还有姚合《杭州官舍偶书》"闲吟山际邀僧上，暮入林中看鹤归"、郑巢《送李式》"绿云天外鹤，红树雨中蝉"等等。

唐代皇甫冉《题昭上人房》同样如此：

> 沃州传教后，百衲老空林。
>
> 虑尽朝昏磬，禅随坐卧心。
>
> 鹤飞湖草迥，门闭野云深。
>
> 地与天台接，中峰早晚寻。

又如白居易《寄白头陀》：

> 近见头陀伴，云师老更慵。
>
> 性灵闲似鹤，颜状古于松。
>
> 山里犹难觅，人间岂易逢。
>
> 仍闻移住处，太白最高峰。

当然，除了写方外之人，鹤意象也与某些盘桓尘世中的人有所呼应，如"鹤睒天边秋水空，荻花芦叶起西风"（唐·陈羽《小江驿送陆侍御归湖上山》）、"水鹤沙边立，山鼯竹里啼"（唐·张籍《送越客》）两句，通过将鹤、芦荻、山鼯（山里的鼯鼠）、竹等意象的铺叙，营造出了一种与相送之人精神相合的意境。

鹤意象与人的同构中最值得一提的是浙东的方干与贺知章。

晚唐诗人方干是新定（今浙江桐庐）人，在被悲剧性命运所笼罩的特殊时代背景下，缺少了盛唐气象的诗歌创作，明显从"外向性的事功立业的热烈性转入内心对自身体验到的思绪细细咀嚼、品味的内敛性"①。加之方干自身有唇腭裂缺陷，仕途更为不幸，因此很容易转向对心灵的关注和对自然的回归。在这样的背景下，鹤意象成为方干寄寓情感的一个选择。他在《旅次洋州寓居郝氏林亭》中写道："鹤盘远势投孤屿，蝉曳残声过别枝。"在《因话天台胜异仍送罗道士》中也写道："纵云孤鹤无留滞，定恐烟萝不放回。""盘远势""投孤屿""无留滞"等词，很好地反映了意象的情绪内涵。不仅方干以鹤意象自表心意，其他诗人也常以鹤意象写方干，如李山甫《方干隐居》"溪畔印沙多鹤迹，槛前题竹有僧名"，杜荀鹤《哭方干》"渔樵共垒坟三尺，猿鹤同栖月一村"，都是对其不俗人格的肯定。

贺知章晚年回到浙东故里，曾受其知遇之恩的李白写有《送贺监归四明》一诗，其中写到"借问欲栖朱树鹤，何年却向帝城飞"，这是以鹤类贺知章。同样地，诗人姚鹄《送贺知章入道》中也写到"太液始同黄鹤下，仙乡已驾白云归"，几乎是将鹤意象的神仙文化背景与贺知章的精神品质作了深度融合。

再述孤山林和靖处士"梅妻鹤子"中鹤意象所蕴含的孤高隐逸意趣。

林逋是中国历史上著名的隐逸诗人，《宋史》本传称他性孤高自好，喜恬淡，不趋荣利。他隐居西湖孤山二十年不入城市，以布衣终身。他不仕不娶，以梅为妻、以鹤为子，人称"梅妻鹤子"。林逋与鹤的深在关系，从人的视角为鹤意象的发展累进提供了重要一环，自此之后，人们再谈鹤意象，就再脱不开林和靖的色彩。

沈括《梦溪笔谈》卷十记载了林逋养鹤一事，其中写道："林逋隐居杭州孤山，常畜两鹤，纵之，则飞入云霄，盘旋久之，复入笼中。"林逋为鹤取名"鸣皋"，写有《鸣皋》一诗：

> 皋禽名祇有前闻，孤引圆吭夜正分。
>
> 一唳便惊寥泬破，亦无闲意到青云。

深夜孤吭又孤飞，那种孤高又清俊的形象无疑是诗人自身的写照。另一首《荣家鹤》同样描写了白鹤形象："清形已入仙经说，冷格曾为古画偷。"与其"犹喜曾无封禅书"的自我形象如出一辙。林逋《小隐自题》中更明确表达了这一层意思："鹤闲临水久，蜂懒采花疏。""鹤闲""蜂懒"正是诗人自己自由闲淡生活的写照，把淡泊宁静的隐逸心态表达得形象而生动，纪昀《瀛奎律髓汇评》中评价："三四景中有人，拆

---

① 吴功正：《中国文学美学》（下卷），江苏教育出版社 2001 年版，第 820 页。

读句句精妙,连读之一气涌出。兴象深微,毫无凑泊之迹。"

南宋杨万里《雪后游西湖四绝句》其四中提到"净阁虚廊人寂寂,鹤声断处忽琴声",卢祖皋《木兰花慢·别西湖两诗僧》词有"念吴江鹭忆,孤山鹤怨,依旧东西",同一时期的孙居敬《临江仙·西湖》词有"试呼小艇访孤山。昔年鸥鹤侣,总笑鬓斑斓",宋末词人罗志仁《霓裳中序第一·四圣观》有"下鹄池荒,放鹤人远"一句,明人王士性也有《西湖放鹤亭》诗云"放鹤亭前月上时,逋仙深怪鹤归迟。鹤归梦断梅花白,影落寒塘君未知"。

可见,孤山鹤已经与西湖山水融为一体,成为西湖文化的重要组成部分和士人高蹈品格与高雅情趣的反映,如"啾啾常有鸟,寂寂更无人"(唐·寒山《杳杳寒山道》)、"飞鸟绝高羽,行人皆宴兴"(唐·孟郊《寒江吟》)、"灵隐路归秋色里,招贤庵在鸟行中"(北宋·林逋《易从上人山亭》)、"秋景有时飞独鸟,夕阳无事起寒烟"(北宋·林逋《孤山寺端上人房写望》)、"西湖避暑棹扁舟,忘机狎白鸥"(南宋·曹冠《宴桃源·游湖》)、"幽鸟背泉栖静境,远人当烛想遗文"(唐·周贺《宿隐静寺上人》)等。

了悟浙江诗路上的禽鸟意象,便能深味其中强烈的灵性色彩与人格象征,方外气象随处可见,再读吴融的《溪边》:"溪边花满枝。百鸟带香飞,下有一白鹭。"此时,小品中也能品出深境。

第五节 桂子意象

桂子意象原产和定型于浙江诗路,后广为流传,虽其正式见于诗歌作品是在唐代宋之问的《灵隐寺》一诗中,但这一意象的原始积淀却早已有之。其中,桂子意象与月宫传说以及古典诗歌月意象的关系最为紧密,因此这一意象的内涵也常常从这两者的蕴意中延伸而来,带有浓厚的佛道色彩和浪漫主义气息。据初步统计,《全唐诗》中有"桂"字的诗歌作品多达1300多首,其中带有"桂子"的约莫20首,大部分都与浙江天竺或天台有关。《全宋词》中带有"桂"字的词作约650首,有"桂子"的多达44首。有些诗作中,桂子与桂花、桂树、桂枝等相互关联,丰富了桂子意象的内涵。整体而言,浙江诗路上的桂子意象并不着重桂之自然属性,而主要从文化土壤中发展而来,因此桂子之象也常超越了樟科桂树与木樨科桂树以及桂之花与子实的差异性,虽然桂子意象从地域角度来看主要是指木樨科桂树。

一、桂子意象的神话渊源与神仙内核

桂子意象的神话渊源,可以追溯到源于《山海经》时期的嫦娥奔月神话。及至

汉代,嫦娥奔月中出现了桂树形象,由此与桂树有关的典故传说才相继产生,晋时有蟾宫折桂典故,杭州天竺寺月中落桂子的传说,应起于同一时期。至唐代,嫦娥奔月又衍生出了吴刚伐桂传说。无论是嫦娥奔月、蟾宫折桂还是月中落桂子,都在唐宋诗词中被大量书写。正是在反复的情感投注中,桂子意象才得以脱颖而出,逐渐丰满。

一般认为,嫦娥奔月神话最早见载于易书典籍《归藏》,梁萧统《文选》中曾注引《归藏》,有两条说法:一是《祭严光禄文》中的"昔嫦娥以西王母不死之药服之,遂奔为月精",二是《月赋》中的"昔嫦娥以不死药奔月"。可见,嫦娥奔月在战国以前就已出现,而从嫦娥形象的分析中又可推知,这一神话的源头还在更早的《山海经》。随着月意象的进一步发展流变,"昆仑山不死树随蟾、兔移入月宫,汉代以后演变为月中不死桂树"[①]。《太平御览》卷第五百九十七引西汉《淮南子》的内容,首次出现有关"月中有桂树"的记载。南朝梁萧纲《望月诗》"桂花那不落,团扇与谁装"和吴筠《灯》"能方三五夜,桂树月中生"等句,就都写到了月中桂树和月中落桂的内容。

因此,桂树与月意象从一开始就具有内在共生性,在早期人们对桂树的认知中就带着不死不老的道教神仙色彩,这一色彩也成为桂子意象的原始内核,深在影响着意象本身的生长流变。

至于为何是桂树进入月宫,恐怕与人们对桂的美好感受和桂树本身四季常青、异香独秉等自然属性有关,如屈原《九歌》中就有赞美性的语句"援北斗兮酌桂浆,辛夷车兮结桂旗",《楚辞·招隐诗》开篇有"桂树丛生兮山之幽",《吕氏春秋》中也赞称"物之美者,招摇之桂"。包括"兰桂"并举和桂舟意象等,都是对桂树美好蕴意的强化。

晋时出现的蟾宫折桂传说,是在前述基础上进一步衍生发展的结果,以月中桂枝来表示超越常规、特别出众的才华与能力。而且桂生长于寒冷、寂寞的月宫中,也预示着获得功名之艰辛以及折桂之后的喜悦之深,这使月中之桂在不死之外,又有了更丰富的涵义,如方干《题赠李校书》诗:

> 名场失手一年年,月桂尝闻到手边。
>
> 谁道高情偏似鹤,自云长啸不如蝉。
>
> 众花交艳多成实,深井通潮半杂泉。

[①] 李忠华:《嫦娥奔月神话本末论》,载《思想战线》1997年第3期。

　　　　　　却是偶然行未到，元来有路上寥天。

其中"月桂"就代表科举考试及功名。

　　吴刚伐桂的记载见于唐人段成式的《西阳杂俎·天咫》：

　　　　旧言月中有桂有，有蟾蜍。故异书言月桂高五百丈，下有一人常斫之，树
　　创随合。人姓吴，名刚，西河人，学仙有过，谪令伐树。

"树创随合"的特征，与月意象的月圆月缺有着深层同构关系，是一种周而复始、永
恒无尽的象征，这也强化了桂树从不死主题中来的永恒意味。

　　月中落桂子的传说主要在灵隐、天竺一带，后来也涉及天台。

　　杭州灵隐、天竺有月中落桂子的传说最早或缘起于晋隋期间，至唐已经广泛流
传，唐代宋之问、白居易、李白、皮日休等众多诗人笔下都有涉及。北宋临安人钱易
所撰《南部新书》中提到："杭州灵隐寺多桂，寺僧曰：'此月中种也。'至今中秋望夜，
往往子坠，寺僧亦尝拾得。"《杭州府志》也记载："月桂峰在武林山。宋僧遵式序曰：
天圣辛卯秋八月十五夜，月有浓华，云无纤翳，天降灵实。其繁如雨，其大如豆，其
圆如珠，其色有白者黄者黑者，壳如芡实，味辛。识者曰：此月中桂子。好事者播种
林下，一种即活。"[①]而《唐书·五行志》记载，垂拱四年（688），有月桂子降于浙江台
州，十多天才停止，人们认为这是祥瑞之兆，便纷纷传说。这恐是对灵隐、天竺月中
落桂子传说的扩散和效仿。

　　月中落桂子的地点之所以主要在杭州灵隐、天竺一带，一方面是因为伴随着这
一地的文化发展尤其是晋隋期间佛教的广泛传播和寺院建造。灵隐寺、天竺寺均
为晋僧慧理所创，也与建寺之地灵鹫峰"灵鹫飞来"的传说相互促发，《东坡诗注》曾
记载："天竺昔有梵僧云此，山自天竺鹫山飞来，八月十五夜尝有桂子落。"另一方面
是因为这一带确多桂林，具有一定的现实基础。南宋《临安志》载木樨有"红、黄、白
三色，天竺多有之"。随着桂子相关传说的发展，当地的许多地名也常与桂相关，如
灵隐寺有月桂峰、月桂井，中天竺有天香阁、桂子堂，下天竺有香林洞等。北宋诗人
郭祥正有《和杨公济钱塘西湖百题》其六十一首《香林洞》："幽香来近远，此洞接蟾
宫。欲借飞翰去，聊乘桂子风。"又有其六十四首《香桂林》："根托山中地，香分月里
秋。游人莫攀折，风散一岩幽。"诗中内容均反映了此地桂林的胜景和月中落桂子
这一传说。从中也可以看出，传说、文学和地域文化通过长时间互生互长已经相互

---

①　陈梦雷：《古今图书集成》，中华书局 1985 年影印版，册 550，第 36 页。

融合并弥漫开来。

二、"桂子月中落"：桂子意象的象征性

涉及"桂子月中落"最早的一首诗，公认是唐代宋之问的《灵隐寺》：

> 鹫岭郁岧峣，龙宫锁寂寥。
>
> 楼观沧海日，门对浙江潮。
>
> 桂子月中落，天香云外飘。
>
> 扪萝登塔远，刳木取泉遥。
>
> 霜薄花更发，冰轻叶未凋。
>
> 夙龄尚遐异，搜对涤烦嚣。
>
> 待入天台路，看余度石桥。

这首诗浓郁的佛教文化气息，奠定了"桂子月中落"现象及桂子意象兼容佛道文化的基本特质。从整首诗的意境来看，"桂子月中落"呈现出了清远恬淡之味，也是使诗人获得内心超越的重要启示过程。直到诗的最后对天台石桥的向往，终实现了超越凡俗后内心的升华与宁静，桂子的超越性意味也由此开始。而"天香云外飘"一句，更使"天香"一词成为桂花及桂花香的代称。但这首诗更重要的一个标志性开始，是使桂子意象成了天竺、灵隐乃至整个杭州城市的象征。此后凡说起杭州，总让人想起桂子月中落；凡想到桂子月中落，总能想起杭州。

这方面最有代表性的当属白居易，其《忆江南三首》其二云：

> 江南忆，最忆是杭州，山寺月中寻桂子，郡亭枕上看潮头，何日更重游。

词中将钱塘风景凝练于山寺寻桂子和钱塘江看潮头两大焦点，对后世影响极大。白居易曾在杭州任职，他兴修水利、疏浚西湖，为当地百姓做了不少实实在在的事。同时，白居易也是第一个大量创作西湖诗词的人，奠定了杭州"太守例能诗"（苏东坡《诉衷情》）的重要基调。白居易对天竺、灵隐月中落桂子一事多有提及，并在诗中反复书写，为桂子意象增添了厚重一笔。又因为白居易本人的盛名和《忆江南三首》词的广泛传播，更使桂子作为杭州城市意象的代表深入人心。

白居易《留题天竺、灵隐两寺》写道：

> 在郡六百日，入山十二回。
>
> 宿因月桂落，醉为海榴开。

这首诗平白晓畅,以质朴之词写出了自己对天竺、灵隐的深切眷顾和对月中落桂子的熟稔。山中还有白居易的方外好友韬光禅师,他在《寄韬光禅师》中也写道:"遥想吾师行道处,天香桂子落纷纷。"

在离开杭州之际,白居易还写有一首《别萱桂》:

> 使君竟不住,萱桂徒栽种。
>
> 桂有留人名,萱无忘忧用。
>
> 不如江畔月,步步来相送。

这首诗将告别对象汇聚在"萱""桂""江畔月"等意象,分别强调了萱草的忘忧性质、桂的留人性质和江畔月的送别性质。这首诗既体现了桂是杭州这个城市中诗人印象最深刻因而也是最不舍道别的内容之一,也强调了桂有"留人名"这一特点。这个特点主要来自《楚辞·招隐士》中"攀援桂枝兮聊淹留,王孙游兮不归"一句,桂树由此获得了招隐留人之名。除了白居易这首诗,其他如"望古一凝思,留滞桂枝情"(南朝·江淹《渡西塞望江上诸山》)、"山中有桂树,岁暮可言归"(南朝·沈约《直学省愁卧诗》)等,都化用了这一意义。

李白《送崔十二游天竺寺》也提到了桂子意象:

> 还闻天竺寺,梦想怀东越。
>
> 每年海树霜,桂子落秋月。
>
> 送君游此地,已属流芳歇。
>
> 待我来岁行,相随浮溟渤。

这里也是把桂子月中落作为杭州、天竺寺的重要象征。

至宋代,桂子意象的象征性得到了进一步发展。"唐宋尤其是南宋,是中国桂花文化兴起的一个关键时期。"[①]宋代士人和市民阶层的壮大和整体偏于纤柔的文化特质,使得香料和花卉受到空前重视。南宋定都临安,更使南方的桂花顺理成章成为最重要的香料之一,人们对桂的关注也更为普遍。杨万里还专门写有《烧香七味》:"呼儿急取炗木犀,却作书生真富贵。"可见在众多名香中,他更看重桂花香。

写过许多西湖诗词的潘阆有《北高峰塔》"天香闻不断,海月见微棱。"北宋梅询曾多次任职杭州,对杭州包括西湖十分熟悉,很有感情。清代孙治纂、徐增重编的

---

① 俞为洁:《杭州灵隐天竺"桂子月中落"传说的考证》,载《浙江学刊》2014 年第 5 期。

《武林灵隐寺志》卷八有"梅询知仁和，有灵隐寺诗十首，靳石冷泉亭上"的记载，根据《咸淳临安志》可知这十首诗包括《飞来峰》《龙泓洞》《冷泉亭》等一系列景观之作，是西湖诗歌中最早的山水景点组诗创作[①]，其中一首《灵隐寺》写道：

> 千峰凌紫烟，中有梵宫阙。
>
> 灵眇极幽栖，尘心自超越。
>
> 松篁发春霭，桂实坠秋月。
>
> 争得谢世人，兹焉老华发。

北宋梅挚"请知杭州"，好友欧阳修、梅尧臣等均写诗赠别，提到杭州意象，都不约而同提到了"桂子月中落"。欧阳修《送梅龙图公仪知杭州》称："日暖梨花催美酒，天寒桂子落空山。"梅尧臣《送公仪龙图知杭州》有："山飘月桂子，天香一国繁。"

整个宋代将桂子意象与杭州城市的关系推向新的高峰，产生最大影响的是柳永《望海潮》：

> 东南形胜，三吴都会，钱塘自古繁华。烟柳画桥，风帘翠幕，参差十万人家。云树绕堤沙，怒涛卷霜雪，天堑无涯。市列珠玑，户盈罗绮、竞豪奢。
>
> 重湖叠叠巘清嘉。有三秋桂子，十里荷花。羌管弄晴，菱歌泛夜，嬉嬉钓叟莲娃。千骑拥高牙，乘醉听箫鼓，吟赏烟霞。异日图将好景，归去凤池夸。

这首广为传唱的词，使杭州因"三秋桂子，十里荷花"令众多人倾倒。宋人罗大经所著《鹤林玉露》卷十三有这样一段记载："此词流播，金主亮闻歌，欣然有慕于'三秋桂子，十里荷花'，遂起投鞭渡江之志。近时谢处厚诗云：'谁把杭州曲子讴？荷花十里桂三秋。那知卉木无情物，牵动长江万里愁！'"这一说法虽然更多是戏说，但从中也反映出"三秋桂子，十里荷花"确实将杭州之美高度凝练出来，并有一种摄人心魄的力量。

南宋词人朱敦儒《苏武慢》抒发收复中原愿望，其中有"闲寻桂子，试听菱歌，湖上晚来凉好"，显然是对柳永词的借用，同时也反映出对那个时代的缅怀与追思。

宋末著有《武林旧事》的周密写过不少描摹西湖意境的诗歌作品，如《西泠小立即事二首》其二："桂风兰露晚阴清，远翠空蒙去鹭明。一叶扁舟一弯月，白荷香里听蝉声。"南宋灭亡后，周密闭门著书，写到西湖旧事，感慨万千，在《武林旧事》中有

---

① 彭万隆、肖瑞峰：《西湖文学史（唐宋卷）》，浙江大学出版社 2013 年版，第 101 页。

《南园》一首："清芬堂下千株桂,犹是韩家旧赐园。白发老翁和泪说,百年中见两平原。"桂子犹在,人何以堪,其中意味,不言自明。

三、"芬芳世所绝":桂子意象的超越性

从对桂子意象神话基础和神仙内核的分析中可知,桂子意象与月意象具有显著的共生性。从这一土壤中生长而来的文学之桂,往往已经脱离其作为一种植物的单纯自然属性,成为被月宫神话和月意象重塑的月中之桂——超越之桂。很多时候,桂就是月的象征与代言,桂与月不可分割,月就是桂,桂就是月,二者形成了一种类似"庄生梦蝶"不知庄生与蝶孰为谁的梦幻关系。如"月桂"一词,既可以指桂,也可以指月,人们也用桂轮、桂影、桂魄等词来指称月,称皎洁的月光为桂华。拾得《若论常快活》写道:"林花长似锦,四季色常新。或向岩间坐,旋瞻见桂轮。"这里的"桂轮"即月亮,在这个意义上,桂子意象也可以说是月意象的一个发展与分支。

正是桂子意象的特殊性,使其中桂子之象究竟对应花还是实这个问题,变得模糊不清,因为在大部分诗人那里,这个问题并不重要。一般而言,桂子主要还是指桂花,如方干《因话天台胜异仍送罗道士》"藕花飘落前岩去,桂子流从别洞来"、张祜《题天竺寺》"夏雨莲苞破,秋风桂子凋"、宋末王洧《湖山十景》平湖秋月"鹫峰遥度西风冷,桂子纷纷点玉壶"等,指的都是桂花。当然,在少数诗作中,桂子是专门指子实的,如皮日休《天竺寺八月十五日夜桂子》:

> 玉颗珊珊下月轮,殿前拾得露华新。
>
> 至今不会天中事,应是嫦娥掷与人。

这首诗极具想象力,认为"桂子"是嫦娥仙子撒向人间的福泽或眼泪,"玉颗""掷与人"等词应是从桂子之"子"字延伸而来,更符合子实的情况。

白居易《城东桂三首并序》写道:"苏之东城,古吴都城也。今为樵牧之场。有桂一株,生乎城下,惜其不得地,因赋三绝句以唁之。"

> 子堕本从天竺寺,根盘今在阖闾城,
>
> 当时应逐南风落,落向人间取次生。
>
> 霜雪压多虽不死,荆榛长疾欲相埋。
>
> 长忧落在樵人手,卖作苏州一束柴。
>
> 遥知天上桂花孤,试问嫦娥更要无。
>
> 月宫幸有闲田地,何不中央种两株。

这里白居易认为苏州这一株桂树是月中洒下的桂子"落向人间取次生"的结果,因此这里也是指子实,只有子实可以长出树来。

还有如陆龟蒙《和袭美天竺寺八月十五夜桂子》:

霜实常闻秋半夜,天台天竺堕云岑。

如何两地无人种,却是湘漓是桂林。

这里用"霜实"一词,更能确定是指子实。这首诗是桂子意象中最具有科学精神的一首,它虽也是从天台、天竺等地月中落桂子的传说中来,却在最后两句突破常规,转入对自然真实的关注。其实这里还涉及一个更为复杂的问题,即樟科桂树和木樨科桂树的差异问题。陆龟蒙在这里指出了这个问题,并认为这种有子实的桂树在天台、天竺并"无人种",也就是说,这两地的桂树应是以木樨科赏花桂树为主,而有子实的樟科桂树则主要分布在湘江、漓江流域,如桂林、桂岭等地区。纵观文学之桂,早期文学中多出现桂树、桂枝,称其为芳香之木,应多指樟科桂树。随着文人南下,接触了南方广泛种植的木樨科桂树,且这类桂树长期开花,异香扑鼻,与樟科桂树木材芳香具有共性,而将两者混为一谈。

同样地,在桂子究竟是花还是子实这个问题上,由于桂子意象一开始就从月中而来,带着神话内核,而且花与子实本是一个事物的不同阶段,因此从意象表达来看,这两者在大多数情况下也没有本质区别。

桂子意象的超越性,不仅是指它超越了前述子与花、樟科或木樨科的外在之象(当然从地域角度来说,桂子意象所对应的一般是木樨科),也表现在意象本身的超越性内涵。

桂子意象的超越性直接表现在它与天上月、与佛道文化的关系,如"月摇天上桂,星泛浦中珠"(唐·薛逢《夏夜宴明月湖》),这是由桂子意象的出处所决定的。从直接表现出发,诗人们进一步从桂子意象延伸出了更多超越性意义。

首先,桂子意象里凝结着诗人对清朗飘逸境界的向往与认同。

唐代诗人徐寅《游灵隐、天竺二寺》中有"丹井冷泉虚易到,两山真界实难名。石和云雾莲华气,月过楼台桂子清"的诗句。这"桂子清"一出,全诗的象中之意也即如清风拂面,令人心旷神怡。这股清气,既来自桂子,也来自月;既作用于身体,更作用于灵魂。

唐代李德裕曾在《平泉山居草木记》中记载"剡溪之红桂、钟山之月桂、曲阿之山桂、永嘉之紫桂、剡中之真红桂"等,可见其对桂树的熟悉与喜爱。他还写有《比闻龙门敬善寺有红桂树,独秀伊川,尝于江南诸山访之莫致,陈侍御知予所好,因访剡溪樵客,偶得数株移植郊园,众芳色沮,乃知敬善所有是蜀道莔(一作茴)草,徒得嘉名,因赋是诗兼赠陈侍御》一诗:

> 昔闻红桂树,独秀龙门侧。
>
> 越叟遣数株,周人未曾识。
>
> 平生爱此树,攀玩无由得。
>
> 君子知我心,因之为羽翼。
>
> 岂烦嘉客誉,且就清阴息。
>
> 来自天姥岑,长疑翠岚色。
>
> 芬芳世所绝,偃蹇枝渐直。
>
> 琼叶润不凋,珠英粲如织。
>
> 犹疑翡翠宿,想待鹓雏食。
>
> 宁止暂淹留,终当更封植。

虽非专述桂子,但从诗中桂树来自越地剡溪来看,两者具有共通性,尤其从“天姥岑”一词,更可看到共同的文化地层。因此诗人对桂树的赞誉之词,也可看作是桂子意象的一个重要体现,尤其“芬芳世所绝,偃蹇枝渐直。琼叶润不凋,珠英粲如织”几句,将诗人内心理想倾注其中,使桂中的人格意义立显。

同样的还有皎然《妙喜寺达公禅斋寄李司直公孙、房都曹德裕、从事方舟、颜武康士骈四十二韵》,其中有“桂子何寞岑,琪葩亦皎洁。此木生意高,亦与众芳列”几句,赞赏了桂子、桂树的高洁。诗的最后两句“爱尔竹柏姿,为予寒不折”,进一步将桂子所代表的桂树形象与竹柏并提,再次强调了桂子“皎洁”且“不折”的性格。

清人顾张思在其《土风录》中记载:“浙人呼岩桂曰木犀,以木纹理如犀也。”此处之岩桂,亦为桂之别名,因野生桂花多生在山岩之间,故名。宋代朱熹专门写有《咏岩桂》:

> 亭亭岩下桂,岁晚独芬芳。
>
> 叶密千层绿,花开万点黄。
>
> 天香生净想,云影护仙妆。
>
> 谁识王孙意,空吟招隐章。

他认为招隐之人不应劝说隐士回来,因为山中有桂,能与岩桂为友,已是人生最大乐事,何须他求。这里强调了岩桂花叶层层、天香弥漫却独自芬芳,与白云为伴的那种高贵而自足的状态,正如人格高尚的君子或隐士。

其次,桂子意象中也蕴含着恬淡自适的山野之味、闲适之味。

唐人翁洮有诗《和方干题李频庄》:

> 吟时胜概题诗板,静处繁华付酒尊。
>
> 闲伴白云收桂子,每寻流水劚桐孙。

"闲伴白云收桂子"体现的正是闲淡舒适、自由自在的温暖惬意状态。

这种状态更多地体现在南宋的杭州。无论是主动还是被动,借桂寓情成为南宋文人在特殊时代背景下的一个选择。南宋张镃《玉照堂观梅二十首》其四写道:"不但归家因桂好,为梅亦合早休官。"张镃出身贵胄,少有诗名,曾官至右司郎,但他无意功名,酷爱园林营造,其宅第"桂隐林泉"被认为"在钱塘为最胜"(史诰《题南湖集·卷十二后》),园内草木繁盛,尤以桂、松、竹、梅等最为突出,其中也蕴含着张镃的人格喜好。特别是他将园林命名为"桂隐",更凸显了其对桂花香而不艳、以德而不以色取悦于人等品质的赞赏,也是对桂与隐之关系的一个体现。

南宋葛天明给姜夔的诗《重访白石》中也写道:"尽日看幽桂,无人似我闲。"俞桂《寓京二首》其二有"木樨初放荷花老,买个船儿学钓翁",寻求闲适中亦表达出对京城生活的厌烦之情。周端臣《买木樨花》更有情趣:"拼却杖头沽酒物,湖边博得木犀花。西风可是无拘束,一路吹香直到家。"诗人用买酒的钱买了木樨花,一路闻着花香回家。从中可以看出诗人的闲适生活和西湖的风雅诗意。

最后,一些诗歌集中从嗅觉的角度突出桂子之味,如"天台桂子为谁香,倦听空阶夜点凉"(宋·苏轼《八月十七复登望海楼自和前篇是日榜出余与试》)、"桂子飘香下广寒,银汉秋波冷"(明·王洪《卜算子 夹城夜月》)等,或直陈,或从中寄寓对美好人格或情谊的期盼与赞赏。

清代余姚人高士奇在其《北墅抱瓮录》中有一段话说:"凡花之香者,或清或浓,不能两兼,惟桂花清可涤尘,浓可透远,一丛开花,临墙别院,莫不闻之。"

苏轼的《八月十七日天竺山送桂花分赠元素》,是从劝人珍惜桂花香的角度来写的:

> 月缺霜浓细蕊干,此花无属桂堂仙。
>
> 鹫峰子落惊前夜,蟾窟枝空记昔年。
>
> 破戒山僧怜耿介,练裙溪女斗清妍。

愿公采撷纫幽佩,莫遣孤芳老涧边。

南宋杨万里素以爱荷花、擅写荷花著称,其实他写桂花的诗也不少,对桂花的爱较荷花也是有过之而无不及,先看《凝露堂木犀二首》之一:

梦骑白凤上青宫,径度银河入月宫。

身在广寒香世界,觉来帘外木犀风。

雪花四出剪鹅黄,金粟千麸糁露囊。

看来看去能几大,如何着得许多香?

题中的"凝露堂"是杨万里的书斋,"凝露"正是秋天的象征,诗人以之命名书斋,可见其对秋日及秋日桂花的喜爱之情。这首诗也是从梦幻的"桂子月中落"化出,却着笔在真切的"木樨风",并用疑问句加强了桂子香,也是耐人寻味。

再看其《丞相周公招王寄以长句》:

素娥大作中秋节,一夜广寒桂花发。

天风吹堕绿野堂,夜半瑶阶丈深雪。

梅仙不知天尚秋,只惊香雪点搔头。

笑随玉妃照粉水,洗妆同入月中游。

晋公赏梅仍赏桂,独招子猷雪前醉。

明朝有客诉天公,不唤香山病居士。

"素娥"即嫦娥,"广寒"即月亮。诗中还以梅作对比与反衬,丰富了桂花品格。

杨万里还有一首《咏桂》小诗:

不是人间种,移从月中来。

广寒香一点,吹得满山开。

诗句清新自然,仿佛字里行间透露出桂香,而"不是人间种"一句,含义隽永。这首诗既是咏桂,又不仅仅咏桂,给人无尽的想象空间。

钱塘人(一说浙江海宁人)朱淑真也有《咏桂四首》:

其一

弹压西风擅众芳,十分秋色为君忙。

一枝淡贮书窗下,人与花心各自香。

其二

移根蟾窟不寻常，枝叶犹垂月露香。

可笑当年陶靖节，东篱犹带菊花黄。

其三

酷爱清香折一枝，故簪香髻蓦思维。

若教水月浮清浅，消得林逋两句诗。

其四

月待圆时花正好，花将残后月还亏。

须知天上人间物，同禀秋清在一时。

诗人将桂花与陶渊明之菊花、林和靖之梅花相提并论，并结合桂香与月的渊源等角度，将花与人、与月联系起来，也将花与人的内心和情操联系了起来。尤其是最后一首，强调无论是天上还是人间，花还是月，都是短暂的，写出了一种超越时空、超越人与物的宇宙感，使意象的内涵与境界更显辽阔。

正是在与月意象的结合中，桂子意象也有了呼应亲友之离散、生命之凋零的意味，透露出感伤悲凉之情。尤其在中秋夜，人们更集中地举头望月，怀念亲友，月中桂子也便成为相思之意象，融入人间的无限深情。

唐代戎昱的《中秋夜登楼望月寄人》，就是借中秋月与桂子来思念友人之作：

西楼见月似江城，脉脉悠悠倚槛情。

万里此情同皎洁，一年今日最分明。

初惊桂子从天落，稍误芦花带雪平。

知称玉人临水见，可怜光彩有余清。

皎然有《送关小师还金陵》：

如何有归思，爱别欲忘难。

白鹭沙洲晚，青龙水寺寒。

蕉花铺净地，桂子落空坛。

持此心为境（一作镜），应堪月夜看。

"桂子落空坛"句，一个"空"字，有力地暗示了友人离开后的落寞空寂之心，其中蕴含的是送别时深深的不舍之情。在这首诗中，桂子与白鹭、蕉花、月等意象共同组成了一种思念之情和清冷孤独之感，韵味无穷。

参考文献

鲁道夫·阿恩海姆：《艺术与视知觉》，滕守尧等译，中国社会科学出版社 1984 年版。

鲍姆加登：《美学》，简明等译，文化艺术出版社 1987 年版。

毕愚溪：《富春山水景观特点及成因初探》，载《杭州教育学院学报》1991 年第 2 期。

蔡仪：《文学概论》，人民文学出版社 1983 年版。

曹苇舫、吴晓：《诗歌意象功能论》，载《文学评论》2002 年第 6 期。

陈伯海：《古典诗歌意象艺术的若干思考》，载《社会科学》2012 年第 7 期。

陈鹏翔：《主题学研究和中国文学》，《主题学研究论文集》，台北东大图书有限公司 1983 年版。

陈植锷：《诗歌意象论》，中国社会科学出版社 1990 年版。

陈植锷：《诗歌意象论》，中国社会科学出版社 1990 年版。

程杰：《梅花意象及其象征意义的发生》，载《南京师大学报（社会科学版）》1998 年第 4 期。

程杰：《宋代咏梅文学研究》，安徽文艺出版社 2002 年版。

程章灿、赫兆丰：《大运河古诗词三百首》，江苏凤凰文艺出版社 2020 年版。

戴建业：《六朝文学史》，上海文艺出版社 2019 年版。

费尔巴哈：《费尔巴哈哲学著作选集》（下册），荣震华等译，商务印书馆 1984 年版。

傅道彬：《晚唐钟声——中国文学的原型批评》，北京大学出版社 2007 年版。

葛永海：《地域审美视角与六朝文学之"江南"意象的历史生成》，载《学术月刊》2016 年第 3 期。

葛永海：《浙路诗心：浙江诗路作品精读》，杭州出版社 2020 年版。

顾希佳：《从鸟崇拜到鸟神话——史前时期浙江民间故事母题寻绎》，载《浙江学刊》2003 年第 1 期。

郭绍虞主编：《中国历代诗文选》（第一册），上海古籍出版社1981年版。

何方形：《浙江山水文学史》，浙江大学出版社2020年版。

胡经之：《文艺美学》，北京大学出版社1989年版。

胡可先：《天台山：浙东唐诗之路与海上丝绸之路的交汇》，载《浙江社会科学》2019年第12期。

胡晓明：《从严子陵到黄公望：富春江的文化意象——〈富春山居图〉的前传及其展开》，载《华东师范大学学报（哲学社会科学版）》2016年第4期。

胡正武：《浙东唐诗之路论集》，浙江工商大学出版社2019年版。

华林甫：《唐代两浙道驿路考》，载《浙江社会科学》1999年第5期。

黄晋凯：《象征主义·意象派》，中国人民大学出版社1989年版。

恩斯特·卡西尔：《人论》，甘阳译，西苑出版社2003年版。

苏珊·朗格：《艺术问题》，滕守尧等译，中国社会科学出版社1983年版。

苏珊·朗格：《情感与形式》，刘大基、傅志强译，中国社会科学出版社1986年版。

李辰冬：《李辰冬古典小说研究论集》，中华书局2006年版。

李德辉：《唐代两京驿道——真正的"唐诗之路"》，载《山西大学学报（哲学社会科学版）》2007年第1期。

李浩：《唐诗美学》，陕西人民教育出版社1992年版。

李瑞腾：《诗的诠释》，台湾时报出版公司1982年版。

李忠华：《嫦娥奔月神话本末论》，载《思想战线》1997年第3期。

李壮鹰：《论"池塘生春草"》，载《文艺研究》2003年第6期。

林庚：《中国文学简史》，北京大学出版社1988年版。

林家骊、卢盛江、唐燮军等：《浙东唐诗之路是如何形成的》，载《光明日报》2019年6月3日13版。

凯文·林奇：《城市意象》，方益萍、何晓军译，华夏出版社2017年版。

林岩：《诗路浙江》，浙江文艺出版社2021年版。

刘士林：《江南与江南文化的界定及当代形态》，载《江苏社会科学》2009年第5期。

鲁茜：《南宋杭州西湖梅花的文化阐释》，载《江西社会科学》2010年第5期。

陆路：《论六朝时期今浙江地区的诗歌创作》，载《浙江社会科学》2016年第11期。

陆羽:《茶经》,浙江古籍出版社 2011 年版。

骆寒超:《中国现代诗歌论》,江苏人民出版社 1984 年版。

马冠芳:《舟的审美意象与唐人仕宦生涯》,载《西安文理学院学报(社会科学版)》2010 年第 1 期。

马晓东:《古典诗词曲鉴赏与创作论稿》,辽海出版社 2017 年版。

彭定求编:《全唐诗》,中华书局 1960 年版。

彭万隆、肖瑞峰:《西湖文学史(唐宋卷)》,浙江大学出版社 2013 年版。

钱寅:《茶的文学意象生成及原因》,载《中原文化研究》2019 年第 4 期。

屈光:《中国古典诗歌意象论》,载《中国社会科学》2002 年第 3 期。

申屠丹荣编:《富春江名胜诗集》,浙江人民出版社 1990 年版。

斯尔螽:《西湖诗词新话》,浙江文艺出版社 1984 年版。

覃召文:《莲荷原型的文化蕴含》,载《华南师范大学学报(社会科学版)》1999 年第 2 期。

汤南南:《从传统型乡愁到超越型乡愁——现代乡愁的嬗变及艺术实践》,中国美术学院 2016 年博士学位论文。

唐圭璋编:《全宋词》,中华书局 2009 年版。

陶元藻:《全浙诗话》(全三册),中华书局 2003 年版。

滕守尧:《审美心理描述》,中国社会科学出版社 1985 年版。

王朝闻:《美学概论》,人民出版社 1981 年版。

王凯、朱勇文编校:《浙东唐诗之路诗选》,杭州出版社 2020 年版。

王立:《海意象与中西方民族文化精神略论》,载《大连理工大学学报(社会科学版)》2000 年第 12 期。

王立:《文学主题学与传统文化》,中国社会科学出版社 2019 年版。

王立:《心灵的图景:文学意象的主题史研究》,学林出版社 1999 年版。

王立:《中国文学主题学——意象的主题史研究》,中州古籍出版社 1995 年版。

王娜:《浙江"唐诗之路"品牌建设刍议》,载《台州学院学报》2020 年第 1 期。

王士伦:《越国鸟图腾和鸟崇拜的若干问题》,载《浙江学刊(双月刊)》1990 年第 6 期。

王淑梅:《清者自清,浊者自浊——"雪夜访戴"的历史维度考察》,载《石家庄学院学报》2019 年第 7 期。

王巍:《从"雪夜访戴"说到戴逵的〈竹林七贤论〉》,载中国李白研究会、《中国李白研究(1998—1999 年集)——李白与天姥国际会议论文集》,安徽文艺出版社1999 年版。

翁世勋:《〈吴越春秋·越女〉校释》,载《体育文史》1991 年第 2 期。

吴晓:《诗歌意象的符号质、系统质、功能质》,载《浙江大学学报(人文社会科学版)》2001 年第 3 期。

吴晓:《新诗美学》,中国社会科学出版社 2018 年版。

吴晓:《宇宙形式与生命形式》,浙江大学出版社 2019 年版。

武二炳:《"一树梅花一放翁"——论陆游的梅花诗》,载《包头师专学报(社会科学版)》1987 年第 1 期。

徐静:《思乡之浓,退隐之深意——解读张翰的"莼鲈之思"》,载《名作欣赏》2009 年第 12 期。

许明明编著:《大运河诗词门券集》,杭州出版社 2010 年版。

颜红菲:《开辟文学地理研究的新空间——西方文学地理学研究述评》,载《武汉大学学报(人文科学版)》2014 年第 6 期。

杨杭:《"越女"考释及唐诗中的越女形象分析》,载《重庆文理学院学报(社会科学版)》2010 年第 5 期。

杨义:《文学地理学的信条:使文学联通"地气"》,载《江苏师范大学学报(人文社会科学版)》2013 年第 3 期。

姚斯:《接受美学与接受理论》,周宁等译,辽宁人民出版社 1987 年版。

余开亮:《郭象玄学与中国山水审美的独立》,载《中州学刊》2017 年第 9 期。

余开亮:《论六朝时期自然山水作为独立审美对象的形成》,载《中国人民大学学报》2006 年第 4 期。

俞为洁:《杭州灵隐天竺"桂子月中落"传说的考证》,载《浙江学刊》2014 年第5 期。

俞香顺:《中国文学中的采莲主题研究》,载《南京师范大学文学院学报》2002年第 4 期。

袁峰:《中国古代文论义理》,西北大学出版社 2001 年版。

袁行霈:《论李杜诗歌的风格与意象》,载《社会科学阵线》1981 年第 4 期。

袁行霈:《中国文学史(第三版)》,高等教育出版社 2014 年版。

曾大兴:《文学地理学概论》,商务印书馆 2017 年版。

曾大兴:《中国历代文学家的地理分布——兼谈文学的地域性》,载《学术月刊》

2003 年第 9 期。

张伟然:《中古文学的地理意象》,中华书局 2014 年版。

章培恒、骆玉明:《中国文学史新著(增订本)(第二版)》,复旦大学出版社 2020 年版。

赵丽:《中国古代文学中的梅意象》,载《长春师范学院学报》2004 年第 9 期。

赵晔著、张觉校注:《吴越春秋》,岳麓书社 2006 年版。

赵毅衡:《意象派与中国古典诗歌》,载《外国文学研究》1979 年第 12 期。

浙江省人民政府:《浙江省人民政府关于印发浙江省诗路文化带发展规划的通知(浙政发〔2019〕22 号)》,浙江省人民政府公报 2019 年第 25、26 期。

郑翰献、王骏主编:《钱塘江诗词选》(上下册),杭州出版社 2019 年版。

郑毓瑜:《文本风景——自我与空间的相互定义》,台北麦田出版社 2005 版。

周峰主编:《南宋京城杭州》,浙江人民出版社 1988 年版。

周华诚:《流水的盛宴——诗意流淌钱塘江》,杭州出版社 2019 年版。

朱光潜:《诗论》,外语教学与研究出版社 2018 年版。

朱光潜:《朱光潜美学文集》(第一卷),上海文艺出版社 1982 年版。

朱睦卿:《开发浙西"唐诗之路"》,载《浙江学刊》1995 年第 6 期。

竺岳兵:《剡溪——唐诗之路》,《唐代文学研究(第 6 辑)》,广西师范大学出版社 1996 年版。

竺岳兵:《唐诗之路诗歌总集》,中国文史出版社 2003 年版。

竺岳兵:《唐诗之路唐代诗人行迹考》,中国文史出版社 2004 年版。

竺岳兵:《唐诗之路综论》,中国文史出版社 2003 年版。

庄志民:《旅游意象塑造的操作指向论析——旅游文化设计探索》,载《旅游科学》2008 年第 10 期。

庄志民:《论旅游意象属性及其构成》,载《旅游科学》2007 年第 6 期。

宗白华:《美学散步》,上海人民出版社 1981 年版。

邹志方:《浙东唐诗之路》,浙江古籍出版社 2019 年版。

左鹏:《论唐诗中的江南意象》,载《江汉论坛》2004 年第 3 期。

Elizabeth Grosz,"Bodies-Cities" in Beatriz Colomina ed.,*Sexuality and Space*,New York:Princeton Architectural Press,1992,pp. 241-253.

http://qsc.zww.cn/#全宋词网络版

http://qts.zww.cn/#全唐诗网络版

后 记

经过两番寒暑,伴着钱塘江上无数渔船星火和西陵渡口的数度斜晖,拙著《浙江诗路文化意象研究》终于得以付梓。

其间,有太多诗句冲击过我的灵魂,激荡着我的歌哭,令我一次次重新审视自己和所处这片土地的关系,我也常常感到"吾生也有涯而知也无涯"的局促仓皇。"惶惶三十载,书剑两无成。"所幸的是,即使隔着千年时光,我们也能通过无数华彩辞章与那么多深情的灵魂在浙江诗路这同一个空间相遇,互道一声"原来你也在这里"。

细细想来,任何智力工作成果,其内容的来源都是多种多样的,很难描绘。几十年来许多同行、前辈、师长的智慧,许多走过的路、看过的风景,都在有形无形中熔炼和形塑我的思想。特别是我的硕士研究生导师吴晓教授有关诗歌美学的庞大学术体系,他于2018年、2019年分别赠予我两本专著《新诗美学》和《宇宙形式与生命形式》,使我如醍醐灌顶,一直以来朦胧盘旋的设想终于获得了最关键的临门一脚。他关于诗是"一个意象符号系统"的定义,成为我整个研究的理论撬动点。

而这条路上另一位为我披荆斩棘的学者是我只能通过文字神会的王立教授。他那看似薄薄的一本《中国文学主题学——意象的主题史研究》,却像一颗火种,点燃了诗歌意象背后辽阔的文化碳层,使我快速找到了"意象的根本功能是文化能量"这一破题密码,从而使诗歌意象研究与浙江诗路文化研究的融合水到渠成。

写作的过程不无身体表象上的苦辛,但更多是精神上高质量的欢愉,以及情感上来自许多人的真醇素简的温情。在此我还想特别实名感谢三个人:一是给予我信任的浙江大学出版社编辑宋旭华先生,二是给予我支持的我的家人王霖先生,三是王翌冰同学。"雪满山中高士卧,月明林下美人来","相逢只怪影亦好,归去始惊身染香",这是我此刻最想表达的心境。

刘彦和《文心雕龙·序志》曾言:"生也有涯,无涯惟智。逐物实难,凭性良易。傲岸泉石,咀嚼文义。文果载心,余心有寄。"以此自勉,也与每一个阅读至此的您共勉!

徐慧慧

2022 年 11 月